KB252898

한국소설에 나타난 일상성

김 병 덕

국학자료원

▌머리말

여러 모로 부족한 나에게 삶의 자세를 일깨워 준 것은 바로 소설이다. 인간과 세상의 다양한 면모와 때로는 반면교사의 교훈을 통해, 소설은 아둔하기만한 나에게 많은 것을 깨우쳐준다. 특히 소설은 삶의 격이라는 측면에서 생각할 거리를 꽤나 많이 던져준다. 인간이 인간답게 산다는 것, 요즘 같은 세상에 무엇보다 고민해야 할 문제가 아닐 수 없다.

하여 좋은 소설 창작이나 연구는 인간이 먼저 된 다음에야 가능하다고 나는 믿는다. 직지 않은 시간 소설을 공부했음에도 창작과 연구에서 별다른 성과가 없는 것은, 나라는 그릇이 아직 소설로 인간과 세상을 감당할 수 없어서이기 때문이다. 거기에는 나의 재능 부족과 의지박약 그리고 게으름도 어지간했지만, 근본적인 이유는 아무래도 사람됨이 모자라서라고 생각된다.

지나온 나의 삶은 그런 점에서 올바른 인간이 되기 위한 여정과 다르지 않다. 물론 나는 여전히 참인간이 되기 위한 도정에 있다. 인간과 세계에 대한 뜨거운 사랑과 냉철한 사유로 부박한 천품을 극복하고 부족한 공부를 채우는 일은 앞으로도 내가 끊임없이 해나가야 할 중요한 과제이다.

문장을 공부하여 그 구극(究極)에 이르면 별다른 기(奇)함이 있는 것이
아니다. 다만 알맞을 뿐이다. 인품을 도야하여 그 구극에 이르면 다른 기
함이 있는 것이 아니다. 다만 본연(本然)일 뿐이다.

채근담에 나오는 글귀이다. 절차탁마해서 이 세계에 도달해 있기를
감히 소망해본다.

나는 재즈를 좋아한다. 십여 년 전, 홍대 앞 어느 바에서 재즈를 처음
만났다. 물론 그 전에도 편안한 재즈 몇 곡쯤이야 들었을 것이다. 그날
알텍 A7 스피커에서 쏘는 강렬한 연주곡들을 들으며 나는 진정으로 재
즈와 만났다. 스물아홉에 요절한 클리포드 브라운 특유의 트럼펫 속주
는 목적지 없이 어디라도 질주하고픈 욕망과 광기를 부추기는 열정 그
자체였다. 그날 실내의 격렬한 파열음에 나의 뇌와 심장은 이리저리
출렁거렸고, 온몸으로 스며드는 음악에 내가 연주음의 일부가 되어 둥
둥 떠다니는 느낌이었다.
　지금도 그의 강렬한 프레이징을 들으면 그때의 감흥이 또렷하게 되
살아난다. 그런 한편으로 이제는 그의 연주에 아무래도 침잠, 지성, 세
련미가 부족하다는 느낌이 드는 것도 사실이다. 그가 밥 재즈를 했던
사람이기에 그렇기는 할 터이지만, 거친 정열만으로 한 세계를 우뚝하
게 세우기에는 한계가 있음을 어렴풋이 알겠다. 열정과 지성이 노력과
조화롭게 결합되었을 때에라야 진정한 하나의 세계가 완성될 수 있을
것이다.
　클리포드 브라운의 치명적인 단점은, 유감스럽게도 이 책에 똑같이
적용된다. 열정은 있었으나-아, 나는 정말 그만큼 열정적이었을까 -문
학과 인생에 대한 넓이와 깊이의 부족을 솔직히 고백하지 않을 수 없

다. 산정에서 조망하지 못하고 산허리를 기웃거리기만 한 꼴이라 부끄럽다.

　이 책은 크게 세 부분으로 구성되어 있다. 1부는 박사학위 논문을 수정·보완한 것이다. 매일 되풀이되어 평범하기만 한 나날의 삶 정도로 막연히 인식했던 일상성에 본격적인 관심을 갖게 된 계기는 대학원에서 공부를 하면서부터이다. 우선 논문을 지도해주신 선생님의 작품세계 한 축이 일상성과 밀접한 관련을 맺고 있어 그것을 보다 구체적으로 이해할 수 있었고, 90년대 우리 소설의 주요한 특징인 일상성에 대한 논의의 증폭이 또 다른 흥미를 유발했다. 그것을 앞 세대의 여성작가들 작품을 통해 검토한 것은 그들이 미시적 생활세계를 섬세하게 천착한 작가들이라는 판단에서였다. 대상작가들의 작업이 구체적 생활세계에서 인간 존재의 차원으로까지 심화·확장되는 궤적을 추적하면 그들의 문학적 지평은 한결 넓어지게 될 것이라는 나름의 의욕도 있었다.

　2부는 1부의 대상작가들과 비슷한 시기에 활발히 작품 활동을 한 남성작가들을 통해 일상성을 고찰한 글이다. 격변의 사회를 반영하고 비판하기 위해 거대서사가 주류를 이루던 시기에, 그들은 삶의 구체적 세목을 일상의 차원에서 다룬 작가들이다. 곤고한 생활세계에서 먹고 사는 문제에 대한 고충을 다룬 그들의 작품을 살피면서 일상의 가공할 위력을 새삼 절감했다.

　3부는 90년대 소설에 나타나는 일상성의 양상을 살핀 글이다. 90년대 들어 우리 문학판에서는 일상성에 관한 논의가 활발하게 이루어졌다. 그 정황이 전세대 작가들의 작품과 어떤 연맥 관계를 맺고 있는가를 살피는 일은, 소설 연구자나 젊은 작가들에게 시사하는 바가 적지 않을 것이라는 판단이었다. 이를 통해 일상성 문제를 다룬 1, 2부 작가들의 인간의 존재조건에 관한 문제제기가, 오늘 이 시간에도 여전히 유효하다는 점을 확인할 수 있었다. 아울러 90년대의 일상성을 다룬 많은 작품들이 당대 일상인의 급변한 삶을 구체적으로 현시하고 있음도 보았다.

부모님께 깊은 감사를 드린다. 당신들의 과분한 사랑이 있었기에 지금의 내가 있다. 그분들께 늘 기쁨을 드릴 수 있도록 노력하겠다. 대학과 대학원에서 미욱한 제자를 지도해주신 선생님들께도 겸손히 머리를 숙인다. 문학에 늘 열정적이고 진지한 그분들을 뵈면서 나의 부족함을 깨우칠 수 있었다. 함께 공부했던 동기, 선·후배님들도 모두 고맙다. 그리고 가칭 '13번 출구 모임' 회원들에게, 우리의 세미나가 비록 힘이 들기는 해도 언제나 유익하고 즐겁다는 말을 전하고 싶다. 그들에게서 많은 것을 배우고 있다. 책을 내주신 출판사 사장님 이하 여러 직원 분들께도 깊은 감사를 드린다.

2009년 3월에

김 병 덕

한국소설에 나타난 일상성

머리말

1부

한국 여성작가 소설에 나타난 일상성 연구

한국 여성작가 소설에 나타난 일상성 연구

1부

I. 일상성과 한국소설의 양상

1. 일상성 논의의 이론적 배경

일상성이 학문과 예술의 관심 대상으로 주요하게 부각된 때는, 자본주의 사회의 모순에 대한 근본적인 반성이 제기되기 시작한 이후이다.[1] 근대적 합리성에 기반한 현대세계의 낙관적 전망이 세계대전과 전체주의 체제로 붕괴하면서 여러 학문, 예술 분야에서는 구체적인 반

---

[1] 파편적이기는 해도 일상성에 관한 선행 연구는 고대부터 존재했다. 일상성에 대한 사적 고찰을 간략히 살펴보면, 우선 고대 희랍사회의 소크라테스나 플라톤 같은 철학자에게 일상성은 부, 명예, 세속적 사랑 등의 낮은 가치를 추구하는 부정적인 면으로 평가된다. 그러나 에우리피테스 같은 극작가는 일상생활에 인간적인 의미가 담겨 있다는 식의 긍정적인 평가를 내리기도 한다. 이후 일상성은 기독교의 영향을 크게 받는데, 이 경우에는 영적인 종교 생활에 대조되는 속된 영역, 일시적 생활 등의 부차적 의미로 해석된다. 한편으로 기독교에서의 일상성은 개인의 실존 영역, 기독교적인 사랑의 의무가 실천되어야 하는 영역으로 간주되기도 했다. 계몽주의 등장 및 근대 시민사회의 성립은 대중의 일상성이 긍정적인 의미를 획득하는 계기를 얻게 한다. 그 결과 행복은 일상성의 영역에서 가능하며 일상성이 존재하는 곳이야말로 지고의 영역이라 선포되기에 이른다. 이는 중세 사회의 신분제 철폐를 통해 보통사람의 일상생활 의미를 적극적으로 부각시키는 결과를 야기했다. 그러나 자본주의 초기 단계라 할 수 있는 당시의 서구사회는 무산대중의 궁핍을 촉발시켰다. 이때 마르크스와 엥겔스를 비롯한 사회주의자들은 궁핍한 무산대중의 삶을 변혁시키려는 차원에서 일상에 관심을 기울였다. 일상성 담론을 마르크스주의적 사회주의의 지적인 토대에서 보다 명시적으로 제기한 것은 트로츠키에 의해서였다. 그는 일상인으로서의 대중이 자신들의 일상과 역사를 스스로 만들어갈 수 있도록 신문, 출판, 생활 의례 등 소위 문화 영역에서 변혁이 이루어져야 한다고 주장하였다. 그러나 본격적인 일상생활에 관한 논의가 후설에서부터 이루어졌다는 견해는 학자들 사이에 대략적으로 일치를 보고 있다. 강수택, 『일상생활의 패러다임』, 민음사, 1998, 36~43쪽 참조.

성이 제기되었다. 근대 합리주의에 대한 학문적 비판의 정초를 생활의 차원에서 구축한 사람은 후설이다. 그가 제시한 생활세계(Lebenswelt)에 대한 논의는 이후 일상생활에 대한 여러 학문적 논의를 이끌어 내는 선도적 역할을 담당했다.

사물을 자연과학적 관점에서 보는 시각을, 후설은 자연주의적 태도(Naturalistische Einstellung)로 보고 비판한다. 모든 물리적 현상뿐 아니라 인간의 정신적 현상조차도 물리적 인과법칙의 시각에서 해석하려는 자연주의적 태도는, 자연과학적 방법에 의해 모든 사물이 올바르게 관찰될 수 있다고 보았다. 그러나 후설은 자연주의적 태도가 인간이 확실하게 경험하는 구체적 세계를 추상화하며 동시에 그것을 은폐시키는 오류를 범한다고 비판한다. 그리하여 이를 대치할 목적으로 새롭게 내세운 것이 생활세계의 개념이다. 후설의 생활세계는 구체적으로 생활하는 인간, 즉 깨어서 활동하는 주체들에게 항상 그 활동의 보편적 배경으로 주어진 세계이다. 따라서 생활세계는 인간이 이미 친숙하게 살아온 문화·역사적 세계이자 미래에도 살아가야 할 보편적 존재의미를 지닌 공동세계이다.[2] 후설의 생활세계 제시는 데카르트로 대표되는 근대 합리주의의 관념화된 세계를 일상적인 삶의 세계로 끌어내렸다는 점에서 의의가 있다.

현상학자 후설의 일상성에 관한 연구는 제자인 하이데거에 의해 계승된다. 하이데거는 현대의 인간을 모든 자연물과 마찬가지로 과학기술의 자기확장을 위한 원료에 불과하다고 본다. 하이데거에게 현대는 인간을 비롯한 모든 존재자들이 고유한 존재가치를 상실한 니힐(nihil),

---

2) 후설의 생활세계에 관한 논의는 손봉호, 「생활세계」, 『후설HUSSERL』(이영호 엮음), 고려대학교 출판부, 1990, 156~190쪽과 Edmund Husserl, *Die Krisis der europäischen Wissenschaften und die transzendentable Phänomenologie*, 『유럽학문의 위기와 선험적 현상학』(이종훈 옮김), 한길사, 1997, 121~193쪽 참조.

공허가 지배하는 시대에 불과하다. 인간과 자연이 황폐화되는 현대를 극복하기 위해 인간 존재에 대한 이해를 우선으로 여긴 하이데거는 인간의 삶을 인간의 삶 자체로부터 이해하자고 주장한다. 하이데거는 평범한 일상성(durchschnittliche Alltäglichkeit), 혹은 평범성과 일상성으로 존재하는 인간 현존재(Dasein)는 불투명하며 비본래적(uneigentlich)으로 존재한다고 본다. 인간은 주위의 사물이나 사람들과 관계를 맺고 세인(des Man)의 독재 아래에서 주위 사람들의 의지대로 볼품없고 피상적이며 비본래적인 삶을 사는 사람들 중 하나일 뿐이라는 것이다. 현존재가 이러한 방식으로 자기를 유지하는 존재양식을 하이데거는 일상성이라 불렀다. 이처럼 일상성이란 현존재가 매일 자기를 유지하며 실존하는 삶의 양식을 가리킨다. 하이데거에게 있어 비본래적 삶의 양식인 일상성은 그날을 허송하며 사는 방식이거나 단조로운 그날그날의 삶일 뿐이다. 이와 같은 일상적 삶에는 잡담과 호기심, 그리고 애매성으로 가득하다. 이 경우 인간은 어떤 사태에 대한 깊이 있는 경험이나 통일성, 애정어린 이해와 관심을 가질 수 없다. 인간은 자신의 심층에서 삶에 대한 깊이와 전체성을 갈구하지만, 결국 공허감과 권태가 자신의 비본래적인 삶의 기원인지 인식하지 못한다.[3]

비본래적인 삶을 살아가는 현존재의 일상성과 평범성에는 구체적 삶의 울타리에서 벌어지는 인간의 경험적 삶이 담겨져 있다. 생활세계로서의 일상성은 흥분, 향락, 분망 따위의 구체적인 삶이라 할 수 있는데, 이 속에서 인간의 삶은 비속하지만 추상적이지 않다. 인간 현존재

---

3) 현대 사회와 관련된 하이데거의 존재 의미에 관한 물음은 박찬국, 「마르틴 하이데거」, 『현대철학의 흐름』(박정호 외 엮음), 동녘, 1996, 49~80쪽 참조. 하이데거의 현존재와 일상성에 관한 연구에 관해서는 김종두, 『하이데거에 있어서 존재와 현존재』, 서광사, 2000, 175~194쪽과 Martin Heidegger, *Sein und Zeit*, 『존재와 시간』(소광희 옮김), 경문사, 1995, 521~524쪽 참조.

의 비본질적인 삶에는 실존적 심층이 깔려 있기 때문이다. 이처럼 철학적 측면에서 연구된 일상성 이론은 주로 인간의 존재론적 측면과 밀접한 연관성을 맺고 있다.

앙리 르페브르의 지적처럼 일상성의 개념은 철학에서 나왔고 또 철학이 없이는 이해가 불가능하지만, 그것을 보다 심도 있게 이해하기 위해서는 일상성의 비철학적 측면을 주목해야 한다.

일상성 탐구를 연구 주제로 새롭게 계승한 후속 학문은 사회학과 역사학이다. 현재 사회학계에서 일상성 탐구는 대략 다음과 같은 세 가지 영역에서 이루어지고 있다. 현상학적 전통에서는 <자연적 태도에 기초하여 경험, 사유, 그리고 행위가 상호 주관적으로 이루어지는 것>이라는 점이, 마르크스주의 전통에서는 <개인의 재생산 활동의 총체>라는 점이, 그리고 상징적 상호작용론의 전통에서는 <자아의 형성, 발전, 표현의 환경으로서의 사회적인 상호작용 상황, 특히 대면적인 상호 작용 상황>이라는 점이 강조된다. 일상생활을 다루는 문제는 일상에 보다 주안점을 두는 경우와 생활에 보다 많은 관심을 기울이는 경우로 나뉜다. 그러나 어느 경우라도 일상과 생활의 한 측면이 완전히 간과된 경우는 드물다고 할 수 있다.[4] 그럼에도 지엽적인 분류를 해보면, 후설의 생활세계 철학은 슈츠에게로 전승되었다. 그는 미국의 실용주의 이론과 접목해 일상세계론을 본격적으로 발전시켰다. 상징적 상호작용론은 미드나 고프만 같은 이가 계승하여 발전시켰다.

본 논문에서 중요시하는 일상성 이론은 마르크스주의적 전통을 계승한 논의이다. 이 전통에서의 일상성 탐구는 서구 산업사회의 진전과 함께 이루어진 사회적 제현상의 변화와 밀접한 연관을 이루고 있다. 이 계열의 전통에서 연구를 진행시킨 학자로는 르페브르를 비롯하여,

---

4) 강수택, 앞의 책, 35~36쪽.

하이데거 개념을 마르크스주의적으로 다룬 카렐 코직, 일상생활과 예술과의 관계를 반영이론의 맥락에서 다루는 데에 일차적인 관심을 갖고 일상생활을 분석한 루카치 등이 있다.[5]

일상성에 관한 다양한 사회학 이론 중 본 논문에서 가장 관심을 두고 있는 학자는 앙리 르페브르이다. 르페브르에 있어 일상세계는 자본주의적 삶의 변화를 가장 잘 보여주는 동시에 자본주의의 변하지 않는 부분을 가장 잘 은폐하고 있는 이중기제가 작동하는 영역이다. 르페브르에게 일상적 삶은 자본주의에서 생산되고 자본주의에 의해 철저히 식민화된 영역이다. 그는 일상을 변화시켜야 할 대상의 관점에서 주목해야 한다고 본다. 그 이유로 첫째 일상성은 자본주의 손에서 생산된 새로운 현실이고, 둘째 제2차 대전 이후 일상의 삶은 중산층에게는 사회적 실천이, 빈곤층에게는 선망의 대상이 되었고 거대 다국적 기업들이 경제영역에 등장하게 된 것도 일상의 삶에 의해서이며, 셋째 일상성은 자본주의적 생산 양식의 확장 양태이자 사회 관리의 양태이기 때문이다. 그는 자본주의적 일상성은 반복성을 그 특징으로 갖는데, 그 반복성은 착취와 지배의 기초이며 인간과 세계, 인간과 인간의 관계로 상정된다고 본다. 현대적 삶의 비극성이 망각될 수 있는 이유도 세상이 조금도 변하지 않고 계속된다는 이 반복성에 의해서이다. 그는 비극성의 망각이 현대적 제도로써 일상성이 거두는 최대의 성공이라 했다. 또한 현대적 일상의 삶은 극히 모순적이어서, 일상은 그 자체가 생산하는 욕구를 충족시킴으로써 만족을 제공하는 동시에 박탈감과 결핍감을 탄생시킨다고도 보았다. 그것은 깊고 모호한 불만과 알 수 없는 불안을 야기한다. 그리고 박탈감, 결핍의식, 불만은 인간에게 지금의 현실과 다른 그리움과 열망을 발생시킨다고 그는 주장한다. 이처럼

---

5) 앞의 책, 44~45쪽 참조.

르페브르는 일상을 화려한 자본주의적 근대성의 어두운 그늘로 상정하고 있다.[6]

그러나 일상 사회학자들은, 일상성 탐구가 지나치게 미시적이고 주관적이어서 거시적이며 객관적인 현상을 다루기 어렵다는 비판을 받기도 한다. 이러한 비판은 부분적으로 설득력을 갖지만, 일상성을 탐구하는 학자들이 전체 사회, 거시적인 사회현상 탐구를 전적으로 배제하는 것이 아니라는 사실은 간과한 측면이 있다. 일상사회학은 거시적 관점을 배경으로 삼더라도 구성원의 일상생활에 좀더 큰 관심을 기울일 따름인 것이다. 일상성론자들이 일상생활의 관점을 강조하는 것이 거시적 관점과의 연관성을 배제하는 것은 아니다.

강수택은 이러한 관점에서 일상성 논의의 의의를 다음과 같이 정리한다. 첫째, 일상생활의 관점은 경제 논리, 정치 논리 등 특정한 활동의 논리 대신 총체적 생활 논리를 중시하여 결국은 생활 주체인 인간을 강조하는 인간주의적 관점이다. 둘째, 이 관점은 사회와 역사에서 이론가의 이론이 아닌 보통 사람들의 상식적 지식이 갖는 중요성을 강조하거나 일상적 실천의 의미에 주목하기에 아래로부터(von unten)의 관점으로 묘사된다. 셋째, 이 관점은 사람들의 생활세계를 외부의 관점으로 파악하기보다 참여자 개인들 스스로의 관점으로부터 파악하려 한다. 이것은 선험적으로 구성된 특정 이론이나 개념, 범주로 인간의 삶을 해석하는 것이 아니라 생활 주체의 경험세계를 바탕으로 현실을 재구성한다. 따라서 이 관점은 흔히 안으로부터(von innen)의 관점으로 불리기도 한다. 넷째, 이 관점은 일상생활의 주체인 개인의 주관성을 동태적이고 사회적인 맥락에서 파악하려 한다. 다섯째, 일상생활의 관

---

6) 르페브르의 일상성에 관한 논의는, Henri Lefebvre, *La vie quotidienne dans le monde moderne*, 『현대세계의 일상성』(박정자 옮김), 主流·一念, 1990, 1, 2장과 도정일, 『시인은 숲으로 가지 못한다』, 민음사, 1994, 286~312쪽 참조.

점은 학문간의 경계를 넘어 학제적인 연구의 필요성을 강조한다.7) 이
와 같은 의미 부여를 통한 일상생활의 새로운 해석은 거대담론을 중시
하는 사회학자들의 반박을 극복하는 데 중요한 이론적 바탕이 된다.

미시사(Mikrogeschichte)적 연구방법에 새롭게 주목한 역사학 또한
철학이나 사회학과 마찬가지로 일상세계에 많은 관심을 기울이고 있
다. 1970년대 후반부터 시작된 미시사 연구는 거시사로 미처 해석할
수 없는 역사적 난점을 구명하려는 역사학계의 노력에서 비롯되었다.
미시사 연구자들은 불완전한 거시사만으로, 즉 미시사를 동반하지 않
는 거시사는 이상적인 의미에서의 역사가 될 수 없다는 전제에서 출발
한다. 그들은 미시사와 거시사의 상호 보완을 중요하게 여기고 있다.

미시사 연구자들의 특성은 우선 역사 연구에 있어 엘리트에 관심을
기울이기보다 하층 사람들에 주목한다. 미시사가들은, 거시사가들이
통계숫자나 익명으로 파악하던 하층민들이 나름의 목적을 가지고 생각
하고 행동하려 했음을 이해하려는 것이다. 또한 미시사가들은 정지사
나 정신사와 같은 과거의 전통은 물론 정치사 등에서 연구되던 위대한
남성들을 복원할 의지를 가지고 있지 않다.8) 이 말은 미시사가들이 중
심부의 목소리에 주목한다기보다 주변부의 목소리에 보다 관심을 집
중해 그들이 생활세계에 보다 밀착해 연구를 수행할 것임을 시사하는
것이다. 이들의 연구 방법론은 역사의 리얼리티를 작은 규모를 통해 보
기 때문에 어떤 사건이나 개인에 대해 촘촘한 기술(thick description)을
행하게 된다. 이런 기술법은 미시사 연구의 주요한 방법론으로 사건이
나 개인의 사례를 이야기(narrative)체로 서술하게 한다.9)

---

7) 강수택, 앞의 책, 23~24쪽 참조.
8) Jürgen Schlumbohm(ed), *Mikrogeschichte Makrogeschichte*, 「미시사-거시사 : 토론을 시작하며」,
   『미시사와 거시사』(백승종 외 옮김), 궁리, 2001, 17~51쪽 참조.
9) Giovanni Levi, *On Microhistory*, 「미시사에 대하여」, 『미시사란 무엇인가』(곽차섭 엮음),

여기에 또 한 분야는, 궁극적으로는 미시사의 분파이지만 일반론적 미시사와 성격이 약간 다른 일상생활사가 있다. 일상생활사는 사회학에서 일상성 논의가 다양했던 독일을 중심으로 진행된 새로운 역사 방법론이다. 이 견해는 대체로 미시사가들의 주장과 대동소이하다. 다만 미시사가들의 이론이 이탈리아를 중심으로 해서 확장된 데 비해 일상생활사론은 독일 사회학의 일상성론과 좀더 밀접한 관계를 갖는다는 차이가 있다. 일상생활사가들은 따라서 일상사회학의 주장이 많이 반영된 측면에서 역사를 바라본다.

일상생활사가들은 반복되는 것이 지배하는 일상적 활동을 연구 중심에 놓는다. 그들은 사회·역사적 변동이나 지속성이 구체적 개인에 귀속된다고 보고 개인의 사회적 실천에 무게중심을 둔다. 이것은 일상에서 탈중심화된 타자의 입장을 중시하려는 연구 태도라 할 수 있다. 또한 그들은 작은 단위에 시각을 집중함으로써 바로 이 순간의 사건을 중시한다. 그들은 일상성 탐구 혹은 그것을 주제로 수행되는 다양한 예술 양식에 관심을 기울이는바, 영화나 문학으로 형상화되는 일상성에 주목한다.[10] 역사학에서 살핀 일상성은 주로 민중들의 세세한 삶을 구체적으로 기록하기 위한 방법으로 동원되었다고 할 수 있다.

이와 같은 다양한 일상성 논의에도 불구하고 일상에 대한 정의는 아직 명확하게 정립되지 않고 있다. 일상사가 뤼트케는 혼돈으로서의 일상 개념에 동의하며 일상이 잘 정돈된 어떤 상황을 나타내는 것은 아니라고 본다. 그는 일상의 명확한 개념 규정이 불가능하다고 여기고 일상의 불명료성을 현실의 일부로 파악해야 함을 언급한다.[11] 사정은

푸른역사, 2000, 57~88 참조.

10) Alf Lüdtke(ed), *Alltagseschichte*, 『일상사란 무엇인가』(이동기 외 옮김), 청년사, 2002, 15~65 쪽 참조.

11) 앞의 책, 462~463쪽 참조.

사회학계에서도 마찬가지이다. 엘리아스는, 일상의 개념이 오늘날 사회학의 몇몇 학파에서 핵심적인 개념으로 사용되기에 이른 까닭은 기본적으로 이것이 하나의 통일된 이론적 기획에 의해서라기보다 기존의 지배적인 이론적 기획들에 대한 거부라는 공통된 관심사에 의한 것 때문으로 본다.[12]

우리나라에서 일상성 담론에 관한 학문적 연구는 그리 활발하게 전개되지 못한 편이다. 신용하는 한국사회사의 연구 영역을 첫째 구조의 역사, 둘째 구조 변동의 역사, 셋째 일상 사회생활의 역사 등으로 구분하며 일상 사회생활 역사 연구의 중요성을 피력한다.[13] 신용하가 일상성에 대한 구체적 언급 없이 단지 당위로서의 연구 필요성을 말했다면, 이와 비슷한 시기에 한국의 일상성 담론 부재에 문제를 제기한 사람은 박재환이다. 그는 1984년 발표된 논문[14]에서 일상성 논의를 개진했다.

지난 80년대는 일상성 같은 미시사적 입론이 우리나라에 적용되기에 사회적 격변이 너무 심했다. 이후 일상성 논의는 90년대에 들어 다

---

12) 강수택, 앞의 책, 33쪽.

13) 신용하는, 종래의 역사가 일상생활을 등한시하고 중앙정치나 구조에 집중했음을 비판한다. 그 결과 한국의 역사는 국민의 실제 일상생활에 아무것도 조명하지 못한다는 비판을 가하며 그 대안으로 연구자들의 시선을 국민 일상생활 쪽으로 전환할 것을 촉구한다. 신용하, 「한국 사회사의 대상과 '이론'의 문제」, 『사회사와 사회학』, 창작과비평사, 1982, 574~575쪽.

14) 그는 이 논문에서, 사건성과 일상성의 대비를 통해 종래의 사회과학적 관심이 사건성에 치중했다고 보고 일상에 대한 구체적 접근양상을 다섯 가지로 분류하여 제시한다. 그것들은 ① 일상생활에 대한 인식론적 고찰 ② 하루 24시간을 어떻게 보내는가에 대한 연구 ③ 일상생활의 각종 의식(儀式) 연구 ④ 일상생활을 미시적 측면뿐 아니라 사회 전체의 일상적 구조로까지 확대하는 방법 ⑤ 소외와 같은 인간 존재의 내면적 반성과 결부한 논의 등이다. 이와 함께 박재환은 맑시즘에 바탕을 둔 일상성론자 르페브르와 이데올로기적 전제 없이 일상성의 중요성을 부각시킨 마페졸리의 상반된 견해를 요약 제시한다. 박재환, 「일상생활에 대한 사회학적 조명」, 『일상생활의 사회학』(M. 마페졸리, H. 르페브르 외 지음, 박재환, 일상성·일상생활구회 엮음), 한울아카데미, 1994, 21~43쪽 참조.

시 촉발된다. 특히 1990년도에 번역된 앙리 르페브르의 책은 국내에서 일상성 담론의 논의를 본격적으로 촉발한 계기가 되었다 할 수 있다. 이후 일상성 논의는 동구권 몰락 이후 급격히 밀어닥친 포스트모더니즘의 소용돌이 한가운데에서 계속된다. 일상 사회학자들은 각종 포스트 이론들이 나름대로의 현실 설명력을 가질 수 있음을 인정하면서도 구체적 현실과 매개가 없는 그것의 공허성에 우려를 표명한다. 그래서 그들은 사회 현실을 새롭게 바라보는 시각으로서의 일상성 연구를 옹호한다.[15]

2. 세태소설과 일상성의 관계

르페브르가 "일상을 다루는 것은 결국 일상성을 생산하는 사회, 우리가 그 안에 살고 있는 그 사회의 성격을 규정짓는 일이다. 일상성은 하나의 개념일 뿐만 아니라, 우리는 이 개념을 사회를 알기 위한 하나의 실마리로 간주할 수 있다"[16]고 언급했듯이, 일상성이라는 단어는 당대 사회와 긴밀한 관계를 맺는다.

사회에서 살아가는 사람들의 일상적인 삶의 양태를 세태라 한다면, 세태소설은 어떤 사회의 모습을 재구성하고 고도로 발달한 사회의 복잡한 관습·가치관·습속을 정밀한 관찰에 입각하여 서술하는 소설로 정의될 수 있다. 이런 점에서 세태소설은 일상적 삶의 모습에서 소재를 취해 그것을 주요한 구성 원리로 삼아 씌어지는 것이라 할 수 있

---

15) 일상성에 관한 박재환, 강수택의 이론적 연구를 바탕으로, 한국사회의 다양한 생활방식에 주목한 <일상성·일상생활연구회>와 <일상문화연구회>의 저작물들은 그것을 증거하는 좋은 예가 될 것이다.
16) H, Lefebvre, 「현대세계의 일상성」, (박재환, 일상성·일상생활연구회 엮음), 앞의 책, 68쪽.

다. 소설사에서 일상에 대한 관심은 근대 시민사회의 발전 이후부터 본격적으로 전개된다. 근대 이후의 소설에는 신이나 영웅들의 이야기 대신 평범한 인간의 삶에 시선을 집중한다. 따라서 일상적 삶을 소재 삼아 씌어진다는 것만으로 세태소설이 특별한 존재의미를 부여받을 수는 없다. 세태소설에는 일상적 삶에 대한 소설적 형상화가 좀더 구체적으로 부각되어 있을 따름인 것이다. 이럴 경우 세태소설은 여타의 소설 유형에 비해 변별성을 가질 수 없다. 일상성이 반영된 세태소설의 서사형식을 고찰해 다른 유형의 소설과 차이점을 살펴야 할 필요성은 그런 까닭에 제기된다.

우리 문학에서 세태소설에 대한 정의가 확립되기 시작한 것은, 1936년 최재서의 「리얼리즘의 확대와 그 심화」라는 논문에서 처음 '세태'라는 용어가 언급된 이후이다. 이후 임화, 김남천이 가세해 논의는 활성화되고 근래에는 김윤식, 김우종, 이재선, 김경수 등에 의해 연구가 이어졌다. 그러나 세태소설에 관한 정의가 아직 명확하게 이루어지지 않고 있는 실정이다. 그럼에도 이들의 논의를 종합해 세태소설의 서사적 특성을 고찰하면 다음과 같다.

우선 구성의 측면을 보자면, 세태소설은 사건 중심의 선조적(線條的) 구성 대신 '통시성의 공시성'이라는 시공성(時空性)을 통해, 일상적 삶의 다양성과 통일성을 함께 포착함으로써 현실의 총체적 표현을 달성하려는 목적을 지닌다. 이때 시공성은 "모든 것이 단일한 시간 안에, 단일한 순간의 공시성 안에 존재하는 것으로 보며, 세계 전체를 동시에 존재하는 것으로 파악"[17]한다는 의미이다. 이러한 방법론은 세태소설에 직선적 플롯 대신 병렬적 플롯을 차용하게 한다.

또한 세태소설은 서사 중심의 전통적 소설 진술 대신 묘사의 원리에 입

---

17) 김욱동, 『대화적 상상력: 바흐친의 문학이론』, 문학과지성사, 1994, 215쪽.

각해 스토리를 직조한다. 따라서 세태소설은 동시적 시간구조를 중심으로 한 소설의 구조, 즉 이야기의 선조성과 관련된 통합적(syntagmatic) 질서보다 계열적(paradigmatic) 질서가 우선하는 소설의 형태를 띤다. 즉 시간의 흐름에 고조되는 극적 요소 대신 동시적 진행을 통한 공간의 확대를 지향함으로써 통합적 질서보다 계열적 질서가 우선하는 것이다. 세태소설의 계열적 구조는 계열적 변별성을 강화함으로써 다양한 삶의 차이를 표현한다. 한편으로 세태소설은 그 속에 내재하는 삶의 동질성을 함축해 드러냄으로써 단편이 표현할 수 없는 현실의 총체적 표현을 이루어낸다.

이러한 소설 구성은 구체적으로 이야기 단위를 분장(分章), 불연속적 이야기의 구성, 선조적 시간의 파괴, 시작과 끝의 패러다임식 구성, 교차식 구성 등을 구축하게 한다. 세태소설은 나름의 언술적 특징도 갖는다. 세태소설에는 주로 전지적이며 편재적(遍在的)인 서술자의 목소리가 드러난다. 이와 같은 언술적 기능은 행위의 기능성보다 존재의 기능성이 우선하는 소설 유형에서 작가가 자신의 사상을 표현하는 방법으로써 중요한 역할을 한다.

다음으로는 세태소설의 인물에 관한 논의이다. 세태소설에는 소설에서 차지하는 비중이 동등한 다수의 인물이 등장한다. 등장인물들은 다양한 그룹의 대표자로서 제각기 한 시대의 삶의 양식을 대변하는 동시에 각자는 현실을 서로 다른 시각에서 바라보며 총체적 현실을 드러낸다. 그러므로 인물은 직선적 플롯 중심의 소설이 보여주는 극적 행위보다 유지성 개인으로 등장한다. 이때 유지성 개인이란, 소설 인물의 성격변화 없이 처음에 인물에게 부여된 유형성에 충실한 행위양식과 사고를 나타내는 평면적 인물을 의미한다. 그는 양식화된 습속을 통해 표현되는 일상적 인물로 현실의 세속적 질서에 순응하며 이상을 꿈꾸지 않는다.[18]

위에서 살핀 대로 세태소설은 전통적 소설 형식과 변별되는 나름의 특징을 가지고 있다. 세태소설의 특징 중 일상성과 가장 밀접하게 연관된 부분은 세태소설이 극적 사건보다 일상생활에 시선을 집중한다는 점이다. 이 말은 세태소설이 미시적 삶을 충실하게 그려내기에 유리하다는 의미라 하겠다.

세태소설이 일상생활을 소재로 다루고 있지만 양자의 차이도 드러난다. 우선 일상성과 세태소설의 범주론적 차이이다. 앞에서 고찰한 대로 일상성은 철학·사회학·역사학에서 그 의미나 미시적 일상생활의 동태를 밝히려는 의도로 탐구되었다. 그 방법론적 도구로 일상성은 정의되는 것이며 그것은 문학에 적용되는 경우에도 마찬가지이다. 따라서 세태소설을 소설 유형론의 하위장르로 본다면, 일상성은 세태소설에서 주로 다루어지는 제재가 될 뿐이다. 이것이 세태소설과 일상성이 밀접한 관계를 맺고 있기는 하지만 동일선상에서 분석될 수 없는 이유이다.

이런 연유로 일상성은 세태소설의 서사형식으로부터 자유롭다. 즉 일상성을 다룬 소설에 굳이 세태소설에서처럼 선조적 구성을 거부하거나, 평면적 인물이 등장하거나, 편재적 서술자가 등장할 필요는 없다는 것이다. 이는 일상성을 다루는 많은 소설의 형식이 세태소설의 서사원리에 비해 자유로움을 입증하는 것이다. 일상성을 다룬 소설이 세태소설의 한 특징인 장편일 필요가 없는 까닭도 여기에 있다고 하겠다.

예술사조의 측면에서도 일상성은 리얼리즘의 창박방법론에 밀접한 세태소설의 경우처럼 '현상의 세밀한 재현'으로만 발현되지 않는다. 모더니즘 소설에서 일상성은 대체로 자아의 '내면성'에 함몰되어 나타

---

18) 세태소설에 관한 서사적 형식의 특성에 관해서는 다음의 논문을 참조하였다. 박영순, 「1930년대 세태소설 연구」, 이화여대 박사논문, 1992, 3장; 정비아, 「세태소설의 세계관 연구」, 숙명여대 석사논문, 2001, 2장.

나는 경향이 있다. 이때 일상성은 "파편화되고, 탈중심화된, 그야말로
상처입은 자아 이미지" 속에 본질이 함축된다.[19]

3. 현대 한국소설에 반영된 일상성

빠뜨릭 따뀌셀은 사회학적 의미의 일상성이 미적-해석적 양식과 결
합하는 경우를 제시한다. 그는 철학자 쟝 그르니에의 예를 통해, 일상
생활이 삶의 양식과 예술 작품으로 나아가는 도정을 고찰하고 있다.
그는 평범한 생활의 가망성들과 결말들을 독해하는 것이 얼마나 가치
있는 것인가를 보여주는 작품으로 에른스트 블로흐의『자취들』을 예
시하며, 이 작품의 일상적 상황이 독자를 방심하지 않게 하는 하나의
경고가 되고 있음을 언급한다. 엘리아스 카네티는『마라께스의 목소
리』를 통해, 수많은 인상들을 다면적인 서술로 정형화하여 입체적인
여행기를 보여주었다고 해석한다. 그는 발터 벤야민의『일방통행로』
와『베를린에서의 유년시절』을, 사람들과 사물들을 둘러싸고 있는 느
낌과 분위기를 일상적 시간의 차원에서 설명하는 작품들로 선정했다.
이와 함께 마르셀 프루스트, 로버트 무질, 엘리아스 카네티, 시적 반란
의 초현실주의자들, 누보로망 작가들의 작품들을 일상적 사건들을 세
밀하게 기술한 예로 들었다.[20]

일상성이 우리 소설의 주요한 제재로 등장하는 시기는 1930년대이
다. 이런 현상은 시대상황에 대한 절망과 깊은 관련이 있다. 일제에 의

---

19) Astradur Eysteinsson, *The Concept of Modernism*,『모더니즘 문학론』(임옥희 옮김), 현대미학
　　사, 1996, 214쪽.
20) Patrick Tacussel, *Criticism and Understanding of Everyday Life*,「일상생활의 비판과 이해」
　　(박재환, 일상성・일상생활연구회 엮음), 앞의 책, 162~174쪽 참조.

해 강제된 비이성적인 전쟁 수행과 사회주의적 이념의 좌절은 주체적인 자기 모색을 어렵게 만들었고 그 결과 지식인 사이에는 절망의 철학이 유행하게 되었다. 시대의 절망에 대응하는 소설 경향은 크게 두 가지로 나타났는데, 절망 자체를 작품의 주제로 드러내면서 삶에 대한 근본적 질문을 던지는 방향이 첫 번째였고, 매일매일 펼쳐지는 일상적 삶에 관심을 기울이는 경향이 두 번째였다.[21] 이 시기의 일상에 대한 관심 증가는 현실에 적합한 이념 생산에 실패한 결과로, 이는 이념의 좌절 뒤에 나타나는 일반적인 경향이기도 하다. 당시 작가들의 일상에 대한 관심은 지배 체제와 맞서지 않고 사회에서 무엇인가를 발견하려는 의도의 표출이라 할 수 있다.

30년대의 일상성을 강조한 소설에 전망이 제시되지 않는 이유도 시대에의 절망감이 우선하기 때문이다. 작가들은 이전의 미래에 대한 낙관적 전망이 구체성을 결여한 관념에 불과했음을 깨닫는다. 이러한 의식의 변화는 세태소설의 유행으로 나타난다. 김남천은, 이 시기 세태소설을 "현실의 어느 것이 중요하고 어느 것이 중요하지 않은가-이것을 구별하는 것이 진정한 '리얼리즘'이다-가 일체 배려되지 않고 소여의 현실을 작가는 단지 일체의 세부를 통하여 예술적으로 재현코자 한다"[22]며 부정적으로 인식했던 임화와의 논쟁을 통해 세태 속의 일상생활과 지식을 강조했다.

> 대체로 문학이 일상성에 참여하는 것은 결코 부끄러운 일이나 오입(誤入)이 아닐 것이다. 아카데미즘이 시사성이나 일상성을 배격하는 것은 자신이 학문과 진리의 영역에서 멀리 떠나 학문 봉쇄나 진리 유린에 이르러

---

21) 김한식, 「1930년대 후반 장편소설의 일상성 수용과 표현에 관한 연구」, 고려대 박사논문, 2000, 37~44쪽 참조.
22) 임화, 『문학의 논리』, 학예사, 1940, 357쪽.

있는 것을 말함에 불과할 것이다. 일상성이나 시사성을 떠나는 데서 문학
이 융성하는 것도 행복되는 것도 아무것도 아니다. 일상성과 시사성의 가
운데 침투하여 대중의 생활 속에서 비판력과 정서를 배양해주고 진정한
향락을 누리게 하는 것만이 문학의 본래 정신이다. 불행은 그러므로 이
일상성과 시사성을 그릇되게 피상적으로 오해하는 데서 유래한다고 보는
것이 온당할 것이다.[23]

김남천이 말하는 일상성은 막연한 개념이다. 그의 일상성 개념은 말
그대로 세태에 충실하라는 의미 정도이고 이것은 정밀한 묘사로 세태
의 진실성을 확보하자는 창작기법의 차원에 불과하다. 그럼에도 당대
정세의 묘출이 생활현상이나 일상적 사실을 통하여 가능하다는 논리
는, 비판적 리얼리즘의 창작 원리에 의거한 가능성을 새롭게 제안했다
는 점에서 의미를 지닌다.

김남천의 논의에 입각하면, 염상섭의 『삼대』(1931)나 채만식의 『탁
류』(1937) 같은 작품에서 일상성 구현을 확인할 수 있다. 이들 작품은
세태의 구체적 묘사를 통해 일상성을 포착한 것으로, 소설유형론으로
보자면 세태소설로 분류될 수 있는 작품들이기도 하다. 앞에서 말했
듯, 임화는 세태소설에 부정적인 시각을 보였다. 그는 『탁류』, 박태원
의 『천변풍경』(1936), 홍명희의 『임꺽정』(1939)을 세태소설로 분류했
다. 임화는 이들 작품이 사상성이 부족하고 현실의 표면적 양상만을
펼쳐놓는데 그쳤다고 본다. 이에 비해 김남천은 단순히 세태를 묘사하
는 것이 결코 디테일의 진실성을 확보하는 일이 아님은 분명하지만,
디테일의 진실성을 확보하는 길은 생활현상에 대한 관찰과 사실의 파
악이라는 단계를 거치지 않고는 어렵다는 점을 강조한다.[24]

---

23) 김남천, 「작금의 신문소설-통속소설론을 위한 감상」, 『카프비평자료총서 제7권』(임규찬 ·
　한기형 엮음), 태학사, 1990, 769쪽에서 재인용.

임화와 김남천의 논의 핵심은 세태소설에 대한 인식의 태도 차이로 요약될 수 있는데, 그럼에도 불구하고 그들의 기본 시각에는 세태소설이 일상적 삶의 모습을 그려내고 있음을 수긍하는 측면이 있다. 그런 점은 다음에 논의할 30년대의 작품들에 일상성이 구현되고 있음을 반증하는 것이기도 하다.

염상섭은 1930년을 전후한 조선 현실을 면밀히 관찰, 재현하고 나아가 미래를 향한 방향성을 제시하려 하였다. 이 시기 염상섭 작품의 핵심 테마는 생활이다. 이때의 생활이란 현실이라는 무대 위에서 펼쳐지는 희비극이나 일상적 삶의 모습, 곧 풍속(세태)을 의미하는 것이다.[25] 『삼대』에 나타나는 물신적 세태와 조의관, 조상훈, 조덕기 삼대의 가치관 차이는 당대의 세태를 여실히 재현하고 있다. 그러나 염상섭의 세계는, 임화의 지적대로 세태묘사에는 충실했으나 '돈'으로 대표되는 물신화와 당대 사회에서 그것의 의미를 탐구하기에는 한계를 노출한다. 물신화된 사회에서의 돈과 그것을 둘러싼 인물의 의식과 행위는 당대 현실의 경제적 질서를 수렴하지 못하고 있는 것이다. 이것은 임화가 세태소설을 "작가가 주장하려는 바를 표현하려면 묘사되는 세계가 그것과 부합되지 않고, 묘사되는 세계를 충실하게 살리려면 작가의 생각이 그것과 일치할 수 없는 상태"[26]라고 비판한 그대로의 결과인 것이다.

염상섭과 함께 묘사의 구체성을 통한 일상성의 확보는 채만식에게서도 나타난다. 채만식은 풍자의 기법으로 당대의 현실을 그려낸 작가이다. 그러나 채만식은 역사의 부정적 현실 앞에서 풍자의 길을 포기

---

24) 한수영, 『소설과 일상성』, 소명출판, 2000, 155쪽.
25) 김윤식·정호웅, 『한국소설사』, 예하, 1993, 179쪽.
26) 임화, 앞의 책, 346쪽.

하고 시속의 디테일한 묘사로 창작 방법을 바꾼다. 『탁류』는 식민지 사회에서 자본주의의 부정적 측면을 핍진하게 보여준 작품이다. 작가는 30년대에 일본의 자본주의가 조선에 이식되면서, 민족 자본의 침탈이나 자본주의의 발전에 따라 득실을 보는 계층은 누구인가를 면밀히 고찰하고 있다. 그 과정에서 작품의 주인공 초봉을 비롯한 인물들이 부정적 현실에서 살아남기 위해 이전투구를 벌인다. 작가는 부정적 현실을 타개할 인물로 남승재를 등장시키지만, 그 역시 자본주의의 모순을 냉철하게 극복할 만한 소양을 갖고 있지는 못한 인물이다. 남승재가 이념태로 품고 있는 사회주의는, 단지 관념의 차원에서 머물러 있을 뿐 실천의 주체와 방법에 대한 현실적 대응은 아닌 것이다.[27] 이런 점에서 채만식 역시 세태를 정밀하게 묘사하고 있기는 하지만, 임화의 비판에서 벗어날 수 없는 한계를 지닌다고 하겠다.

창작 방법론에서 모더니즘이 가장 화려하게 빛난 곳은 바로 풍속과 관련된 경우에서이다. 모던걸과 모던보이로 표상되는 이들 풍속의 해방가들은 도시 출현과 더불어 일상생활 한가운데 자리했다. 이것은 당시 경성에 현대식 건물과 백화점, 그리고 극장, 다방 같은 출현으로 도시의 풍속이 급변한 가운데 이루어진 것이다.[28] 현대인의 생활을 조직적으로 조사 연구하여 현대의 세태풍속을 분석·해석하는 학문을 고현학(考現學, modernology)[29]이라 한다면 30년대 이 계열의 대표적 작가로 박태원을 들 수 있다. 작가는 「소설가 구보씨의 일일」(1938)에서 근대적 도시의 형성이 막 이루어지기 시작한 경성 거리를 '구보'라는 인물을 내세워 배회하게 한다. 이때 '구보'는 도시적 삶에 주체적으로

---

27) 김윤식·정호웅, 앞의 책, 185쪽 참조.
28) 위의 책, 234쪽.
29) 앞의 책, 235쪽.

참여하는 인물이 아니다. 그는 단지 새롭게 출현한 근대적 도시 풍경을 수동적으로 관조하는 산책자(flâneur)[30]일 따름이다. 산책자를 등장시킨 박태원은 도심의 자극에 단상들의 기록으로 작품을 구성한다.

고현학적 입장에서 본 박태원의 창작기법은 생활풍속의 묘사에서는 핍진하지만 인간의 내면 풍경이 부재한다는 점에서 한계를 노출한다. '구보'가 대학 노트를 들고 거리를 배회해서 얻을 수 있는 것은 경성 거리의 표충적 정경이 전부이다. 이를 극복하자면 근대 도시 앞에서 위축된 현대인의 심리를 그려낼 수 있어야 한다. 그러나 박태원은 단지 거기에서 멈출 따름이다. 나름의 한계에도 불구하고 위의 세 작가들은 생활세계에 대한 철저한 탐구와 묘사로 당대의 일상성을 구현했다는 공통점을 지닌다.

30년대 우리 소설에는 근대에의 부정적 인식과 그로 인한 사회와의 단절, 세상사의 권태 같은 주제적 측면을 통해 일상성을 제시한 작품도 존재한다. 근대와 일상성의 상관성은 동시대적인 삶에 대한 관심과 구체적 개인의 경험 및 인식에 대한 외화라는 역동성을 지니는 한편, 이러한 일상성이 강화되면 강화될수록 거꾸로 일상을 통해 확보한 세계인식의 단편성과 즉자성에 매몰되는 이율배반적인 관계를 맺는다.

한국에서의 모더니즘 수용은 자본주의의 병리모순인 인간의 사물화 현상과 그로 인한 소외의 양상으로 발현되었다. 특히 1930년대 모더니스트들의 근대 경험은 그것을 부정하는 방식으로 진행되었다. 진보와 발전의 역사가 미래를 향해 뻗어 있는 직선적 시간 구조에서 논

---

30) 산책자(flâneur)는 성급하고 목적론적인 행위에 집착하는 대도시의 군중들과 대조적으로 목적없이 그들 사이를 배회하는 인물을 지칭하는 벤야민의 용어로, 이 개념의 출현 배경에는 근대화된 도시 공간이 전제된다. 19세기 산업의 발달로 인한 급격한 도시화는 주체와 세계 사이의 상호 작용을 깨고 풍경을 불가해한 괴물로 만듦으로써 주체를 수동적인 관조자로 전락시키고 마는데, 이런 수동적 주체를 산책자라 한다. 최혜실, 『한국 현대소설의 이론』, 국학자료원, 1994, 65쪽.

의되는 것이라면, 일상적 현실은 매일같이 되풀이되는 그 주기적 시간 속에서 고유한 특성이 잉태된다. 이 반복적 일상 속에서 30년대의 모더니스트들은 권태를 느끼고 그때 일상성은 사회적으로 부적응한 모더니즘 경향의 작품으로 반영된다.[31]

이런 경향을 드러낸 대표적인 작가가 이상이다. 모더니즘 미적 자의식의 특성 중 하나는 그것이 자기 반영적 성격을 띤다는 점이다. 자기 반영이란 의식의 도구가 어떤 경험을 직접적으로 묘사하거나 표현하려 하지 않고, 스스로의 독자적 활동을 통해 현실의 자료를 교묘하게 변조하려는 작업을 말한다. 이러한 의식에는 소설의 필연성이나 객관적 인과율이 거부된다.[32] 당대에 미적 자의식이 누구보다 현저했던 이상에게 세계란 기하학이나 물리학적 정신으로 표상되는 근대로 인식되고, 근대에의 부정적 시각은 그를 소극적으로 만든다. 이러한 현실은 유기적인 생명력을 지닌 세계가 아니다. 이것은 작가를 유폐된 세계로 매몰시킨다. 그는 일상적 세계의 외부와 단절하고 자기만의 세계로 들어앉는 것이다.

이 단절감은 이상에게 세계를 권태롭게 바라보게 한다. 「종생기(終生記)」(1937)는 근대의 일상적 현실에서 사는 작가 자신의 상징적 죽음을 나타낸다. 그 상징적 죽음으로 세계와 단절한 이상에게 남겨진 것은 권태일 따름이다.[33] 이상이 「날개」(1936)에서 일상적인 삶과 무관하게 "그냥 그날 그날을 그저 까닭 없이 편둥편둥 게으르게 있으면 만사가 그만"이라고 서술한 것은, 권태로운 일상에서 아무 희망 없이 소일하겠다는 의사에 다름 아니다. 이상에게 일상은 철저히 개인적이

---

31) 강상희, 「1930년대 한국 모더니즘 소설의 내면성 연구」, 서울대 박사논문, 1997, 58쪽.
32) 한상규, 「1930년대 모더니즘 문학의 미적 자의식」, 『이상문학전집4』(김윤식 엮음), 문학사상사, 1995, 359쪽 참조.
33) 이어령, 「이상론-'순수의식'의 완성과 그 파벽(破壁)」, 앞의 책, 41쪽 참조.

고 무의미한 시공간에 불과할 뿐이다.

이상 개략적으로 30년대에 일상성을 다룬 작품을 살폈다. 일상성의 관점에서 살핀 30년대 작가들의 작품은 일정한 한계를 내포하고 있는 것이 사실이다. 염상섭이나 채만식의 경우, 세태의 묘사는 있으나 당대 현실에 대한 인식이 철저하지 못했다. 박태원의 경우도 두 작가들과 마찬가지지만, 당시에는 새로웠을 창작 방법론을 동원했다는 의의는 인정할 수 있을 것이다. 이상은 시대에의 체념 속에서 극도로 유폐된 자아를 등장시킨다. 그의 일상적 세계는 사회적 측면이 배제된다는 점에서 한계를 지닐 수밖에 없다.

이러한 한계는 1960년대 김승옥의 등장으로 어느 정도 극복되는 양상을 보인다. 김승옥은 산업화가 시작된 60년대 상황에서 본 논문의 주제에 부합하는 일상성을 우리 소설에서 가장 적절하게 구현한 인물이다. 그는 새로운 근대적 가치관이 낳은 당대 한국사회의 모습과 그 속에서 고민하는 인간 실존의 양상에 주로 관심을 기울이고 일상성을 탐구하였다. 김승옥이 1960년대 초 서울에서 경험했던 삶에는, 정치적으로 미완의 혁명인 4·19와 그것을 무참히 짓밟아버린 5·16 군사쿠테타라는 역사적 사건이 존재한다. 경제적으로는 군사정권이 주도한 개발독재로 인해 물신주의가 급속히 위세를 떨치고, 김승옥 개인적으로는 대학생으로서 속물적 삶의 현장인 서울을 경험하던 시기였다. 이런 상황에서 김승옥은 정치·사회사적 삶의 조건보다 개인의 실존 조건을 문제 삼는다. 이러한 태도는 김승옥 소설에 개인적 삶만 반영되어 있을 뿐, 외적 현실과의 응전력은 상실했다는 비판을 받는 원인이 되었다.[34]

---

34) 그 대표적인 논자로, 유종호는 김승옥의 날카로운 감성이나 언어에 대한 감각을 칭찬하면서도 사회구조의 모순에는 전혀 태연할 수 있는 감수성이 올바른 감수성인가에 대해 의문을 제기하고 있다.(유종호, 「감수성의 혁명」, 『비순수의 선언』, 민음사, 1995, 424

김승옥은 60년대 서울에서 파편화된 군상에 관심을 기울인다. 주지하다시피, 60년대의 산업화는 서울을 자본과 욕망이 미만한 도시로 변화시키고 있었다. 급속한 도시화에 대한 부적응자는 필연적으로 소외감을 느끼게 된다. 김승옥이 주목하는 소외란 경제적 소외라기보다 실존적 고독의 측면이 강하다. 「서울, 1964년 겨울」(1965)에 등장하는 인물들 역시 존재론적 고독을 앓고 있다. 군중 속의 고독을 느끼는 그들은 자기를 상실한 현대인의 일상적 모습이기도 하다. 그런 의미에서 「서울…」은 아직 사회 구조에 제대로 진입하지 못한 자들의 고독한 내면의 풍경화이다.

「서울…」에서 나와 안이 도시의 밤거리를 배회하는 이유는 타자와 연관을 맺고자 하는 욕구에서 기인한다. 그것은 한편으로 고독한 개인을 거리로 내모는 근대 생활의 일상적 경험의 하나이기도 하다. 박태원의 '구보'가 새로운 도시가 건설되고 그것이 일상적 삶의 틀로 규정되기 시작한 1930년대 식민지 수도 서울을 거닐었듯이, 김승옥의 나와 안 역시 근대의 합리적 규율이 행사되는 서울의 밤거리를 헤맨다. 그들은 근대성이 배태되는 도시 공간에서 광고판 따위의 구경거리에 몰두한다. 도시의 밤거리는 "뭔가 풍부해지는 느낌"을 선사하기 때문이다. 이 시대의 일상생활은 이미 현대성의 이면이자 시대정신이 되어버렸다. 그러한 삶의 방식이 무의미한 장식에 불과함도 그들은 알고 있다.

그들이 끊임없이 감각적이고 즉물적인 말장난에 몰두하는 것도 상호 의미부여에 실패한 까닭이다. 나와 안의 대화는 자기의 의미를 확

쪽) 백낙청 역시 김승옥 문학을 소시민 의식이 팽배해 있는 60년대 한국에서 하나의 정직한 문학적 기록으로, 소시민 의식의 한계를 한계로서 제시하는 데 어느 정도 성공한 문학으로 받아들일 수 있음을 전제하면서도 김승옥의 업적이 진정한 시민문학의 발달을 위해 제구실을 하려면, 극복되어야 할 한계를 받아들여야 한다고 주장했다. 백낙청, 『민족문학과 세계문학 I 』, 창작과비평사, 1978, 65쪽.

인하려는 시도이기는 하지만 진정한 소통이 이루어지지는 않는다. 둘은 시종 실없는 말장난에 몰두한다. 「서울…」에서의 대화는 무의미한 '빈말[空談]'로 존재자에 대한 근원적 연관 없이 떠도는 세인의 언어유희에 불과하다. 빈말은 존재자를 본래적으로 개시하는 대신 은폐할 가능성이 크다. 그와 더불어 나와 안은 사물의 정체와 진상을 깊이 인식하기보다는 그것을 흩뜨림으로써 무정주성(無定住性)을 추구한다. 이와 같은 비본래적인 행동은 존재감을 상실한 것에서 오는 불안의 표현 방식이다. 그래서 그들은 한 존재자에게서 다른 존재자로 배회한다.35)

이미 성인이 되었지만, '자기세계'와 '생활세계'의 경계에 서 있는 그들은 사회규범 속으로 선뜻 진입하지 못한다. 아니, 그들은 사회의 틀로 입사하는 것을 두려워하는 젊은이들이다. 작품 말미에 월부 책장수의 죽음은 어렴풋하기만 했던 생활과 삶의 의미를 구체적으로 깨닫게 하는 계기가 된다. 그 경험은 그들에게 자신이 "늙어버린 것 같다는" 공포감을 안겨주는데, 이 정신적 늙음은 두 청년이 생활세계를 이해하는 하나의 이니시에이션(initiation)36)으로 기능하고 앞으로 그들이 사회적 일상인으로 살아나갈 것임을 암시한다.

70년대에 당대의 일상적 삶에 관심을 기울인 대표적 작가로 최일남이 있다. 최일남은 당대의 도시 풍경을 비판적으로 성찰한다. 『타령』(1975)에는 도시 변두리 서민의 애환이 사실적으로 그려지고 있다. 또한 『서울 사람들』(1975)에서는 소위 '출세한 촌놈'들의 허황된 자기 과

---

35) Heideger, 앞의 책, 240~259쪽 참조.
36) 마르쿠스는 이니시에이션 스토리를 자아와 세계에 무지하거나 미성숙기의 주인공이 일련의 경험과 시련을 통해 성숙한 인간으로 변화하는 모습을 그린 모든 유형의 작품으로 정의한다. Mordecai Marcus, "What is an initiation story?" *Critical Approaches to Fiction*, Kumar · Mckean(ed), (New York : McGrow-Hill, 1968), 203쪽.

시와 함께 물질적인 삶에 집착해 참다운 가치를 잃어버린 세태를 비판한다. 그의 소설에서 자주 등장하는 인물들은 농촌을 떠나 도시에 살면서 어느새 의식이나 정서가 서울 사람이 되어 버린 소시민들이다.[37] 「서울 사람들」(1975)에서 네 명의 고교 동창생들은 고향의 정취를 맛보기 위해 시골에 가지만 예정된 날보다 일찍 상경한다. 성인이 되어 경험한 시골은 의식 속에만 자리할 뿐 현실에서는 존재하지 않는다. 이것은 산업화로 인해 급격히 농촌의 모습이 변화한 것에 원인이 있다. 상경한 도시인들은 심리적 안식처마저 잃는 세태를 맞이할 수밖에 없다. 당시의 산업화는 고향의 풍경마저 도시적으로 변모시킨 것이다.

최일남은 그러나 단지 고향의 상실이라는 세태적 측면에서만 일상을 그려내고 있지 않다. 김윤식의 지적처럼 출세한 촌놈의식으로 요약되는 의식이 상경한 도시인들에게는 내재되어 있다. 최일남의 「둘째 사위」(1975)나 「디오게네스의 변절」(1976)에서 그려진 인물들은 하나같이 출세한 촌놈들로 서울에서 밀려나지 않기 위해 고투하는 동시에 고향에 대한 부채감이나 속죄 의식을 지니고 있다.[38]

김원우 또한 일상성과 관련해 빼놓을 수 없는 작가 중의 하나이다. 그는 초기작에서부터 꾸준히 도시인의 일상적 삶에 관심을 기울여 왔다. 80년대 이후 그의 많은 작품들이 세태 비판에 기울어져 있지만, 중산층의 삶에서 일상성을 발견하는 것은 여전하다. 김원우의 첫 작품집,『무기질 청년』(1981)에 수록된 작품들의 한결 같은 특징은 소재의 일상성이다. 1977년에 중편 「임지(任地)」로 등단한 이래 그의 소설 작업은, 70년대의 많은 소설들이 소재로 삼았던 분단이나 경제적으로 뿌리뽑힌 자들의 소외에 치중하기보다 생활 속에서 쉽게 조우할 수 있는

---

37) 권영민,『한국현대문학사』, 민음사, 1993, 300쪽.
38) 김윤식,『한국현대문학사:1945-1980』, 일지사, 1994, 225쪽 참조.

삶의 다양한 국면을 소설화하는 것에 중점을 두었다. 김원우의 작가적 태도는 어떤 이념이나 주장을 드러내기 위한 거시적 관점에서 시작되는 것이 아니라 삶의 과정에서 벌어지는 하찮은 일들에 대한 관심에서부터 촉발된다. 일상의 자질구레한 일들을 소설의 소재로 활용하면서, 김원우는 그것들이 삶 속에서 결코 사소하지 않은 것임을 역설적으로 보여주고 있다.

이러한 김원우 소설의 특장을 김현은 일찍이 '세속적 트임'이라는 용어로 요약한다. 세계를 신비주의적·종교적 관점에서가 아니라 세속적 관점에서 있는 그대로 분석해보려는 이 방법론은 곧 범속한 것들을 통한 진솔한 세계 인식의 수단이라 할 수 있다.[39] 작가의 '세속적 트임'은 세속사의 꼼꼼한 묘사로 이루어진다. 이는 앞에서 살핀 대로, 미시사적 방법으로 생활세계에 밀착해 촘촘한 기술(thick description)을 행하는 방식으로 이루어지는 것이다. 생활세계에 대한 정밀한 묘사는 세속을 통해 세계를 응시하고 해석하려는 작가의 의도와 상관성이 있다. 세계에의 세부적 진술은 작가의 객관적 시각이 전제되어야 한다. 그러한 시각을 결여할 경우, 작품은 무의미한 잡담의 수준으로 전락하고 스토리는 지리멸렬해지고 만다. 즉 작가에게는 세상의 이치에 대한 이해와 더불어 가치중립적 탐구자로서 중성적·상대주의적 세계관이 필요한 것이다.[40] 이러한 시각의 확보는 세상읽기의 편향을 제거하고 세속의 다양성을 풍부하게 그리기에 효과적이다.

가치중립적 시각으로 세속을 정밀하게 그려내고 있는 대표적 초기작이 「무기질 청년」(1980)이다. 「무기질 청년」의 화자 내가 우연히 입수하게 된 이만집이라는 청년의 비망록을 읽고, 거기에 나름의 주석을

---

39) 김현, 「세속적 트임의 의미」, 『무기질 청년』 해설, 민음사, 1981, 322~323쪽 참조.
40) 김윤식·정호웅, 앞의 책, 426쪽 참조.

달며 해석을 하는 과정으로 진행되는 이 작품에는 이만집이 겪은 일상적 현실의 모순과 불합리의 시정이 논해진다. 이만집이 본 당대 한국 사회의 현실은 한마디로 가치관이 혼재하는 상태이다. 이만집의 비망록 속에는 지리멸렬한 한국사에 대한 부정적 시각에서부터 일상세계의 자잘한 측면들, 가령 자장면에 대한 견해에서부터 온갖 '협회'들이 판치는 우리 사회의 우스운 꼴, 우리나라 사람들의 식사 시간에 관한 단상, 교육에 대한 의견, 매춘과 정치에 대한 사유 등등 한국 사회의 다양한 풍속을 거의 총체적으로 드러낸다.

　생활세계의 정밀한 묘사를 통해 김원우가 의도하는 바는 풍속을 통한 세상의 이해이다. 그런 김원우의 세상 인식은 『무기질 청년』 이후, 대체로 중산층의 시각으로 이루어진다. 앞에서 언급한 대로, 객관적이고 가치중립적인 시각 확보를 위해 중산층 화자 선택은 필연적이었을 것이다. 중산층의 시각을 통한 세상읽기는 균형감을 갖고 당대의 시속을 가장 정밀하고 객관적으로 바라볼 수 있다는 의미와 상통한다.

II. 도시적 생활세계의 탐구 - 박완서

1. 물신화된 도시인의 욕망

도시는 자연의 제약 속에 살아가던 인간이 인위적인 집단생활을 시작하면서 생성되었다. 집단생활이란 삶의 물질적·도구적 편익을 공동으로 증진하고 획득하기 위한 방편뿐만 아니라 이를 유지하고 발전시키는 비물질적·제도적 틀을 구축하는 것으로, 그것은 곧 인간의 문명화를 상징하는 기호이기도 하다. 인간에게 도시 생성은 우선 농업혁명으로 정착된 삶을 영위하기 시작한 이후 이루어졌다. 그러나 오늘날 일반적으로 말하는 근대적 도시는 산업혁명 이후 형성된 것이다.[1] 기술혁명의 토대 위에 자본주의적 산업화의 발전으로 성장과 팽창을 지속한 도시는 도시민이라는 새로운 근대적 삶의 주체를 탄생시켰다. 그들은 잔존하는 봉건세력의 지배에 맞서 자유로운 경제활동을 보장받기 위한 투쟁을 전개했고, 그 과정은 도시의 근대성(modernity)[2]을 확

---

[1] 조명래, 『현대사회의 도시론』, 한울아카데미, 2002, 32~33쪽 참조.

[2] 근대성이란 다양한 함의를 지닌 용어이다. 마테이 칼리느스쿠는 근대성을 다음 두 가지로 나누어 설명한다. 하나는 사회·역사적 근대성이고, 다른 하나는 미적 근대성이다. 사회·역사적 근대성이란 산업혁명과 자본주의에 의해 야기된 광범위한 사회·경제적 변화의 산물을 가리키는 것으로서, 주로 물적 세계의 변화에 관련된 개념이다. 반면, 미적 근대성이란 사회·역사적 변화의 부정적 산물에 대한 철저한 거부 및 소멸적인 부정적 열정을 가리키는 것으로 주로 미학이나 예술의 영역과 관련되는 개념이다.(Matei Calinescu, *Five*

립하는 계기가 되었다. 근대화된 도시는 이제 단순히 공간적 장소만의 의미가 아니라 근대의 특성을 가장 명료하게 담아내는 장으로 전화되었다.

근대의 긍정적 측면이 반영된 도시는 문화의 미덕과 다양성, 창의적 동태성의 기반, 안락, 미래적 가치를 담고 있는 곳으로 여겨졌다. 버만은 서구사회의 근대성 형성과 그 전개과정을 고찰하면서 근대성이란, "전 세계의 모든 사람들이 함께 하는 생생한 경험, 즉 공간과 시간의 경험, 자아와 타자의 경험, 삶의 가능성과 모험의 경험"을 가리키는 것으로 정의했다. 여기에서 경험이란 "본질적으로 전통적인 관습이나 역할의 벽이 와해될 때 겪게 되는 제한 없는 자아발전이라는 주체상의 과정을 의미"[3]하는 것으로 그것은 역동성과 개방성을 특징으로 한다.

버만이 근대의 역동성을 강조하고 있지만 자본주의 발전에 비례해 도시는 필연적으로 사회적 모순이 누적되었다. 자본주의가 심화될수록 도시는, 상품관계의 심화 · 계급구조와 갈등의 심화 · 소외와 인간의 적대적 관계 · 남성우월주의 · 과학기술의 남용 · 관료화 · 생활세계의 식민화 · 환경파괴 · 국가간의 갈등 · 전쟁 등 갖가지 문제점을 노출하기 시작했던 것이다.[4]

도시의 다양한 모순에 대한 관심은 주로 마르크스주의적 도시관을 계승한 연구자들에 의해 이루어졌다. 도시를 자본주의 생산양식의 구축장으로 정의한 마르크스의 도시관을 비판적으로 수용한 대표적 학자 중 하나인 앙리 르페브르는, 현대를 고도로 발달한 산업사회로 규

Faces of Modernity, 『모더니티의 다섯 얼굴』(이영욱 외 옮김), 시각과 언어, 1993, 53~54쪽 참조) 본 논문에서는 사회 · 역사적 측면의 근대성 개념을 적용한다.

3) Marshall Berman, *All That is Solid Melts Into Air*, 『현대성의 경험』(윤호병 · 이만식 옮김), 현대미학사, 1994, 12쪽.
4) 조명래, 앞의 책, 213~214쪽.

정하고 그 지배적 특징을 자본주의적 삶의 양식화로 설정한다. 그는 도시 공간을 이데올로기나 정치와 무관한 곳이 아닌 전략적이며 정치적인 장(champ)으로 인식한다. 그는 도시 공간에는 자본주의의 산물이자 이윤창출과 노동착취를 목적으로 하는 자본주의의 논리가 개입되어 있다고 본다.[5] 그리고 그는 고도로 발달한 현대 산업사회의 도시적 특성 중 하나로 일상성을 거론한다. 그에게 일상성이란 단순히 일상적 반복을 의미하는 것이 아니라, "자본주의의 손에서 생산되고" "자본주의의 손에서 철저히 식민화되었다"고 보는 삶의 영역이다.[6] 따라서 그에게 도시적 생활세계의 고찰을 통한 일상성 인식은 현대사회 이해와 직결된다.

제3세계 국가인 한국의 근대적 도시는 산업화와 함께 형성되었다. 1960년대 공화당의 경제개발 정책은 서울의 도시 구조를 급격하게 변모시킨다. 그 변모는 우선 도시 외양의 가시적 변화로 드러난다.[7] 그러나 한국의 도시화는 서구의 도시인이 자율적 시민계급으로서 정치·경제적 역할을 한 것과 달리, 건전한 도시 주체세력을 형성하지 못했다는 점에 문제가 있다. 또한 한국의 도시는 전근대적 요소와 근대적 요소의 병존으로 가치관의 혼란이 파생되고, 개발의 열풍에 휩쓸린 천박한 자본주의적 욕망이 들끓으며, 도시 인구층이 경제력에 따라 신중산층과 하층민으로 양극화되는 등의 폐해가 집약된 공간으로 전락하고 말았다.

이 시기 한국사회의 도시 모순에 주목한 작가들은 많은 작품들을 생

---

5) Peter Saunders, *Social Theory and the Urban Question*, 『도시와 사회이론』(김찬호·이경춘·이소영 옮김), 한울아카데미, 1998, 171쪽 참조.
6) Henri Lefebvre, *La vie quotidienne le monde moderne*, 『현대세계의 일상성』(박정자 옮김), 主流·一念, 1990, 13~14쪽.
7) 쉬운 예로, 60년대 도시화와 더불어 아파트라는 규격화된 주거양식의 확산은 전통적인 생활양식을 근대적인 것으로 변환케 하는 주요한 물리적 틀이 되었다.

산해냈다. 도시를 소재로 한 작품은 이제 70년대 이래 한국 소설사의 커다란 흐름이 된 것이다. 이는 한국사회가 개발과 성장 위주의 정책으로 급격한 산업화·도시화의 과정을 밟은 결과이다. 특히 인구의 도시 집중화는 도시에 대한 경험·생태·심리효과 등의 지평 확산을 불러일으켰다. 동시에 그것은 도시와 도시환경이 지닌 다양한 문제점을 유발했고 작가들은 그것을 간과하지 않았다.[8]

70년대 이후의 한국 작가들이 도시와 도시의 삶을 인지하는 양상은 대체로 첫째 도시가 이주의 지향처라는 장소의 개념과 직결되는 현상, 둘째 사회구조론적인 관점으로 도시적 삶의 조건을 폭로하는 양상, 셋째 도시에서의 삶이 지니고 있는 문화적·심리적 성격을 주시하는 양상, 넷째 도시인들의 행동이나 인간관계에 나타나는 특유의 생활양식 및 생활 형태론을 살피는 것, 다섯째 도시를 어떤 이미지의 틀로 규정하거나 도시 탈출의식을 드러내는 양상으로 나타난다. 이와 같은 여러 양상들은 실제에 있어 유기적 연관성을 갖고 작품에 제시되었다.[9]

박완서가 당대 도시에서 주목한 것은 바로 병리기지로서의 도시상이다. 박완서 소설의 주요한 공간적 배경은 서울이다. 이는 작가가 어린 나이에 시골에서 서울로 올라왔고, 그후 계속 서울에서 생활한 체험과 밀접한 관련이 있다.[10] 도시와의 첫 만남에 대한 인상은 작가가 낙원으로 표현한 고향 박적골[11]과 대조되었을 때 부정적 의미망이 한결

---

8) 이재선, 『현대 한국 소설사』, 민음사, 1991, 248쪽 참조.

9) 위의 책, 249~250쪽.

10) 작가는 여덟 살에 서울로 올라온 이후, 소개령(疏開令)으로 잠시 개성에 머물렀던 경우를 제외하고는 계속 서울에서 거주했다. 김경연, 「개성 1931-서울 1991」, ≪작가세계≫ (1991, 봄), 20~22쪽 참조.

11) 강인숙은 박완서 소설에 나타나는 도시와 농촌의 풍광을 대조하면서, 작가의 고향인 박적골이 낙원이 될 수 있는 요건을 다음과 같이 정리한다. 작가는 박적골을 첫째 자연의 풍요로움, 둘째 인간과 자연의 교감이 가능한 곳, 셋째 가족과 이웃간의 사랑이 풍요로운 곳, 넷째 작가가 원하는 자유를 구가할 수 있었던 곳으로 인식하고 있다. 강인숙, 「시대적

선명하게 부각된다. 작가는 「엄마의 말뚝1」(1980)에서 최초로 만나게 되는 도시 송도의 인상을 "기와지붕과 네모난 이충집 유리창에서 박살나는 한낮의 햇빛은 무수한 화살처럼 적의(敵意)를 곤두세우고 있었다"라고 밝히고 있다. 또한 작품 주인공 나는 도시에서 "대처의 올가미가 몸을 조여오는 듯한 느낌"에 시달린다. 이처럼 작가의 고향 박적골과 대조된 부정적 도시상은 작가의 의식 속에 유년기 시절부터 각인되어 있다. 그것은 작가의 의식에 뿌리박힌 반도시적 성향으로 이어진다.

산업화로 생성된 도시와 농촌의 특성을 사회학자 퇴니스는 다음과 같이 대비한다. 그는 농촌과 도시를 각각 게마인샤프트(Gemeinschaft)와 게젤샤프트(Gesellschaft)로 구분한다. 게마인샤프트는 종종 공동체적인 것으로 생각되며 그곳에서 사람들 사이의 관계는 친밀하고 인격적이다. 소규모 농촌 공동체에서 사람들은 가깝고 친밀한, 그리고 중첩되는 관계를 형성하며 이를 통해 그들은 응집력 있는 인격체로 묶인다. 그러나 게젤샤프트에 기반해 있는 근대사회는 연합의 사회관계가 지배적이며 사람들은 비인격적이고 도구적으로 상호작용한다. 이러한 상황에서 사람들은 게마인샤프트적 사회보다 더 많은 사람들과 교류하지만 접촉의 긴밀성은 상실된다. 퇴니스의 이러한 구분으로부터 도시문화를 익명성·외로움·고립·찰나적 관계의 경험으로 보는 연구가 시작되는데, 이는 농촌 공동체의 안정성이나 따스함과 대조되는 것이기도 하다.[12]

「엄마의 말뚝1」에서 보인 도시에 대한 작가의 거부감은 단지 직관적이고 감각적 차원에서 이루어지고 있을 따름이다. 따라서 작가가 유

상황과 소설의 변용」, 『박완서』(이태동 엮음), 서강대학교 출판부, 1998, 148~149쪽 참조.
12) Mike Savage·Alan Warde, *Urban Sociology, Capitalism and Modernity*, 『자본주의 도시와 근대성』(김왕배·박세훈 옮김), 한울아카데미, 1996, 128쪽.

년기에 경험한 고향 박적골의 친화감과 도시의 단절감이라는 이원적 대립 구도는 비판의 소지가 있다. 도시와의 첫 만남에 대한 작가의 인상은 아직 도시에서의 실제 체험이 배제된 지점에서 형성된 것이다. 나이로 보아도 이성적 사유로 도시의 병폐를 분석할 만한 능력이 주인공에게는 아직 부족하다.

박완서의 물화된 도시 비판은 이후 풍자를 통해 구체적으로 이루어진다. 이러한 비판은 작가의 도시적 생활세계에서의 경험을 바탕으로 이루어진다는 점에서 한결 구체적이다. 도시 비판의 주요 방법론으로 사용되는 풍자는 일반적으로 작가의 지적 우위를 전제해 혼란한 시대에 인간의 위선과 악덕을 비판하는 기법이다. 이제 작가는 육체적 성장과 함께 정신적 성숙을 확립하게 되었다. 작가는 도시적 병리를 비판하고 풍자할 능력을 갖추게 된 것이다.

다양한 도시적 병리 중, 박완서가 우선 주목한 것은 물신화한 도시인의 초상이다. 박완서의 장편『도시의 흉년』(1979)은 구한말의 개화기부터 70년대 후반까지를 시대적 배경으로 삼아, 서울의 신흥 중산층 가정이 몰락하는 과정을 물질화된 가족관계에 바탕을 두고 핍진하게 묘파한 작품이다. 또한 작가의 많은 단편들에도 물신화된 도시는 여실하게 그려져 있다.

데뷔 후 첫 작품인「세모(歲暮)」(1971)에서 작가는 60년대 이후 우리 사회 전반에 걸쳐 팽만해진 물질주의적 생활태도의 실상들을 날카롭게 파헤쳐 삶의 진정한 가치를 상실한 졸부의 속물성을 그려냈다. 이 작품에서 주인공의 부의 축적 방식이 남편의 "월급 이외의 돈"과 "땅값이 오른" 것으로 서술되는 것은, 건전한 시민의식이 부재하고 물질적 가치관에 함몰된 당대의 사회상을 보여주기에 부족함이 없다. 이는 서구 자본주의의 폐해가 한국사회에 고스란히 전염되었음을 증거하는 것이기도 하다.

　당대 일상인들의 속물의식은 부정부패와 천민자본주의적 열풍이 평범한 일상인들에게 상실감과 허욕을 주입시킨 결과이다. 이 시기는 이미 강남개발 등의 실례에서 증명되듯 성실하게 일해서 잘 살자는 자본주의 본래의 의미보다 한탕주의와 이기주의로 부를 축적하려는 그릇된 의식이 일반인들을 물들여갔던 것이다. 인간의 물질적 욕망이 무조건 비판받아야 할 이유는 물론 없다. 현대에 자본 추구의 욕망은 어쩌면 당연하지만, 물질적 욕망이 이성을 마비시키고 인간의 기본적 윤리마저 훼손시키는 경우 그것은 비판받아 마땅하다. 박완서의 비판 역시 천박한 욕망에 사로잡힌 인간이 도덕성마저 상실[13]할 때 예리하게 작동한다.

　「저렇게 많이!」(1975)의 화자 나와 우연히 만난 한(韓)은 대학 시절 서로 좋아했지만 경제적인 문제로 결혼에 이르지 못한다. 그것은 한이 "재벌의 사위되기가 열렬한 소망"이었던 까닭이다. 현재 한은 재벌의 사위는 아니지만, 학사 무당의 남편으로 엄청난 부를 향유하고 있다. 이 소설에서 작가의 비판 대상은 단지 한뿐만이 아닌 당대 일상인에 만연된 배금주의적 사고이다. 나 역시 가정의 경제적 이유 때문이기는 하지만, 한때는 "돈 많은 남자와 결혼하기를 열렬히 소망한 적"이 있다. 또 점을 치기 위해 한의 점집에 찾아드는 사람들은 너나없이 물욕으로 가득하다.

---

13) 박완서가 현실을 비판하면서 염원하는 도덕성에 대해 권영민은 다음과 같이 본다. "그(박완서-인용자)의 관심은 현실에 대한 비판적 인식과 함께 인간의 삶에 있어서 진정성의 의미가 어디에 있는가를 되묻게 한다는 점에서 이른바 도적적 리얼리즘의 속성을 지닌다고 할 수 있다. 일상의 현실을 통해 삶의 가치에 대한 새로운 감각을 되살리게 해주는 박완서의 도덕적 상상력은 독자들에게도 매우 설득적이다. 그 이유는 박완서의 도덕적 테마들이 대부분 대중적 정서로 일반화될 수 있는 도덕적 비판의식에 기초하고 있기 때문이다." 권영민, 『한국현대문학사』, 민음사, 1993, 299쪽.

사람의 머릿수가 아무리 많아도 바라는 건 두서너 가지로 요약될 만큼 단순하니까. 언제 부자가 되나, 부자는 언제까지 부자를 유지하고 더 불릴 수 있나. 출세는 언제 하고, 진급은 언제 하고, 언제쯤 외국을 갈 수 있나, 뭐 그런 거지.(「저렇게 많이!」, 『박완서 단편소설 전집2』, 35쪽)

위의 예문처럼 1970년대 도시인들은 산업화로 인한 배금주의와 출세 욕망으로 가득하며 이러한 양상은 도시에 미만해 있다. 이는 당대 일상인의 전형적 의식 수준이라 할 수 있을 것이다.

도시의 부정적 양상이 보다 강하게 풍자된 작품은 「지 알고 내 알고 하늘이 알건만」(1984)이다. 이 작품은 도덕적 윤리마저 포기하고 물욕 챙기기에 급급한 속물적 인간을 묘사하고 있는데, 성남댁의 진솔함과 진태 엄마의 가식의 대조는 중산층 비판이라는 박완서 작품세계의 다른 한 축과 밀접하게 연결된다.

이 작품은 중풍으로 쓰러진 시아버지를 돌보게 하기 위해 병수발 대가로 노인이 살던 아파트를 주기로 약속하고 광주리 장수 성남댁을 불러들인 진태 엄마가, 장례식 때 타인의 시선을 의식해 과장된 연기를 하고 끝내 아파트마저 자기 것으로 차지한다는 내용이다. 물질주의적 가치관이 인간의 가치와 윤리를 대신하고 있는 현실을 작가는 생생하게 그려내고 있는데, 이러한 작의는 박완서 소설의 지향점을 명시하고 있다. 그는 도시에서의 삶이 파생한 물질주의 앞에 붕괴되는 속물의식의 비판을 통해 도덕적 세계의 복원을 염원한다. 작품 말미에 성남댁이 아파트를 포기하고 본래의 모습으로 돌아가는 것은 배금주의로 혼탁한 세태 속에서도 삶의 진정한 가치가 어디에 있는지를 여실히 보여주는 장면이라 할 수 있다.

　　성남댁은 진태 엄마한테만은 더 걸쩍한 욕을 해줘야 속이 후련해질 것
같은데 삼 년 동안 점잖은 집 체면 봐주느라 잊어버린 욕은 쉬 되살아나지
않았다. 그녀는 욕 대신 카악 가래침을 한 번 뱉고 나서 걸음을 재촉했다.
욕이야 두고두고 풀어먹어도 늦을 건 없지만, 그 동안 주리 참듯 참은 아
들, 며느리, 손주새끼 보고 싶은 마음은 걸음을 앞질러 애꿎은 엉덩이짓만
한층 요란하게 했다.(「지 알고 내 알고 하늘이 알건만」, 『전집4』, 175쪽)

　　그러나 성남댁과는 다르게 많은 사람들의 세속적 욕망은 결국 윤리
의식마저 마비시킨 채 급속도로 파급된다는 데에 문제의 심각성이 있
다. 인간의 억제되지 않는 욕망은 퇴니스의 언급처럼 인간관계마저 이
기적으로 변화시킨다. 이제 전통적 인간애는 물신화된 도시에서 점점
사라지게 되는 것이다.

　　「부끄러움을 가르칩니다」(1974)에서 서울로 이사 온 화자의 남편은
늘 무엇인가로 분주하다. 그는 산업사회의 소용돌이에 휩쓸린 많은 일
상인들처럼 "어떡허든 우리도 한 밑천 잡아 잘 살아" 보려 의지를 다진
다. 그의 물질욕은 급기야 아내의 동창 모임에서조차 사업상의 이득을
얻어내려는 데에서도 발휘된다. 그는 아내의 모임에서 신분 있는 사람
의 득을 보려는 것이다.

　　"거 참 잘 됐구려. 오래간만에 나가 바람 좀 쐬고 와요. 사람은 그저 사
람을 많이 알아놔야 되는 거야. 다 써먹을 데가 있다구. 있구말구. 줄이나
빽이 별건가. 그렇구 그런 거지. 당신 동창 중에라도 재벌이나 고관 사모
님 없으란 법 없잖아. 하다 못해 세리(稅吏) 마누라라도 있어봐. 그게 어
디게."(「부끄러움을 가르칩니다」, 『전집1』, 255쪽)

　　이러한 상황은 「초대」(1985)에서 또한 마찬가지이다. 이 작품에서는

남편의 사업 접대를 위해 억지로 치장을 하고 모임에 나가야 하는 그
녀가 등장한다. 「부끄러움을 가르칩니다」와 「초대」에서의 주인공 남
편들은, 박완서의 많은 작품들에 등장하는 무능력한 남편상과 달리 세
속적 욕망으로 가득하다. 이들은 삶의 세목에 주의를 기울이지 못하고
허황한 계획만 꿈꾸는 인물이다. 산업화가 도시 개발 우선으로 진행된
것은 주지의 사실이다. 그렇다고 보면 이들을 통해 박완서는 당대에
미만해 있는 도시 일상인의 물욕을 고발한다고 하겠다. 그리고 그것은
곧 근대화로 파생된 사회 모순의 비판이기도 하다.

2. 중산층의 양면적 생활

사회학자들은 개인의 사회적 위치를 주관적, 객관적, 그리고 평판적
지위로 나누어 측정한다. 객관적 지위는 개인의 직업 · 수입 · 교육정
도 · 거주지역 · 재산 등과 같이 객관적으로 평가 가능한 기준을 사용
해 측정한 지위를 말한다. 평판적 지위는 공동체 성원 가운데 제 3자라
할 수 있는 평가자들이 부여하는 개인들의 지위이다. 개인이 자기의
사회적 지위를 스스로 평가하는 주관적 지위는 그러나 평판적 지위와
반드시 일치하는 것은 아니다.[14] 계층구조가 안정된 사회에서는 전체
사회의 객관적 지위와 주관적 지위가 대체로 비슷하지만, 한국에서는
주관적 지위의 중산층[15] 비율이 객관적 지위의 그것보다 많아 양자간

---

14) 임희섭, 『한국의 사회변동과 가치관』, 나남, 1994, 138쪽.
15) 중산층과 관련된 용어는 중간층, 중간계층, 중류층, 중간계급 등으로 매우 다양하며 각
　　용어의 정의나 개념 규정도 명확하지 않다. 그럼에도 이 계층의 공통점은 '사람답게 살
　　고 있다'는 의식과 이를 가능케 하는 경제력을 구비하고 있다는 데에 있다. 또 이 계층
　　은 체면치레할 만큼의 교제도 하고, 자녀를 대학도 보내고, 필요한 만큼의 문화생활도
　　하는 경제, 사회, 문화적 차원에서의 복합적 의미를 지니고 있다고 볼 수 있다. 문숙재
　　· 최혜경 · 정순희, 『한국 중산층의 생활문화』, 집문당, 2000, 45쪽.

에 적지 않은 격차를 보인다.[16)

의식과 실제 사이의 간극은 중산층이 확산되기 시작한 1970년대 무렵부터 시작된 광범위한 사회이동이 원인이다. 산업화와 도시화가 한창 진행되던 당시, 많은 한국인은 도시로 상경해 사무 · 기술 · 서비스직 등과 같은 직종으로 이직을 실행했다. 자영업을 통한 계층이동 역시 이 기간에 많이 발견된다. 이와 더불어 산업사회로 인한 사회 다방면의 대중화 또한 많은 사람들에게 계층 상승의식을 심어준 계기가 되었다. 산업화가 한창이던 이 시기에는 중 · 고등학교 진학률이 90%를 넘어섰고, 많은 가정에 텔레비전과 냉장고가 보급되었으며 아파트 거주와 백화점 이용 등 외형적인 생활양식이 상당한 수준으로 상향 평준화되었던 것이다.

중산층은 생산과 소비, 정신적 가치를 망라하여 사회 전반에 영향을 미치는 집단으로 건전한 중산층의 존재는 사회안정을 위한 필수조건이 된다. 우리나라에서 중산층의 급속한 증가는 경제개발로 인한 소득 증대로 가능했다. 그러나 우리 사회의 중산층은 서구 산업사회와 달리 압축적 경제개발로 급조된 탓에 그들 계층에는 오랜 전통을 통해 형성되고 다듬어져 온 서구적 의미의 중산층으로서의 정체성과 문화가 존재하지 못했다. 이런 이유로 한국의 중산층은 사회발전 동력으로서 평

---

16) 임희섭은 이런 근거로 몇 차례 실시된 주관적 계층구조 표본 분석 측정치를 든다. 우선 1975년 홍두승은 전국 20세 이상 65세 이하의 47,393명의 가구주 표본 조사에서, 상류층이 전체의 2.6%, 중류계층이 53.7%, 하류계층이 43.6%를 차지하는 것으로 보고하고 있다. 1979년 전국 도시와 농촌에서 실시된 김영모의 계층의식 조사연구에서는 응답자 1.8%가 스스로 자본가 계급으로, 42.1%가 중산계급으로, 54.5%가 노동자 계급으로 응답하였다. 중산층 계층의식을 설명하기 위해 임희섭은 외국의 통계자료를 제시한다. 1972년에서 1977년까지 매년 실시한 미국의 주관적 계층의식 조사 결과는 상류계급 2.7%, 중간계급 44.9%, 노동자 계급 47.6%, 하류계급 4.85%로 나타나고 있으며, 1977년 일본 조사 보고서의 경우 4.9%가 자본가 계급으로, 24.1%가 중산계급으로, 74.1%가 노동자 계급으로 주관적 지위를 설정하고 있다. 임희섭, 앞의 책, 139~140쪽에서 재인용.

등개념, 성취동기, 강한 계층이동 지향성 등의 긍정적인 면과 함께 사회 내 지배체제의 권위와 정당성에 대한 무조건적 의심과 부정, 경쟁의식이라는 부정적인 면을 함께 지니게 되었다. 가족이기주의, 허례허식, 과잉 소비욕구, 과잉 교육열 등으로 외현되는 이들의 생활상은 중산층 문화의 폐해를 심각하게 드러내게 되었다.[17] 한국의 중산층 문화가 건전하게 정립되지 않은 채 주관적 중산의식 소유자만 급격하게 증가한 결과는 그 계급적 기능이나 문화적 기능의 취약성을 노출했다. 중산층 의식만 소유한 사람들의 허구적이고 이중적인 생활상은 졸부가 급작스럽게 양산된 70년대에 적나라하게 표출되었다.

박완서가 한국 중산층에 특별히 주목하는 것은 그들 계층의 허세와 위선 그리고 속물성 등이 서구 시민사회의 성숙한 의식과 사뭇 다른 양상을 보이기 때문이다. 그런 점은 박완서가 한국사회를 완전히 근대화되지 못한, 즉 근대와 전근대적 요소가 혼재된 과도기적 사회로 파악하고 있다는 증거이기도 하다. 가령 「재수굿」(1974)에서 운맞이를 하려 매달 재수굿을 하고 해가 진 후에 금전 지불을 하면 손재수가 낀다는 식의 미신을 굳게 신봉하는 부인이나 「저렇게 많이!」에서 점을 치기 위해 아침부터 밀려드는 사람들은 전근대적 의식의 소유자임을 확인시킨다. 근대 산업사회로 치닫는 물질적 풍토와 변화하는 시대에 미처 좇아가지 못하는 개인들의 정신적 간극은 일반 서민들뿐 아니라 중·상류층에도 널리 퍼져 있다. 이와 같이 개인의식과 근대화 지향의 사회 분위기 사이의 괴리는 사회적 미성숙을 증거하는 유력한 지표가 된다.

박완서가 모든 중산층에 부정적 시각을 던지는 것은 아니다. 박완서는 중산층 인물이 건전한 방식을 통해 상류층으로 신분상승을 꿈꾸는

---

17) 문숙재·최혜경·정순희, 앞의 책, 12~13쪽 참조.

경우에 대해서는 예외적으로 긍정적인 시선을 던진다. 이런 이중의 시각은 박완서가 중산층 자체를 증오해서가 아니라, 오히려 중산층에 애정을 갖기에 역설적으로 비판을 한다고 볼 수 있게 한다.[18] 작가의 양가적 시선은 계급 이데올로기에 매몰되지 않고 중산층을 객관적 위치에서 성찰하려는 노력의 결과이기도 하다. 이것은 70-80년대의 많은 계급 편향의 소설들과 궤를 달리 한다. 박완서는 중산층의 이중성에 예리한 비판을 던지지만, 그것이 노동자·농민으로 대표되는 민중에 대한 관념적 신비화로 직결되지 않는 것이다.[19] 이러한 균형감각은 박완서의 글쓰기가 철저히 생활세계에 바탕을 두었기에 가능하리라 여겨진다.

그럼에도 중산층을 소재로 한 박완서 소설의 진면목은 비판적 성격을 드러낼 때 돌올한 것이 사실이다. 이때 박완서의 시선은 중산층의 속물의식과 허식, 그리고 소시민의 안일을 낱낱이 파헤친다. 70년대 국가 주도의 급속한 산업화는 부정부패와 투기를 양산했다. 그런 방식으로 치부한 다수의 주관적 중산층은 인위적으로 위장된 교양과 자기 과시로 성실한 다수 서민에게 상대적 박탈감과 계층간 위화감을 조성했다. 이런 모순의 책임이 중산층의 도덕적, 윤리적 불감증에서 비롯한다고 작가는 보고 있다.

작가는 주로 가정이라는 창을 통해 70년대의 사회적 변모가 우리의 삶을 어떻게 바꾸어 놓았는지를 비판적으로 성찰한다. 박완서는 당대 중산층의 부정적 양상을 주로 여성 인물들을 통해 드러내는데, 그것은 우리 사회에서 여성의 지위 변화와 긴밀한 관계를 갖기 때문이다. 또

---

18) 성민엽, 「윤리적 결단과 소설적 진실」, 『박완서論』(권영민 외 21인 평론 모음), 삼인행, 1991, 39~40쪽.
19) 신수정, 「자아의 서사, 소설의 기원」, 『박완서 단편소설 전집4』 해설, 문학동네, 1999, 385쪽.

한 중년 주부인 작가에게 가정과 생활은 익숙한 소재이기도 하다. 박완서의 소설이 생활세계에서 구체성을 획득하는 이유 중 하나는 바로 체험에 근거한 소재 선택에 있다고 할 수 있다.

「주말 농장」(1973)은 당대 중산층 여성들의 의식 수준을 예리하게 파헤친다. 화숙을 비롯한 다섯 친구는 "동은 다르지만 같은 아파트에 살고, 같은 인근 사립국민학교의 자모끼리이고, 또 같은 A여대의 동창"인 가정주부들로 밥 걱정 따위는 없는 안락한 생활을 영위하는 유한계층이다. 먹고 살아야 하는 생활의 절박함이 없는 그들은 전화 수다로 하루를 여는 것이 일이다. 그런 그녀들이 주말농장을 구입하기 위해 떠나는 야유회 준비로부터 작품은 시작된다. 그러나 그들이 야유회를 떠나게 되는 동기는 건전한 여가로서의 야유회가 아니다. 그들의 목적은 단지 자기 아이들과 같은 반의 시인 학부모가 가지고 있다는 주말농장에 대한 시기심 때문이다.

> 빛 좋은 개살구격으로 말이 좋아 농장이지 평수가 고작 오십 평이라니 계속 시인을 경멸할 수 있어서 우선 안심은 되었으나, 그래도 시인인 주제에 제 집 외에 농장이라는 것을, 그것도 수익을 전연 고려하지 않고 아이들의 정서교육만을 위한 것을 따로 가졌다는 데 대해 화숙이네들은 계속 분노하고 있었다. 시인인 주제에, 시인인 주제에……(「주말 농장」, 『전집1』, 126쪽)

화숙들에게 문화적 차원의 여가 개념은 전무하다. 그들은 아이들 정서와도 상관없고 기껏해야 일개, "시인인 주제에" 농장을 소유하고 있다는 시기심과 자기들도 농장을 소유해 "브루주아가 된 기분을 맛볼" 허영심에 들떠 있을 뿐이다. 그런 목적으로 출발한 야유회에서의 행태 또한 건전한 휴식과는 거리가 멀다. 일반적으로 여가란 "개인이 노동 혹은 그 밖의 의무에서 벗어나 자유롭게 휴식, 기분전환, 사회적 성취, 개인적 발전을 위한 목적에 활용하는 시간"[20]으로 정의된다. 그러나 이들은 기껏 야유회에 가서도 집에서 평소 친구들과 하던 수다와 음담을 늘어놓는 것이 고작이다.

이들의 일차원적 의식에 인문학적 교양이 있을 리 없다. 인간다움이 개인의 인격·지성·교양·품위에 의해 규정된다는 것은 근대 개인주의적 휴머니즘의 가치관에 준거를 둔 것이다. 자본주의 사회가 이러한 가치관을 소멸시키고 있음은 주지의 사실이다. 이 작품에서 중산층 비판과 풍자의 극대화를 위한 박완서의 과장이 지나친 느낌이지만, "시인인 주제에" 하는 한 마디 대사는 그들의 천박한 의식 수준을 명징하게 함축하는 동시에 산업사회에서 개인의 정신적 가치 추락을 단적으로 상징하기에 부족함이 없다.

산업화가 한창 진행되던 1960년대 후반은 한국사회에서 대중문화가 본격적으로 지배력을 행사하기 시작한 시기였다. 텔레비전의 보급이 급진전된 이후부터는 대중문화의 파급 효과가 더욱 커지게 되었다. 이것은 보편적 삶의 양식을 기본적으로 도시 중산층 중심, 소비 지향적, 획일적, 탈정치적 성격을 띠게 하는 데 기여했다.[21] 대중문화의 확산은 또한 사회의 소비풍조를 부추기는 데 일조한 것이 사실이다. 물론 본격적인 소비사회로의 진입이 이루어지지 않았지만, 이전에 비해 상대적으로 높아진 구매력은 소비 조장을 촉진했다. 특히 여성들이 가장 민감하게 반응한 소비 유행은 의상이었다. 그래서 「주말 농장」의

---

20) N. P. Gist and S. F. Fava, *Urban Society*, 『여가의 사회학』(이연택·민창기 옮김), 일신사, 1995, 17쪽에서 재인용.
21) 박명규·김영범, 「문화변동」, 『한국 현대사와 사회변동』(한국 사회사학회), 문학과지성사, 1997, 212~214쪽 참조.

인물들은 맵시 나는 외제 수영복을 구하려 안달이 나고, 새로 구입한 원피스 등을 꾸준히 화제로 삼는다.

산업화 이후, 의상은 인격의 상징적 수단이 아니라 물질적 객체로 전락하고 만다. 여기에 첨언해야 할 것은 의상을 통한 계층, 권위의 과시욕이다. 이제 옷은 그 색깔, 디자인 등으로 특정 집단의 신분이나 정체성을 나타내는 기호가 된다.[22] 이들이 그토록 외제 수영복을 구하려는 이유는 바로 자기 과시욕에 있는 것이다.

이처럼 한국의 중산층이란 가치가 전도된 속물의식만 가득하다. 중산층의 정신적 타락을 보여주는 또 하나의 작품으로 「낙토(樂土)의 아이들」(1978)이 있다. 이 작품의 화자 나는 지질학을 전공한 대학강사이다. 그러나 경제적으로는 부동산 투기로 쉽사리 수입을 올리는 아내에 비해 형편없이 무기력하다. 아내의 경제력이 향상될수록 그녀는 나의 학구열에 멸시를 보낸다. 복부인 아내는 이제 예전에 내가 지질학 답사를 떠날 때 보였던 "고독한 듯 그러나 존경스러운 듯" 배웅하던 표정은 온데간데없고 깔보는 듯한 말과 표정을 짓기 일쑤이다. 나의 "땡전 한푼 안 생기는 답사"에 대한 아내의 무시는 나를 열등감에 사로잡히게 한다. 이 열등감은 물신화된 시대에 극도로 위축된 정신적 가치와 다르지 않다. 아내가 부동산 투기지역을 물색하러 다니는 것을, 내가 순수한 학구적 의미로 사용한 답사라는 단어로 차용하는 부분은 고도의 아이러니라 할 수 있다.

나의 직업을 무시하지만 아내는 자기 신분을 교수 부인으로 자칭하기를 즐겨하는 이율배반적인 면모를 지닌다. 그것은 단지 아내의 허영심 충족을 위한 허사에 불과하며 아내 또한 그 점을 알고 있다. 문제는

---

22) 현택수, 「한국인의 옷과 유행」, 『한국인의 일상문화』(일상문화연구회 엮음), 한울아카데미, 1996, 227쪽.

아내와 오랜 거래 관계를 맺은 부동산 업자가 화자와 똑같은 대학강사
가 되었다는 데에 있다. 순수 학문의 세계에 매진하던 나의 존재가치
는 더욱 왜소해진 것이다.

속물적 중산층을 통해 박완서는 물질주의 압력에 맹목적으로 추종
하는 사회 현실을 비판한다. 동시에 박완서는 속화된 중산층의 행태가
다른 계층과 갈등을 촉발하는 주요 원인이 되고 있음을 주목한다. 「주
말농장」에는 도시에서 온 중산층 화숙네와 "도시의 신기루를 좇다 보
면 늘 벼랑 끝에 서 있는" 기분이어서 귀향해 농사를 짓고 있는 만득의
심리적 갈등이 부각되어 있다. 아버지가 바라던 대로 귀향해 "땅의 정
직, 손의 근면"을 일구며 살아가던 만득에게 화숙네의 등장은 새로운
가해욕구를 불러일으키는 것이다. 그 동기는 화숙네의 "아름다운 허
위"가 만득을 꿈틀거리게 했기 때문이다. 우직하고 순박한 만득의 아
내는 화숙네의 맵씨와 허영과 대조되어 만득의 삶을 더욱 볼품없게 한
다. 가진 자와 허영심에 젖어 있는 도시의 부유한 계층에 대한 만득의
가해욕구는 사회적 문제를 야기할 만큼 계층갈등의 골이 깊게 패였음
을 암시한다.

> 유쾌한 김에 만득은 쓰윽 폼을 잡아본다. 제까짓 게 실상 별것도 아니면
> 서 괜히 잘난 척, 잘사는 척, 잔뜩 거만하게 군림하는 서울의 빌딩가를 행
> 여 기죽을 세라 트릿하게 째리며 누빌 때 재던 폼인데 제깐엔 썩 잘되는
> 성싶다. 마치 뱃속부터 익힌 배냇버릇같이 자연스럽다. 그런 폼을 잡고
> 나니, 불현듯 가해와 폭력에의 욕망이 근질근질 솟구침을 느낀다. 도시의
> 그 반드르르하고 요사스런 상판때기를 갈기갈기 찢어놓고픈, 철석같은
> 안일을 우당탕탕 교란하고픈, 실컷 유린하고픈, 그리고 그게 썩 자신이
> 있다.(「주말 농장」, 140~141쪽)

「주말농장」에서 암시되는 계층갈등의 위기 책임을 박완서는 허영심 가득찬 중산층에 돌리고 있다. 이는 반어적으로 중산층의 도덕적 의무감을 강조하려는 의도로 해석될 수 있다. 이와 동시에 박완서는, 경제적 약자인 계층에 대한 그들의 위선적 호혜의식 역시 가차 없이 비판한다.

「흑과부(黑寡婦)」(1977)의 중산층 중년 주인공 부인은 동네에서 허드렛일도 하고 광주리 행상도 하는 흑과부를 파출부로 고용한다. 그러나 흑과부의 폐병쟁이 남편이 그녀의 박대로 죽었다는 소문과 약값을 아끼며 모은 돈으로 아파트를 샀다는 소식에 동네 부인들은 흑과부 대신 다른 파출부를 쓴다. 그러나 어느 순간부터 소문이 왜곡된 것임을 알게 된 동네 사람들은 다시 흑과부를 불러들인다. 흑과부가 새로 구입한 아파트는 자식들을 위해 구입한 것일 뿐, "서방도 없이 혼자 들어가 살 것"이 아님을 알게 되는 것이다. 진실을 알게 된 화자 나는 그 순간 이후 "흑과부에게 일을 시키고 품삯을 줄 때, 자선을 베푼다는 엉뚱하고도 아니꼬운 생각을 다시는 안하게" 된다. 그러면서 화자는 중산층의 안일한 소시민성을 반성하는 것이다.

3. 도시적 삶과 원초적 생명력

생활양식은 특정 공간의 자연적 조건에 적응하는 인간집단이 공동으로 겪은 체험을 바탕으로 형성시킨 행위유형의 집합을 말한다.[23] 생활양식은 한 집단의 집합적 문화이기에 그것에 대한 연구는 일상의 생활문화 요소들을 밝히는 유효한 방법이 된다. 앙리 르페브르는 현대사

---

23) 문숙재 · 최혜경 · 정순희, 앞의 책, 2000, 21쪽.

회 일상성의 가장 큰 특징으로 양식의 부재를 꼽는다. 자본주의적인 근대적 일상이 전면화되기 이전, 사람들은 고유한 삶의 양식을 지니고 있었다. 그러나 모든 가치체계를 상품으로 전환시킨 자본주의적 일상은 양식의 파괴와 해체를 낳는다.[24] 산업사회에서 상품은 집단적 시스템에 의해 대량생산될 수밖에 없기 때문이다.

한국사회에서 위와 같은 상황이 본격적으로 야기된 때는 경제개발계획 이후이다. 가공할 속도로 진행된 경제개발은 전통적인 생활환경을 급속히 뒤바꿨다. 이 과정에서 인구가 도시로 집중되기 시작하고 도시는 전에 없는 양상으로 변화했다. 당대의 작가들이 도시 공간에서의 경험이나 생활양식에 새롭게 관심을 기울인 것은 이러한 사회적 분위기를 반영한 결과였다.

도시 근대화의 일환으로 진행된 가옥 구조의 변화는 급속한 시대 변화의 외현을 표식하는 하나의 상징물이다. 한국인에게 집이란 삶의 터전이자 혈연공동체적인 집안이나 가문까지 포괄하는 의미를 지닌다. 이처럼 중첩된 의미를 함유하고 있는 집은 산업화의 진행으로 전통적 양식의 해체 위기에 직면한다. 시골은 주택개량을 명목으로, 고밀도 도시는 주택보급률 증가의 명분으로 말이다. 이 시기 도시에서 새롭게 확산된 대표적 주거양식은 아파트이다. 바슐라르는 우리보다 도시화가 먼저 이루어진 프랑스의 아파트 주거 형태를 이렇게 표현한다.

포개어져 놓인 상자들 속에서 대도시 주민들이 살아간다. (중략) 거리의 번호와 층계의 층수가 우리들의 '규약적인 구멍'의 위치를 확정해주고 있지만, 그러나 우리들의 거소는 그 둘레에 공간도 없고 그 안에 수직성도 없다. (중략) 도시의 건조물은 외부적인 높이밖에 가지고 있지 않다.

---

24) H, Lefebvre, 앞의 책, 61~74쪽 참조.

> (중략) 대도시의 집에 있어서 수직성의 내밀한 가치가 없다는 사실에, 또
> 우주성이 없다는 사실을 더해야 할 것이다. (중략) 그리하여 집은 이제 우
> 주의 드라마를 알지 못한다. (중략) 서로서로 꼭 붙어 있는 우리들의 집들
> 안에서 우리들은 겁이 덜 난다.[25]

1961년 우리나라에 처음 건축된 이후 생활양식의 서구화로 광범위
하게 확산된 아파트는 소외, 고독, 단절이라는 도시적 삶을 함축하는
대표적인 공간으로 자리잡았다. 아파트라는 주거양식은 거주자들에게
싫든 좋든 가옥 구조의 획일화를 전제한다. 편의와 실용성을 전제한
주택 양식의 획일화는 바슐라르의 언술처럼 '외부적 높이'만 일률적으
로 지니고 있을 뿐이다.

> 나는 이번엔 내 아파트를 찾아 달음질치며 몇 번이나 길을 잃었다. 매연
> 같기도 하고, 안개 같기도 한 어둠이 서서히 엷어지는 속에 무수히 직립
> 한 아파트와 그 사이로 난 널찍널찍한 보도는 거기도 여기 같고, 여기도
> 거기 같은 모습으로 나를 혼미시켰다. 설사 내 아파트가 내가 찾아오기
> 쉽게 잠시 역립(逆立)을 하고 나를 기다려준대도 사정은 마찬가지였을
> 게다. 아파트는 성냥갑처럼 아래위가 없으니까.(「포말(泡沫)의 집」,『전
> 집2』, 57쪽)

단순 구조의 외형적 획일은 거주자에게 혼동을 가져다준다. 「포말
의 집」(1976)의 화자는 그래서 대단지 아파트촌에서 자기 집을 잃는다.
반듯한 외형의 질서, 너무도 규격화된 구조 속에서 느끼는 혼란, 아파
트라는 획일적 공간에서의 삶이란 이처럼 양면적 성격을 띠고 있다.
더욱 심각한 문제는 아파트라는 거주양식이 단순히 외양의 획일에만

---

25) Gaston Bachelard, *La poetique de L'espace*, 『공간의 시학』, 곽광수 옮김, 민음사, 1990, 144~145쪽.

있지 않다는 점에 있다. 겉모습의 획일화는 아파트 내부 장식의 비슷함으로 이어져 거주자들의 생활패턴은 상호 유사성을 띠게 된다. 즉 아파트라는 획일적 공간은 거주자의 기호마저 일치시키는 억압적 힘을 행사하는 것이다.

거주자들의 몰개성적인 삶에서 특히 주목의 대상이 되는 사람은 여성, 그중에서도 주부들이다. 초기 산업사회에서 가계를 꾸리는 주체는 여성이 대부분이었다. 그들은 남성이나 미혼여성에 비해 상대적으로 사회 참여에 대한 소외감이나 박탈감이 크다. 이러한 감정은 여성들에게 열등감을 부추기고 그것의 보상은 소비를 통해 이루어진다. 그러한 소비 행태에 주체성이 개입될 여지는 적다. 그들의 소비는 남보다 앞서기 위해서 행해진다기보다 남들과 비교하여 뒤처지지 않기 위해서 행해지는 것이기 때문이다. 이처럼 생활세계에서 일상의 무게는 여성을 심리적으로 짓누르기에 부족함이 없다. 일상의 주체이자 희생자인 여성들은 가정을 꾸리는 동시에 아름다움이나 유행에 민감하게 반응하도록 암묵적인 강요를 받는 것이다.[26] 가계를 담당하는 여인들은 경쟁적으로 동일한 품목의 가구와 인테리어 치장에 여념이 없다. 그들은 아파트촌의 유행에 뒤지지 않기 위해 경쟁적으로 물품을 구입한다. 이러한 행위를 통해 거주자들은 의식마저 공동화되어간다.

「닮은 방들」(1974)은 주부들의 몰개성적 소비 행태를 극명하게 드러내는 작품이다. 친정집에 들어 살던 화자 나는 마침내 아파트를 구입해 독립한다. 나는 앞집 여자의 도움을 받아 실내장식에 몰두한다. 아니 앞집 "여자의 방보다 더 멋있게 꾸미려고 별렀으나" 결국 "꾸며놓고 보니 가구의 배치나 커튼의 빛깔까지 비슷한 것이 되고" 만다. 집을 꾸미는 행위는 빈 공간을 가족 구성원의 공간으로 만드는 작업이다.

---

26) H, Lefebvre, 앞의 책, 119쪽 참조.

사람이 공을 들임으로써 공간은 하나의 의미 있는 실체가 된다. 집집마다의 인테리어 차이는 저마다의 개성 발현을 뜻한다. 취향의 차이를 통해 개인은 타인과 구별되기 때문이다. 그러나 대량공급의 집단 주거 양식은 사용자의 개성 실현을 방해한다. 그들이 경쟁적으로 세탁기나 피아노 구입에 열중하는 것도 타인과의 차이에 대한 열망이라기보다 단지 뒤처지지 않기 위한 소비에 불과하다.

주부들은 도구적 합리성의 원리가 지배하는 경제영역이 의사소통의 원리로 이루어지는 생활세계를 억누르는 자본주의화 과정에서 가장 먼저, 그리고 가장 첨예하게 삶의 붕괴를 느낀다. 그들은 경제의 장에서 소외된 채, 가정이라는 좁은 영역에서 자신이 상실되고 있음을 느끼며 생활하는 것이다.[27]

아파트라는 근대적 주거 양식을 하나의 구조화된 공간으로 여기고, 그 주민들이 자신의 공간을 기대하는 수준으로 채우고 장식하지 못할 때 생기는 자신에 대한 분노를 브루디외는 이미 1960년대 초반 프랑스의 경우를 통해 언급했다.[28] 이 말의 의미는 아파트에 어울리는 실내 장식물이나 가구가 갖춰져야 한다는 기대감이나 강박감이 실현되지 못했을 때 생기는 일종의 불만을 표현한 것이라 하겠다. 그러나 「닮은 방들」에서 문제는 단순히 인테리어의 유사성에만 있지 않다. 작품 주인공 나는 요리마저도 "철이 엄마 음식 솜씨의 영향력을 벗어난 음식을 만들 수는 없"어 나의 가족과 철이네 식구들은 "똑같은 음식을 먹고 있는 셈"이 된다. 이러한 끝없는 획일성은 가정을 이끌어가는 주부들에게 삶의 권태와 공허를 양산한다.

---

27) 조혜정, 「박완서 문학에 있어 비평은 무엇인가」, ≪작가세계≫(1991, 봄호), 119쪽 참조.

28) Pierre Bourdieu, *ALGÉRIE60: structures économiques et structures temporelles*, 『자본주의의 아비투스』(최종철 옮김), 동문선, 1995, 119~121쪽 참조.

앞의 두 작품은 아파트촌 풍경을 배경으로 해, 물질적 획일성이 심리 상태를 억압하는 양상을 보여준다. 작가는 현대 도시사회가 배태한 수많은 인간들의 닮은꼴 또한 놓치지 않는다. 작가는 도시 현대인을 개성이 상실된 인간군상으로 간주한다. 「닮은 방들」에서 주인공이 일탈의 방편으로 추구한 간음의 대상인 옆집 남자는 결국 자기 남편과 하나도 다르지 않은 꼴이다. 「맏사위」(1974)에서의 주인공 딸은 결혼 상대자에게 예술이나 개성을 무시하고 철저한 생활인이 되라고 요구한다. 딸의 질타에 "엉거주춤 쭈그리고 앉아 있는 건" 패기만만한 청년으로서의 사윗감이 아니라 바로 무사안일하게 살아가는 화자의 남편과 닮은꼴인 사윗감이다. 이처럼 야성과 패기를 잃은 현대인들은 결국 자신의 고유한 정체성마저 상실한 비극적 인간으로 전락한다.

「소묘(素描)」(1983)에서는 한 가정에서 주체성을 상실한 채 살아가는 다양한 인물들이 등장한다. 이 작품에서 시어머니는 가족 구성원 전체를 나름의 질서와 규율로 통제한다. 시어머니가 권력을 행사하는 가정은 외부인이 보기에 더없이 화평하다. 그는 집안의 수많은 화초를 사랑으로 기른다고 자랑하고 있으며 손님이 올 때마다 며느리 자랑에 여념이 없다. 그러나 타인에게 교양 있고 세련된 모습으로 비추어지는 것과 달리 실제 일상생활에서, 그는 며느리의 사적인 통화를 엿듣는가 하면 인위적인 길들이기 방식으로 긴장의 끈을 놓지 않게 하는 노회함을 드러낸다. 화자의 시아버지 또한 시어머니의 자장에서 못 벗어나기는 마찬가지이다. 그는 아내의 강요된 연출로, 외출 때마다 화려한 옷차림을 해야 하는가 하면 매일 한 번씩 테니스를 명목으로 집을 나가야 한다. 시아버지의 이런 행동 또한 주인공 시어머니의 계산된 의도 하에 진행된다. 동네 사람들에게 자신들의 여유로운 삶을 과시하려는 것이 시아버지를 외출시키는 시어머니의 주된 목적인 셈이다.

가족 구성원들이 느끼는 억압은 바로 이 지점에서 발생한다. 시어머니의 자랑은 철저히 외부인에 과시하기 위한 연기에 불과하다. 따라서 화자는 자신이 "자유스럽고 행복하다는 거짓에서 못 벗어난" 채 우울하다. 문제는 단순히 우울함만으로 끝나는 것이 아니라는 데에 있다. 시어머니와 매일같이 반복되는 일상은 단지 자신에게만 있는 것이 아니기 때문이다. 화자는 어느 날 문득 줏대 없이 살아가는 시아버지를 통해 남편의 삶을 발견한다.

> 시아버지의 모습과 표정과 몸짓 속엔 지울 수 없이 극명하게 남편의 모습이 남아 있었다. 아무리 물려주어도 지워지거나 덜어지지 않고 남아 있는 핏줄의 특징을 통해 나는 남편의 모습뿐 아니라 앞으로 태어날 아이의 모습까지를 내다보고 있었다. 실상 나는 아직 아이를 갖기 전이었다. 아이를 갖게 될까봐 다달이 전전긍긍하고 있는 중이었다. 왜 아이를 가질까봐 두려워하고 있는지도 아울러서 알 것 같았다. 내가 다만 연민과 비애로써만 바라볼 수 있는 특징들이 마냥 이어지고 퍼지는 게 싫었던 것이다.
> (「소묘」, 『전집3』, 358쪽)

화자는 태어날 자식이 자신의 시아버지나 남편과 닮은꼴일까봐 걱정한다. 인간의 성정이 선천적, 혹은 후천적 요인에 의해 좌우된다는 생물학적 지식이 이 작품 분석에 중요한 것은 아니다. 작가의 의도는 다만 획일적 규율 아래 개성 없이 살아가는 인간의 삶을 비판하려는 데에 있다. 이러한 면모는 화자의 남편에게서 여실히 드러난다. 화자의 남편은 학벌이 좋고 대학원까지 다니고 있지만, "자신의 의지"라는 게 없이 어머니가 시키는 대로 이제껏 살아온 인물인 것이다.

이와 같이 몰개성한 인물의 양산 근거를 작가는 가정뿐 아니라 사회의 획일적 구조 속에서 찾는다. 박완서 소설에서 교육은 인간의 창의

성을 박탈하는 대표적 제도이다. 한국사회에서 학교가 유년기부터 획일적 인간을 양성하는 대표적 기관으로 전락한 점은 부정하기 어려운 사실이다. 「낙토의 아이들」은 이러한 면모를 잘 드러내는 작품이다. 이 작품에 등장하는 주인공의 아이들은 제도화된 어른의 삶을 그대로 축소한 듯한 삶을 살아간다. 아이들이 다니는 무릉국민학교는 수재학교라 자칭하며 "완전한 학습"과 "완벽한 질서"라는 교훈 아래 엄격한 규율을 행사한다. 교장은 제도적 규율에서의 일탈은 곧 사회적 낙오라는 중압감을 아이들에게 주입시킨다. 엄격한 제도적 질서에 길들여진 아이들은 "학교에서 돌아오면 누가 시키지 않아도 목욕부터 하고 로션 냄새를 싱그럽게 풍기며 간식을 들고 숙제를 하"는 단선적 생활에 익숙하다.

　삶의 획일성은 개인을 억압하는 사회제도에서도 확인된다.「연인들」(1974)에서는, 대낮에 뚜렷한 이유 없이 통행을 제한하는 경찰관에 항의하고 그 불쾌감에 사소한 잘못을 저지른 대학생이 구치소에서 이 사회 구조의 거대한 힘을 깨닫는다는 내용을 담고 있다.

> 　나는 왜 사람들이 어른됨과 동시에 하나같이 행주처럼 무기력해지고, 자벌레처럼 비열해지고, 잘 삶은 야채처럼 보들보들, 나글나글해지는지를 몰랐었다. (중략) 그래, 거긴 분명 음모의 냄새가 있어. 우리를 고분고분 길들이고, 우리의 가시를 마멸시키기 위해 용의주도하게 꾸며진 음모의 냄새가. 나나 내 여자애가 겪은 곤욕도 결코 우연한 횡액이 아니라 미리 마련된 음모에 의한 초보적인 기초훈련쯤에 해당될 테지. 우린 장차 이와 유사한 경험을 반복하게 될 테고, 익숙해질 테고. 이렇게 해서 길들이기 음모는 완성될 것이다. 아아, 사람들도 다 그렇게 하여 그렇게 길들여졌던 것이다.(「연인들」, 『전집1』, 177쪽)

주인공이 각성한 음모란 결국 제도적으로 사회에 순응하는 인간 길들이기와 동의어가 될 것이다. 잘 길들여진 삶이란 자기세계를 상실한 인간의 풍경이다. 그들은 감정의 직설적 표현 대신 위선적인 포즈를 능란하게 취할 줄 알게 된다. 이런 삶은 하이데거식으로 보자면 비본래적인 삶과 다르지 않다. 도시인들의 세련된 대화술은 결국 빈말[空談]일 따름이다. 도시인의 일상 기저에 깔린 가짜의 삶을 바라보는 작가의 시선은 비판적이다.[29]

위선적 삶으로부터의 탈피 가능성을 작가는 본래적 삶으로의 회복에 서 찾는다. 따라서 박완서는 자신의 의지를 위장하지 않는, 순수한 삶의 본능에 순응하는 인물에 호감어린 시선을 던진다. 그런 인물들 거의는 사회적 신분이 높지 않다. 그들은 모진 생명력으로 어렵게 세상을 살아가는 인물이다. 관점에 따라 경박해 보이기도 하지만 그들은 나름의 소신을 지니고 살아간다. 그들은 속물스런 세계의 논리에 물들지도 주눅 들지도 않고 억척스럽고 당당하게 세상을 돌파해가는 사람들로, 인위적 세계와 대비되어 더욱 긍정적 모습을 띤다. 박완서 특유의 풍자적 필봉도 그들에게만은 호의적이다. 작가는 현대 도시인의 위선 극복을 야생적 생명력을 지닌 본래적인 삶의 복원에서 가능하다고 여기는 것이다.

「소묘」에서 주인공이 무기력한 남편에게 매료되는 지점은 뜻밖에도 그가 전자오락을 할 때이다. 그의 전자오락 열중은 인위적인 강제에 의한 행동이 아니라 자신의 의지와 열정으로 이루어지는 것이기 때

---

29) 김만수는, 박완서 소설에서 진짜/가짜가 중요한 대립항을 이룬다고 본다. 이때 작가에게 있어 가짜란 사랑이건 예술이건, 이데올로기건 관계없이 생활인의 상식에서 벗어나는 총체를 의미한다. 김만수는, 일상성의 심층에 도사리고 있는 가짜에 대한 기질적 혐오와 진짜에 대한 작가의 그리움은, 세파의 남루와 통속에서도 작가로서의 자신을 올곧게 세워 나가는 방법론이 되어 일상의 허위의식 그 자체를 반성의 대상으로 삼게 한다고 보고 있다. 김만수, 『문학의 존재영역』, 세계사, 1994, 44~45쪽 참조.

문이다. 남편의 이런 모습은 그 매개체가 어쨌든 간에 주인공에게는 '감동'적이다. 자정이 넘도록 오락에 빠져 있다가 귀가하는 남편을 작가는 생명력 넘치는 동물로 묘사하고 있다.

> 그는 피투성이었다. 그가 피투성이인 게 겁나지도 싫지도 않았다. 나는 그의 상처를 정성을 다해 애무하고 그의 피를 핥았다. 그의 싱싱한 상처와 더운 피가 나의 더운 피를 불러일으켰다. 그가 피투성이인 채 왕성하게 살아 있음이 고맙고 신기했다. 나는 그와 화합하면서 기적을 믿었다. 인조 짐승이 야성 짐승으로 살아나는 판에 무슨 일인들 못 일어날까 싶었다. 안채 사람과 별채 사람과의 관계도 문득 살아나 불화하고 아우성치면 얼마나 살맛날까 싶었다.(「소묘」, 364쪽)

인용문의 마지막 문장에서 안채는 시어머니가 거주하는 공간이고 별채는 주인공의 거주 공간이다. 주인공은 두 공간 거주자들의 불화를 통해서라도 '살맛'나는 생활을 꿈꾼다. 이처럼 박완서는 길들여져 획일화된 삶의 양식을 철저히 비판한다. 이런 양상은 당대 많은 사람들이 몰개성한 삶을 영위하기에 그럴 것이다. 군부의 주도로 이루어진 우리나라의 산업화와 도시화가 몰개성한 인간을 파생했으리라는 짐작은 어렵지 않다.

4. 노인의 삶을 통한 세상사 통찰

이재선은 1960년대 후반 이후, 한국 도시소설의 양상 중 하나를 노년학적(老年學的, gerontic) 소설로 설정한다. 이 용어는 포괄적으로는 노년의 삶, 즉 삶의 적극적인 활동에서 은퇴하거나 물러난 노인들의 세계를 다룬 소설이라 할 수도 있겠으나, 협의적으로는 사회 변동기에 노년의 도시생활 및 도시화와 연계된 삶을 대상으로 묘사하는 소설로 정의할 수 있다. 도시를 배경 삼아 노인을 주요 등장인물로 하는 계열의 소설에서는 전통과 현대사회의 가치관이나 도덕의 변증법적인 대립의 상호관계나 변모는 물론, 노인의 병과 함께 세대간의 단층 내지는 가족 관계의 이접(離接) 상태가 제시되는 경우가 일반적이다.[30)

노인을 주요 인물로 한 소설은 전통사회의 급격한 붕괴를 표상하는 경우가 많다. 한국의 생활문화 전통은 유교사상을 사회적으로 구현하는 데에서 비롯된 가족주의에 근거해 있다. 인간의 윤리를 강조하는 유교적 전통에서 효는 예의 으뜸이었던 덕목이고, 그것이 구체적으로 행사되는 집안[家]은 개인의 삶을 헌신해야 하는 중요한 장소로 여겨졌다. 그러나 산업화의 진행에 따라 전통적 형태의 가족제도는 점차 해체되고 있다. 가족 구성원은 이제 주로 부부와 그들의 자녀로 구성되고, 가족은 성원들에게 정서적이고 감정적인 유대가 발달되는 장으로 기능을 행사하게 된다.[31) 이 과정에서 전통적인 노부모-자식-손자 같은 3세대 가족은 찾아보기 어렵게 되었다. 노부모와 자식간의 생활공간의 분리는 현직에서 물러난 노인들에게 무력감, 고독, 도시적 삶에 대한 소외와 세대간의 단절 같은 감정을 유발한다.

80년대 이후에 발표된 박완서의 작품들, 특히 「저문 날의 삽화1」(1987) 이후의 많은 작품들은 이전의 경향과 비교할 때 주목할 특징을 보인다. 이 시기의 작품에는 중년이나 노년 여성을 작품 주인공으로 내세우는 경우가 많다. 이 점은 박완서의 나이 증가에 따른 자연스런 변모일 것이기도 하다. 작가는 인생의 황혼기를 맞은 주인공들을 통

---

30) 이재선, 앞의 책, 288쪽.
31) 함인희, 「사회변화와 가족」, 『가족과 한국사회』(여성한국사회연구회 엮음), 경문사, 1995, 51쪽.

해, 세계를 보다 깊이 있는 시각으로 바라보는 동시에 예리한 비판과 풍자적 필치에서 벗어나 세상과 인간을 넉넉하게 포용하는 여유를 획득하고 있다.[32] 박완서의 노년학적 시선에 의해 씌어진 작품은 「저문 날의 삽화1」 이후 양산되었지만, 전에도 이 계열의 작품이 존재했다.

「황혼」(1979)은 노화에 대한 사회학적 인식과 가정 내 노인 소외를 다룬 작품이다. 일반적으로 인간이 나이가 들어 신체적·정신적으로 변하는 양상을 노화(aging)라 한다. 인간은 연령 증가에 따라 다양한 인생의 주기를 갖는데, 노인기의 개인적인 노화는 모든 인간에게 보편적인 현상이다. 노화의 인식에 대한 문제는 개인적인 것뿐만 아니라 사회적으로도 나타난다. 이 작품에서 작가가 "늙은 여자"라 칭한 주인공은 "실상 늙은 여자가 아니"다. 늙은 여자는 "아직 환갑도 안 되었고 소녀처럼 혈색 좋은 볼과 검고 결 좋은 머리와 맑은 눈을 가지고" 있다. 실제 주인공도 자신이 왜 "늙은 여자여야 하는지" 이상할 따름이다. 며느리는 그런 주인공을 어머니 대신 꼭 '노인네'라고 부른다. 그것은 아들도 마찬가지이다. 본인의 의사와 무관하게, 또 실제 물리적 나이가 그리 많지 않음에도 불구하고 '노인네'로 취급하는 사회적 현실에 「황혼」은 문제제기를 하고 있다.

이와 함께 문제가 되는 것은 가정과 사회에서의 노인 소외현상이다. 1960년대 이래 한국사회는 사회경제적 발전과 더불어 급속한 인구변

---

32) 이 점에 대해 박혜경은 박완서의 이전 작품들과 「저문 날의 삽화」 연작과의 차이를 거론하며, 이전 작품들이 대체로 작중화자와 갈등 관계에 있는 인물들의 부정적인 측면만을 주로 묘사함으로써 작품의 전체적인 흐름이 작중화자의 도덕적 정당성을 일방적으로 부각시키는 데 몰두하고 있다는 인상을 주는 데 비해, 이들(작가가 작중화자의 의식에 대해 일정한 반성적 거리를 유지한 작중인물 - 인용자)이 등장한 작품에서 작가는 인생의 황혼기에 접어든 인물들을 중심으로 그들이 서로 부대끼며 살아가는 과정에서 일어나는 삶의 자질구레한 갈등을 비교적 균형잡힌 객관적 시각으로 드러냄으로써 이야기의 진행을 비판과 애정의 어느 한 극단으로 몰고 가지 않는다고 본다. 박혜경, 「저문 날의 삽화, 혹은 소시민적 삶의 풍속도」, 『저문 날의 삽화』 해설, 문학과지성사, 1991, 303쪽.

동이 진행되었다. 사회가 산업화, 근대화하는 과정에서 출산률과 사망률은 감소하여 노인 인구가 지속적으로 증가하였다. 그러나 전통적 농경사회에서 가족이 일상생활의 중심이었던 것과 달리, 현대 가정의 기능은 자녀양육과 가사노동 중심으로 바뀌었다. 이와 더불어 자식의 부양을 받는 노인들은 이전과 달리 집안에서 절대적인 권한과 지위가 상실되는 경향이 농후해졌다.[33] 남편과 사별하고 자식의 부양을 받으며 살아가는 「황혼」의 주인공은 가정에서 '노인네'로 전락하여 무료한 일상을 영위하게 된다. 아들과 며느리 중심으로 굴러가는 생활에서 노인 주인공의 의지대로 할 수 있는 일이란 아무것도 없는 셈이다.

> 늙은 여자는 웃으면서 일어나 거울을 본다. 거울 속의 여자는 울고 있었다. 엉엉 울고 있었다. 아무리 웃기려도 말을 듣지 않았다. 그래도 거울 속의 여자쯤은 자기 마음대로 될 수 있으려니 했는데 그게 아니었다. 늙은 여자는 과부되고 외아들 기르면서 늙게 혼자 살게 될까 봐 항상 그걸 두려워하며 살았었다. 지금 늙은 여자는 혼자 살지 않는다. 그러나 늙은 여자는 지금 정말 불쌍한 건 혼자 사는 여자가 아니라 자기 뜻대로 아무것도 할 수 없는 여자임을 깨닫는다. (「황혼」, 『전집3』, 43쪽)

자녀와의 동거를 선호하는 동시에 그로 인한 불편을 주인공은 호소하고 있다. 특히 아들, 며느리와 시어머니인 주인공과의 관계나 세대 간의 가치관 차이는 노인이 겪는 주된 불편들이다. 하여 자식과 동거하는 노인 대부분은 자유를 잃고 자식들의 눈치를 본다. 이때 노인들은 대체로 생활세계에 소극적 태도를 나타내며 자신들의 다양한 욕구를 억제하고 핵가족 중심의 가정에 자신을 끼워 맞춘다. 이런 상황에서 노인들은 심리적 소외를 겪는다.

---

33) 모선희, 「노인과 가족」, 『한국 노인의 삶』(김익기 외 지음), 생각의 나무, 1999, 83쪽 참조

　자식과의 동거로 인한 불편과 소외감은, 독거노인의 경우 절절한 고독으로 외현한다. 독거노인의 고독한 삶을 다룬 박완서의 작품으로 「저물 녘의 황홀」(1985)이 있다. 작품의 여주인공 나의 두 아들과 딸은 결혼해 모두 미국에서 살고 있다. 나는 미국의 자식들이 어머니를 보러 오게 할 수만 있다면, "목숨을 다해 암으로 피어날" 의사가 있을 만큼 절절한 고독감을 느낀다. 나는 아무도 없는 집에 들어가기 싫다. 집에 들어가 봐야 늙은 자신의 냄새를 맡는 고약함이 전부이다. 박완서는 그 애절한 내면을 다음과 같이 묘사하고 있다.

> 　그것은 나의 냄새였다. 내가 떨구고 간 나의 체취가 빈집에 괴어서 온종일 썩어가는 음습한 냄새였다. 젊음에 의해 희석되거나 중화될 길이 막힌 채 썩어가는 늙은이 냄새는 맡을 때마다 새롭게 섬뜩하고 고약했다. 어쩌면 안방에서 나의 시체가 썩어가고 있을지도 모른다는 터무니없는 생각까지 들고부터 그 냄새는 고약할 뿐만이 아니라 무서웠다. 내가 살아 있다는 증거는 무엇이란 말인가. 나로 인해 기뻐하거나 괴로워할 사람도, 내가 사랑하거나 미워할 사람도 없는 집구석에서 말이다. 먹고 마시고 숨쉬고 소리내는 나의 인기척을 타인에 의해 확인시킬 수도, 타인의 인기척을 감지할 수도 없는데 어떻게 내가 살아 있다는 걸 믿을 수 있을 것인가. 내가 살아 있다는 게 의심스러울수록 안방 아랫목에서 나의 시체가 썩어가고 있을지도 모른다는 혐의는 짙어만 갔다.(「저물 녘의 황홀」,『전집4』, 278쪽)

　노인의 고독에 자식 세대는 무관심하다. 그들은 부모보다 자녀들에게만 관심을 기울인다. 작품 주인공 자식들이 미국에서 귀국하지 않는 이유는 "아이들을 위해 눌러살" 목적 때문이다. 이와 같은 자식 세대와의 단절은 전통적으로 효가 중요시되던 사회적 분위기가 핵가족화해, 가정에서의 부모 소외를 유발했기 때문이다.

작가는 노인세대의 사회적 배제 또는 방기를 극복하는 방안으로 두 가지를 설정한다. 그 하나는 노인이 직면한 고독을 스스로 극복하는 것이다. 자식에 의지하지 않고 노인 스스로 자립적인 삶을 꾸려가야 한다고 박완서는 주장한다. 작품 말미에서 주인공이 "내 몫의 고독을 극치까지 몰고 가"겠다는 의지나 "그 늙은이를 위해 오랜만에 맛있는 저녁상을 차려야겠다"는 다짐은 작가의 의도를 적확하게 반영하는 문맥이다.

또 하나의 방안으로 동병상련의 처지에 있는 노인들끼리의 협력이 있다. 노년기의 원만한 가족관계는 노인의 삶의 질, 행복한 노후생활을 결정하는 주요 요인이다. 가족주의적 사고에 익숙한 노인들에게 자녀와의 관계 정립은 노후생활의 만족도와 심리적 안정에 많은 영향을 준다. 자식과 살면서도 배우자가 없는 노인들은 말벗이나 부담없이 도움을 요청할 적당한 사람조차 없는 것이 현실이다. 그들에게 친구나 이웃과의 관계는 그래서 중요한 의미를 지닌다. 노년기의 친구는 서로 비슷한 생활주기를 경험했고 여러 변화에 서로 의지할 수 있는 집단이므로 중요한 사회적 관계이기도 한 것이다.[34]

「저물 녘의 황홀」에서 주인공은, 친할아버지가 중풍으로 드러눕자 후처인 화초 할머니가 꾀병으로 할아버지와 나란히 드러누워 병구완을 했던 것을 떠올리며 공감을 한다. 즉 사람의 고독이나 소외는 타인이 "온몸으로 사람 속의 깊고 깊은 오지(奧地)에 뛰어들" 때만이 극복 가능하다는 점을 깨닫는 것이다.

「천변풍경」(1981)은 다양한 의미망을 도출하는 작품이지만, 타인의 마음 속 오지에 뛰어들어 동병상련의 아픔을 감싸안는 작품으로도 해석된다. 이 작품에서 홀아비 해직교수 배우성씨는 중풍으로 쓰러져 입

---

34) 앞의 글, 85쪽.

원한 노 여사를 다른 노인들과 함께 문병을 간다. 틀니를 빼고 잠든 노 여사에게서 그는 화장기 없는 늙은이의 본래 얼굴을 보게 된다.

> 노 여사는 그 동안 너무도 흉한 파파늙은이로 변해 있어서 모두 숨을 죽 이고 입을 다물고 서로 쳐다보기만 했다. 얼굴의 모든 주름이 입가로 모 여서 입이 썩어들어가는 상처처럼 무참하게 함몰된 노 여사의 얼굴은 바 로 보기 민망하게 참혹했고, 그 참상이야말로 늙음의 가식 없는 진면목이 란 생각이 거기 모인 모든 늙은이에게 들게 했고 큰 충격을 주고 있었다.
> (「천변풍경」, 『전집3』, 148~149쪽)

배우성씨가 본 노 여사의 얼굴은 늙어가는 자신의 몰골과 다르지 않 다. 그것은 함께 문병 온 노인들의 모습이기도 하다. 그가 확인한 노인 세대간의 동질감은 곧 그녀에 대한 연민으로 확장한다. 그 연민은 백 수회 회원들이 주선하려 한 사랑의 감정이 아닌, 홀아비 사정 과부가 알 듯, 불편한 사항을 경험하고 목격한 사람만이 알 수 있는 차원의 문 제이다. 그것은 노 여사의 곁을 지키는 젊은 며느리는 절대 알 수 없는, 틀니 닦기의 고충에 대한 동정으로 이어진다. 이 동정은 자식 세대인 노 여사 며느리의 무심과 함께 "백수회 회원이 되기 위해 잔치를 베푸 는 일"을 아들을 통해 며느리에게 부탁했으나 일언반구도 듣지 못한 허전함과 궤를 같이 한다. 노인들의 고충은 절대 젊은 세대가 헤아릴 수 없다는 당사자들만의 동병상련인 셈이다. 그가 노 여사의 틀니 닦 기를 자청한 것은 그런 까닭에서라 할 수 있다.

> "의치는 어디 있습니까? 제가 닦아 드리죠. 그걸 끼셔야 말씀하시기도,
> 뭘 잡숫기도 수월할 게 아닙니까?"
> 노 여사의 남은 한 손이 허둥지둥 시트 밑을 뒤지더니 휴지에 싼 묵직한

걸 꺼내서 꽉 움켜쥐었다. 벌거벗겨도 필사적으로 치부는 가리려는 소녀
처럼 앳된 수치심과 공포감이 홍조가 되어 노 여사의 쭈그러진 얼굴이 얼
룩졌다. 배우성씨는 노 여사의 단단한 주먹을 어루만지면서 말했다.
　"괜찮아요, 괜찮아. 나한테 맡겨요. 창피할 거 없어요. 먼저 간 우리 집
사람도 온통 틀니였거든요. 내가 아침저녁 닦아주었더랬죠. 아마 나만치
그 일 잘하는 사람도 없을걸요. 자아, 안심하고 한 번 맡겨보세요."(「천변
풍경」, 150쪽)

　노령기에 있어 건강 문제는 노인들의 가장 중요한 관심사 중의 하나
이다. 건강은 단순히 질병이 없는 상태를 의미하는 것이 아니라 신체
적, 정신적 및 사회적으로 평온한 상태를 유지하는 것을 의미한다. 일
반적으로 노인들은 고령이 될수록 신체적 노화를 경험하고 대부분의
노인들은 보통 한두 가지 이상의 질병을 호소한다. 노인에게 질병과
그로 인한 죽음은 일상의 자연스러운 부분인 것이다. 그 죽음을 맞이
하는 방식의 차이는 사람마다 다를 수 있겠지만, "죽음은 모든 살아 있
는 것의 피할 수 없는 운명"이라는 사실의 담담한 수용은 작가에게 "죽
음을 앞둔 시간의 아까움을 느끼고, 그 아까운 시간에 어떻게 독창적
으로 살아 있음을 누리고 사랑할 것인가를 생각해야 하는 건 인간의
비장한 업"임을 상기시킨다.
　죽음은 박완서에게 어쩌면 상당히 친숙한 것인지 모른다. 박완서의
연대기를 참조하면, 작가는 유아기에 아버지를 여의고, 전쟁으로 친오
빠와 숙부를 잃고, 「세모」에서 작가의 실제 목소리인 듯한 "인수! 내
막내아들이자 외아들, 딸을 넷씩이나 낳고 마지막으로 얻은 귀하디 귀
한 아들, 앞니가 두 개 빠지고 귀바퀴엔 버들강아지 같은 솜털을 두른
이 소중한 외아들에 대한 애정은 가슴이 저릴 만큼 절실하다"고 묘사

한 아들과 남편을 졸지에 잃었다.35) 전쟁 중에 즐비한 주검을 보고 참척을 겪은 어머니의 악에 바친 모습에서 그 비극성을 목도했던 작가에게 죽음, 특히 참척의 불행은 간절히 피하고 싶은 것이었다. 「저문 날의 삽화5」(1988)에서는 주인공 그의 아내가 "자기만의 방"에서 드리는 절실한 기도의 내용도 바로 그런 것이다.

> "죽고 사는 건 사람의 소관이 아니니까요."/ "그건 또 무슨 해괴한 소리야. 우리 둘 중의 하나가 죽을 병이라도 들었단 소리야 뭐야."/ "그게 아니구요. 내가 허구헌 날 비는 한 가지 소원은 우리 식구가 순서껏 죽게 해달라는 거니까요."/ "순서껏?"/ "네, 우리 부부가 퍼뜨린 아들 딸들과 그애들이 짝을 맞아 다시 퍼뜨린 손자들 중 우리 직계 식구들 사이의 죽음만이라도 태어난 순서대로 이루어지이다라고 빌 때처럼 마음이 간절해지는 때는 없다우……"(「저문 날의 삽화5」, 『전집5』, 122~123쪽)

작가의 간절한 희구는 결국 자식의 참척으로 이루어지지 못했다. 그리고 소세포성 폐암에 걸려 죽어간 한 사내의 마지막 삶을 다룬 「여덟 개의 모자로 남은 당신」(1991)이 있다. 작가는 이 작품에서 깊이 있는 통찰로 죽음을 앞둔 한 인간의 진지한 삶의 행적을 가감 없이 그려낸다. 작품에는 항암제를 맞으며 투병하는 남편의 고통과 그것을 지켜보며 격려하고 안타까워하는 노부인의 애잔한 심사가 섬세하고도 감동적으로 그려져 있다. 삶이 곧 죽음이고 죽음이 곧 삶인 듯, 임종에 임박해서까지 의연하게 삶의 존엄을 지킨 병자의 삶은, 죽음에 임하는 노인, 혹은 한 인간의 장엄함을 보여주고 있다.36)

---

35) 김경연, 앞의 글, 18~42쪽 참조.

36) 정호웅은 「여덟 개의 모자로 남은 당신」에서 죽음을 맞이하는 주인공 남편의 모습이 우리 문학에서 가장 의연한 죽음맞이일 것으로 보고, 이 작품으로 한국문학이 보다 깊이를 획득하게 되었다고 언급한다. 정호웅, 「스스로 넓어지고 깊어지는 문학」, 『박완서

죽음을 앞둔 노인에게 즐거운 일이란 과거의 아름다웠던 시절을 회
상하는 것이 고작일 터이다. 노부부가 지난 35년간의 부부생활을 돌이
켜보는 일은, 삶의 정리이자 생의 가장 빛나는 시절로 회귀하는 기표
가 된다. 기억의 힘으로 힘겨운 현재를 버티기, 이것이야말로 노인들
의 가장 일상적인 삶일 터이다. 작가는 이 작품에서, "인간이란 생의
한순간 빛났던 무엇인가에 대한 기억에 힘입어 시간을 견디는 존
재"37)라는 통찰을 내보임으로써 인생의 진리를 꿰뚫고 있다.

단편소설 전집5』 해설, 문학동네, 1999, 359쪽 참조.
37) 위의 글, 360쪽.

Ⅲ. 자아 완성을 위한 성찰 - 오정희

1. 세계와의 단절과 부부간의 소외

자기 의사와 상관없이 세상에 내던져진 인간은 근원적으로 고독한 존재이다. 살아가는 동안 인간은 수다한 타인들과 교섭하지만 탄생과 죽음 같은 불가항력의 상황에 직면해서는 운명을 스스로 떠맡을 수밖에 없다. 이런 점에서 인간은 숙명적으로 유한성을 지닌 존재자이다. 하나의 투사체에 불과한 인간은 광대한 세계 속에서 미력한 존재일 수밖에 없는 것이다.

한편으로 인간은 하이데거가 말한 대로 <세계-내-존재>[1]로서 현존재의 근본 상태를 이룬다. 이 말은 현존재로서의 인간이 단순한 사물들처럼 우주 속에 무의미하게 나열되어 있지 않고 세계와 의미 있게 관계한다는 뜻이다. 인간이 운명의 한계 속에서 유아론적으로 존재하지 않

---

1) 하이데거는 현존재의 근본적 특징을 <세계-내-존재>로 파악한다. 세계의 구조를 일상에서 도구적 관계로부터 분석한 그는, 존재자가 도구로 드러날 경우 자신의 존재의미는 목적들의 지시 연관 전체 속에서 드러난다고 본다. 이것은 존재자가 사물과 관련된 세계 안에서 자기를 드러내게 되는 것을 의미한다. 이때 인간은 세계 속에서 결코 고립되어 있지 않고 항상 타자와의 관계 속에서 존재한다. 따라서 세계는 타인과 더불어 있는 공간이고 그 안[內]의 현존재는 타인에 대한 배려(Fürsorge)와 자기 자신에 대한 관심(Sorge)을 갖고 존재하는 것이다. 이렇게 세계와 현존재가 서로를 공존시키는 근원적인 공속관계(Zusammengehörigkeit)를 하이데거는 <세계-내-존재>로 지칭한다. Martin Heidegger, *Sein und Zeit*, 『존재와 시간』(소광희 옮김), 경문사, 1995, 79~93쪽 참조.

고 세계와 결합되어 있다는 사실은, <세계-내-존재>로서의 의미를 부여받을 때 가능하다. 이때 인간은 사물에 대한 배려, 다른 실재에 대한 고려, 자기 자신에 대한 우려 같은 실존의 의미를 세계와의 관계 속에서 확립할 수 있다.[2] 인간이 사회를 이루어 집단생활을 하는 것도 결국은 세계 속에서 존재의 의미를 획득하려는 의지의 소산인 것이다.

그러나 오정희 초기소설에는 세계와 단절된 여성 주인공들이 주로 등장한다. 그들은 대체로 타자와의 소통이 부재한 상황에서 홀로 존재한다. 고독한 그들은 주로 집 안에서 집 밖을 내다보며 소일하는데 그 응시의 통로는 창이다. 문학 모티프에서 창은 의미론적으로 내부 공간과 외부 공간을 가르는 경계로서 인간의 내적 현존성(現存性)을 확인하는 동시에, 밖으로 향해진 집의 눈이요, 안팎의 두 세계를 관련짓는 통로이자 개방과 희망의 상징이다.[3] 그러나 오정희에게 창은 인물 자신의 고독한 운명을 되비추는 거울이다. 그래서 창밖의 세계와 마주한 오정희의 많은 인물들은 고독하다.[4] 「직녀」(1970)에서 여성화자 나는 돌아오지 않는 당신을 기다리며 창가에 다가서고, 「번제(燔祭)」(1971)에서는 입원해 있는 나의 주된 일이 창밖을 내다보는 것이지만 소통을 이루는 타자는 부재한다.

창밖을 내다보는 행위는, 곧 시각을 매개로 세계와 관계한다는 의미이기도 하다. 창가를 서성거리는 오정희 소설의 인물들이 세계를 인식하는 수단은 대체로 감각에 의해 이루어진다. 시각은 물론 후각, 촉각을 동원한 의식의 감각화[5]는 오정희 소설의 문체적 특성이다. 오감 중,

---

2) Fritz Heinemann, *Existenzphilosophie Lebendig Oder Tot?*, 『실존철학』(황문수 옮김), 문예출판사, 1996, 112~154쪽 참조.
3) 이재선, 『한국문학주제론』, 서강대학교 출판부, 1989, 335쪽.
4) 김화영, 『소설의 꽃과 뿌리』, 문학동네, 1998, 18쪽.
5) 황도경, 「불을 안고 강 건너기 「불의 江」의 문체론적 분석」, 《문학과 사회》(1992, 여름), 626쪽.

시각은 가장 객관적이어서 현실을 조사하고 파악하는 데 가장 적합한 감각이다. 일상적 의미에서 '본다'라는 말이 '안다'와 동일시되는 이유도 시각의 그러한 특성에서 성립되는 것이다.[6] 그러나 오정희의 인물들이 응시하는 세계의 모습은 불명료하다. 이는 소설 인물들이 아직 <세계-내-존재>로서 자신의 위치와 대상을 인식하지 못한 결과로, 응시자의 시선에는 단절된 이미지들만이 불연속적으로 나열된다.

> 그(오정희-인용자)는 구체적인 묘사 대신에 모호한 이미지를 구축하고 사실적인 설명 대신에 분위기적인 비유를 사용하며 객관적인 해석 대신에 내면적인 표상을 선택함으로써 자신의 소설세계를 사실적 차원으로서가 아니라 정서적 차원으로, 현실과의 대조로서가 아니라 숨겨진 내면의 추상으로 그리고 해석의 영역으로서가 아니라 존재의 영역으로 바라보게끔 만든다. 우리는 이러한 세계를 뤼시앵 골드만이 말하는, 자아와 세계 간의 단절에서 보여지는 서정시의 세계로 일컬을 수 있을까. 오정희의 세계는, 깊은 눈으로 바라보는 이 존재 세계의 비밀, 그것의 무한한 은폐와 완강한 함구, 격렬한 적의와 철저한 절망을 그 자체로 내포하고 있다.[7]

서술 방식을 통한 오정희의 문체론적 특징을 설명한 위의 언술은, 작가가 사물의 이미지를 통해 세계를 인식하고 있음을 알려준다. 그러나 시각은 입체적 대상을 전면적으로 바라볼 수 없다는 한계를 지닌다. 그렇기에 시각으로 사물의 전모를 완전히 파악할 수 없다. 따라서 오정희 특유의 문체는 시각의 불완전성을 작가가 인식하고 있기에 가능하다고 할 수 있다. 이미지 중심의 편재적 서술방식은 세계에 대한 자아의 거부, 세계에의 절망, 그 절망에 따른 세계를 향한 적의를 통해

---

6) Peter Brooks, *Body Work : Objects of Desire in Modern Narrative*, 『육체와 예술』(이봉지 · 한애경 옮김), 문학과지성사, 2000, 201쪽.
7) 김병익, 「세계에의 비극적 비전」, 『동경(銅鏡)』해설, 동서문화사, 1983, 344쪽.

현대인의 심리를 표현하기에 적절하다. 한편으로 이런 진술방식은 작품을 모호하고 난해하게 하는 원인이 된다.

오정희의 고독한 인물이 늘 사물을 응시하기만 하는 것은 아니다. 이따금 인물들은 입장이 역전되어 창밖의 시선으로부터 관찰 당한다는 강박에 사로잡히는 경우도 있다.

> 허공을 정확히 정육각형으로 조각조각 가르고 있는 창살 너머 잔잔히 깔린 비늘구름에 노을빛이 묻어 불그레하게 빛나고 있다. 나는 때때로, 특히 달 밝은 밤 창 바깥쪽에서 잠자리나 초파리의 수많은 겹눈이 안을 들여다보고 있는 듯한 느낌에 잠에서 깨어나 거의 유아적인 공포에 사로잡히곤 한다.(「불의 江」,『불의 江』, 7~8쪽)

이 공포는 타자의 시선에 포획된 대상이 바로 자신임을 인지하는 데서 비롯한다. 세계와의 관계맺기는 기본적으로 타자와의 관계가 형성된 이후에야 가능하다. 그러나 「불의 江」(1977)의 주인공은 타자의 관심에 공포감을 느껴 스스로를 움츠린다. 이 유폐의 심리는 오정희 소설의 많은 인물들을 세계와 단절케 하는 제일의 원인이다.

오정희 초기소설의 커다란 특징인 자아와 세계의 단절은 부부관계에서도 마찬가지이다. 통과제의의 하나로써 결혼은 남성이나 여성 모두에게 제2의 성장을 이루게 하는 주요 요소이다. 결혼은 부모의 품에서 벗어나는 분리의 과정이자 배우자와 가정을 함께 꾸려야 하는 통합의 과정이기도 하다. 통합의 측면에서 보자면 결혼은 미지 세계 탐사의 출발선에 올라서는 형식적 절차이다. 탐사의 과정에서 그들이 수다한 갈등에 직면할 것은 자명하다. 그런 경우 부부는 마주하고[對面] 의사를 나누며 갈등 해결을 모색해야 한다. 그것은 인간들의 가장 기본적인 상호성을 확인할 수 있는 방식이다. 대면 행위 자체에는 주관적 표정을 통해 의사교환의 단초가 마련되어 있기 때문에, 거기에는 표정을 통한 언어 이전의 의사소통 가능성이 전제되어 있다.

레비나스에 따르면 타인의 현현은 얼굴로 이루어진다고 한다. 타인이 얼굴의 모습으로 나타난다는 것은, 얼굴을 통해 서로 마주보고 호소하고 스스로를 표현한다는 의미이다. 얼굴과 얼굴과의 만남은 창 밖의 풍경 같은 일반 사물과 전혀 다른 차원의 만남이어서, 대면은 "얼굴은 열려 있고, 깊이를 얻으며, 열려 있음을 통하여 개인적으로 자신을 보여준다. 얼굴은 존재가 그것의 동일성 속에서 스스로 나타내는, 다른 어떤 것으로 환원할 수 없는 방식"[8]이 된다. 즉 얼굴은 나의 입장과 위치와는 상관없이 스스로 자기를 표현하는 가능성이고, 얼굴의 나타남에는 내가 부여한 의미보다 타인의 존재 자체에 더 중요한 의미가 있는 것이다.[9] 철학적 의미망을 품은 얼굴과 얼굴과의 마주봄, 즉 대면이란 대화 이전에 이루어지는 소통의 한 방식이자 상호간의 배려인 셈이다.

그러나 오정희 소설의 기혼여성 주인공들은 남편과 대면하는 경우가 적다. 남편들은 대체로 집에 부재하거나 혹시 있더라도 등돌린 채 서로 외면하는 경우가 허다하다. 「불의 江」에서 화자의 남편 그는 "창틀에 동그마니 올라앉"아 "등을 한껏 꼬부리고" 있고, 나는 "수틀 앞"에 앉아 있다. 둘만이 있는 공간이 "불기 하나 없는 방"으로 설정되어 있는 점도 부부 사이의 소원함을 상징적으로 드러낸다. 또한, 「직녀」에서 화자 나는 "저 좀 보세요. 저 좀 보세요"하고 간절히 애원하나 당

---

8) E. Levinas, *Difficile Liberté*, 강영안, 「해설 : 레비나스의 철학」, 『시간과 타자』, 문예출판사, 1996, 135~136쪽에서 재인용.
9) E. Levinas, *Totalité et Infini*, 위의 책, 136쪽에서 재인용.

신은 "결코 뒤돌아보는 법이 없"다.

이 단절감이 여성화자들에게 독백을 하게 한다. 가끔 나누는 남편과의 대화가 공담(空談)으로 전락하는 것도 부부간의 대면 없는 대화 때문이다. 부부 사이의 단절로는 상호간에 배려의 관계를 구축하지 못한다. 가령 「불의 江」에서 화자의 남편이 매일매일 반복되는 공장일에 무서움을 느낄 때, 화자는 "누구나 다 그렇게 살아가고 있어요"라고 냉담하게 반응을 하는 것이 고작이다.

오정희 소설의 부부간 소외에 대한 평가는 가부장제 사회로의 입사에서 비롯되었다는 것과 인간의 실존적 측면에서 야기되었다는 것으로 대별된다.[10] 그러나 좀더 구체적으로 원인을 살피면, 그들이 지루하게 반복되는 일상사에 매몰된 탓이라 할 수 있다.

> 우리들의 몸짓에서, 검은 자줏빛으로 시들어 가는 꽃병에 꽂힌 꽃에서, 우리가 함께 살아온 그 두터운 시간의 부피 속에서, 우리들의 대화에 묻어 나는 입김 속에서, 우리가 소비하고 있는 시간의 범속함을, 잊었던 풍경을 떠올리듯, 새삼스럽게 느끼기 때문이다. 그가 저녁마다 또는 새벽마다 실밥처럼 묻혀 들어오는 일터의 냄새는 무서운 삼투력으로 우리의 11평 아파트 공기를 동화시키고 있었다.(「불의 江」, 15쪽)

화자의 남편, 그는 재봉공이다. 그는 공장에서의 재봉틀 돌아가는 소리가 환청으로 들려 집에서조차 시달린다. 공장에서의 반복되는 일

---

10) 김경수는 오정희 소설의 여주인공들이 행하는 자기탐색의 근저에 가부장제의 허구성 및 그것이 여성에게 부과한 성역할 모델에 대한 회의와 환멸이 자리한다고 본다.(김경수, 『문학의 편견』, 세계사, 1994, 370~375쪽 참조) 그러나 성민엽은 오정희의 소설세계가 남성중심 사회에서 소외된 여성으로서의 삶이라는 견해에 부분 동조하면서도, 오정희 소설의 중심축이 현실적 인간을 규정하는 사회적 조건과 실존적 조건 중 실존적 조건에 무게가 얹혀 있다고 본다. 성민엽, 오정희의 『바람의 넋』 해설 참조.

상은 그를 일에 지긋지긋하게 만들고 그 분위기는 가정에까지 우울하게 이어진다. 나의 가정은 삶의 어떤 새로움도 없이 "그가 묻혀 들어오는 일터의 분위기, 끊임없이 되풀이되는 그 들들들들 재봉틀 돌아가는 리듬"에 생활이 지속된다. 일상의 진부함은 그들을 삶의 단조로움에 시달리게 한다. 그가 밤마다 외출을 하고 나 역시 홀로 밤 외출을 하는 것은 진부한 일상으로부터의 탈출이 목적이다. 각자 이루어지는 밤 외출처럼 권태로운 일상은 부부 각자의 몫이다. 그럼에도 그들은 단절의 상황을 타개하려는 노력을 보이지 않는다. 그들은 부부 사이의 대면이나 대화 대신 단절된 삶을 각자의 영역에서 지속한다. 그들은 부부임에도 소외된 채, 각각의 개체로 존재할 뿐이다.

부부 사이의 단절을 구체적으로 증거하는 기표는 오정희 소설에 빈번하게 등장하는 유산이나 낙태 그리고 불임의 이미지들이다.[11] 일반적으로 아이에 대한 사랑이나 욕망은 여성의 본능과 직결된다. 기혼여성이 아이를 바라는 것은 삶 속으로의 뿌리내림과 의미로 가득한 삶에 대한 희망과 연결되어 있는 동시에, 아이와의 긴밀한 관계에 기반을 둔 행복에의 요구와도 밀접한 관련이 있다. 나의 자식은 나의 분신이라는 일상적 어법이 증거하듯, 아이는 나의 죽음 이후에도 나의 유전적 형질을 계승하여 살아갈 또 다른 나이다. 그래서 레비나스는 출산을 "나의 가능성에 대한 힘으로 환원될 수 없는 미래와의 관계"[12]로 정의한다. 나의 아이는 타자인 동시에 또 다른 나이다. 이 경우 나는 출산을 통해 나의 동일성을 유지할 수 있고, 아이를 통해 죽음을 넘어서

---

11) 김병익은 이런 이미지들을 자아가 세계와의 단절을 확증해주는 매개체로 해석하고 있다. 그는 "태아의 아기는 구체적인 생명의 내포로서 기능하기보다는 세계와의 실패한 관계, 세계와 함께 생성하지 못하고 유산되어 버린 관계의 증거물"로 해석한다. 김병익, 앞의 글, 346쪽.
12) E. Levinas, 앞의 책, 서동욱, 『차이와 타자』, 문학과지성사, 2000, 323~324쪽에서 재인용.

는 형이상학적 욕망을 실현할 수 있는 것이다.

그러나 세계와 남편과 단절된 오정희 소설의 여주인공들은 출산을 꿈꾸지 않는다. 그들은 출산 대신 무수한 유산과 불임을 겪으며 때로는 낙태를 감행한다. 혹은 아이를 낳고도 잃는 불행을 겪는다. 「직녀」의 경우 나는 "회임(懷妊) 못 하는 여자의, 석질(石質)의 자궁"을 가진 여자이며, 「안개의 둑」(1976)에서 나의 아내는 세 번씩이나 유산을 하고, 「불의 江」에서는 아이가 "돌이 지나고 얼마 안 되어 심한 탈수증으로 죽는"다. 그러나 무엇보다도 아이에 대한 거부감이 강렬히 드러나는 것은 낙태의 경우이다.

> 나는 결심했다. 아이를 죽여버리기로 작정한 순간 나는 이미 두 손에 피를 잔뜩 묻힌 듯 섬뜩한 느낌이 들었고 피를 흘리며 죽어가는 어린양의 모습을 본 듯하였다. 나는 그 일을 조용히 은밀하게 해치울 수 있었다.(「번제」, 『불의 江』, 175쪽)

위에 묘사된 낙태한 여성 주인공의 의식은, 김현의 지적대로 '섬뜩한 살의'의 이미지를 풍긴다. 작가의 영아살해의식은 범속한 세계에 대한 환멸 때문인 듯하다. 오정희는 이 세계에 대한 어떤 기대도 하지 않는다. 그는 유산과 불임 그리고 낙태와 같은 불모의 이미지로 세계와의 단절을 더욱 공고히 할 따름이다. 단절의 심각성은 소설의 인물들이 상황을 개선하려는 의지를 보이지 않는다는 데에서 더욱 부각된다. 고독과 단절 속에서 살아가는 「불의 江」의 주인공은 "생활의 흐름을 바꾸고자 소망하지 않는"다. 그들은 하나같이 세계 속에서의 자기 소외를 방관하고 있을 뿐이다. 세계에 대한 도저한 비관적 인식은 자신의 존재마저 무의미한 사물로 전락시킨다. 그들은 <세계-내-존재>

의 가치를 추구하려 하지 않는데, 이러한 폐쇄적 의식은 이후의 작품
에서도 쉽사리 변모되지 않는다.

2. 중산층 중년여성의 권태와 불안

오정희가 중산층 중년여성의 일상을 작품 소재로 즐겨 선택한다는
사실은 잘 알려져 있다. 세계와의 철저한 단절을 통해 인물의 자기소
외를 그려낸『불의 江』이후, 「꿈꾸는 새」(1978)의 시기를 거치면서 작
가의 많은 작품들에는 중년여성이 주인공으로 등장한다.

일반적으로 중년여성은 성숙과 안정을 표상한다. 삶의 의미를 어느
정도 인식하고, 가정적으로는 한 남편의 아내이자 아이들의 어머니라
는 자리를 확보하고, 경제적으로 안정을 획득한 연령대인 그들은 외견
상 평온한 삶을 향유하는 것처럼 보인다. 그러니 그들은 불쑥불쑥 찾
아드는 불안과 일상의 굴레에 갇혀 허무와 권태의 늪에 사로잡히기도
한다. 본격적으로 중년의 삶을 살아가는 사십대에 이르면, 사회적으로
가장 정력적인 활동을 벌이는 남편과 어느덧 성장해 제 갈 길을 가는
아이들 틈에서 아내와 어머니로서의 비중은 감소한다. 가정 내에서 자
기 역할의 상실은 그들에게 삶의 허무를 증폭시키는 가장 큰 원인이
다. 여성에게 중년은 젊음과 아름다움의 상실, 죽음에 대한 막연한 공
포, 자기 정체성의 상실로 인한 고독과 우울이 엄습하는 시기라 할 수
있다.13)

그 무렵 똑같이 마흔 살 동갑나기인 그들 부부는 일종의 권태로움에 빠

---

13) 이상우, 「오정희 소설 속의 중년여성」, 『문학 속의 여성』(명지대 인문과학 연구소 엮음),
   월인, 2002, 103쪽.

져 있었다. 단순히 결혼 생활에 대한 것이라고 말해 버리기에는 복잡한, 무언가 지쳐 가고 있다는 분명치 않은 무력감이었다. 마흔 살이란, 자기의 시절이 지나고 있다는 초조감과 함께 인생이 그에게 새로운 계기와 자극을 요구하는 나이였지만 또한 무엇을 새로이 시작하기에는 늦은 나이라는 것을 알고 있었다.(「전갈」, 『바람의 넋』, 98쪽)

마흔 살 중년여인의 현실적 처지를 작가는 「전갈」(1983)에서 권태라는 단어로 포괄한다. 이처럼 권태롭고 무의미한 일상에 빠진 중년여성의 삶에 오정희는 관심을 기울인다. 오정희 초기작에도 권태로운 일상을 못 견뎌하는 여성을 다룬 소설이 있었다.[14] 「봄날」(1973)에는 권태로운 일상에 함몰되어 있는 부부 관계가 나온다. 작품 주인공 나는 삶의 자극이나 활력 없이 그럭저럭 하루하루를 견디어내는 인물이다. 남편은 일요일임에도 일찍 외출을 하고 혼자 남겨진 나는 "영원히 괴어 있는 물, 괴어 있는 물의 진부함, 괴어 있는 물의 평화" 같은 가정에서 무료함을 느낀다. 이런 상황은 「꿈꾸는 새」(1978)를 비롯한 여러 작품에 등장하는데, 이것은 중산층 중년여성의 단조롭고 권태로운 삶이라는 오정희 작품세계의 한 축을 이룬다.

「꿈꾸는 새」의 경우 남편은 지방도시로 채집여행을 떠나 부재하고 나는 이제 돌 지난 아이와 권태로운 하루를 보내고 있다. 권태에서 벗어나려는 나의 의지는 급기야 외출로 이어진다. 오정희 소설에서 외출 모티프는 여러 평자가 지적한 대로, 지루한 일상에서 벗어나려는 일탈

---

14) 성민엽은, 오정희 초기소설과 두 번째 창작집 『유년의 뜰』에 실린, 중년여성들의 삶을 다룬 「꿈꾸는 새」, 「비어 있는 들」, 「별사(別辭)」와의 대조를 통해, "왜곡된 관능이나 불모의 성, 육체적 불구 같은 초기작을 지배했던 모티프들이 점차 사라져 가고, 일상적인 삶의 모습과 현실적 사건들이 나타나고 있"다는 차이를 밝혔다. 이러한 변모 양상의 차이에도 불구하고 그는 "오정희 유라 부를 만한 소설세계의 일관성은 지속되고 있다. 그 일관성 속에서 바라볼 때, 그 변모라는 것은 주제의 깊어짐이거나 탐구의 진전으로 보인다"고 언급한다. 성민엽, 『문학의 빈곤』, 문학과지성사, 1988, 290쪽.

의지의 소산이라 볼 수 있다. 저녁에 아이를 업고 "거미줄처럼 얽"혀 있는 길을 헤매는 주인공의 행동은 일상을 탈출하려는 간절한 몸짓이 지만 끝내 탈출구는 발견하지 못한다. 주인공은 결국 완강한 생활세계 의 현실로 귀환하게 된다. 일상으로의 귀환을 통해 주인공은 또 다시 암담하고 단조로운 미래를 예감한다.

> 앞으로의 모든 날들이 그러할 것이다.
> 바람이 내 앞에 놓인 끝없는 시간을, 전혀 믿지 않는 것을 믿는 체하며 행복하게 살아야 할 그 지루한 나날들이 함성이 되어 숲을 흔들었다.(「꿈 꾸는 새」, 『유년의 뜰』, 134쪽)

일상적이고 관습적으로 다가올 미래에 삶의 새로운 자극은 없다. 이 때 삶은 기쁨으로 충만한 것이 아니라 단지 견디어 내야 할 것으로 전 락하고 만다. 화자는 현실적인 삶의 조건에 규정된 자신의 모습을 확 인하는 과정에서 허무를 느낀다. 생에의 본질적 허무의식은 오정희 소 설 전체를 관류하며 우울한 작품세계를 형성한다.

중년여성 화자들이 허무한 세계에서 살아가는 방식은 주로 세계와 의 단절을 통해 이루어진다. 그러나 「꿈꾸는 새」에서 발견되는 단절감 은 『불의 江』에서의 그것과는 확연히 다르다. 「꿈꾸는 새」 이후의 작 품들에는 『불의 江』에서와 달리 대체로 온전한 가족이 형성되어 있다. 이것은 『불의 江』에서의 황폐함이 많이 순화된 것을 의미한다. 즉 『불 의 江』에서의 황폐가 인물에게 파괴적이고 광기 어린 행동을 유발했 다면, 「꿈꾸는 새」 이후의 작품들에서는 비교적 안정된 가정이 확립되 는 것이다. 「꿈꾸는 새」에서는 다만, 남편과 아이의 외출로 중년여인 이 홀로 남겨져 있을 뿐이다. 식구들이 외출하고 집에 고독하게 남아 있는 오정희의 중년여성 주인공들의 실존은, 남성중심의 현대 자본주의 사회에서 중산층 여성이 공통적으로 당면한 성억압 체계에서 비롯되었다고도 볼 수 있다.[15]

일반적으로 가부장제는 한 가족의 대표자인 아버지가 가족 성원에 대해 행사하는 권위나 지배를 의미한다. 그러나 여성학의 의미에서 그것은 단순히 한 가족 안에서 행해지는 아버지의 지배라는 의미를 넘어서서, 남성들이 한층 더 우위의 입장에서 지배하고 여성들은 종속적이고 의존적인 상태로 놓이게 하는 체계를 말한다.[16] 가부장제는 전 세계적으로 일반적인 현상이며 현대까지 유지되고 있지만, 유교사회의 원리에 입각해 있던 우리나라에서는 그 폐해가 유래없이 심각했다. 특히 성별 분업은 남성과 여성이라는 단순한 생물학적 차이가 사회적 차별로 작용하게 되는 성적 불평등의 대표적 사례이다.

성별에 따라 하는 일의 종류가 다른 것은 인류의 역사에서 끊임없이 지속되어 온 보편적인 현상이다. 자본주의 사회에서 남녀의 일은 일반적으로 구분되어 있는데 그것은 남성이 사회에 나가 생산 영역을, 여성이 가정과 소비 영역을 담당하는 방식으로 구분된다. 그것은 남자는 생계 담당자이고 여성은 가사 담당자라는 역할의 분리를 구축한다. 이와 같은 성역할의 분리는 여성의 위치를 가정으로 제한하는 일종의 억압기제로 작용하고 있다. 오정희의 중산층 중년여성 주인공들의 입장이 사회제도의 모순에서 비롯되었다는 견해가 수긍되는 것은 이러한 이유에서이다.

「어둠의 집」(1980)은 등화관제훈련이 실시되는 어느 날 저녁, 어둠

---

15) 이와 같은 논지의 글로는, 김경수, 앞의 책, 364~386쪽과 하응백, 『문학으로 가는 길』, 문학과지성사, 1996, 46~62쪽 참조.
16) 강이수, 「여성학이란 무엇인가」, 『새 여성학 강의』(한국여성연구소 지음), 동녘, 1999, 24쪽.

속에서 홀로 집을 지키고 있는 중년여인의 심리를 묘사한 작품이다. 인간은 집을 통해 가족과 인간관계를 맺고 세계와 관계한다. 그러나 이 작품에서 가족은 모두 외출해 있고 어둠 속에 주인공은 홀로 놓여 있다. 하이데거 식으로 말하자면, 세계에 내던져진 운명적인 존재로서 주인공은 존재하고 있는 것이다. 자기밖에 없는 어두운 집에서 그 여자는 술을 마시며 허공에 대고 독백, 혹은 발설을 한다. 마치 주사(酒辭)를 하듯, 마구 지껄여대는 독백, 혹은 발설은 "살아 있음으로 해서 생기는 알 수 없는 불안"으로부터 벗어나려는 본능이자 비루한 일상성에 매몰될 위험으로부터 탈출하려는 간절한 행위이다.[17)]

집은 인간에게 안정감과 모성적인 푸근함을 제공하는 공간이다. 그 집에서 가족들은 서로 소통하고 교류하며 가정을 원활하게 꾸리기 위해 노력한다. 그러나 홀로 남겨진 중년여인에게 집은 그리 따뜻한 공간일 수 없다. 집안의 불을 모두 끄고 있어야 하는 어둠의 상황에서는 너욱 그러하다. 오성희에게 집은 일상의 친숙함이 배어 있는 공간인 동시에 불쑥불쑥 부딪치는 낯선 공간이기에 문제적이다. 이 작품에서 주인공은 집이라는 매우 낯익고 익숙한 풍경에서 불쑥 낯섦을 경험하는데, 그때 일상의 주체는 불안해진다.

> 그 여자는 느릿느릿 마루의 전등 스위치를 올렸다. 불이 들어오기까지의 일초나 이초, 혹은 그보다 짧은 순간 그 여자는 어둠 속을 섬광처럼 지나치는 무엇을 보았다. 그것은 무언가 차갑고 날카로운 이물스러움이 그녀의 생애를 꿰뚫고 지나간 느낌이기도 했다. 아마도 일생을 동반해 온 벗이었을까. 그것은 바로 그녀보다 앞서 이 집에서 웃고 숨쉬며 떠들며 살아 갔던 사람들, 아니 그들보다 앞서 살았던 사람들, 또한 그 여자의 흔

---

17) 최윤정, 「부재(不在)의 정치성(精緻性)」, ≪작가세계≫(1995, 여름), 28~29쪽.

적, 비탄, 막연한 불안과 분노, 비애 따위를 한 번의 페인트칠로 말끔히 지
우고 천연덕스럽게 살아갈, 미래의 사람들의 가면처럼 냉혹하고 창백한
얼굴들이었다.(「어둠의 집」, 『유년의 뜰』, 211쪽)

막연하게 감지되는 불안, 분노, 비탄의 감정이, 어둠 속에서가 아니
라 아들을 맞이하기 위해 불을 켠 순간에 발생했다는 사실은 의미심장
하다. 하이데거는 불안한 기분에 빠져 있는 현존재는 "친숙하지 않음"
의 분위기 속에 쌓여 있다고 보았다. 이 말은 이제까지 자신이 존재했
던 공간의 친근성이 섬뜩한 두려움으로 바뀌고 존재는 그 낯선 공간으
로 추방됨을 의미한다. 불안에 빠진 자는 이제껏 친숙하게 머물렀던
공간으로 회귀하려 하지만 쉽게 되돌아갈 수 없다. 불안은 이미 <세계
-내-존재>의 유의미성을 뒤흔들기 때문이다. 따라서 불안 속의 세계
내 모든 것은 갑자기 무의미해지고 만다. 불안에 의해 모든 것이 무의
미해진 상황에서 현존재에 의미를 던질 수 있는 것은 없다.[18]

모든 존재는 일상의 반복을 통해 안정감을 취한다. 「어둠의 집」의
경우 오랜 어둠 속에서 불이 켜지는 순간, 그리고 아들이 귀가하는 그
순간은 삶의 예외적 상황에서 일상으로 회귀하는 시간이다. 그 여자는
바로 그 순간에 안정감을 획득할 수 있을 것이다. 그러나 그 여자는 오
히려 익숙한 일상으로 회귀하는 그때에 불안을 느낀다. 오정희에게 불
안은 일상과의 단절된 순간은 물론이고, 일상에 존재하면서도 그것의
되풀이되는 반복 그 자체 때문에 발생하기도 한다. 오정희 소설의 특
징인, 일상을 살아가는 인물에 고착된 이와 같은 불안을 '본래적 불
안'[19]이라 칭할 수 있을 것이다.

---

18) Martin Heidegger, 앞의 책, 266~275쪽 참조.
19) '본래적 불안'이라는 용어는 낯익은 세계 전체가 갑자기 나에게 낯설게 그리고 섬뜩하
　　게 멀어지는 것을 의미하는데 그것은 세계 자체의 무의미성에서 기인한다. 구연상, 『공

그렇다면 오정희 소설의 많은 인물들이 '본래적 불안'에 사로잡힌 이유는 무엇일까? 인물을 위협하는 물리적 불안 요소는 없다. 오정희의 불안은 <세계-내-존재>인 그 자체로서 파생되는 불안이며 그것은 존재론적으로 탄생과 죽음에 연관되어 있다. 오정희에게 죽음은 탄생에 대립되는, 삶의 반대편에서 대결하는 죽음이라기보다 "삶 속에 함께 들어 있는, 틈만 나면 삶의 균열 사이로 불현듯 고개를 내밀 그런 죽음"[20]이다. 죽음보다 더욱 근원적인 불안의 요인은 어머니와의 분리 때문이다. 인간이 어머니의 자궁에서 분리된다는 것은 자기 의사와 상관없이 세계에 내던져진다는 의미이기도 하다. 세계에 내던져진 인간은 정신적·육체적 성장을 통해 부모와의 분리를 자연스럽게 수용하고 성숙한다. 이러한 과정은 인간이 성인으로 자라는 동안 필연적으로 행해져야 하는 통과의례이기도 하다. 그러나 부모와의 분리가 순조롭게 이행되지 못하고 인간의 의식에 잠재하는 경우 심리적·사회적 문제가 발생한다.

오정희의 경우에는 그것이 심리적 상흔으로 드러난다. 그리고 그것은 어머니와 일체감을 유지하려는 인물의 상징적 치유를 모색한다. 「번제」의 여주인공은 어머니와 합일을 회복하려는 환상에 시달리며 「인어(人魚)」(1981)의 순영은 모성회귀의 본능에 휩싸여 자기도 모르게 바다로 뛰어든다.

그것은 어머니에게로 되돌아가고자 하는 내 나름의 노력이었다. 어머니와 관련된 최초의 기억은 익사(溺死)의 공포에서 비롯했다. 유년시절 어머니와 갔던 바다에서 나는 물 속에서 허우적거리며 다시 어머니에게

포 두려움 그리고 불안』, 청계, 2002, 592쪽 참조.
20) 김병익, 앞의 글, 352쪽.

로 갈 수 없다는, 그녀의 자궁에서 떨어져나온 이래 가장 확실히 분리되 었음을 막연한 느낌으로 자각하여 얼마나 외로웠던가. 어머니와 나를 갈 라놓았던 수천수만의 물결, 인처럼 묻어나던 번득거림은 결코 이해할 수 없었으나 절대적인 힘으로 나를 떠밀어 물에서 어머니의 손으로 끌어올 려진 후에도 언제나 존재하고 있었다.(「번제」, 『불의 江』, 174~175쪽)

어머니와의 합일을 물에서 찾으려는 것은 상징적으로 해석된다. 원 형적 상징물로서 물이나 바다는 태모(胎母)의 상징이며 탄생, 여성 원 리, 우주의 자궁, 풍요와 재생의 바다, 생명의 샘과 관련이 있다. 이렇 게 볼 때 물은 사물을 정화하며 재생시키는 매개체가 된다. 그러나 오 정희 소설에서의 물은 대체로 메말라 있거나 더럽혀져 있다. 「봄날」에 서는 "물이 마른 개울바닥에 허옇게 바위 등허리가 드러나고 뜨겁게 달아오른 표면에는 흰 배를 뒤집은 붕어가 붙어" 있으며, 「비어 있는 들」(1979)에서는 '익사체'가 떠오르는 강으로 그려진다. 또한 「저녁의 게임」(1979)에서는 "개수대 구멍에서 물이 빠지지 않아 늘 썩은 냄새 가" 난다. 이렇게 탁한 물로써는 존재의 근원적 불안을 정화하지 못할 것이 자명하다. 존재의 근원적 불안을 극복하기 위한 중년여인의 노력 은 따라서 무위로 끝나게 된다.

3. 가부장적 사회에서의 여성 현실

일반적으로 여성의 현실은 국내외를 막론하고 크게 주변성과 타자 성으로 축약된다. 주변성의 측면에서 본 여성은 남성들이 거주하는 중 심의 공간에서 배제된 존재라는 의미를 함축한다. 서구의 역사에서 남 성은 이성적 존재, 진리를 추구하는 존재인 반면 여성은 재현될 수 없는 존재, 말해지지 않는 존재로 이해되었다. 그래서 여성은 남성들이 거주하는 중심의 밖인 황무지에 거주하는 주변인이라는 것이다. 여성의 또 다른 현실인 타자성은 여성이 열등한 남성이고 남성의 반사된 타자로서만 수용될 수 있다는 것을 의미한다. 타자로서의 여성은 이처럼 그 동안 자신의 행위에 대한 책임과 권리를 거부당하게 되었다.[21]

여성에 대한 이러한 인식은 일상에서 여성들의 활동 반경을 대체로 가정의 울타리 속에 한정시켰다. 특히 결혼 후의 성역할은 일반적으로 남편이 가족 부양을 주로 담당하고 아내가 가사를 전담하는 식으로 고정화되었다. 유교문화의 전통이 강한 한국의 기혼여성들은 그러한 경향이 더욱 짙어, 그들은 대체로 가정에서 가사와 양육에 집중하였다.[22] 아내가 가정에서 담당하는 역할은 노동력 재생산의 기능과 밀접한 관련을 맺는다. 자녀를 출산하는 일도 노동력 재생산의 일부이지만 매일매일 가족 성원이 일할 수 있게 새로운 활력을 제공하는 것도 노동력 재생산이다. 아내는 가족 성원들이 충분한 휴식을 취할 수 있도록 하고 자녀를 돌보고 사회에 적합한 인물로 키워야 하는 것이다.[23] 그러나 여성들의 가사노동은 그에 부합하는 평가를 받지 못하는 것이 사실이다. 전통적 가부장제 사회에서 여성들의 가사와 양육은 당연하게 여겨졌기 때문이다. 또한 가정의 울타리에 묶인 여성들은 자아성찰이나 취미활동 같은 자기계발의 기회가 부족한 편이다. 그러나 남성들은 가정을 지키는 여성들의 삶을 당연하게 여긴다. 그러한 사고는 가

---

21) 김미현, 『한국여성소설과 페미니즘』, 신구문화사, 1996, 61~63쪽 참조.
22) 이러한 경우는 대체로 중산층 이상의 가정에서 가능한 일이다. 이에 비해 경제적으로 어려운 계층에서는 아내가 가사, 양육, 경제적 보조자의 일을 수행해야 한다. 그러나 오정희 소설의 경우 아내가 경제적 보조자로 등장하는 일은 매우 드물다. 그것은 오정희 소설에 등장하는 기혼여성이 대체로 가사에 전담하고 있음을 유추하게 해주기에 여기서는 그것을 전제하고 논의를 진행할 것이다.
23) 김현주, 「부부관계」, 『가족과 한국사회』(여성한국사회연구회 엮음), 경문사, 1995, 190쪽.

정주부에 대한 남성의 사고를 고착시키는 가장 주요한 요인이 된다. 「바람의 넋」24)(1981)에서는 지 대리가 남성중심적 사고로 규정한 아내의 모습을 잘 보여주고 있다.

> 남자들이 나간 집에서 여자들은 설거지, 청소, 빨래를 하고, 이런 일을 마치면 신문이나 잡지를 뒤적이거나 가벼운 클래식 소품들과 자잘한 생활 주변의 일을 담은 사연으로 꾸며지는 라디오의 여성 프로를 듣고 저녁 찬거리를 생각하고 시장에 갈 것이라는 정도가 기껏 내가 생각할 수 있는 아내의 하루였다.(「바람의 넋」, 『바람의 넋』, 185쪽)

이 예문은 지 대리가 가정에서의 아내 일과를 상상하는 장면이다. 지 대리의 입장에서 본 아내는, 단지 가사노동 전담자로 상정되고 하찮은 일로 소일하는 존재일 뿐이다. 여기에서 여성 고유의 자율성은 존재하지 않는다. 남성의 이러한 시각은 여성들에게 삶의 의미를 공허하게 하는 동시에 가족 스트레스에 시달리게 한다.

가족 스트레스란 어떤 사건이나 상황으로 인해 가족관계가 기존의 상태로 유지되기 어려운 불안정한 상태, 즉 변화의 압력과 긴장이 있는 상태로 정의할 수 있다.25) 가족 스트레스의 상태가 악화되면 가족 위기의 상황이 발생한다. 가족 위기는 기존의 가족 체계가 마비되거나 무력해진 상태를 말하는 것으로, 위기에 처한 가족 구성원들 사이에서는 불화와 갈등이 생겨나고 부부간에는 외도나 이혼, 별거의 형태로 어려움이 증폭된다. 문제는 가족 스트레스를 야기한 당사자가 불분명

---

24) 이 작품의 의미망은 중의적으로 해석될 수 있다. 필자가 여기에서 다루고자 하는 내용은 가부장적 사회에서 억압 받는 여성 현실의 측면이다. 그리고 또 다른 해석소는 전쟁의 상처로 잃어버린 자아의 정체성 탐구인데 이는 뒤에서 다룰 것이다.
25) 이선이, 「가족의 위기」, 앞의 책, 333쪽.

한데도 그 피해자는 대체로 여성이라는 점에 있다.

오정희 초기 소설에서 아이가 부재한다는 점은 앞에서 살폈다. 오정희 작품에서 아이 부재의 상황은 자의에 의한 영아살해와 의지와 상관없는 불임의 형태로 나타난다. 자의에 의한 낙태는 여성 주인공이 세계와의 단절감을 표식하는 증거이다. 그러나 의지와 상관없이 이루어진 불임의 경우에는 다른 해석을 필요로 한다.

그럼에도 「직녀」에서 "회임(懷妊)하지 못하는 여자의, 석질(石質)의 자궁을 비웃으며" 주인공의 남편은 떠난다. 부부 관계의 붕괴 원인 제공자가 불분명한 상황에서 정신적 상처를 입는 여성은 「순례자의 노래」(1983)에도 등장한다. 작품 주인공 혜자는 남편과 아이와 정상적인 삶을 영위하고 있다. 그러던 그에게 어느 날 집에 마련된 지하실 작업장에서 강간의 위기가 닥친다. 그는 자기 보호를 위해 침입자의 눈을 인두로 지진다. 결국 그는 살인자가 되고 정신적 상처를 치료한다는 명목으로 병원에 이 년 동안 입원하게 된다. 그 동안 혜자는 이혼을 당하고 남편은 말도 없이 아이들을 데리고 미국지사로 근무지를 옮긴다.

이 작품에서 혜자는 가정이나 사회로부터 보호받아야 마땅한 인물이다. 그러나 주위 사람들은 "도둑을 남자로" 인식해 수군거린다. 그것은 화자의 남편도 마찬가지이다. 남편은 혜자에게 "뭣인가 자꾸 알아내고 싶어" 한다. 남편은 도둑이 "단순히 낯털이 도둑인가, 전부터 알던 사이까지는 아니더라도 적어도 지나치며 낯이 익은 사내는 아닌가"를 집요하게 캐묻는 것이다. 남편의 끝없는 질문은 죽음의 상황 앞에서조차 여성의 정절을 고집하는 남성의 이기적인 사고에서 비롯된다. 이혼과 남편의 통보 없는 해외이주로 혜자는 더욱 상처를 받는다. 퇴원 후 혜자가 만나려는 친구들마저 그를 기피하는 것은 강간을 당할 뻔한 피해자에 대한 성관계의 의구에서 생긴 것이다.

오정희는 이 작품에서 여성의 순결에 관한 사회 구성원의 의식을 문제삼는다. 이 작품에는 강간 시도자인 도둑, 그리고 남편과 사회적 편견이라는 세 개의 폭력 앞에서 무기력할 뿐인 여성적 현실이 제시된다. 이 상황에서 여성은 사회적 약자일 수밖에 없다. 문제는 혜자에 대한 의심이 남편으로 대표되는 남성에게서 뿐만 아니라, 여자 친구들에게까지 퍼져 있다는 점이다. 이는 여성의 정조를 강조하는 남성중심의 이데올로기가 여성에게까지 광범위하게 확산되어 있음을 입증한다.

남성적 폭력이 여성을 억압하는 양상은 오정희의 작품에서 종종 드러난다. 「어둠의 집」의 화자인 그 여자는 전쟁 중에 러시아 군인들에게 윤간을 당한 상처를 지닌 인물이다. 「바람의 넋」에서는 자아의 정체성으로 고민하는 은수가 뜻밖의 강간을 당한다.

> "왜들 그래요. 난 가야 해요."
> 목질린 소리를 간신히 내뱉으며 뒷걸음질을 치던 은수는 돌부리나 나무 그루터기에 걸렸던가, 맥없이 뒤로 넘어졌다. 은수는 나뒹굴며 재빨리 스커트를 내려 무릎을 가렸다. 이렇게까지 굴러떨어져서는 안 돼. 속으로 부르짖으며. 그러나 이미 보일 것은 다 보여 버렸다는 참담함이 새로운 굴욕감으로 고개를 들었다. 다만 한 다발의 꽃으로 가리웠어도 자신은 신문 가판대 앞의 사내의 눈에서, 그리고 진달래 꽃잎을 먹고 있던 사내의 눈에서도 이미 발가벗기고 있었던 것은 아니었을까.(「바람의 넋」, 220쪽)

은수가 당하는 강간26)은 남성의 야만적인 성적 폭력이다. 이것은 사

---

26) 이상경은 박완서와 오정희가 강간을 다루는 방식의 차이를, 박완서의 경우 「그 가을의 사흘 동안」의 예를 통해, 여성에게 그것은 임신을 수반하는 물리적 폭력이며 거기서 더 나아가 인간 세상에 대한 증오를 낳는 악으로 본다. 또한 「바람의 넋」을 예를 들며, 오정희는 저항할 수 없는 약한 여성 존재에 들씌워진 우연성과 불가피성에 초점을 맞추어 강간을 비극적인 운명의 상징으로 추상화시킨다고 본다. 이상경, 「여성작가 소설에서 여성성이 드러나는 방법에 대한 연구」, 『한국 문학과 여성』(동국대학교 한국문학 연구

내의 시선이 옷을 입고 있는 은수를 "발가벗기고 있다는" 점에서 확인된다. 사내는 은수를 이미 성적 노리갯감으로 바라보고 있는 것이다. 이러한 시선은 프로이트의 용어에 근거하자면 절시중(竊視症)적, 즉 시각에 의해 성적 쾌감을 느끼는 증상을 보이는데, 루이스 이리가레는 이러한 응시를 남근적 응시로 명명한다.[27] 이러한 남근적 응시에는 기본적으로 성적 폭력성이 내포되어 있다. 이들의 시선은 은수가 버스를 기다리며 느낀 또 다른 남성의 "끈끈한 시선"과 근원적으로 동일한 것이다.

> 은수는 문득 몸의 어디랄 것도 없이 끈끈히 와닿는 시선을 느꼈다.
> 거미줄처럼 흐릿하나 확실하고 접착력 있게 달라붙는 시선에 은수는 목덜미를 쓸며 뒤를 돌아다보았다. 신문 가판대 앞에서 한 사내가 은수를 유심히 바라보고 있었다. 스물 예닐곱이나 되었을까, 흰 빛 가까운 점퍼에 더부룩한 머리의 흔히 볼 수 있는 차림의 젊은이였다
> 은수는 그의 눈길에서 비켜서며 몸을 돌렸으나 그 젊은이는 집요한 시선을 거두지 않았다. 학생일까, 외판원일까, 아니면 실업자일까.(「바람의 넋」, 215쪽)

「바람의 넋」에 등장하는 남성들은 하나같이 자기본위로 여성들을 인식하고 폭력을 행사한다. 이는 가부장적 한국사회의 현실적 모습이기도 하다. 한국사회에서 이런 부정적 상황은 매우 뿌리 깊은 것이기도 한데, 남성적 세계의 폭력성으로 인한 가부장제 확립의 단초와 그것이 유지되는 방식은 「유년의 뜰」(1981)에서 확인할 수 있다.

「유년의 뜰」에는 전후에 부재하는 아버지를 대신해 읍내 밥집에서

소 엮음), 아세아문화사, 2000, 141쪽
27) Peter Brooks, 앞의 책, 171쪽.

일을 하며 가족의 생계를 꾸리는 유년기 여주인공의 어머니와 오빠 사이의 긴장이 그려진다. 이 긴장은 아버지가 부재하는 전시에 집안을 단속하고 어머니의 품행을 감시하는 오빠가 가부장 대리인의 역할을 담당하고 있기 때문에 유발된다. 아버지 대신 아들이 가정을 통제하는 것은 대리가장으로서의 모권을 인정하지 않겠다는 뜻이다. 아버지에 비해 한결 엄격한 오빠의 훈도는 가부장제가 지속적으로 유지될 것임을 암시한다.

> 오빠의 매질은 무서웠다. 오빠는 작은 폭군이었다. 아버지가 떠난 이래 오빠는 은연중 가장의 위치로 부상했고, 더욱이 어머니가 읍내 밥집에 나가게 되면서부터, 그리고 수상쩍은 외박으로 우리에게서 비켜서고 있음을 시사하자 오빠는 암암리에 대행 가장의 위치를 수락하였음을, 공공연히 자행되는 매질로 나타냈다. (「유년의 뜰」, 『유년의 뜰』, 25쪽)

이 작품의 오빠처럼 아들들은 아버지가 부재한 현실 속에서 새로운 권력자로 힘을 행사한다. 남성이 물리적 폭력으로 집안을 음울하게 하는 것만은 아니다. 가부장제 사회에서 여성이나 다른 가족에 대한 배려를 익히지 못한 남성은 거꾸로 가족 구성원들에게 천덕꾸러기가 되기도 하는데, 그러한 양상은 「겨울 뜸부기」(1980)에 잘 나타난다. 이 작품에서 화자의 오빠는 아버지가 부재한 상황에서 가정을 건사하기는커녕 집안에서 돈을 가져다 쓰는 인물로 그려진다. 오빠의 명분은 사업 밑천으로 쓸 돈이라 하지만 사업이 제대로 진척된 적은 없다. 문제적 인물인 오빠가 하는 일이란 언제나 현실과 밀착하지 못하고 허황되기만 하다. 가령, 오빠는 "제 실력과 적성에 맞는 과" 대신 해양대학을 지망해 실패하거나, 가짜 '서울대학생'으로 행세하며 여자를 만난다. 또 "오빠는 봄이 오는 것을 견디지 못해 잔설이 녹을 무렵이면 집을 떠나"기도 한다. 생활과 무관한 삶을 살아가는 오빠는 벌이는 사업마다 실패를 한다.

이 작품에서 오빠의 존재는 철저히 남성중심주의 사고로 고착된 상징적 주체자로 환치될 수 있을 것이다. 오정희의 눈에 비친 가부장제의 역사는 작품 주인공의 오빠처럼 뭔가 불안정하고 부박하다. 그 제도의 최대 희생자는 작품의 어머니나 주인공처럼 여성들이다. 오빠의 거창한 명분 아래 어쩔 수 없이 돈을 대주듯 그들은 가부장제에서 하나같이 희생되는 것이다. 이것은 가부장제 사회에서의 남성에게 가족을 배려하는 성숙한 태도가 결핍되어 있음을 보여준다.

「유년의 뜰」의 오빠는 가부장적 상황에서 권위를 행사한다. 가족에 의지하는 「겨울 뜸부기」의 오빠도 「유년의 뜰」의 오빠와 방식만 다를 뿐 실제로는 등가의 인물이라 할 수 있다. 이들은 결국 물리력이나 경제력에 의존하는 방식으로 여성을 억압하는 존재들이기 때문이다. 이런 의식 속에 성장한 남성들은 결혼을 해서도 여성에 대한 배려가 부족하다. 그들은 일상적 삶에서 여성을 주체적 자아로 고려하여 생활하지 않는 것이다.

이러한 배려의 부재는 오정희의 많은 소설에서 여성을 홀로 있게 하는 계기가 된다. 남자들은 아내를 가정에 홀로 남겨두고 자기만의 일을 찾아 집을 떠나기 일쑤이다. 「봄날」에서 주인공의 남편 승우는 일요일임에도 외출해 있고 「별사」(1981)에서 정옥의 남편은 홀로 낚시를 간다. 홀로 남겨진 시간에 주부인 여성 화자들은 삶의 권태나 덧없음을 절감한다. 이 허무나 권태가 인간 본연의 고독이라는 차원에서 행해지는 경우는 앞 절에서 이미 고찰했다. 마찬가지 차원에서 사회적 조건으로 인한 권태나 허무 또한 오정희 소설에서 중요한 양상을 띤다. 그것은 작가가 일관되게 추구한 여성 정체성 탐구가 사회적 현실과 무관하지 않음을 실증하는 것이기도 하다.

아내에 대한 남편의 배려가 없는 가정에는 결혼의 진실한 의미 또한 존립할 수 없다. 그래서 가정은 정체의 늪에 함몰되어 있다. 「봄날」에서의 가정은 여성 주인공에게 생의 무의미로 가득 차 있는 곳이다.

> 나와 승우와의 사이에 또한 집 안 전체에 충만해 있는 절대로 깨어질 리 없는, 나뭇잎 하나로도 흔들릴 수 없이 잠겨 있는 평화에 나는 어떠한 희생을 바쳤던가. 영원히 괴어 있는 물. 괴어 있는 물의 진부함. 괴어 있는 물의 평화.(「봄날」, 『불의 江』, 119쪽)

위에서 보듯, 여성이 처한 현실과 여성 고유의 실존 문제로부터 오정희의 여성 정체성 탐구는 시작된다. 작가는 남성중심 사회에서 소외 받는 여성의 삶을 추적하거나 남성과 대타되는 여성의 존재론적 의미 추구를 통해 정체성을 탐구할 수 있을 것이다. 이러한 두 가지 방법론은 결국 여성의 삶의 질을 향상시키려 한다는 측면에서 유사성을 갖는다.

4. 모성성으로 귀착된 여성의 정체성

정체성(identity) 또는 자기정체성(self-identity)이란 간단히 말해 자신이 누구이며 어떤 사람인지에 대해 스스로 내리는 규정이다. 정체성의 개념은 자신에 대해 질문하고 대답하는 성찰성을 갖춘 주체를 전제한다. 주체들은 그러한 자기심문(self-interrogation)의 과정을 통해 스스로 자신의 전체성을 능동적으로 구성한다.[28] 김혜순이 오정희 소설의 가

---

28) 배은경, 「여성의 몸과 정체성」, (한국여성연구소 지음), 앞의 책, 135쪽.

장 큰 특징을 "남성작가들의 소설들과는 달리 여주인공을 창조하면서 텍스트를 통하여 끊임없이 자신을 정의해 가고 있는 것"29)으로 본 것처럼 오정희 작품세계의 일관된 주제는 여성의 정체성 탐구이다.

오정희의 여성 정체성 탐구는 여성 인물들의 연령이 증가하는 과정에 맞추어 작품을 배열하면 의미망이 선명해진다. 작가는 우선 전쟁이라는 비극적 상황을 경험한 유년기 여성 주인공들을 작품에 등장시켜 탐색을 시작한다. 유년기의 삶을 되살리는 방법은 성인 서술자의 입장에서 보자면 회상과 기억에 의존할 수밖에 없다. 김윤식은 오정희의 「중국인 거리」(1979)와 「유년의 뜰」을 거론하면서 작가의 창작방법이 유년기를 회고 또는 기억하는 형식 위에서 구축되어 있다고 본다.30) 그의 언급처럼 오정희는 자신의 두 번째 창작집 『유년의 뜰』(1981)에서 위의 두 작품을 통하여 회상의 방식으로 유년기 시절을 탐색한다.

두 작품의 주인공이 경험한 유년기의 기억은 어둡게 채색되어 있다. 그 어둠은 전후의 불안정한 환경에 기인한다. 전쟁 중에는 무자비한 폭력성으로 말미암아 남성들의 파괴력이 극대화된다. 전쟁의 상처는 참전 당사자인 남성은 물론이고 불안한 삶을 견뎌야 하는 여성이나 아이들에게도 가혹한 것이다. 이러한 시기에 유년은 결코 아름다울 수 없다. 「중국인 거리」의 치옥이 "난 나가서 양갈보가 되겠어"라고 선언하는 장면은 전쟁의 황폐함이 아이들에게 끼친 부정적인 영향을 단적으로 상징하는 것이기도 하다.

전쟁을 사회적 배경으로 다룬 작품의 주인공들에게 세상은 온통 불온하고 부자연스럽기만 하다. 이런 상황은 가족 내에서도 발생하는데 오정희의 경우는 어머니에 대한 부정적인 모습으로 환기된다. 유년기

---

29) 김혜순, 「여성적 정체성을 향하여」, 『옛우물』 해설, 청아출판사, 1994, 375쪽.
30) 김윤식, 「창조의 기억, 회상의 형식」, ≪소설문학≫(1985, 11), 236쪽.

여성 주인공이 바라본 어머니란 전시의 생활고에 시달리면서도 끊임없이 아이를 낳는 인물이다. 어머니에 대한 부정적 인식은 유년의 주인공들에게 모성성의 부정으로 내면화된다.

> 집으로 돌아왔을 때 어머니는 수채에 쭈그리고 앉아 으윽으윽 구역질을 하고 있었다. 임신의 징후였다. 이제 제발 동생을 그만 낳아 주었으면 좋겠다고 생각하며 나는 처음으로 여자의 동물적인 삶에 대해 동정했다. 어머니의 구역질에는 그렇게 비통하고 처절한 데가 있었다. 또 아이를 낳게 된다면 어머니는 죽게 될 것이다.(「중국인 거리」, 『유년의 뜰』, 74쪽)

임신한 어머니를 바라보는 유년기 여성 주인공의 시각은 동정과 비통함이라는 양가적 성격을 띤다. 이 의식의 양가성은 주인공에게 성=동물적 삶, 잉태=죽음이라는 부정적 의식을 심어주고, 그것은 바로 어머니 되기의 거부로 연결된다.

위에 거론한 작품들이 전쟁의 비극적 상황을 목도하며 성장한 유년기 주인공들이 모성성에 대한 공포, 혹은 거부의 징후를 드러냈다면, 전쟁의 상처로 인한 정체성 상실과 회복 의지는 「바람의 넋」에 잘 드러나 있다. 이 작품은 가정주부인 은수의 반복되는 가출 사건에서부터 이야기가 시작된다. 빈번하게 벌어지는 아내의 가출 이유를 남편인 나로서는 도무지 짐작할 수 없다. 아내의 가출에 대한 남편의 몰이해는 둘 사이의 불화를 증폭시키는 결정적 계기가 되는데, 이는 결혼에 대한 남성과 여성의 극명한 인식차에서 비롯된다. 일반적으로 여성들은 남성들보다 더 자주 배우자의 필요나 요구에 따라 자신의 인격을 재구성하고 재발견하게 되기를 바라면서 결혼생활로 접어든다.[31] 전쟁으

---

31) 이선자, 「결혼과 가정 생활에서의 남녀 차이」, 『여성 심리』(김태련 외 지음), 이화여자대학교 출판부, 1996, 327쪽.

로 새엄마 밑에서 성장한 은수에게 결혼이란 새로운 삶의 출발이라는,
일반 여성보다 더욱 각별한 의미를 지닌다. 은수가 갈망하는 결혼이란
따라서 새로운 정착을 의미해야 하는 것이다.

> 그러나 그럴 수는 없었다. 언제 어디서나 은수를 지배하던, 나의 집이
> 아니라는 느낌, 임시로 머무는 듯한 지긋지긋한 헤매임으로부터 이제는
> 벗어나야 했다. 결혼은 <옮겨심음>이 아닌 파종, 새로운 뿌리내림이어
> 야 했다. (「바람의 넋」, 213쪽)

결론적으로 은수에게 돌아온 것은 이혼이다. 은수는 「중국인 거리」
나 「유년의 뜰」에서처럼 전쟁의 비극이 파생한 내면의 상처를 끝내 극
복하지 못한다. 이처럼 「바람의 넋」과 「유년의 뜰」, 그리고 「중국인 거
리」를 통한 여성의 정체성 탐구 저변에는 전쟁의 폭력적 상황이 전제
되어 있다. 야만적 남성성의 공격적 외현을 전쟁으로 규정한다면, 그
것으로 고통 받은 여성이나 아이들이 세계를 부정적이고 비극적으로
인식하게 될 것은 자명하다. 작가의 여성 정체성 탐구는 비극적 세계
에서 경험한 상처를 극복하기 위한 원리로 수행된다. 그 저간에 여성
고유의 모성성이 존재한다. 이러한 의식은 작가가 아마도 여성적 원리
에 의해, 전쟁으로 대표되는 남성적 세계의 잔인함을 감싸안을 수 있
으리라는 생각에 기인했는지 모른다. 이렇게 볼 때, 오정희 소설에서
여성 정체성의 탐구는 여성의 실존적 존재 확인의 문제이자 전쟁의 비
극 극복하기의 도정이라 할 수 있다.[32] 이 경우 오정희 소설은 나름대
로 비극적 현실의 대응물이자 극복을 위한 모색이라고도 할 수 있다.
오정희에게 모성성과 여성 정체성 탐구가 중요하게 부각되는 것은 바

---

32) 물론 「불의 江」이나 「어둠의 집」 등의 작품에서 확연한 불안, 단절, 권태 같은 여성
　　정체성과 성장소설로서의 여성 정체성의 의미는 구분을 요한다.

로 이런 이유에서이다.

그러나 오정희가 조화로운 모성의 세계에 쉽사리 도달하는 것은 아니다. 작가의 초기작인『불의 江』에서 대표적으로 드러나는 황폐하고 불모한 세계상은 바로 비극을 체험한 인물이 정체성의 혼란을 겪고 있는 증표라 할 수 있다. 오정희 작품에서 처녀 주인공이나 젊은 부인으로 등장하는 인물들은, 유년기 주인공들이 내상으로 간직하고 있는 모성 공포, 혹은 모성 거부를 아직 떨쳐내지 못하고 있다. 이것은 작품 속에서 태아 살해 같은 극단적 방법으로 표상된다. 그럼에도 이들은 적대적이고 비극적인 세계에서 낙태나 유산을 하고 과거의 상흔에 진저리치며 자신의 정체성을 찾고자 몸부림친다. 이것은 이후 비교적 순화된 형태로 중년여성들에게까지 이어진다.

오정희가 모성성을 통한 세계수용의 단서를 내보인 작품은 「파로호(破虜湖)」(1989)이다. 이 작품에는 오정희 소설에서 전에 볼 수 없었던 시국 상황이 많이 나온다. 아마도 80년대 한국의 정치 상황을 암시하는 듯한 시대적 배경에서, 주인공의 남편 병언은 "재직하던 고등학교 사회과 교사직에서 일방적인 발길질로 영문도 모르고 쫓겨"난다. 그는 미국으로 건너가 젊은 유학생들을 앞에 두고 "한국의 시국 얘기"를 마치 "투사로, 반체제 인사로 발전하게끔 연출되는" 상황에서 떠들어댄다.

군부의 학살로 시작된 80년대의 폭압적 정치 상황은 전쟁과 마찬가지로 근원적으로는 남성의 세계상을 표징한다. 이는 「유년의 뜰」이나 「중국인 거리」에서 보였던 세계의 폭력성이 명목만 달리한 채 80년대에도 지속되고 있음을 증거하는 것이기도 하다. 여성의 눈으로 본 역사의 진행은 변화 없이 폭력적이고 야만적일 뿐, 개선의 여지는 없어 보이는 것이다. 이 일그러진 세계를 포용하고 조화로운 세계로 이끄는 방법론이 오정희에게는 바로 모성성의 수용으로 이루어진다. 따라서

오정희의 모성성 수용은 개인적으로는 여성의 정체성 완성이라는 측
면과 함께, 사회·역사적으로는 거친 남성적 세계를 순화하는 도구가
된다. 이때 모성성이란 단지 어머니의 자애로움만 의미하는 것이 아니
라 생물학적인 성(sex)과 사회·문화적인 성(gender)을 포괄하는 광의
를 지니게 되는 것이다.

　오정희가 파악한 모성의 특징은 우선 강인한 생명력에 있다. 댐 공
사를 위해 물을 뺀 퇴수지(退水地) 흑백사진에서 혜순은 "텅 빈 충만
함"을 느꼈고 실제 파로호에서 사십여 년 동안이나 물 속에 숨어 있다
가 퇴수가 되자 싹을 틔운 목화를 보게 된다. 이 작품에서 퇴수된 댐은
폐경기의 자궁을 상징하는 메타포로 보아도 좋을 것이다. 수태 불가능
한 상황에서 혜순이 느낀 "텅 빈 충만함"은 곧 성적 노화에서 발견한
생명력이라는 역설이다.

> 　혜순은 노인의 손에 들린 풀포기를 유심히 바라보았다. 자줏빛으로 시
> 든 가느다란 줄기와 역시 시들어 본래의 모양을 알기 어려운 몇 닢의 이
> 파리로 대뜸 목화를 알아본 노인의 눈이 신기했다. 그의 말대로라면 사십
> 년을 땅 속에 숨어 있다가 물빠질 때를 기다려 싹을 틔운 조화 속을 혜순
> 으로서도 알 수 없는 노릇이었다.(「파로호」,『불꽃놀이』, 76쪽)

　한국사회에서 여성들은 바로 이 강인한 생명력으로 남성들의 억압
을 견디어냈다. 그 생명력은 수다한 시련에 굴하지 않고 여성들의 삶
을 이끌어온 것이다. 거기에는 여성들의 많은 희생을 필요로 했다. 남
성 중심적인 세계를 견디어온 여성들의 표정이 퇴수지에서 발굴된 돌
에서처럼 쉽사리 의미가 파악되지 않는 것은 그런 이유 때문이다.

그것은 분명 사람의, 그것도 여자의 얼굴이었다. 단장이 손바닥으로 문
질러 흙을 닦아내고 구멍을 메운 흙을 파내자 그것은 생생한 표정으로 되
살아났다. 단순히 갸름한 흰 돌에 날카로운 돌로 세 개의 구멍을 쪼았을 뿐
인데 그것이 어우러져 만드는 표정은 놀랄 만치 깊고 풍부했다. 학생들은
저마다 그 돌을 들여다보며 웃고 있다, 울고 있다, 슬퍼하고 있다 등등 느
낌을 말했지만 혜순으로서는 그 얼굴에 표현할 수 있는 말을 찾아낼 수 없
었다. 옛 여인의 얼굴에서 깊은 슬픔, 지극한 그리움과 간절함을 보았다고
한다면 그것은 그렇게 보고자 하는 그녀의 마음일 것이다.(「파로호」,
95~96쪽)

혜순에게 여인의 표정이 "해독할 수 없는 암호"가 되어 "영원한 화
두"로 남겨진 것은 오정희가 아직 여성성의 완숙한 의미에 도달하지
못한 까닭일 터인데, 그것은 이후 「옛우물」(1994)에서 비교적 완성된
형태로 나타난다. 「옛우물」에서 나는 전형적인 중산층 주부의 일상을
살아가고 있다. 작품에 묘사된 마흔다섯 살 중년여성의 평범한 일상은
여느 중년여성이 경험하는 일상사와 그리 다르지 않다. 이전의 작품들
과 다르게 「옛우물」에서는 보통 부부다운 동반 외출도 이루어지는 등
조화로운 부부관계를 유지하고 있다.

그러나 아직, 그 내면에는 근원을 알 수 없는 불안감이 도사리고 있
다. 세월과 함께 몰락해가는 연당집의 가문을 볼 때나 사우나에서 다
양한 연령층의 벗은 몸매를 볼 때 그러한 감정은 증폭된다. 하지만 「옛
우물」에서의 불안감은 여성 존재의 정체성 확인으로 순화되는 양상을
보인다. 그 계기는 화자가 남편이 러시아 여행에서 사온 민속인형을
본 이후이다.

남편이 지난해 가을 러시아 여행에서 민속 인형을 사왔다. 얇은 나무로

만든 것으로 볼이 붉은 처녀의 얼굴이 그려지고 민속 의상의 무늬와 채색을 입힌, 얼핏 오뚝이처럼 단순한 모양이었지만 그 안에는 똑같은 모양의 인형들이 크기의 차례대로 겹겹이 들어 있었다. 그것은 내게 인생의 중첩된 이미지로 받아들여졌다. 앙상한 뼈 위로 남루하고 커다란 덧옷을 걸친 듯 살가죽이 늘어진 한 늙은 여자 속에 얼마나 많은 여자들이 들어 있는 것일까. 보다 덜 늙은 여자, 늙어가는 여자, 젊은 여자, 파과기의 소녀, 이윽고 누군가, 무엇인가 눈 틔워주기를 기다리는 씨앗으로, 열매의 비밀로 조그맣게 존재하는 어린 여자 아이.(「옛우물」, 『옛우물』, 34~35쪽)

크기가 다른 인형에는 여자아이가 똑같은 모양으로 겹겹이 들어 있다. 그것은 주인공에게 "인생의 중첩된 의미"로 이해된다. 겹겹의 인형은 여성에 의해 이어지는 생의 순환구조야말로 시간의 침식작용으로부터 존재의 소멸을 막아내는 자연의 신비한 질서이자 생명 창조의 위대한 모성만이 허무와 불안의 심연으로부터 존재를 구원할 수 있다는 가능성으로 해석된다.[33] 모성성은 자식에 대한 여성 고유의 본능인 동시에 자기희생으로 획득되는 것이다. 오정희 소설의 이와 같은 변모는 마흔다섯 살 중년여성이 시간의 흐름을 수긍하고 그 안에서 모성을 수용함으로써 가능해진 것이다. 이것은 여성으로서의 성찰과 기억의 재생을 통한 여성적 통과의례를 감당한 작가의 글쓰기 결과로 김혜순은 파악한다.[34]

작품 외적으로 유추해본다면, 그러한 변화는 오정희의 물리적 나이와 관계되는 듯싶다. 세월이 오정희 여성인물 특유의 불안을 안정으로, 그리고 모성성의 확대를 통한 여성 정체성 발견으로 뒤바꿔 놓았을 수 있다. 그것은 또한 일상에 대한 작가의 깊이 있는 통찰력에서 연유하는 것이기도 하다.

---

33) 이혜원, 「도도새와 금빛 잉어의 전설을 찾아서」, ≪작가세계≫(1995, 여름), 34~35쪽.
34) 김혜순, 앞의 글, 397쪽.

IV. 범속한 세계상과 확장된 시선 - 양귀자

1. 산업사회와 도시서민의 일상

한국사회의 급속한 경제개발은 경제적 수준을 향상시켰으나 부의 편중으로 인한 도시서민의 상대적 빈곤을 야기한 것도 사실이다. 경제 제일의 구호 아래 진행된 도시·산업화의 물결은, 농업 중심의 경제구조를 공업 중심으로 바꾸어 농민층의 분해와 산업계층의 재편성을 가속화했다. 또한 물신화된 자본주의 사회는 개성이 상실된 개인을 양산했고 교환가치의 지배를 받는 인간관계를 형성시켰다. 이런 문제는 80년대로 넘어가면서 소외계층·노사갈등·인구의 도시집중 같은 부작용으로 더욱 악화되었다.

자본의 논리에 급속하게 변동하는 산업사회의 소설적 반영에 관한 가설을 "소설의 형태란 시장을 위한 생산으로부터 유래한 개인주의 사회에서 일상적 삶을 문학적 차원으로 전치한 것"으로 세운 골드만은, 소설이 인간과 재화의 엄격한 상동관계(homologie)를 맺는다고 보았다. 골드만의 문학 사회학적 관점은 1970년대 이후 우리의 여러 작가들 작품 속에서도 발견된다. 예컨대 농어촌 해체와 농어민이 부랑 노동자로 변모하게 되는 과정을 다룬 황석영의 「삼포 가는 길」(1973), 급속한 산업화로 인한 소외계층의 절망을 다룬 조세희의 『난장이가 쏘아올린 작은 공』 연작(1978), 소외된 계층의 어려움 앞에서 개인의 안일과 사회적 의무 사이에서 갈등하는 소시민의 삶을 다룬 윤흥길의 『아홉 켤레의 구두로 남은 사내』 연작(1977) 등은 재화가 인간의 삶에 관여하는 정황을 사실적으로 그려낸 작품들이다. 이 작품들은 시대상의 반영이라는 측면과 더불어 1980년대 중반 이후 노동운동의 고조와 함께 본격적으로 창작되기 시작한 노동소설의 전단계적 성격을 띤다는 점에서도 문학사적인 의의가 크다.

변모한 시대적 상황에서, 박완서, 오정희, 서영은, 김채원, 강석경, 윤정모 등의 여류작가들은 앞 세대의 여류적 감상에서 벗어난 작품들로 당대의 다양한 삶의 양식을 작품화했다. 앞에서 살핀 대로, 박완서는 이 시기 도시 중산층의 생활양식에 대한 비판과 풍자에 진력하였고 오정희는 내면화된 의식을 바탕으로 일상적 삶에 자리잡고 있는 여성들의 심리와 정황에 주목하였다. 이 두 작가들보다 후배격인 양귀자는 초기작에서부터 꾸준히 황폐한 현실의 삶에 관심을 기울였다. 양귀자가 주시한 세계는 도시서민의 삶이다. 그는 앞의 두 작가들이 주로 중산층 여성 주인공을 등장시켰던 것과 달리 도시서민 계층의 인물을 내세워 일상적 삶의 양상을 탐구한다.

양귀자 초기 소설의 인물은 소박한 일상에서 고달픈 삶을 사는 서민들로 대개 영세한 회사의 사무직에 종사한다. 60년대 산업화 이후 급속하게 증가한 사무직 노동자층은, 1970년대에서 80년대까지 약 십여 년 동안 다른 직종들에 비해 98%라는 비약적인 증가세를 보였다. 이들 직종은 전국 취업자의 증가율이 둔화되는 70년대 후반에도 취업이 증가되는 현상을 보이는데, 사무직 종사자들은 그러나 전문직 종사자와 달리 업무의 단순함이나 임금 수준의 추이가 생산직 노동자에 수렴되는 경향을 띠었다.[1] 양귀자 소설 인물의 특성은 사무직에 종사하는 서민들이 서울이라는 거대도시의 중심, 혹은 직장에서의 중심적 위치를 차지하지 못하고 겉돌며, 중심부에서 밀려나왔거나 중심부로 진입하려 애쓰지만 목적을 실현시키지 못한다는 점에 있다. 그들은 따라서 주변인(marginal man)의 성격을 띤다.[2] 주변인이란 문화를 달리 하는 복수의 집단(혹은 사회)에 속하며, 이질적인 두 가지 이상의 문화와 집단생활에 영향을 받지만 그 어느 것에도 완전하게 소속되지 못하는 자를 말한다.

에릭 프롬은 인간의 생리적 욕구를 제외한 기본적 욕구를 다섯 가지로 설정한다. 프롬은 그 중 하나로 연관성에 대한 욕구(the need for relateness)를 언급한다. 그는 그것을 자연과의 원초적인 조화를 상실한 인간이 "살아 있는 타인과 결합하고 그들과 관계를 가져야 할, 피할 수 없는 욕구로서 이의 충족여부는 인간의 정상적인 발달여부를 판가름하는 것"이라 부연했다. 또한 그는 인간이 자연이나 타자와 구별되는, 스스로의 정체를 가지려는 욕구를 정체감에 대한 욕구(the need for identity)로 명명했다.

양귀자의 많은 인물은 직장을 가지고 있음에도 준거집단에 귀속되지 못한 채 심리적 소외감을 겪는다. 그들은 그러나 소외를 극복하려는 몸짓을 보이지 않는다. 현실에 몸담지 않으려는 인물들의 태도는 산업화가 야기한 새로운 사회구조에의 부적응과 교환가치에 좌우되는 인간관계에서 비롯된다. 노동의 분화가 현저한 자본주의의 논리는 구성원들의 익명성에 바탕을 두고 있고 이것은 인간관계를 이기주의와

---

1) 김진균, 「현대 한국의 계급구조와 노동자계급」, 『한국사회의 변동』(사회과학 연구소 엮음), 성균관대학교 출판부, 1986, 71~73쪽 참조.
2) 구모룡, 「구체적인 삶에 대한 성실한 관찰」, ≪문학사상≫(1989, 8), 77~82쪽 참조.

경쟁으로 몰고간다. 많은 도시 직장인들은 개체간의 분열과 함께 긴장과 소외와 고립도 현저하여 어디에도 속하지 못하는 떠돌이 입장이 되기 일쑤이다. 도시 직장인의 황막한 풍경을 작가는 다음과 같이 그려 놓고 있다.

> 사람들은 특히 도시의 사람들은, 그 가운데서도 고층빌딩을 드나드는 사람들은 낯선 이들 사이에서 좀처럼 입을 열지 않는다. 설령 안면이 있다 하더라도 그가 옆자리의 미스터 누구가 아닌 이상 눈썹도 올리지 않는다. (「갑(匣)」, 『귀머거리 새』, 108쪽)

인간관계가 단절된 황량한 도시에서 그들은 삶을 주체적으로 살아간다기보다 견디어낸다.[3] 그런 그들에게 삶은 무의미하기만 해 인물들은 심한 무력감에 빠져든다.

소외로 비롯한 무력감은 마르크스주의 전통을 가진 많은 사회학자들이 즐겨 다루고 있지만, 시이맨은 그것과 일정한 경계를 지으며, "무력감이란 그 자신의 행위가 개인적·사회적 보상이 생기도록 통제할 수 있는 데 대한 낮은 기대감을 말한다. 즉 소외된 사람에게는 이 같은 통제가 외부적인 힘, 강력한 타자, 행운, 혹은 운명에 맡겨져 있는 것처럼 보인다"고 언급하고 있다. 무력감과 마찬가지로 그는 자신이 설정한 소외의 여섯 가지 유형 중 하나인 무의미성에 대해, "무의미성은 인간이 그것의 역동성을 파악하지 못하고 그것의 미래의 진행을 예측할

---

3) 양귀자 초기소설의 인물들이 세상에 적대적인 태도를 보이는 원인이 작가의 유년기 체험인 '유황불 콤플렉스'에서 기인한다고 류철균은 보고 있다. 양귀자의 유년기 체험은, 작가에게 자신이 살아내야 할 세상이 유황불 이글거리는 지옥 같은 곳이며 동시에 하늘이 내린 유황불처럼 절대적인 곳임을 각인시킨다. 그러한 사고가 「유황불」의 폭력적 세계상에 드러나 있음을 살핀 류철균은, 이 경험이 작가에게 세계의 공포성과 절대성을 내면화했다고 해석한다. 류철균, 「유황불의 경험과 리얼리즘의 깊이」, ≪문학과 사회≫(1988, 가을), 1148쪽.

수 없는 사회적 사태나 사건에 대한 불가해한 감각"[4]으로 정의한다.

양귀자 초기소설의 인물들은 이처럼 세계에 내던져진 투사체의 이미지로 가득차 있고 세계의 유의미성을 획득하기 위해 노력하지 않는다.

> "꿈이 있어요?"
>
> "모르겠어."
>
> (중략)
>
> "난 꿈이 있는지 없는지 모르겠어요. 진짜 꿈이란 항상 현실 앞에서 꺾여버리고 고작 이룰 만한 꿈이라는 게…… 과연 우리에게 꿈이라는 게 있을까요?"(「갑」, 122쪽)

이런 무력감과 세계의 무의미성은 작가의 첫 창작집 『귀머거리 새』의 모든 인물들에 내재되어 있다.[5] 이런 세계를 살아가는 인물들은 항상 "자신의 모든 일상에 진저리를 치"(「희망」)며, "나를 제발 저 도시 속으로 떠밀지 마, 제발."(「의치(義齒)」) 하고 절규한다. 표제작 「귀머거리 새」에는 삶의 암담함이 최고조에 달해 있다. 작품의 주인공 그는 "가만히 있어도 누군가에 의해 소모되고 소모됨으로 해서 겨우 생존하고 있"음을 느끼는 일상생활에 매우 소극적이고 어눌한 인물이다. 세상살이에 융통성 없는 그는 급기야 회사에 사표를 던진다. 그가 견뎌내야 할 세상이란 너무도 완고한 논리로 무장되어 있어 그로서는 도저히 적응할 수 없었던 탓이다. 그런 그에게 남겨진 것은 거식의 증세와

---

4) Melvin Seeman, *Alienation and Engagement*, 정문길, 『소외론 연구』, 문학과지성사, 1978, 207~210쪽에서 재인용.
5) 서영채는 양귀자 초기의 이러한 정서를 우울이라는 단어로 포괄하고 있으며, 『귀머거리 새』에 수록된 거의 전 작품이 우울의 정조로 채워져 있다고 보았다. 서영채, 「1980년의 우울」, 『천마총 가는 길』 해설, 열림원, 1995, 366쪽.

죽음뿐이다. 날마다 키와 몸무게가 줄어드는 비현실적 상황은 단단한 세계 속에서의 삶이 곧 죽음으로 향하는 통로임을 암시한다.

그는 요양이라는 명목으로 도시를 떠나지만 그곳에서도 삶의 의지를 회복하지 못한다. 오히려 그곳은 세상과 격절한 유폐지인 동시에 누구와도 소통이 부재하는 단절의 공간이 된다. 그는 세계에서 철저히 소외되어 있는 셈이다. 그럼에도 그는 소통을 위한 어떠한 시도도 하지 않고 피폐한 삶을 유지한다. 그것이 거부할 수 없는 운명인 듯, 순응하는 그의 모습은 황폐해진 한 인간상을 암울하게 제시한다. "살아 있었구나. 아니야. 아니야……"로 끝나는 작품의 결말은 끝내 삶의 복원마저 부정하는 화자의 의식을 대변하고 있다. 그들은 결국 생의 기력을 회복하지 못한다. 그들에게 도피처는 마련되지 않고 일상의 삶은 어디에서나 반복·지속될 따름이다.

일상성을 연구하는 학자들 공히, 일상의 특징이 매일 되풀이되는 삶이라는 데에는 이견이 없다. 이때 '되풀이되다'에는 일상생활이 주기적 시간구조에 의해 진행됨을 의미한다. 우리의 일상적 삶에 전쟁이나 축제 같은 특별한 일이 벌어지지 않는 한, 이번 주 목요일은 다음 주 목요일과 구별되지 않으며 직장에서는 일의 주체가 결근해 다른 주체로 대체되어도 무방하다. 일상성의 주체는 상호 교환적이기 때문이다.[6] 따라서 언제나 되풀이되며 원래의 제자리로 복원되는 일상은 진부해지고 하찮은 영역으로 간주되기 쉽다. 일상이 주체에 익숙하게 여겨지는 이유도 여기에 있다. 도무지 변하지 않는 일상은 주체를 기계적 생활 패턴에 함몰시킨다. 이들의 일상은 무의미한 노동의 시간으로 채워지며 미래에도 삶의 양식에 별다른 변화가 없을 것임을 보여준다. 즉

---

6) K. Kosik, *La dialectique du concret*, 『구체성의 변증법』(박정호 옮김), 거름, 1985, 66~70쪽 참조.

노동이 자아실현의 방편이기는커녕 단지 밥벌이의 수단일 뿐이고 노동의 고통은 당사자가 죽어야 끝이 나는 것이다. 반복·순환되는 현실은 개인의 의지와 무관하게 삶의 조건을 결정짓는 희망 부재의 공간이 되어 그들에게 극심한 소외감을 안겨준다.

근대사회의 소외문제를 가장 날카롭게 지적한 사람은 마르크스였다. 그는 노동이 인간의 내면적인 고유의 힘을 실천하는 생명활동이자 노동의 대상 가운데서 자기를 현실화함으로써 스스로를 대자적(對自的)으로 직관하게 만든다고 여겼다. 즉 인간은 노동을 통해서 자신이 어떤 존재인가를 확인하게 된다는 것이다. 그러나 근대사회는 노동으로 인한 자기소외의 구체적 모습을 확인시켰을 뿐이다. 그 소외의 양상은 첫째 노동 생산물로부터의 소외, 둘째 노동 그 자체로부터 발생하는 노동자의 자기소외, 셋째 유적(類的) 존재로부터 인간의 소외, 넷째 인간으로부터의 인간소외로 드러난다.

자본주의 사회에서 노동자는 생산과정의 단순한 도구에 지나지 않는다. 그렇기에 노동자의 기술이나 능력은 자본처럼 관리나 투자의 대상이 되며, 노동자의 존재는 "자본이 노동자를 사용할 수 있는 한에서만" 인정된다. 노동자는 노동을 하지 않으면 생계를 이을 수 없는 "상품 중에서는 가장 불운한 성격을 지닌 상품이기에 생존을 위해 끝없이 노동에 참여해야 할 운명"을 지닌다. 이런 연유로 노동자는 노동 대상으로서의 대상물에도, 생활수단의 대상물에도 전면적으로 예속된다. 노동자는 생산활동 그 자체에서도 소외되고 있다. 이 경우 노동은 노동자에게 본질적인 것이 아니기에 그는 노동활동에서 자신을 부정한다. 소외된 노동은 유적존재인 인간을 개인적 생존의 수단으로 전화시킨다.[7]

---

7) Karl Marx, *Economic and Philosophic Manuscripts of 1844*, 『경제학-철학 수고』(김태경 옮김), 이론과 실천, 1987, 55~59쪽 참조.

마르크스의 주장처럼 일상인들은 밥벌이에 매달려야 하는 숙명을 거부할 수 없다. 그들은 어쩔 수 없이 살기 위해 먹어야 하고 먹기 위해 일해야 하는 노동의 숙명에 승복하고 묵묵히 견디어 내는 것이다.

곤고한 직장생활을 꾸려가는 샐러리맨의 일상을 다룬 작품이 「녹」 (1985)이다. 이 작품은 작가의 이전 소설들과 별반 다르지 않은 세계를 보여주지만 무력감에서 회복하려는 의욕을 보인다는 점에서 미약하나마 진전된 생의 의지를 표상한다. 이 변화는 작가가 보다 일상에 시선을 밀착한 결과인 듯싶다. 이전 소설의 우울, 무력감, 소외 등은 주제의 선명성에도 불구하고 생활적 실감이 모호한 추상의 세계였는데, 그것은 생활세계에 구체적으로 접지해 얻은 문제의식이 아니었기 때문일 터이다.

「녹」의 주인공 이필웅은 샐러리맨으로서 소외를 경험한 인물로 최소한의 자아와 개성을 보존하려는 의지를 지닌 인물이다. 이필웅은 자본주의의 꽃이라 할 수 있는 광고업에 종사하지만 정작은 자신의 직업을 꽃장수로 비하하며 살아간다. 그러한 의식은 외면만큼은 화려한 자신의 삶의 조건과도 긴밀히 연결된다. 그는 "변두리 동네의 열여덟 평 연립주택"에 거주하며 "호사일 수밖에 없는 베이지색 승용차를 손수 운전"한다. 그러나 그는 자동차 따위에는 관심조차 없는 인물이고 "삶의 신명이란 애당초 없는" 자기소외에 함몰되어 있다. 이런 이필웅이 특별히 애착을 갖고 하는 일은 녹닦기이다. 이필웅은 "공기가 있고 쇠붙이가 존재하는 한 녹은 끊임없이 돋아날 것"이라는 생각으로 녹닦기에 열중이다. 이 작품에서 녹은 산업화로 인한 다양한 폐해를 상징한다. 그 폐해 중 하나는 이필웅과 같은 인물이 겪는 노동으로 인한 자기소외도 포함되어 있을 것이다. 그런 의미에서 이필웅의 녹닦기는 부정적인 사회 현실에서 벗어나려는 작은 노력이다.[8]

현실 극복 의지가 소극적이기는 하지만, 이필웅은 양귀자의 이전 소설에서 볼 수 없었던 인물이다. 작가의 이런 변모는 이후 생활세계에 보다 밀착되어 『원미동 사람들』(1987)을 낳게 한 원동력이 된다.

2. 도시 변두리 서민의 다양한 생활상

『원미동 사람들』은 양귀자가 실제 원미동에서 살았던 경험을 토대로 쓰여진 작품집이라는 점에서 생활세계에 보다 밀착되어 있다. 과연 작품집의 첫 소설 「멀고 아름다운 동네」(1986)에는 작가의 실제 체험인 듯한 엄동(嚴冬)의 을씨년스러운 이사 풍경이 그려져 있다. 서울에서 제 집을 갖지 못해 변두리 동네로 떼밀려가는 풍경에서부터 소설 속의 많은 인물들이 변두리 서민일 것이라는 짐작은 어렵지 않다. 실제 이 작품의 주인공인 그 또한 서울에서 수도 없이 이사를 다니며 떠도는 생활을 했다. 작품집 곳곳에 드러나는 '집=희망'의 등식은 그래서 독자에게 절실함을 주고 새로 마련한 집으로의 이사는 희망을 품게 한다.

그러나 희망처를 찾아가는 그의 심정은 밝지 못하다. 그것은 서울에서 막무가내로 밀려나는 심사인 탓이다. 화자의 상실감은 부천의 주변성에 기인한다. 수다한 서울의 위성도시 중 하나인 부천은, 서울에 직장을 둔 지역 거주자들에게 베드타운의 기능을 한다. 부천은 거대도시 서울이 파생한 다양한 부작용을 해소할 목적으로 급조된 도시 중 하나

---

8) 이필웅의 녹 닦는 행위를 조남현은, '순진성 회복에의 갈망'이라는 상징적 의미로 파악한다. 이필웅은 자본주의 사회의 논리에 맞게 일처리를 하면서도 내적으로는 순진성의 세계로 돌아가려는 향성(向性)을 지닌 인물이라는 것이다. 그 행위는 현대사회에서 실천하는 자기응시나 자아회복 욕구로 값진 것이다. 조남현, 「갈등심리, 패배감, 무력증을 뛰어넘으려는 생활인의 몸부림」, ≪동서문학≫(1986, 9), 12쪽.

일 따름이다. 위성도시의 존재요건은 기본적으로 중심부 서울의 모순들을 해소하려는 보완적 역할에 있다. 위성도시에서의 삶은 반복되는 주거·노동·여가 등의 이유에 따라 이동 가능성이 상존하여 거주자에게 심리적 과부하를 준다.[9] 위성도시의 확충은 인구의 대도시 집중으로 인한 도심 내부의 변화에서 기인한다. 도시는 이제 내부적으로 빈부격차로 인한 계층갈등, 일탈과 범죄의 증가, 주택 부족 같은 구조적 문제를 안게 되었고 그 해결책으로 경계가 확장되는 것이다.

도시의 확산(교외화)은 도시 중심에서 외곽으로의 인구이동에 의해 이루어진다. 신도시사회이론 학자 중 존 렉스와 로버트 무어는 서구의 경우, 교외화를 형성하는 중요한 요소가 새로 개발된 교외의 주거생활양식, 특히 중산층의 생활방식이 확산되는 조건과 관련된다고 보았다. 그들에게 도시의 공간확장은 중산층이 선도하는 주거양식이나 생활방식을 중심으로 계층별 주택 구입능력에 따라 근교로부터 도심에 이르는 주거지 분화의 과정에 다름 아니다. 이 과정에서 전문직이나 관리직, 자영업자들 같은 상위 중산층은 교외에 가까운 단독주택자로, 하위 중산층은 그보다 더 외곽에 위치한 연립주택 같은 반단독주택자로, 노동자층은 도시 변두리의 새로운 공공임대 주택지로 이전해 가는 양상을 띤다. 서구에서의 교외주거는 모든 계층의 욕망을 상징하지만 이를 실현할 수 있는 조건과 역량은 제한되어 있다고 그들은 보았다.[10]

한국의 경우, 위성도시는 철저히 도심의 다양한 문제 해소를 목적으로 조성되었다. 「멀고 아름다운 동네」에서 보듯, 주인공은 아내와 단지 '집 값 싼 동네'를 물색하러 다니다 정착을 결정한다. 그곳은 서울이라는 거대도시에서 경제적 곤란 때문에 밀려난 사람들의 동네일 따름

---

 9) 이재현, 「도회적 삶과 모성」, 『한국소설문학대계77-양귀자』, 해설, 동아출판사, 1995, 495쪽.
10) 조명래, 『현대사회의 도시론』, 한울아카데미, 2002, 105~106쪽.

이다. 개발 열풍으로 급조된 원미동의 풍광을 작가는 다음과 같이 묘사하고 있다.

> 여기저기에 제멋대로 세워진 연립주택과 시세없는 상가주택들이 옛날의 논밭 자리 위에 흩어져 있고 멀리 공단 쪽의 굴뚝에서는 검은 연기가 무럭무럭 피어오르고 있었다. 불과 십 년 안팎의 변화였다. 시청이 옆으로 옮겨오면서부터 논밭들은 급격히 택지로 용도 변경되고 서울에서 몰려온 집장수들이 벌떼처럼 왕왕거리며 몇 달만에 집 한 채씩을 뚝딱 지어내고 또 뚝딱 지어내더니 삽시간에 동네가 꽉 차버린 것이다.(「마지막 땅」, 『원미동 사람들』, 72쪽)

원미동은 산업화와 위성도시 개발이 한창이었던 당시 한국사회의 실상을 드러내기에 더없이 적절한 공간이었다. 작품집 말미의 작가의 말에서처럼, 원미동은 "우리 사회 어느 곳에든지 있다는 것을 실증해주었다는 면에서 의미 있는" 공간적 배경이었고, 거주자들로서는 "한국사회의 전반적인 진행의 현상이 축약되어 있음을 실감하면서 살아가야 하는 곳"이었다.

「마지막 땅」(1986)은 원미동이라는 공간의 주변성과 농토가 자본으로 전환된 현실을 생생하게 보여준다. 작품의 주인공 강 노인은 원미동이 개발되기 전부터 고향을 지켜 온 토박이다. 그에게 농토는 그야말로 먹고 살 농산물을 생산하는 터전일 따름이다. 그가 땅을 팔라는 압력에 버티는 것도, 땅 죽이는 화학비료를 사용하지 않는 것도 고향에 대한 애착과 농토에 대한 각별한 의식 때문이다. 그러나 강 노인의 가족들은 토지의 환금성에 현혹되어 땅 팔기를 강요한다. 작품 말미에 강 노인이 돈과 개발의 논리 앞에 땅을 내놓게 되리라는 우울한 암시

는 개발열풍으로 몸살을 앓던 교외 지역의 실상을 적확하게 진단한 것
이라 할 수 있다.

　작가의 말대로 원미동이 당대 한국사회의 풍속도를 고스란히 간직
한 장소라면 그곳 거주자는 시대적 보편성을 지닌 인자가 되기에 충분
하다.11) 이와 같은 지리사회학적 의미를 지닌 원미동에는 수다한 인물
들의 일상적 삶이 펼쳐져 있다.12)

　총 열한 편의 작품이 실린 이 작품집에는,『귀머거리 새』의 인물들
처럼 우울한 삶의 연장선에 선 인물들이 존재한다. 이들은 도시 변두
리 서민으로 힘들게 살아가고 있다. 실직하고 먹고살기 위해 외판원이
되었지만, 결국 물건 판매를 위한 말 한마디를 떼기 어려워 곤혹스러
워하는「불씨」(1986)의 그와, 서울에서 작부 생활로 근근히 버티다 마
침내 퇴기(退妓) 대접이 역겨워 원미동에 허름한 찻집을 열어 살아가
는「찻집 여자」(1987)의 그녀와 주인집과 화장실을 함께 쓰는 조건으
로 음습한 지하방에 세를 들었지만, 문을 열어주지 않아 배설의 생리
적 욕구마저 제때 해결하지 못해 고민하는「지하생활자(地下生活者)」

---

11) 구모룡은 1980년대 우리소설을 그 지향에 따라 네 가지로 나누는데, 그 하나를 일상 지
　　향형의 소설로 본다. 그는 이 계열의 대표적 작품으로『원미동 사람들』을 꼽으며 양귀
　　자 소설의 미덕을 과잉된 전망 주장이나 전망 부재의 둔감을 드러내지 않으며 구체성을
　　획득한 것에서 찾는다.(구모룡, 앞의 글, 76~82쪽 참조) 구모룡의 이러한 견해는 곧 미
　　시적 차원에서 거시사를 다루는 양귀자의 작법을 높이 산 결과로 볼 수 있는데, 이것은
　　"『원미동 사람들』이 세태의 자기 이념성을 확보"한 작품으로 평가한 서영채의 논의와
　　같은 맥락이다. 서영채, 앞의 글, 378쪽.
12) 양귀자의 원미동 시절은 작가 자신에게 많은 의미를 함축하고 있는 듯 여겨진다. 작가
　　스스로도, "나는 그들(원미동의 이웃들-인용자)이 좋았지만 좋아한다는 표현을 어떻게 해
　　야 하는지 알 수 없었다. 늘 우물쭈물하고만 있던 나를 대신해서 소설『원미동 사람들』
　　이 내게 이웃을 만들어주었다. 원미동 사람들은 미용사의 퍼머하는 일이나 정육점의 고
　　기 써는 일과 똑같은 것으로 작가의 글쓰기를 이해했다. 그들은 행복미용실의 은순 씨한
　　테 "오늘 퍼머 몇 명이나 했어?" 하고 묻듯이 내게도 "오늘 얼마치나 썼어?" 하고 물었
　　다. 그런 물음 속에서, 아니 그런 물음이 자연스레 솟구치는 원미동에서 그러므로 나는
　　비로소 작가가 된 것이었다"고 고백하고 있다. 양귀자,「소설로 돌아가는 길」,『양귀자
　　문학앨범』(이남호・박혜경 엮음), 웅진출판, 1995, 129쪽.

(1987)의 그 등등, 그들은 하나같이 안온한 삶의 조건을 향유하지 못한 채 살아가는 인물들이다.

그러나 전체적으로 『원미동 사람들』에는 『귀머거리 새』에서의 암담한 절망감보다 한결 희망적인 세계가 펼쳐진다. 『원미동 사람들』의 인물들에게는 이전의 작중인물들과 달리, 자신과 연관된 타자를 이해하는 배려의 시선이 열리고 있는 것이다. 「지하생활자」에서, 주인집 여자가 완강하게 현관문을 걸어 잠그고 문을 열어주지 않는 바람에 용변 고통을 받던 그는, 유부남과 불륜의 관계를 맺고 있던 주인집 여자가 본처에 모욕당하는 광경을 보며 그녀에게 솟구치던 "적개심이 어느 순간 먼지처럼 날아가버리는" 느낌을 받는다. 자기 또한 힘들지만 타인의 어려움을 너그럽게 받아들이는 포용력은 그가 직장의 사장을 이해하려는 데에서도 확인된다. 그가 근무하는 영세 공장의 사장은 공장 노동자와 별반 다름없는 경제력의 소유자임에도 직원들은 파업을 벌인다. 결국 데모는 주동자가 자신의 부정을 입막음하려는 술책에서 비롯된 것으로 판명이 나고 직원들은 일터로 곧 복귀한다. 그는 이 작은 실랑이에서 사장이라 해봐야 별다른 자본을 소유하지 못한, 자신과 별로 다를 것 없다는 계층적 동질감을 얻는다.

> 그들(파업으로 근무지를 이탈한-인용자)은 어디에 있을까. 그는 문득 바깥, 땅 위의 어딘가를 딛고 있을 동료들을 떠올렸다. 그리고 사장을 보았다. 다른 때 같으면 사장은 땅 위의 어딘가에 있을 것이고, 그들은 여기에 박혀 있을 것이었다. 사장은 여기, 지하하고는 아무 연관이 없는 사람이라고 생각했던 것은 아닐까. 한쪽 손으로는 연신 이마의 땀을 훔쳐내며, 또 한 손으로는 짜장면을 둘둘 감아올리는 사장의 모습이 전혀 낯설지 않다는 사실에 그는 놀라고 있었다. (「지하생활자」, 『원미동 사람들』, 240쪽)

노사갈등을 주요 소재로 삼았던 1980년대의 많은 노동소설과 달리 「지하생활자」는 노동자와 영세 자영업자간의 동질성 확인을 다루었다는 점에서 신선하다. 당시의 많은 노동소설들이 노동자는 피억압자, 사용자는 억압자라는 식의 도식적 구성에 매몰되어 있었다면, 이 작품은 그러한 기계적 이분법을 뛰어넘는다. 이것은 작가가 원미동이라는 공간을 발판 삼아 생활세계에 구체적으로 접근한 결과일 것이다. 이것은 또한 양귀자가 『귀머거리 새』에서 보였던 피상성을 떨쳐버린 데서 얻은 긍정적 변모이다. 작가는 이제 피상적 세계인식에서 탈피하여 구체적 생활세계에 접지한 것이다.

작품 주인공의 계층적 우월감과 그것의 무용(無用)을 각성하는 과정은 「비오는 날이면 가리봉동에 가야 한다」(1986)에 등장하는 두 인물의 대비를 통해 극명하게 드러난다. 「비오는…」에서 주인공과 단순 노동자 임씨는 여러 모로 대조되어 있다. 주인공은 비록 부천에 살고 있지만 서울 중심가에 일터를 눈 샐러리맨이고 임씨는 하루 벌어 하루 사는 막노동꾼이다. 이런 신분상의 차이는 은연중에 주인공과 그의 아내에게 우월감을 유발한다. 그 우월감은 임씨의 작업 성실성 여부와 공사비 과다 청구의 의심을 끊이지 않게 한다. 그러나 공사가 끝난 후 청구서를 받았을 때, 청구 비용이 생각보다 너무 싼 것에 주인공은 자괴감을 느낀다. 이 작품에서 함께 일하는 순간순간 변하는 그의 심리적 궤적과 임씨의 솔직한 응대는 작가의 작의가 어디에 있는지 여실히 보여준다.

"지물포 주씨가 칭찬하던 대로 일을 잘 하시네요."
그는 슬쩍 사내를 추켜세웠다. 인간이란 칭찬에 약하다. 하물며 저 단순한 육체 노동자야말로 이런 귀 간지러운 말에 자신의 온 힘을 바치지 않겠는가. 그는 자신의 한 마디가 잘 계산하여 내놓은 작품임을 은근히 자만하였다. 헌데 임씨의 반응은 계산과는 다르게 빗나갔다.

　"뭘입쇼. 누가 와서 일해도 마찬가지니까요. 목욕탕 하자 공사는 순서가 있어요."(「비오는 날이면 가리봉동에 가야 한다」, 『원미동 사람들』, 131쪽)

　임씨의 순수한 반응과 정직한 태도는 공사를 함께 하는 순간마다 그에게 부끄러움을 느끼게 한다. 임씨의 "툭 불거진, 종아리의 힘찬 알통"과 "아무짝에도 필요없는 분석력, 습관화된 늘어진 엿가락 같은 생각의 실타래 때문에 공연스레 머리가 무거운" 자신과의 대조는, 작가가 관념보다 육체, 비실용적인 사고력보다 실생활에의 적응력이 삶에 훨씬 요긴한 것임을 인정하는 것으로 여겨진다. 작가의 이러한 의식은 동갑인 그들이 직업이나 계층과 상관없이 하루간의 노동으로 서로의 심정을 이해하는 사이가 되게 하는 것으로 작품을 마무리하게 한다. 처음의 의심은 이제 심정적 공감으로 바뀌고, 이러한 전환은 『원미동 사람들』 전 작품에 관류되는 커다란 미덕으로 작용한다. 도시 변두리 서민의 애환에 대한 따뜻한 시선은 독자를 우울의 정조보다 동화와 감동의 차원으로 끌어올리게 하는 중요한 매개체가 되는 것이다. 앞의 작품집과 뚜렷이 변별되는 이 미덕은 작가가 그들의 생활세계에 밀착했다는 사실과 더불어 소설 속 인물의 일상적 삶의 세목이 탁월하게 조형되었음을 증거하는 것이기도 하다.

　『원미동 사람들』의 다양한 인물 군상은 저마다 일상인으로서의 제 표정과 목소리를 갖고 있다. 인물 의식의 긍정·부정은 차치하고라도, 그들은 시대의 풍속 속에서 실감나게 형상되어 있는 것이다. 이는 김현의 "소설에 있어선 풍습이 인간을 만든다는 것은 불가피하게도 진리"[13]라는 말과 궤를 같이한다. 김현은 우리 소설의 치명적 결함을 풍속의 결여로 파악하며 다음과 같은 언급을 한다.

한국 소설에 여러 가지 타입으로 형상화되어 있는 소위 근대인들이 겪고 있는 치명적인 결점은 돈에 대한 모멸, 혹은 경멸과 근대화되어온 과정에 대한 투철치 못한 인식에 그 구체적인 기반을 두고 있는 듯하다. (중략) 돈은 흔히 <유동적 사회를 형성 또는 조성하는 매개물>로 파악되고 있는데, 이것은 매우 옳은 태도인 것처럼 생각된다. 돈이란 많은 사람들이 평등하고 분별없이 살 수 있는 그런 사회를 만드는 데에는 별로 도움이 되지는 않지만, 계급이 늘 변화하고 변천함으로써, 유동하고 몰락하고 성장하는 그런 변화 있는 사회를 만드는 데에는 커다란 역할을 담당하고 있다. (중략) 돈이 없는 사람들은 돈을 벌기 위해서 돈이 있는 사람은 돈을 잃지 않기 위해서 많은 노력을 하지 않을 수 없게 된다. 그러한 노력의 결과를 사람들은 외관으로 내보인다. 한 계급에서 다른 계급으로 이동하였다는 그 증거를 사람들은 내보여주어야 하기 때문이다. 그러므로 변화하는 사회에서는 외관이 존중 내지 강조된다. 토크빌이 <사치의 위선>이라고 부른 것은 점점 심해진다. (중략) 이렇게 사치의 위선이 심해지면, 결국 그 시대를 구분하는 시대의 매너가 생겨난다. 이러한 것을 우리는 흔히 풍습이라 부르고 있다.14)

김현이 제기한 풍속적 인간이란 범박하게 말해서 세태에 잘 적응하는 인간형을 의미할 것이다. 이 기준에 가장 적합한 인물은 「원미동 시인」(1986)과 「일용할 양식(糧食)」(1987)에 등장하는 김반장이다. 「원미동 시인」에서 김 반장은 몽달씨가 정체불명의 사내들에게 이유 없는 폭력을 당하는 장면을 목격하면서도 단지 자신의 장사에 방해가 된다는 이유로 내몬다. 이웃이자 늘 자신의 가게에서 일손을 거들던 몽

---

13) 김현, 『전체에 대한 통찰』, 나남, 1990, 26쪽.
14) 위의 책, 25~26쪽.

달씨의 선의를 그는 이기적인 계산으로 냉담하게 모른 체하는 것이다. 그러나 그는 다른 이웃들이 들이닥치자마자 태도를 돌변한다. 김 반장은 여러 사람들 앞에서 폭력 가해자를 잡으러 갈 듯 흥분한다. 이처럼 이중적이고 계산된 행동은 「일용할 양식」에서도 생생하게 묘사된다.

「일용할 양식」에는 원미동 23통 5반 사람들을 대상으로 형제슈퍼의 김 반장과 김포슈퍼 경호네 사이의 치열한 할인 판매전과 싱싱청과물의 개업과 폐업 과정에서 동네 사람들의 얄팍한 잇속 챙기기가 실감나게 그려져 있다. 이 과정은 장사꾼이나 소비자들에게 실질적인 손익을 가져다주는 것이어서 누구든 돈에 민감하게 반응하지 않을 수 없다. 잇속에 세세하게 매달리는 여러 인물들은 자연스럽게 생동감을 획득하는데, 그 중 가장 생생하게 그려진 인물은 김 반장이다. 그는 김포슈퍼와의 출혈 경쟁을 마다하지 않는 동시에 새로 생긴 싱싱청과물을 몰락시키기 위하여 경호네와 타협을 벌이기도 하는 실리적 인간형이다. 그에게 생존과 직결되는 장사에 훼방을 놓는 사람은 모두 적이다. 김 반장이 싱싱청과물 사내와 극악스럽게 싸우는 것도 그 때문이다.

> "어디서 굴러먹던 뼉다귀인지 생전 보지도 못한 놈이 남의 장사 망치려고 덤벼든 것을 생각하면 내 속이 터진다구." 김 반장의 목소리는 칼날처럼 서늘했다. 코피가 터져 선혈이 낭자하게 묻어 있는 싱싱청과물 사내의 퉁퉁 부은 얼굴에 사정없이 날아드는 김 반장의 주먹에는 경호 아버지마저 하얗게 질려버렸다. 게다가 그 살기등등한 악담이라니. "어느 놈이든 내 장사 망치는 놈은 가만두지 않을 거야. 내가 어떻게 살아온 놈인데 그냥 주저앉아? 어림도 없지."(「일용할 양식」, 『원미동 사람들』, 218쪽)

김 반장의 독기는 인정이 메말라버린 세태를 극명하게 보여준다. 그

것은 이제 한국사회 전체에 자본의 논리와 적자생존의 법칙이 일상적
으로 관철되고 있음을 의미하는 것이기도 하다. 그러나 김 반장이나
경호네, 원미동 사람들의 행위 그 어느 것도 비판받아야 할 성질은 아
니다. 그들의 싸움은 누구의 잘못도 아닌 결국은 먹고살아야 한다는
어쩔 수 없는 삶의 논리가 만들어 낸 결과이며, 그 와중에 조금이라도
물건값이 싼 가게를 찾아 우왕좌왕하는 동네 사람들의 모습 역시도 그
러한 논리에서 벗어나지 않는 것이다.[15]

『원미동 사람들』에는 생기 넘치는 인물들로 가득해, 소설을 우울한
분위기로 가라앉지 않게 한다. 그러나 그들의 행동이 활극 같은 동선
을 의미하지 않는다. 그것은 상황과 풍속에 솔직히 반응하여 결과적으
로 공감과 감동을 이끌어 내는 행위이다. 양귀자가 그려낸 것은 바로
과장이나 왜곡 없는 핍진한 생활세계의 모습이다. 작가의 그러한 변모
는 세상에 대한 시선의 확장과 궤를 같이 한다. 이제 작가는 자신의 상
황은 물론, 이웃의 삶까지 세세하게 헤아리는 시선의 깊이를 획득하게
된 것이다.

3. 비인간적인 정치현실 속에서 진정한 삶의 모색

범박하게 말해서, 폭력은 인간에게 부당한 방법으로 힘을 행사하는
일이라 정의할 수 있다. 신체적 공격이나 물리적 강제력 등의 방식으
로 수행되는 폭력은 사회적·개인적 강자가 약자를 억압하는 수단으
로 작동한다. 이런 점에서 폭력은 원시적 의사소통의 한 도구라 할 수

---

15) 박혜경, 「소시민적 삶의 폐허 속에서 일구어 내는 희망의 변증법」, 『양귀자 문학앨범』,
　　웅진출판, 1995, 70~71쪽.

있다. 폭력은 인간의 의사소통 체계에서 가장 중요한 수단인 언어가 배제된 지점에서 물리력을 통해 자행되기 때문이다. 의사소통의 단절 가능성이 상대적으로 컸던 원시사회에서는 그렇다 하더라도 이성과 합리의 세계가 특징인 문명화된 현대에서 폭력은 사라져야 마땅하다. 하지만 한나 아렌트의 "20세기는 사실상 레닌이 예견했듯이, 전쟁과 혁명의 세기가 되었으며, 전쟁과 혁명의 공통분모라고 일반적으로 믿어지는 폭력의 세기가 되었다"[16]는 지적처럼 일상화된 폭력은 생활세계에 만연해 있다.

인간의 심리에 자리한 파괴적 욕망이 문명사회에서도 결코 소멸되지 않을 것이라는 진단은 프로이트에 의해서도 확인된다. 프로이트는 인간의 본능을 두 종류라고 단언한다. 그 하나는 보존과 통합을 추구하는 에로스적 본능이고 다른 하나는 공격 본능 혹은 파괴 본능이다. 그는 이 두 가지 본능이 사랑과 증오의 대립을 명확히 가른 것이라 말하며 일상적 삶에 두 가지 본능이 필수불가결하게 공존한다고 본다. 그는 역사와 일상생활에서 흔히 볼 수 있는 수많은 잔학 행위는 인간의 마음에 공격과 파괴에 대한 욕망이 얼마나 강하게 도사리고 있는가를 증거하는 단서가 된다고 보았다. 생명체는 자기와 다른 대상을 파괴함으로써 자신의 생명을 보전하기 때문에 그는 인간의 공격 성향을 제거하려 애를 써도 소용이 없다는 논지를 제시한다.[17] 프로이트의 견해는 폭력 성향이 인간의 실제 생활에서 불가피하게 작동하는 필요악임을 시사하는 것이다.

양귀자는 초기 소설에서부터 폭력에 대한 꾸준한 관심을 표명하였다. 그러나 초기 작품들에 투영된 폭력은 작품 이면에 암시되어 있을

---

16) Hannah Arendt, *On Violence*, 『폭력의 세기』(김정한 옮김), 이후, 1999, 24쪽.
17) Sigmund Freud, 『문명 속의 불만』(김석희 옮김), 열린책들, 1997, 358~361쪽 참조.

따름이다. 폭력 문제가 보다 명시적으로 드러난 작품은 「밤의 日記」
(1985)에서부터이다. 양귀자 작품을 관통하는 폭력의 양상은 두 가지
로 대별된다. 하나는 개인적인 공격성에 의한 폭력이고 다른 하나는
국가 권력에 의해 자행된 폭력이다. 우선 개인적 폭력에 관해 보자면,
그가 우리 일상에서 언제든지 행사될 수 있는 폭력성과 그것에 대한
타자의 무관심에 주의를 기울이고 있음을 알 수 있다.

　「밤의 日記」에는 야바위꾼들에 사기당하는 여자가 백주대로에서 폭
력을 당하는 장면이 나온다. 피해자라고 생각되는 여성에게 야바위꾼
들은 되레 무자비한 폭력을 행사한다. 그러나 행인 가운데 그 누구도
그들을 제지하지 않으며 경찰은 사건이 종결된 후에도 나타나지 않는
다. 「원미동 시인」에서도 사정은 마찬가지다. 운동권 학생이었다가 고
문으로 정상적 삶을 영위하기 어려워진 몽달씨는 아무 잘못도 없이 거
리의 사내들에게 맞는다. 이웃인 김 반장은 그들의 폭력을 제지하기는
커녕 자신의 장사에 방해가 될까봐 걱정할 따름이다. 폭력은 합리성이
결여된 채 무차별적으로 행사되고 사람들은 그것에 대해 무관심하다.

> "사람들의 저 은밀한 심중 속에 도사리고 있는 정의로움에 대한 한계는
> 어디에서부터 어디까지일까. 그것의 한계에 의해 또 하나의 폭력이 공공
> 연히 묵인되고 있을 것을 어떻게 설명할 수 있을까."(「밤의 日記」, 『귀머
> 거리 새』, 47쪽)

　양귀자의 문제제기는 폭력 행위 그 자체에 있지 않다. 작가의 관심
은 폭력 행위 그 자체보다 길거리에서 당한 여자에 무관심을 보인 「밤
의 日記」의 주인공 태희의 심리나 강도 피해를 당한 아파트 옆 호(號)
여자 이웃들의 무관심에 초점이 모아져 있다. 폭력에 대한 묵인, 작가

가 개인주의적 행동에 물들어 있는 일상인에 던지는 질문은 바로 이것이다. 작가의 질문은 일상의 삶에서 공동체적 사회 구성이 가능한가의 고민과 직결된다. 한 사회의 공동체가 이상적 통합을 이루기 위해서는 타인에 대한 배려가 필요하다. 하지만 「밤의 日記」에는 그러한 배려가 없다. 작가는 타인에게 냉담한 사회상을 통해 과연 사회 공동체의 실현이 가능한가를 고찰하는 것이다.

위의 예문에서 보듯이 작가는 사회정의의 회복을 개인적 양심에 호소하고 있다. 「밤의 日記」에서 타인의 폭력 행위에 무관심한 주인공은 개인적인 부끄러움을, 폭력 피해자는 이웃들의 무관심에 적개심을 드러낼 따름이다. 이것은 다분히 감정적이고 즉발적인 대응이라 할 수 있다. 작가의 시선은 아직 폭력의 구조적 문제나 그것을 유발하게 된 보다 심층적 탐구에 이르지는 못하고 있다. 이것은 폭력의 발생과 해결책이 개인의 문제로 협소화되는 문제점을 낳는다. 이런 시각이 폭력에의 응전을 관념적으로 처리하게 만드는데, 그러한 태도는 「밤의 日記」의 태희처럼 방관자가 되거나 「원미동 시인」에서의 몽달씨처럼 추상적 대응으로 일관하게 한다.

몽달씨는 깡패들에게 흠씬 두들겨 맞고도 그 상황을 몰랐던 것처럼 연기하는 김 반장의 가게 일을 돕는다. 그것을 분하게 여기는 어린 선옥은 몽달씨가 바보 같지만, 그는 선옥에게 "마른 가지로 자기 몸과 마음에 바람을 들이는 저 은사시나무는, 박해받는 순교자 같다. 그러나 다시 보면 저 은사시나무는 박해받고 싶어 하는 순교자 같다"라는 황지우의 시를 들려준다. 몽달씨의 폭력적 상황에 대한 순응은 비폭력이 폭력을 제압할 수 있다는, 비폭력이야말로 강자의 논리라는 역설적 진리를 의미한다.[18] 그러나 비폭력적 태도는 도덕·윤리적 차원에서는

---

18) 이에 대해 박혜경은, "자신에게 가해진 폭력과 위선에 대응하는 몽달씨의 태도는 폭력

온당할지 몰라도 작가의 피상적 세계인식으로 읽힐 소지가 농후하다. 주지하다시피 지난 80년대 시종했던 야만적 국가권력에 비폭력적 대항은 무의미한 희생일 따름이었다.

87년 6월 항쟁 이후, 폭력에 관한 작가의 작품세계는 이전의 관념적 대응에 비해 한결 적극성을 띤다. 양귀자는 이제 개인적 폭력보다 더욱 큰 파괴력을 지닌 집단 폭력에 관심을 기울인다. 작가는 일상의 배후에 버티고 있는 불의의 집단적 정치권력을 탐사하기 시작한 것이다. 집단 폭력의 대표 격은 국가폭력이라 하겠다. 국가를 궁극적으로 지배계급이 지휘하는 폭력의 도구로 간주한 마르크스의 주장처럼, 국가는 중립적 실체가 아니라 지배계급의 이해관계에 구속되며 공권력의 이름으로 피지배계급에 부당한 폭력을 행사하기도 했다. 특히 정통성 없는 정권이 사회를 통제한 시기의 한국사회는 야만적인 폭력이 극단적인 모습으로 사회 전면에 등장하였다. 폭력 그 자체로써의 국가권력은 억압적 통제의 수단으로, 비인간적이며 반사회적인 인권유린은 물론, 불법체포, 구금, 고문, 투옥 등을 통해 사회정의를 마비시켜 왔다.[19]

국가권력은 사회적으로 문제적인 인간을 격리시켜 정상적 인간으로의 교정을 도모한다. 감옥은 국가가 범법자에 대한 신체적 구속을 통해 사회정의를 실현하려는 제도적 장치이다. 푸코는 현대 권력이 감옥을 통해 문제적 인물을 체제에 순화시켜 유화인(柔化人, home doclis)을 생산하는데 목표를 둔다고 본다.[20] 문제는 국가권력이 자행

에 대응하는 또 다른 폭력, 미움에 대응하는 또다른 미움, 다시 말해 분노와 증오를 통한 폭력에의 대응이 아니라, 스스로 그 폭력적 상황을 고스란히 감내해 냄으로써 폭력을 휘두른 자들, 혹은 그것을 방관하고 묵인하는 자들을 부끄럽게 만드는 태도라 할 수 있다"며 몽달씨를 순교자의 위치에 세워 하나의 도전적 상징이 되고자 하는 인물로 설정한다. 박혜경, 앞의 글, 73쪽.

19) 조현연, 『한국 현대정치의 악몽-국가폭력』, 책세상, 2000, 18쪽.

20) 이광래, 『미셸푸코』, 민음사, 1989, 208~221쪽 참조.

한 불법적 감금, 고문이 만연된 상황이다. 남북이 대치된 상황에서 지속된 냉전 이데올로기는 사회 전체에 거대하게 뿌리내린 채 우리의 역사와 삶을 질식시켰고, 그것에 근거해 국가는 무자비한 인권탄압을 정당화했다. 이러한 현실은 필연적으로 작가들에게 문제를 제기하게 했다. 지난 80년대 광주에서의 민중학살은 문학이 폭력의 문제에서 결코 자유로울 수 없음을 명백히 하는 계기이기도 했다. 상황이 급박했던 만큼 당대에 폭력을 문제 삼은 작품들 거개는 사회학적 탐구의 양상이 현저했다.

양귀자 소설에 나타나는 국가폭력은 불법구속과 고문 등의 행위가 인간에게 모멸적인 상흔을 남기는 양상으로 발현된다. 「밤의 日記」에서 거리에 난무하는 폭력이 소설의 표면에 드러나 있다면, 그 저변에는 태희의 남편을 느닷없이 불법감금하고 고문한 국가폭력의 야만성이 암시되어 있다. 「원미동 시인」에서 몽달씨 역시 고문 후유증으로 대학생 시절의 온전한 모습으로 돌아가지 못한다. 당시 한국의 정치현실에서는 감금과 은밀한 고문이 동시에 이루어졌다는 측면에서 인권말살의 심각성은 증폭된다. 「밤의 日記」의 주인공 남편은, 고문을 당한 이후 엄청난 정신적 상처를 은폐하기 위한 해리 신경증에 걸리며 역사를 움직이는 힘은 폭력이라는 그릇된 가치관을 습득하게 된다. 고문의 억압은 끝났지만 피해 당사자는 무자비한 폭력이 드리운 정신적 상처에서 자유로울 수 없는 것이다.

폭력적 현실에서 인간다운 삶의 열망을 핍진하게 보여주는 작품은 「천마총 가는 길」(1988)이다. 이 작품은 부당하게 자행되는 국가폭력의 실상이 고발된다는 점에서 사회적 의미망을 획득한다. 그것은 한 개인의 실존적 삶을 통해, 야만스러웠던 80년대의 억압적 정치현실을 폭로하는 것이기도 하다.

소설은 경주의 천마총을 찾아가는 여로형 구성을 취하고 있고 현재에서 회상해 서술되는 과거의 사건은 1980년 6월의 일이다. 1980년은 한국인에게 역사의 커다란 상처인 광주의 비극이 떠오를 것이다. 이 작품 역시 광주의 비극이 끝난 얼마 후, 작품 주인공 그의 무단연행으로부터 시작된다. 그것은 그해 5월말쯤 친구의 구속으로 인해 비롯되었다는 점에서 광주와의 연관성이 유추된다. 무단 연행되어 끌려간 취조실에서 다짜고짜 시작된 일은 무자비한 고문이다. 작가의 고문 묘사 장면은 작품 곳곳에 생생하게 그려진다.

> 양쪽에서 독거미처럼 스적스적 발을 끌며 거리를 좁혀오는 사내들의 회색 빛 눈초리를 차마 마주볼 수 없어서 몸을 웅크리고 머리를 감싸는데 첫 번째 일격이 등을 후려갈겼다. 그리고 연달아서 각목이 날아와 다리를, 어깨를, 옆구리를 기습하였다. 각목을 피해서 그는 방의 네 구석을 모두 헤매고 다녔다. 한자리서 몰매를 맞는 것보다는 한 발자국이라도 도망치는 게 나았다. 어디를 어떻게 맞았는지 아파할 겨를도 없었다. 부어오른 발바닥의 통증도 감각도 없었다. 오로지 무지막지한 매를 한 대라도 피해볼 일념뿐이었다. 발가벗은 몸뚱어리에 각목이 파고들면 피가 튀었다. 나이 삼십의 어엿한 남자가 팬티만 입고 좁은 방구석을 뛰고 달리며 몸을 피하기 위해 발버둥을 치면 반장까지 가세한 세 명의 사내가 돼지를 몰듯이 각목을 휘두르며 덤비는 것이었다. 각목으로 구타당하는 그때의 모습이야말로 짐승끼리의 혈투였다. 그는 분명 한 마리 돼지에 불과하였다.
> (「천마총 가는 길」, 『슬픔도 힘이 된다』, 62쪽)

힘의 도구화라 할 수 있는 고문은 피고문자에게 공포를 불러일으킨다. 이 공포는 육체적 고통에 대한 두려움이다. 육체의 물리적 반응으로 발원된 공포에 어느 순간 그는 "공포를 뛰어넘는 굴욕감에 치를 떨"

고, "나는 나일 수 없다라는 정체감의 상실"을 느끼는 것이다. 이것은 한 사람의 실존이 무참히 짓밟히는 현장에서, 고문 행위에 예사로운 모습을 취하는 담당자들의 모습과 대비되는 순간 더욱 그러하다. 고문자들은 직업으로 고문을 수행할 뿐, 한 인간의 능욕에 대해서는 전혀 개의하지 않는다. 그래서 그들은 철저히 두 개의 얼굴을 갖고 살아간다. 이런 상황은 화자가 자신을 고문한 반장과 조우하는 장면에서 절정을 이룬다. 고문 반장은 가족들과 외식을 나온 참이고 그것은 그 역시 마찬가지이다. 그곳에서 반장은 마치 직장동료라도 만난 듯, 태연하게 아는 체를 하고 자식, 아내와 일상적 이야기를 나눈다. 고문 때의 반장과 생활 속에서의 반장은 철저히 이중적 모습을 띠고 있다. 이런 고문관들의 모습에 그는 "신은 용서하여도, 그는 결코 용서하지 않을 작정"을 한다.

작가의 이런 의식은 87년 6월 항쟁의 체험을 겪으며 변모한다. 6월의 체험은 화자에게 고문 행사자들 배후의 정통성 없는 권력의 실체를 인식하게 했던 것이다. 국가는 질서통제의 명분 아래 고문 담당자들을 필요로 하고, 폭력 행사자들은 자신의 폭력이 권력 행사이자 국가유지의 의무라는 식으로 생각한다. 이때 폭력의 실증적 측면은 은폐되고 고문 등의 국가폭력은 합리화된다. 국가폭력이 국민 통제의 수단으로 사용될 때, 폭력의 도구화는 지배집단에 의해 강조된다.[21] 이런 의식을 심어준 추악한 권력의 실체를 작가는 6월의 체험을 통해 정면으로 들여다보는 것이다. 화자의 극적인 인식전환이 이루어지는 다음 장면은 작가의 직접적 언술로 보아도 무방할 것이다.

그가 용서할 수 없는 것은 이미 고문자들이 아니었다. 고문자들의 시대,

---

21) Yves Michaud, *Violence et Politique*, 『폭력과 정치』(나정원 옮김), 인간사랑, 1990, 56쪽.

폭력이 정당화되는 시대, 그를 그처럼이나 깊고 아득한 허무의 동굴로 밀
어넣고 냉소짓게 만들었던 시대, 극단의 시간, 시간들이었다. (「천마총 가
는 길」, 74쪽)

이런 인식의 전환은 그가 천마도를 고대 문화유산의 예술작품으로
읽어 내는 것이 아니라, 인간의 추악한 지배욕으로 바라본다는 사실에
서도 증명된다. 천마도는 "죽음 이후에도 권력과 영화를 버릴 수 없어
수십만 개의 냇돌로 자신의 무덤을 봉쇄한 왕의 꿈, 지배자들의 꿈"을
상징하는 것이다. 그것은 80년 당시의 정통성 없는 군부의 정권욕을
연상시킨다. 87년 지배층의 호헌성명과 그것의 반대를 위한 저항과 개
헌 성취는 민중들의 역사적 승리물이었다. 그런 경험은 작가에게 새로
운 희망을 던져준 듯하다. 작품 주인공은 이제 폭력적 현실을 떨치고
일어나 간절히 새로운 출발을 모색한다.

새로 출발할 수 있을까. 다시 시작할 수 있을까. (중략) 한 번만, 다시 한
번만 새롭게 시작할 수 없을까. 저들의 백마는 마지막 지평선에서 하늘을
날아가 버릴지라도, 그는 바로 이 땅에서 끝까지 엉겨붙어 한 번 살아보
고 싶었다. 이 땅에서, 다시 한 번만……(「천마총 가는 길」, 89쪽)

이런 염원은 폭력적 현실에서 자신의 존재를 망각하지 않고 살아가
려는 당대 일상인의 눈물겨운 노력이다. 그리고 그것은 자신의 존재의
미를 찾으려는 간절한 희구와 동의어가 된다.

4. 환멸의 세계와 미로에서 출구 찾기

현재의 시공간에서 행해지는 개인의 일상생활은 규범적인 공적 영역과 사적이고 비공식적인 영역으로 나뉜다. 노동·학업·업무의 시간이 공적이라면 여가나 업무 이후의 시간은 사적 시간이라 할 수 있다. 개인 생활의 단편들로 구성되어 있는 일상은 그러나 총체적 사회구조와 연결고리를 맺기 때문에 공·사의 영역이 불분명한 측면이 존재한다. 하지만 일상성을 다루는 일은 결국 일상성을 생산하는 사회의 성격을 규정짓는 일이기도 하기에 사회 전체 속에서 파악되어야 한다.

이런 의미에서 일상세계는 총체적 사회관계의 기반 위에 있다고 할 수 있다. 즉 일상세계는 모든 사회적 관계들이 복합적이며 중층적으로 얽혀 있는 공간으로 그 안의 존재는 의식적이든 무의식적이든 일상 안의 복합적 관계 속에서 살아간다. 비록 일상의 일들이 사소하고 단편적이며 순환적인, 혹은 국지적인 상호작용 속에서 발생한다 해도 그 저변에는 다양한 관계들이 총체적으로 연계되어 있다. 일상의 조그만 행위들 속에는 바로 거대한 사회구조가 숨어 있는 셈이며 그런 점에서 일상은 총체적 성격을 띤다.[22]

일상을 단순히 미시적 수준에서만 다루지 않고 사회 전체의 일상적 구조까지 확대하는 접근 방법은 르페브르의 방법론에서 확인된다. 비록 르페브르의 일상생활 연구 핵심이 소외 탐구로 직결되지만, 그것은 결국 일상 연구가 단순히 미시적 수준에 머무는 것을 거부하고 개인과 사회의 역동적이고 변증법적인 상관성을 강조한다는 점에서 사회의 총체적 성격과 맥락을 같이 한다. 일상은 인간의 전체적 삶의 외현이다. 그렇기에 르페브르는 "사회 전체의 인식 없이는 일상성에 대한 인

---

22) 김왕배, 『도시·공간·생활세계』, 한울아카데미, 2000, 88~92쪽 참조.

식은 없다. 일상성과 사회 전체의 비판 없이는, 그리고 그들 상호간의
비판 없이는 일상생활에 대한 인식도, 그리고 사회 전체 속에서 일상
생활의 상황에 대한 인식도 할 수 없는 것"23)이라 역설하는 것이다. 르
페브르의 언급대로, 일상성의 중요한 측면이 동시대적인 시공간의 범
주에서 사회 전체의 비판으로 수렴 가능하다면, 당대 사회의 정치 현
실에서 살아가는 개인의 모습 또한 일상적 모습을 띠고 있으리라 유추
할 수 있다. 그것은 시대에 따른 일상의 양상이 달라질 수 있음을 의미
하는 것이기도 하다.

　일상을 지배하는 현실의 시대적 배경 차이가 문학적 반영에 지대한
영향을 미친다는 점은 주지의 사실이다. 1980년대 우리 문학에서 일상
성이 거대서사의 한 종속변수로 다루어졌음에 비해, 90년대는 일상 영
역이 앞 시대에 비해 월등한 비중을 차지하게 되었다.24) 90년대 문학
에서 일상성이 강화된 이유는 무엇보다도 급격히 밀려든 탈근대 담
론25)의 수입 및 유포가 있다. 탈근대 담론의 유포로 야기된 90년대 분

---

23) H. Lefebvre, *Critique de la Vie Quotidienne*, 박재환, 「일상생활에 대한 사회학적 조명」, 『일
　　상생활의 사회학』, 한울아카데미, 1994, 32쪽에서 재인용.
24) 우리 소설사의 틀을 10년 주기로 가르는 관습은 연구자의 자의적 측면이 강하다. 지난
　　십여 년간의 소설 경향과 시대의 현실적 상황에 의거한 분류는 엄밀히 말해 과학적인
　　기준이 아니라는 이야기이다. 그럼에도 이와 같은 분류는 나름의 유효성을 획득하는 것
　　이 사실이다. 특히, 거대담론/미시담론, 역사/일상, 집단/개인, 고급문화/대중문화 같은 식
　　의 이항명제를 산출한 80년대와 90년대의 문학적 대비는 사회변동 폭을 적절하게 드러
　　내기에 효과적이다.
25) 90년대 초반 널리 유행되었던, 탈근대 담론에 간략하게나마 소개할 필요가 있겠다. 데카
　　르트에서 시작하여 계몽주의와 그 후계자를 통해 이어진 현대성에 대한 이론적 담론은
　　이성을 진리의 우월한 소재지, 체계적 지식의 기초로써 뿐만 아니라 지식과 사회 진보의
　　원천으로 옹호했다. 그러나 탈근대론자들은 근대 담론 지식의 정초 추구, 보편적이고 총
　　체적인 주장, 명백한 진리를 제공한다는 오만, 오류에 찬 합리주의를 비난한다. 그리고 그
　　들은 다음의 입장을 견지한다. 첫째, 이론이 실재를 반영한다는 현대적 신념 및 재현을
　　비판하면서 이론의 관점주의적·상대주의적 입장을 옹호한다. 둘째, 그들은 현대 이론이
　　선호한 사회 역사에 대한 전체주의적 거시 관점을 거부하고 미시이론과 미시정치를 지지
　　한다. 셋째, 그들은 사회가 통일성을 지니고 있다는 현대적 가정과 인과성을 거부하고 복
　　수성, 다원성, 파편화, 비결정성 등을 옹호한다. 넷째, 그들은 현대이론이 가정했던 합리적

학장에서의 일상성 득세를 한수영은 다음과 같이 고찰한다. 첫째, 문학 내부에서 계급담론의 급격한 퇴조 내지 해체와 이것을 대체하는 탈정치적, 탈역사적 담론의 자리바꿈이 있다. 이것은 80년대적 삶과 문학에 대한 반발의 결과인데, 이는 거대서사에 대한 부정과 불신 때문이고 그것은 일상성이 배제된 역사적 삶에 대한 관념성에 기인한다. 둘째, 대중문화의 영향력이 급격하게 강화되면서 대중문화를 통해 생산되고 유포되는 일상의 기호들이 우리 사유와 삶의 절대적인 부분들을 차지하게 되었다는 점을 들 수 있다. 셋째, 90년대 문학의 일상성 강화에는 방법과 전략상 여성적 글쓰기가 중요한 요인으로 작동하고 있다. 여성작가의 대거 등장은 거대서사에 기반한 정치・역사적 주체는 사라지고 미시적인 일상적 주체가 전면적으로 강화되는 계기로 작동했다.26)

급작스럽게 변화된 현실은 양귀자의 작품세계에도 많은 영향을 끼친다. 「천마총 가는 길」 이후, 크지 않은 출판사에서 노동조합을 결성하는 과정을 통해 노조원의 다양한 행태를 그린 「기회주의자」(1989)나 교육 현장의 비리에 대항하여 참된 교육을 수행하려다 해직된 교사들의 연약하면서도 힘찬 연대를 섬세하게 그린 「슬픔도 힘이 된다」(1989)는 당대의 사회적 문제를 충실하게 반영한 산물이라 할 수 있다.

・통합적 주체관을 폐기하고 사회적・언어적으로 탈중심화되고 파편화된 주체관을 지지한다. Steven Best & Douglas Kellner, *Postmodern Theory:Critical Interrogations*, 『탈현대의 사회이론』(정일준 옮김), 현대미학사, 1995, 17쪽.

26) 한수영, 『소설과 일상성』, 소명출판, 2000, 129~132쪽 참조. 한수영의 견해는 90년대 문학의 일상성을 차치하더라도, 90년대 문학 전반의 특징으로 이해될 수 있을 것이다. 가령, 문학잡지에서 기획한 90년대 문학 지형도가 ① 90년대 문학에서 내면성의 문제 ② 리얼리즘적 재현의 위기와 관련된 문제 ③ 서사성의 약화에 관한 문제 ④ 여성 혹은 여성성에 대한 관심 증폭과 여성문학의 위상에 관한 문제로 설정되는 것도 한수영의 견해와 같은 맥락이다. 이에 대해서는 신수정(외 좌담), 「다시 문학이란 무엇인가」, ≪문학동네≫(2000, 봄), 369~370쪽 참조.

작가의 이러한 세계관 확립은 구체적 생활세계에 접목했던 『원미동 사람들』과 국가폭력이라는 거대한 횡포에 짓눌린 자의 삶을 그린 「천마총 가는 길」의 시기를 거쳐 현실에 보다 관심을 집중한 결과에서 나온 것이다.

그리고 이후에 나온 「숨은꽃」(1992)이 있다. 현재 '글쓰기의 미로'에 갇혀 있는 「숨은꽃」의 주인공 나의 직업은 소설가인데, 그 상황이 양귀자 자신의 문제임은 작품 곳곳에 드러나 있다. 현실 모순 타개와 변혁에의 열망으로 쓴 '슬픔도 힘이 된다'가 독자에게 아무런 호소나 감동을 주지 못하는 현실이 된 것이다.[27] 작가는 그래서 "소설만을 위해서 일상을 저버리고 떠나는 일은 마치 죽기 위해 산다는 말처럼 부정하기 어려운 허장성세가 감추어져" 있다고 여겼음에도 급기야 길을 떠난다.

> 문제는 '슬픔도 힘이 된다'는 진술이 아무런 감동도 주지 못하는 세상의 변화에 있었다. 세상이 갑자기 텅 비어버린 듯했다. 써야 할 것이 우글대던 머릿속도 세상을 따라 멍한 혼돈에 빠져버렸다. (중략) 소련과 동구권의 대변혁이 몰고 온 파장은 그나마 모색되어오던 이 사회의 새로운 물결, 상식적인 삶의 예감까지 붕괴시키는 데 단단한 몫을 하려는 듯이 보여졌다. (중략) 사회주의는 아직 한 번도 실현되어본 적이 없다는 사라진 지도자의 말도 그 의미심장함과는 상관없이 역설적이고 허탈한 진술로만 들려왔다. 함께 살아가기 위해 만들었다는 한 제도적 장치로서의 도덕은

---

27) 새롭게 전개된 90년대적 현실에 진지하게 맞서며 시대에 동참 의지를 느낄 수 있게 한다는 점은 「숨은꽃」의 미덕이다. 한편으로 이 작품에서 드러나는 작가의 전도된 의식을 류보선은 문제 삼는다. 그 중 하나가, 「슬픔도 힘이 된다」가 과연 독자에게 감동을 줄 만한 작품성을 가진 소설인가 하는 점이다. 류보선은 이 작품이 작가의 말대로 그다지 진한 감동을 주는 소설은 아니라고 보면서, 독자가 감동을 받지 못하는 것을 세상의 변화 탓으로 돌리는 것에 대해 작가의 자기반성이 결여된 태도로 여긴다. 류보선, 『경이로운 차이들』, 문학동네, 2002, 264~266쪽 참조.

당분간 어느 곳에서도 얼굴을 내밀지 않을 것 같았다. 이제는 맹목적인
질주(疾走)만 남았는가. 그렇다면, 그렇다면. 나는 늘 그렇다면, 에서 멈
추었다. (「숨은꽃」, 『슬픔도 힘이 된다』, 177쪽)

소련의 몰락과 연이은 동구권의 붕괴, 그로 인한 80년대의 시대정신
상실과 혼란은 새로운 정치현실을 파생한 일대 격변이었다. 앞에서 살
핀 대로 양귀자의 작품세계는 개인의 소소한 삶에서 국가로 대표되는
집단과의 갈등으로 확장되던 터였다. 작가의 세계관 변모는 한국사회
의 현실 모순을 직시하고 87년 6월로 대표되는 변혁의 힘을 실감한 이
후이다. 그러나 90년대의 현실은 작가의 가치관 혼돈을 야기하기에 충
분했다. 이 작품이 작가의 현상 타개책을 모색하는 일종의 탐색담이자
자성(自省)적28) 성격을 띠게 되는 이유는 바로 이 때문이다.

여로형 소설의 구성 대개가 그러하듯, 화자는 도착지에서 새로운 깨
달음을 얻게 되는데, 이 작품에서는 김종구라는 문제적 인물과의 만남
이 그런 계기를 제공한다. 가식 없고 단순한 삶을 살아가는 김종구는
언제나 세상의 변화와 무관하게 자기 방식대로 살아가는 인물이다. 그
런 김종구에게서 나는 과거에 보았던 네 개의 삽화를 통해 특별한 인
상을 각인한다. 내가 당시 본 김종구는 "말로 자기를 이야기할 줄 아는
사람"이고 "위선과 타협할 수 없는 국외자로서의 비애를 깨달은 자"이
며 길 잃은 배를 항구로 이끌기 위해 밤새 징을 쳐대는 이타적인 사람

---

28) 권성우는, 실존적 자의식을 강렬하게 드러내는 에세이풍의 소설을 에세이소설로 칭하고
있다. 이 용어를 제한적 의미에서 자성소설로 명명한 이는 김경수인데, 그는 소설에 등
장하는 인물이 그 소설을 쓴 작가와 다름없는, 그래서 소설 자체가 작가 개인의 사적인
내밀한 기록이라든가 소설쓰기에 대한 나름의 자의식을 강하게 드러낸 그런 유의 작품
을 이 계열의 것으로 본다. 아울러 자성소설에서 추구되는 소중한 덕목으로, 실제 자신
을 향한 반성적 사유를 가능하게 하고 더 나아가 소설을 쓰는 자신의 행위를 돌아보게
함으로써 소설 자체에 대한 작가의 물음까지도 하나의 시선에 포착할 수 있다는 것으로
그는 본다. 김경수, 『문학의 편견』, 세계사, 1994, 51~70쪽 참조.

이다. 그러나 마을 사람들은 김종구를 부정적으로 인식한다. 즉 김종구의 됨됨이는 타자에게 철저히 은폐되어 있는 셈인데, 정작 당사자는 타인의 시선이나 관념은 개의하지 않는다.

> 나 중학교 2학년 때 학교를 때려쳤어요. 도대체 뭘 배우라는 건지 답답하기만 하드라구요. 보세요, 그 따위 자잘한 셈본이나 배우고 현미경으로 눈에 뵈지도 않는 벌레나 쳐다본다고 세상 사는 이치를 터득할 수 있겠어요? 아주 꽉꽉 막혔어요. (중략) 넓은 세상 어디든 뛰어들어 북대기 치다 보면 막힌 머리도 확 뚫리게 돼 있다구요. 그게 진짜예요. 살아 있는 거지요.(「숨은꽃」, 218쪽)

위의 예문처럼 김종구에게 가치 있는 세계는 경험으로 획득한 것들이다. 김종구가 지식세계를 불신하는 이유는 그것이 체험이 아닌 관념으로 얻어지는 것이기 때문이라 할 수 있다. 작품에서 김종구의 야생적 삶은 그의 단단한 육체로 은유된다. 이 역시 앞에서 살폈던, 「바람 부는 날이면 가리봉동에 가야 한다」에서의 임씨 알통과 의미가 상통하는 바로, 김종구는 자신의 가치 체계에 확신을 갖고 세상을 "몸뚱어리 하나 믿고" 살아가기에, 그는 "머릿속에 생각이 많으면 행동이 굼뜨고, 그러기 시작하면 인생은 망하는 겁니다"라거나 "머릿속에 먹물 담아놓고 주위에 검정물 뿌려대는 인간하고는 길게 상종하지 말 것"이라는 말을 서슴없이 해대는 것이다.

김종구의 이런 깨달음은 나름의 측면에서 소중하다. 하지만 지식에 대한 맹목적 불신은 비판받아야 한다. 그가 지식인을 거부하는 이유는 객관적이고 합리적인 논거에서 비롯한 것이 아니라 단지 개인의 직관과 체험에 의지하고 있을 따름이다. 이러한 비논리적 논거로는 주장의 타당성을 확보하기 어렵거니와 가치 있는 모든 지식세계를 경멸하고 있다는 점에서 오류를 범하고 있다.

또한 김종구는 사람 사귈 때에도 "진짜 인간의 냄새와 가짜가 풍기는 악취"로 선별한다. 현상학적 일상성론에 의하면 생활세계는 상호주관성으로 구성되어 있다. 일상생활 속에서 사람들의 경험 양식은 내부 집단의 빈번한 상호작용으로부터 매우 추상적이고 익명적인 상호작용에 이르기까지 다양하며, 일상생활에서의 상호작용은 지속적인 유형화 과정을 통해 이루어진다. 이것은 일상세계가 사회 구성원 개인뿐 아니라 집단 및 제도로도 구성된다는 점을 지적하는 것이다.[29] 하지만 김종구의 이분법적 태도는 다양한 인간상과 사회구조에 대한 단선적 이해로 전락할 가능성이 높다.

그럼에도 김종구가 화자에게 '거인'인 까닭은 시대 흐름에 상관없이 자기 목소리로 말을 하고, "삶의 비밀을 엿본"사람이기 때문이다. 김종구가 붙박이 삶을 영위하지 못하는 가장 큰 까닭도 거기에 있다고 화자는 추측한다. 그런 삶의 방식은 오히려 그를 견고하게 유지할 수 있게 한다. 김종구와 대조된 화자의 삶은 상대적으로 더욱 왜소하다. 자신은 시대 변화에 무력하게 흔들리며 그 위기감은 급기야 지난 연대에의 절망으로 표출된다.

> 나는 이제 나와 연루된 모든 것들, 한마디로 뭉뚱그려 높은 도덕과 긴 역사의 문화라고 하는 것들이 이들 앞에서 얼마나 하찮게 무너지는가를 절감했다. 내가 영향받고 그에 의해 단련되던 것들이 사실은 아주 작은 세계에 불과하다는 것, 나는 평생 이 작은 세계 밖으로 한 발짝도 벗어날 수 없을 것이라는 예감은 절망이었다. (「숨은꽃」, 219쪽)

---

29) 강수택, 『일상생활의 패러다임』, 민음사, 1998, 146~161쪽 참조.

이러한 진술은 양귀자가 『원미동 사람들』에서 획득한 변두리 도시 서민의 애환도, 「천마총 가는 길」에서 핍진하게 그린 국가폭력의 실체를 탐구한 의미도 모두 거부하는 것으로 해석된다. 화자는 김종구라는 인물과의 만남을 통해 자신이 이전에 추구했던 세계를 모두 부정하는 것이다. 무엇보다도 중요한 문제는, 지난 80년대적 시대이념을 모두 포기한다는 점에 있다. 90년대적 상황이 이전과 급격한 차이를 보이고 그것으로 인한 실망이 좌절을 야기한다 해도, 진보와 변혁의 시대정신을 앞세운 80년대의 가치마저 부정되어서는 안 될 것이다.

> 우리는 선택할 수 없고 마찬가지로 우리는 거부할 수 없다. 어떤 것도 전혀 보장받을 수 없는 것이다.(「숨은꽃」, 231쪽)

세계의 불가해성을 토로하는 듯한 운명론적 진술은 역설적으로 작가에게 새로운 의욕을 불러일으킨다. 김종구라는 실체가 온전히 드러나지 않은 거인의 초상, 지브란이란 별명을 지닌 운동가에서 찾으려는 꽃말의 의미, 그리고 의사이자 소설가인 동료에게서 전해들은 "드러나지 않는 힘, 그러나 분명히 작용하고 있는 힘"에의 매혹이 그것이다. 작가는 미로 속에서 출구를 잃었지만 귀로에 새로운 창작욕을 복돋우는 것으로 작품을 매듭짓는다. 그리하여 작가는 다음과 같은 진술로 결말을 맺을 수 있었을 것이다.

> 기차는 자꾸 달린다. 아직도 부옇기는 하지만, 서울에 닿으면 그래도 나는 기계 앞에 앉기는 할 것이다. 나는 아마도 한 거인을 그리려고 덤빌지도 모르겠다. 와해된 세계의 폐허 어딘가에 숨어사는 거인, 결코 세상에 출몰하지 않는 거인의 초상. 그리고 숨어 있는 꽃들의 꽃말찾기. 그러다

보면 언젠가는 이 세상살이가 돌아가는 이치의 끝자락이나 만져볼 수 있
을지 모른다. 그리고 아직, 거기까지는 생각하고 싶지 않지만, 영원히 설
명되어지지 않는 부분도 있을 것을 나는 안다.(「숨은꽃」, 239쪽)

여기에서 "영원히 설명되어지지 않는" 그 무엇은 이성으로 분석되
지 않는 그 무엇을 의미하는 듯하다. 불확실한 그 영역은 아마도 초월
적이며 비가시적 세계일 것이다. 작가의 그런 세계로의 경사는 이후
『천년의 사랑』같은 작품에서 증명되고 있다.

V. 닫힌 일상과 열린 일탈의 길항

1. 일상적 삶에 나타나는 일탈의 징후

일탈(deviance)은 흔히 삶에서 일상적·항시적인 상태를 벗어나는 현상 또는 어떠한 조직이나 단체에 동일하게 적용되고 있는 규범적·제도적인 범주에서 어긋나는 행동을 뜻한다. 사회의 가치, 규범, 언어, 그리고 각종 유형화된 행위양식 등의 학습을 통해 사회화되는 인간은 그것에의 순응을 통해 정상적인 사회생활을 영위하게 된다. 그러나 모든 사람이 다 사회적 기대에 부응하여 행동하는 것은 아니다. 때때로 사회화는 개인에게 불완전하게 진행되어 일부 사람들은 준수해야 하는 사회 규범에서 벗어나 행동하기도 한다. 정상적으로 사회화된 개인도 지루한 일상의 틀에서 벗어나고자 의도적으로 규범을 위반하는 경우도 있다.

일탈의 개념은 따라서 매우 상대적이며 가변적이다. 그것은 한 사회나 문화권 내에서 지극히 일상적인 행위가 다른 사회나 문화권에서는 비정상적 일탈 행위가 될 수 있으며, 동일한 사회 내에서도 어떤 행동이 언제, 어디에서, 어떤 상황에서, 누구에 의해 발생했는가의 여부에 따라 일탈이 되고 정상적 행동이 되기도 하는 것이다. 일탈이 단순히

개인만의 문제가 아닌 사회·문화적 맥락에서 이해할 필요가 있음은 이런 연유에서 비롯된다.[1)

초기의 일탈 연구는 생물학적 특성에서 그 의미를 찾으려는 의도로 행해졌다. 주로 범죄의 원인을 범죄자의 신체적 특성에서 찾으려 했던 이 방법론은 일탈을 단순히 범죄의 측면에 국한시켜 연구했다는 점에서 외연을 좁히는 문제점을 낳았다. 뿐만 아니라 이 방법론은 일탈이 문화적 원인에 의해 야기된다는 점을 간과한 오류를 범하고 있어, 오늘날의 일탈 연구는 단순히 유전적 요인을 추적하기보다 심리적 요인이나 사회학적 영향에 더 많은 중요성을 기울이고 있다.

다음으로 심리학적 요인은 일탈 행동이 개인이 지니고 있는 정신, 심리 상태 또는 인격 특성상의 장애 결과로 나타난 것으로 설명한다. 여기에는 정신의학적 방법, 프로이트의 정신분석학, 좌절-공격성 이론 등이 있다. 정신의학적 방법은 심리상태의 이상이 일탈에 끼치는 영향에 관심을 기울였다. 이 방법의 논자들은 일탈의 원인을 일탈자의 유년기 경험에 초점을 맞추어, 그들의 욕구 차단, 부모 상실, 부적절한 훈육 등에서 찾는다. 프로이트의 정신분석학적 접근은 인간의 무의식 속에 잠재되어 있는 충동적 이드가 성적 욕구를 만족하는 과정에서 자아나 초자아가 욕구 불만, 공격 성향 등의 성격적 특성을 드러낸다는 점을 통해 설명할 수 있다. 좌절-공격성 이론은 일탈 행위가 개인의 욕구 좌절이 타인이나 사회에 대한 공격 등의 행위로 발전한다는 논리이다. 이들 심리학적 원인론 또한 개인적 차원에서 일탈 행위를 설명하고 있을 뿐, 문화·사회적 측면을 도입하지 못하는 한계를 지닌다.

일탈 행동에 관한 사회학적 이론들은 일탈을 개인의 속성보다 사회의 구조와 과정이라는 점에서 설명한다. 이러한 관점에서 일탈을 규정

---

1) 주희종, 「일탈행동」, 『현대사회학의 이해』(노길명 외 지음), 일신사, 2000, 64쪽 참조.

한 대표적 연구자는 에밀 뒤르켐이다. 그는 19세기 이후 자본주의의 발달에 따라 근대화·산업화에 의한 사회변동이 급속하게 진행되는 과정에서, 사회 구성원의 혼란한 사고와 범죄 연구의 필요성으로 일탈 연구에 관심을 기울이게 되었다. 그는 일탈을 설명하기 위하여 아노미 (Anomie) 개념을 주요하게 내세웠다. 아노미란 산업 발전을 통한 전통적 가치 규범의 급속한 와해에도 불구하고 사회 구성원들의 사고와 행동을 규제할 수 있는 새로운 규범이 미처 확립되지 못함으로써 발생하는 무규범 상태를 의미한다.[2] 그에 의하면 일탈은 아노미 상태에서 일어난다는 것이다. 뒤르켐의 아노미 이론을 발전시킨 머턴은, 아노미를 각 사회마다 존재하는 문화적 목표와 제도화된 수단 사이의 불일치에서 발생하는 구조적 현상으로 설명하고 이 차이에 대한 반응 혹은 적응의 인간형을 네 가지로 구분하였다.

허쉬는 사회통제이론으로 일탈 행위를 설명하였다. 이 이론은 많은 사람들의 경우 그들이 지니고 있는 사회적 유대나 사회 통제의 기제가 작동하고 있기 때문에 일탈을 억제하게 되지만, 이런 유대나 통제력이 상실될 때 도덕적 구속력도 약화되어 일탈행동을 하게 된다고 설명한다.

이 밖에도 하위 계층의 사람들이 중산층의 가치나 규범을 기준으로 형성된 표준 문화에 대립되는 일탈적 하위 문화 소유를 통해 일탈 행동을 하게 된다는 하위 문화이론이나, 인간의 행동이 일차적 집단 내의 친밀한 사람들과의 접촉이나 교제 등의 상호작용을 통해 학습되고 일탈 역시 주변 인물과의 관계에서 커다란 영향을 받는다는 차별접촉이론, 그리고 사람은 주로 타인의 반응을 통해 행위의 의미를 이해하고 그 의미에 기초하여 행동하기에 일탈도 다른 사람들의 반응으로부터 야기되는 사회적 산물임을 설명한 낙인 이론 등도 일탈에 관한 학

---

2) 전경갑, 『현대사회학의 이론』, 한길사, 1993, 142쪽.

문적 성과물이라 하겠다.[3]

　사회학적 일탈의 논점을 소설 작품 분석에 적용하는 일은 인물과 행위의 구조적 성격을 파악하는 데 도움을 준다. 왜냐 하면 일상을 살아가는 그 누구도 일탈욕망을 갖지 않은 이는 없을 것이기 때문이다. 특히 근대 과학문명의 발달은 물질적 풍요를 선사했지만, 한편으로 인간의 윤리성과 가치관의 위기를 초래하여 인간에게 반사회적 성향을 유발하기도 한다. 이에 대하여 사회는 일탈에 대한 감시와 처벌의 금기 체계로 인간의 반사회적 성향을 억누르고 있다. 더구나 인물의 일탈적 성격은 단지 개인적 상황의 문제로 끝나지 않는다. 일탈적 인물이 보여주는 행위 양상은 곧 억압된 개인의 표출이고 그것은 개인의 내면 및 사회와 밀접한 관계망을 형성하기 때문이다.[4]

　본 논문 대상작가들의 작품들에도 일탈을 욕망하는 인물들이 산재한다. 그들은 현실과 일탈욕망 사이에서 끊임없이 길항한다. 작가들의 작품에 등장하는 여성 주인공들의 경우를 상정하고 보면, 전통적 입장에서 본 일탈의 사회학적 해석은 남성과 여성의 행동에 대한 성차별적 가정에 근거한다. 여성 일탈에 관한 전통적 연구는 여성 일탈자들이 스스로의 감정이라든가 성적 욕구에 의한 통제를 상실하였기 때문이라든가, 혹은 여성들이 격한 감정을 보이거나 충동적으로 행동하는 경향이 있다고 가정하는 것이다. 이런 논리는 여성 일탈의 원인을 여성 개인의 사회 부적응이나 불우한 가족 환경에서 비롯되는 것으로 파악한다. 그러나 이런 가정이 일탈 행위의 유일하고도 일차적 원인은 아

---

3) 일탈에 관한 다양한 이론과 그 특성은 주희종의 앞의 글, 66~87쪽과 앞의 책, 141~163쪽 참조.

4) 강상대는 일탈의 여러 측면을 소설의 인물에 적용시키면, 모든 인물은 '문제적 개인'이 될 수밖에 없다고 본다. 그는 문제적 개인이 등장하는 가장 큰 이유를 근대 산업사회의 모순이라는 문학사회학적 입장에서 찾는다. 강상대, 『우리 소설의 일탈과 지향』, 청동거울, 2000, 77~79쪽 참조.

니며, 이를 여성 일탈자 모두에게 적용할 수는 없다.[5]

소설 속 인물들의 일탈 양상이 대상작가들마다 다르게 나타나는 것도 위의 주장에 설득력을 주는 실례이다. 박완서와 양귀자가 보다 사회학적 측면에서 일탈 성향을 드러낸다면, 오정희는 실존적 입장에서 일탈 욕구를 나타낸다. 작가의 작품 속에서 발현되는 일탈 양상은, 그들의 일상성에서 드러나는 바와 마찬가지로 작가 개인의 경험세계와 관심사의 차이가 반영되고 있는 것이다.

박완서 작품에서의 일탈은 기존 사회의 불합리와 제도적 모순에서 벗어나려는 양상으로 표출된다. 이러한 면모는 박완서 작품이 현실 세태에 대한 비판과 풍자의 경향이 짙으며 그것을 극복하는 방식이 원초적 생명력에 있다는 것과 무관하지 않다. 특히 박완서에게 교육은 인위적 제도의 굴레를 학습시키는 부정적 양상으로 표출된다. 앞에서 살핀 「낙토의 아이들」에는 인위적 규율이 강제되는 교육환경에 이의없이 순종하는 어린이들의 반복적 일상이 잘 드러나 있다. 「지렁이 울음소리」에서 미술대학을 지망하려던 화자의 아들은, 은행이나 대기업에 취직해 안정된 삶을 추구하라는 아버지의 훈계에 쉽게 자기의 뜻을 굽힌다. 박완서가 비판하고 풍자하는 교육적 환경에서 자란 아이들은 성인이 되어서도 지극히 현실적인 인간으로 전락하고 만다.

강요된 현실적 규율에서 일탈하려는 인물은 「카메라와 워커」(1975)에 그려져 있다. 물론 이 작품의 저간에는 6·25의 비극과 그로 인한 고모와 할머니의 현실 순응적 처세가 반영되어 있지만, 조카 훈이는 현실에서 벗어나려는 일탈적 욕망으로 가득하고 실제 그러한 생활을 하고 있다. 6·25 때 사상문제로 죽음을 당한 오빠와 폭격으로 죽은 올

---

5) Margaret L. Anderson, *Thinking About Women : Sociological and Feminist Perspectives*, 『성의 사회학』(이동원·김미숙 옮김), 이화여자대학교 출판부, 1987, 302~303쪽 참조.

케 사이에 태어난 훈을 키우는 작품 화자 나는 노모와 함께 조카가 사상문제 따위에는 아무 관심 없이 오직 몸 건강히 직장 다니고 식구를 먹여 살리는 평범한 중산층으로 살아가기를 바란다. 그런 염원을 실현시키는 방법으로 그들은 조카를 공과대학에 넣고자[6] 하는데, 그 이유는 나에게 오빠의 죽음을 야기한 전쟁에 대한 분노와 전쟁의 기원이 된 모든 이데올로기에 대한 혐오와 살아남은 식구들에 대한 연민과 훈이의 생계 안정에 대한 염원이 복합적으로 뒤섞여 있기 때문이다. 또 문과계 출신이었던 화자의 오빠가 사상문제로 죽음을 당한 터라, 그 계열의 거부는 절실한 생존의 문제와도 직결된다. 고모는 조카를 "이 땅에 뿌리내리기 쉬운 가장 무난한 품종"으로 키우기에 진력을 다하는 것이다. 그런데 조카는 결국 척박한 환경의 영동고속도로 건설현장으로 발령이 나고 거기서도 그는 일상적 삶을 거부한 채 자신의 방식을 고수한다.

> "나는 더 비참해지고 싶어. 그래서 고모나 할머니가 철석같이 믿고 있는 기술이니 정직이니 근면이니 하는 것이 결국엔 어떤 보상이 되어 되돌아오나를 똑똑히 확인하고 싶어. 그리고 그걸 고모나 할머니에게 보여주고 싶어."(「카메라와 워커」, 『전집1』, 315쪽)

조카 훈이의 말은 산업화 시대 초입에 접어든 한국의 정황에 적절한 생존 방식과 전통적 교육 덕목을 강조한 고모와 할머니 의견에 대한 거부라 할 수 있다. 이것은 고모와 할머니가 강조하는 일상적 삶에 대

---

6) 김윤식은, 문과계 전공이 이데올로기와 결부되고 이공계 전공이 안락한 중산층에로의 지름길이라 주장하는 고모의 논리를 (경제 개발 우선 정책의-인용자) 60년대적 사고방식의 소산으로 보고 있다. 김윤식, 「천의무봉과 대중성의 근거」, 『한국현대작가연구』(김윤식·권영민 엮음), 문학사상사, 1991, 222쪽.

한 일탈의 몸짓이다.

박완서 소설에서 또 다른 일탈은 권태로운 여성 현실과 억압된 성적 욕망에서 벗어나는 것으로 발현된다. 작가의 이러한 태도가 그러나 성적 방종으로 바로 연결되는 것은 아니다. 작가가 의도하는 바는, 억압된 사회의 제도적 굴레에서 원초적인 생명력을 회복하여 인간적 삶을 영위하자는 것으로 의미화되기 때문이다. 「로열 박스」(1982)의 경우, 남편을 정신병원에 보내고 홀로 지내는 부잣집 며느리 선희는 간간이 다른 남자와의 성적 환상을 꿈꾼다. 「여인들」(1977)에서는 남편을 중동으로 보내고 독수공방하는 이십대 여인을 통해 뜨겁고 세찬 성의 본능에 갈등하는 모습을 그려낸다. 「지렁이 울음소리」에서는 너무도 무사태평해 오히려 심심하고 불행하게 느껴지기까지 한 가정주부가 "십구 세의 나날 같은 자유"를 꿈꾸며 나들이를 나서 과거의 선생을 만나기도 한다. 박완서는 이러한 인간의 본연적 욕망을 비난하지 않는다. 작가는 인간의 본능적 욕구야말로 '진짜'다운 삶의 양태로 생각하는 듯하다.

박완서 소설에서는 간혹 일탈과 방종의 경계선에 선 인물들이 위태로워보이는 것 또한 사실이다. 「포말의 집」 화자 나는 시어머니를 노인학교에서 모셔오기 전까지의 다섯 시간 동안 "솔직히 말해서 나는 그 동안에 재미를 보고 싶다. 부정을 저지르고 싶은 것이다. 꿀 같은 부정을, 꿀 같은 부정을" 하고 내밀한 기대감을 표출한다. 그리고 끔찍한 일상적 삶에서 탈출하기 위해 몸부림치는 「닮은 방들」에서의 화자 나는 급기야 간음을 저지르게 된다.

내 생활에서 끔찍하지 않은 일은 철이 엄마의 '그 짐승 같은 새끼'와 간음을 하고 말 것 같은 예감 뿐이었다. 나는 그 예감을 사랑했다. 그 예감이

미칠 듯이 따분한 내 생활과 마찰하면서 일으키는 그 섬광 같은 불꽃을
사랑했다. 그 섬광을 통해 보는 일상적인 사물의 돌연한 빛깔을 사랑했
다.(「닮은 방들」, 『전집1』, 246쪽)

그러나 옆집 남자와의 섹스마저, 나의 남편과 너무 닮아 있어 간음
의 느낌마저 들지 않는다. 남과 닮지 않기 위해 시도한 일탈은 결국 실
패로 끝난다. 낯설고 새롭고 신선한 것에의 욕구로 실행된 나의 일탈
은, 기존의 획일적 제도와 질서에 대한 보다 높은 차원의 비판이라기
보다 자학적인 투신으로 전락하게 된 것이다. 이러한 일탈은 자신의
고유한 영혼이 지니는 문제성 탐구 대신 이루어진 낯선 것에의 지향이
었기에 곧 자멸의 결과가 된다.[7)]

오정희 소설에서 일탈의 양상은 외출 모티프[8)]로 극명하게 드러난
다. 오정희 소설의 많은 여성 주인공들은 길 위에서 서성거리고 있다.
대개 가정주부인 그들이 서 있는 길은, 문학에서 전통적으로 상징되던
이미지와는 사뭇 다르다. 일반적으로 길은 외형적인 형태에서, 공간을
개간·개발하고 확장할 뿐 아니라, 그 교점을 통해 마음과 마음의 교

---

7) 류보선, 「개념에의 저항과 차이의 발견」, 『박완서 단편소설 전집1』 해설, 문학동네, 1999,
  366~367쪽 참조.
8) 오정희 소설에서 외출 모티프는 작가의 작품세계를 규명하는 데 매우 중요한 특징적 징
  후이기에 여러 평론가가 이 점에 주목하고 있다. 오정희의 외출 모티프에 대해 김치수는,
  자신의 일상적인 삶의 괴어 있음을 극복하고자 하는 본능적인 생리이며 그것은 자신의
  일상에 가장 충실하면서 그 일상으로부터의 탈출에 도달하는 길(오정희 작품집 『유년의
  뜰』 해설)로, 김주연은 「저녁의 게임」, 「꿈꾸는 새」에서의 외출, 혹은 일탈적 욕구는 가
  족 질서의 파괴 의도라기보다 관습적인 길에서 잠시 벗어나 자신을 성찰하려는 의지(「말
  의 순결, 그 파탄과 회복」, ≪세계의 문학≫(1981, 가을))로, 김승환은 사회적으로 고립
  된 개인이 외부 사회와의 분리 속에서 오는 불안을 극복하는 방법 중의 하나(「오정희적
  자아의 존재양상에 관하여」, 『한국현대작가연구』, 민음사, 1989)로 본다. 이들보다 대사
  회적 입장에서 외출 모티프를 해석한 이는 김경수이다. 그는 외출을 나선 여주인공들은
  이상적인 자신의 성적 정체성을 찾으려는 목적이었으나 결국은 도저히 벗어날 수 없는
  가부장적 사회질서에 대한 자각만 하게 된다고 본다. 「여성의 탐구와 그 소설화」, 『문학
  의 편견』, 세계사, 1994.

류를 가능하게 해준다. 이것은 곧 길이 커뮤니케이션의 공간임을 의미한다. 한편으로 길은 인생의 항로에 비유되는 동시에 탐색과 시련과 선택의 표상이자, 방황과 유랑의 대명사이기도 하며 유통(流通)과 상황적인 미로의 표상이기도 하다.9)

　오정희 소설의 여주인공들에게 의미되는 길은 집 밖에 대한 열망의 통로이다. 한국사회에서 과거의 전업주부들 거개가 집 안에서 소일하는 것이 일상의 거의 전부였다고 한다면, 집 밖에 대한 열망은 일탈의 지와 상통한다고 할 수 있을 것이다. 만일 집이 행복한 장소라면 그들은 어두운 밤 아이를 들쳐업고, 혹은 가출의 형태로 집을 나서지 않을 것이다. 이것은 그들이 집안에서 충족하지 못한 갈망을 집밖의 길이라는 공간을 통해 충족하려는 일탈의지의 소산이다.

> 늘 그러하듯 작정을 하고 나서는 걸음은 아니었다. 그가 밤일에 묶여 있는 동안, 또는 때로 바람의 방향을 가늠하여 성냥집 속의 불씨를 감추고 알지 못할 어두운 골목골목을 야행 동물처럼 눈을 빛내며 서성이고 있을 동안, 나는 몇 개비의 담배를 피워 없애듯, 때로는 한 잔의 소주를 아껴가며 삼키듯 밤의 그 현란한 풍경 속으로 산책을 나가보려는 것이다.(「불의 江」,『불의 江』, 24쪽)

　「불의 江」에서의 외출이, 남편이 일을 간 사이의 공백을 메우려는 산책 수준이라면, 「저녁의 게임」의 밤 외출에서 주인공은 보다 자기 파괴적인 일탈을 감행한다. 이 작품의 주인공은 제대로 알지도 못하는 공사장 인부와 섹스를 감행하는 것이다. 또한 「바람의 넋」에서는 일시적 외출이 상습적 가출로 이어지며 일탈의 정도가 강화된다.10)

---

9) 이재선,『한국문학주제론』, 서강대학교 출판부, 1989, 179쪽 참조.
10) 우찬제는 오정희 소설에서 외출 모티프가 발현되는 양상을 세 가지로 구분한다. 첫째는

무심히 나선 걸음이 집에서 멀어질수록 마치 한없이 풀리는 연줄처럼, 바닥 모를 깊이로 소리 없이 떨어져 내리는 추처럼 점차 무게 없이 가볍게 등을 밀어대는 것이었다.

아이와 남편, 자잘한 일상생활로 이어지는 현실이 뿌리 없이 부랑하는 삶으로 불투명하게 흐려지며, 현재의 삶을 환상으로 밀어낸 자리에 대신 가슴 밑바닥에 단단히 매몰된 기억의 촉수가 살며시 고개를 들곤 했다. 때문에 걸음마를 배우는 아이들이 자신이 가고 있는 곳도 모르면서 제 걸음에 취해 한 발짝씩 옮겨놓는 것처럼 뭔가 잊어버린 것과 만날 것 같은 기대와 안타까움으로 낯선 거리 낯선 사람들 사이를 돌아다녔던 것이다.

그러다가 누추한 여관방에서 잠을 깬 밤 문득 자신의 행적에 놀라 부끄러움과 두려움에 사로잡혀 한없이 풀어올린 연줄을 감듯 떠났던 길을 되짚어 황황히 돌아오곤 했다.

자신은 이곳이 아닌 다른 삶, 다른 곳을 꿈꾸고 있는 것일까.

가슴 속에 한 조각의 투명하고 차가운 얼음을 지닌다는 것이, 혹은 반딧불처럼 가녀리고 은은한 불을 지닌다는 것이 얼마나 불가능한 일이었던가.

때없이 덜미를 잡아내치는 것, 바람 소리를 이기지 못해 펄럭이며 문 밖으로 나서게 했던 것, 그것은 어쩌면 생활 속에 생활이 아닌 다른 공간을 지니고자 하는 안간힘은 아니었던지.(「바람의 넋」,『바람의 넋』, 251~252쪽)

'유예된 감금의식'으로, 이는 '집 안의 감금의식-집 밖으로의 외출-잠시의 집 밖의 꿈-집 안으로의 귀환-집 안의 감금의식의 유예'의 순환과정을 거치는 것으로 이 유형에서 중요한 것은 집 안에서 탈 난 여성구성체가 집 밖에서 보이는 갈등과 새로운 성찰 내용이다. 그들은 결국 귀가를 하지만 외출 이전과는 질적으로 구분되는 여성의식을 소유하게 된다. 둘째는 '거부당한 기아의식'이다. 이 유형은 '집 안의 거부당한 기아의식-집 밖의 탈출-집 밖의 꿈의 몽중보행-비극적 자기 정체성 확인'의 과정을 거치는데, 여기서는 다시 집 안으로 되돌아가지 못한다는 점이 첫 번째와 다르다.「바람의 넋」의 경우처럼, 은수는 폭력적인 남성들(가령, 어머니와 쌍둥이 동생을 죽인 도둑, 자신을 윤간한 치한)에게서 철저하게 '뿌리뽑힌'-'결코 다시 뿌리내리기가 쉽지 않은'-'여성적 존재의 근원적 우수와 비극 확인'을 하는 과정이 다루어진다. 그리고 세 번째로는 '상상적인 미망인 의식'이 있다. 이는 '집 안의 감금의식-집 밖의 몽중보행-상상적인 미망인 혹은 살부(殺夫)의식-현실적인 집 안으로의 귀환'의 과정을 거치는 소설이다. 이 계열의 대표적인 작품으로는「비어 있는 들」이나「별사」가 있다. 우찬제,「'텅 빈 충만', 그 여성적 넋의 노래」,『타자의 목소리』, 문학동네, 1996, 373~374쪽.

다소 긴 위의 인용문은 오정희 소설의 여주인공들이 외출을 하게 되는 심리적 동인을 적실하게 보여준다. 그들의 외출은 "생활 속에 생활이 아닌 다른 공간을 지니고자 하는 안간힘"이었던 것이다.

외출을 통한 일탈 욕망은 가정 구성원들과의 단절에서 기인한다. 오정희 소설에서 보이는 인물과 세계와의 단절이나 부부간의 소외, 불모한 삶은 그들이 현실에서 벗어나고자 하는 욕구를 부추기는 일차 원인인 셈이다. 그것은 결국 자신의 정체성 회복 욕구로 연결된다. 「바람의 넋」에서 유년기의 상처 회복을 위한 은수의 간절한 몸부림은 결국 자아의 정체성 확립을 위한 시도이다. 그러나 그들의 외출을 통한 일탈은 잠시 동안으로 그치고 다시 귀가하는 형식으로 종결되어, 완전한 자기 정체성의 확보에는 도달하지 못한다. 오정희의 여성 정체성 완성은 모성성의 수용을 통해 이루어지는 것이다.

외출 모티프와 함께 오정희 소설에 종종 드러나는 일탈욕망은, 그에 내한 그리움으로 나타난다. 「비어 있는 들」에서는 남편과 함께 낚시를 떠나 있으면서도 주인공인 나는 간절히 그를 열망한다.

> 나는 늘 기다렸다. 깊은 밤 어두운 하늘을 보며 살별이 떨어져 내리기를, 가슴을 시리게 꿰뚫고 지나가기를, 살별의 꼬리, 빛의 한 조각이 가슴으로 흘러들기를, 이승에서는 결코 이룰 수 없는 그리움처럼 그를 기다렸다. (「비어 있는 들」, 『유년의 뜰』, 150쪽)

작품에서 그에 대한 구체적 언급은 불투명하다. 일상에 파묻힌 여성 주인공들의 세계에 비현실적인 존재로 홀연히 나타나 그들의 잠자는 의식 속에 섬광처럼 번쩍이다 사라지는 그를 향한 일탈의 이미지를 독자는 감지할 뿐이다. 그럼에도 그의 존재는, 오정희에게 있어 분명히

이 세계의 권태로움과 이 세계 속의 삶에 대한 허망함으로부터 초월하여 절정을 직관케 하는 매체가 된다.[11] 단조로운 현실에서 벗어나려는 초월의 대상인 그는 현실의 결핍을 충족시킬 수 있는 이상적인 무엇으로 해석될 여지도 충분하다. 오정희 인물들이 '외출'에서 욕망했던 일탈의 지향처와 마찬가지로 그는 현실 공간에 존재하지 않는다. 오정희가 그와 만나는 방식은 연상을 통한 의식의 흐름으로 이루어진다. 그는 현실에 부재하지만 기억 속에는 존재하는 것이다.

양귀자 소설의 일탈 성향은 반도시적 세계의 지향으로 외현된다. 양귀자의 초기작에서부터 일탈을 꿈꾸는 인물은 쉽사리 발견된다. 도시의 일상적 삶에서 그들은 "나를 제발 저 도시 속으로 떠밀지 마"라고 절규하거나 "뛰고 달리며 살아도 언제나 뒤처지던 도시, 게다가 뜯어내고 팽개쳐도 언제나 절망뿐인 도시"를 인식한다. 그들이 도시 탈출을 동경하는 것은 비인간적인 도시적 삶에 부적응하기 때문이다. 도시란 생존과 경제적 이해에 따라 인간관계마저 결정되는 곳이다. 또한 도시는 사회 구성원들간의 단절, 집단과 개인간의 분절, 가족적인 개체의 원자화된 격절의 관계가 첨예하게 문제되는 공간이다. 따라서 도시에서는 집단이나 개인간에 갈등과 긴장이 내재할 뿐 아니라, 부부관계에서마저 상호 소외현상이 일상적으로 발생한다.[12]

「귀머거리 새」에는 아내와 단절되고 직장에서 부적응한 인물이 등장한다. 작품 주인공 그는 "어떤 경우에도 도시 속에서 위안을 얻을 수 없는 자신임을 너무나 잘 알고 있는" 인물이다. 그는 적당한 요령과 처세술이 판치는 사회에서 외곬의 성격으로 살아간다. 동시에 실직 이후로는, 비어홀을 경영하며 "돈에 대한 어떤 취미를 키우는" 아내와도 단

---

11) 김병익, 「세계에의 비극적 비전」, 『동경』 해설, 동서문화사, 1983, 431쪽.
12) 이재선, 『현대 한국 소설사』, 민음사, 1991, 276쪽 참조.

절되어 있다. 실직과 동시에 "먹는 일을 두려워하게 된" 그는 마침내 요양을 핑계로 시골로 떠난다.

양귀자 소설에서의 시골, 혹은 고향은 도시에서 일탈한 인물의 이상적 거처로 형상화되고 있다. 시골이나 고향은 인위적인 도시와 달리 자연 그대로의 삶의 숨결이 배어 있다고 작가는 여기는 듯하다. 자기만의 방이나 자기 소유의 집 역시 타인과의 접촉을 최소화할 수 있는 공간으로 번잡한 일상에서 벗어나기를 꿈꾸는 인물의 안식처가 된다. 「다락방」에서 은희가 간절히 염원하는 방이나 「비 오는 날이면 가리봉동에 가야 한다」에서 인부 임씨가 부천에서 귀향을 꿈꾸는 것은 모두 그러한 실례이다.

그러나 도심을 떠나 찾아간 시골은 그가 생각하던 이상적인 시골이 아니라는 데에 문제가 있다. 돌멩이를 짊어지고 산 위에 오르는 무위한 행동을 하던 그는 어머니와 아들의 방문 이후 삶에의 의지를 추슬러 시가지로 나갔지만, 거기에서 본 것은 떠나온 세속 도시의 외양을 닮고자 애쓰는 사람들의 풍경뿐이다.

> 그는 다음날도 다음날도 거리에 있었다. 이제 막 시골티를 벗어난 시가지는 되바라진 처녀처럼 별 수 없이 건방졌다. 대낮에도 많은 사내들이 낡은 의자에 앉아 술을 마셨고 이발소마다 포마드를 잔뜩 바른 신사들이 거울을 핼끔거리며 빗질을 하였다. 여자들은 너나할 것 없이 모두 파마를 하였고 나이 어린 손들은 엉덩이가 꽉 조인 바지를 입고 껌을 씹었다. (중략) 이 시가지가 세월에 의해 더욱 번창된다면 마침내는 도시가 될 것이고, 더 많은 술집과 여자와 아이들과 늙은 개가 거리를 더럽힐 것이었다.
> (「귀머거리 새」, 『귀머거리 새』, 205쪽)

현실의 삶을 버리고 찾은 공간이 아무런 위안을 줄 수 없다면, 그것은 일탈의 의도가 제대로 수행된 것이라 보기 어렵다. 「한 마리의 나그네 쥐」(1986)는 「귀머거리 새」보다 일탈의 양상이 훨씬 적극적으로 수행된 작품이다. 이 작품은 실종 모티프를 사용하여 일탈을 감행한 한 인물의 내면을 드러낸다. 이 작품에서 그는 도시의 삶에 부적응한 양귀자 초기소설의 전형적 인물로, 인파가 붐비는 도시 생활과 인간관계 속에서 답답함과 짜증과 증오심에 시달린다. 그의 그러한 억압된 심리는 만원 전철에서 자기도 모르게 폭발한다.

"폭파해버릴 거야! 이 차를 폭파시켜버리겠다!"(「한 마리의 나그네 쥐」, 『원미동 사람들』, 110쪽)

이와 같은 파괴적 욕망은 그에게 쏠리는 타인의 적의 가득한 시선에 근거하지만, 근본적으로는 5년 전에 광주로 출장 가서 겪은 비극적 사건이 심리적 내상으로 남아 있는 탓이다. 인간의 야누스적인 면모를 발견한 이후로 그는 인간에 대한 거부감에 시달린다. 그는 '그 해 5월'의 광주체험이 커다란 상처가 되어 군중에게서 거부감과 공포감을 느끼게 된 것이다. 하여 그는 출퇴근길에 만나게 되는 수다한 군중들을 견뎌낼 수 없었고 마침내 산과 숲의 평화 속으로 잠적하는 것이다.[13] 그러나 광주의 비극이 이 작품 구성의 중요한 요소는 아니다. 이 작품은 현실에서 일탈한 그의 삶에 관한 구체적 모습과 원미동 사람들의 추측성 이야기로 줄곧 전개되기 때문이다. 작가는 그의 실종을 둘러싸고 일상적 생활세계를 살아가는 원미동 사람들의 시각과 그의 내면적 갈등을 양면적으로 대비해, 일상인의 시각과 일탈자의 내면을 선연하게 부조한다.

---

13) 서영채, 「1980년대의 우울」, 『천마총 가는 길』 해설, 열림원, 1995, 377쪽.

결국 그는 일상의 삶터인 가정과 사회로 복귀하지 않는다. 「귀머거리 새」에서 잡화상 여자와 대화도 없이 앉아 있거나, 「한 마리의 나그네 쥐」에서 그의 근처에서 텐트를 치고 기타를 튕기던 두 청년들을 보는 장면에서 각 작품의 화자들이 인간적 친화감을 느끼기는 하지만, 결국 그는 일탈자가 되어 원미동 사람들에게 신비로운 화젯거리를 끊임없이 제공할 뿐이다.

2. 일상성 반영의 의의와 한계

일상은 우리 삶의 토대이면서도 너무 당연한 것으로 인식되고 있다. 특별한 사건 없이 날마다 지속·반복되기에 그것은 경우에 따라 진부하고 하찮은 것으로 간주되곤 한다. 하지만 다른 의미에서 그것은 실존 그 자체이며 이론적으로 기재되지 않는 인간의 적나라한 삶이다. 일상이 부재한다면 어떤 거대한 사건이나 역사도 생성될 수 없다. 이런 의미에서 소설을 통한 일상성 탐구는 일상인의 구체적 동태와 당대의 사회상을 밝히는 작업이 된다.

우리가 삶 속에서 일상을 주목하지 않은 것처럼, 한국 소설사 또한 이제까지 거대한 사건이나 구조에 많은 관심을 기울였던 것이 사실이다. 이는 근본적으로 한국의 역사적 환경에 기인한다. 일제 식민지, 6·25, 박정희 군부독재, 광주에서의 민중학살 등등의 과거사는 작가들에게 일상이라는 미시적 세계에 관심을 돌릴 수 없게 했다. 많은 작가들은 그러한 정치·사회적 환경을 소설에 반영하기에 전력을 다했고 그 결과 그들은 소설사를 풍요롭게 하는 작품들을 생산했다. 그러나 한 사회에 대한 해석과 이해가 거대서사를 담보로 한 작품들만으로 가능할 수는 없을 것이다.

본 논문은 급속한 산업화 시대와 정치적으로 암울했던 시기를 살아가는 인간군상의 세세한 삶을 통해 일상적 개인의 삶과 당대 사회의 총체적 국면을 조명하고자 했다. 논문 대상작가들은 격동의 한국사에서 사소해 보이나 사소하지 않은 일상적 생활세계를 소재로 작품을 창작했다는 점에서 우선 의의가 있다. 특히, 소설의 이념적 성향이 강했던 80년대 작품들과 본 논문 대상작가들의 작품을 대조할 때 그 양상은 한결 뚜렷해진다. 이들의 의의는 다른 한편으로, 거대서사를 다룬 당대의 많은 소설들이 결락한 생활세계의 구체상을 보완했다는 측면에서도 찾을 수 있을 것이다.

대상작가들 중 우선 박완서는 도시적 생활세계를 살아가는 중산층에 집중적 관심을 기울여 그들의 삶을 해부했다. 박완서의 작업에는 70-80년대의 경제개발이 파생한 도시의 병리가 전제되어 있다. 급속한 산업화는 한국사회를 경제적으로 발전시킨 동력이었으나, 한편으로는 다양한 폐해를 양산했다. 그 성장의 병폐가 주로 집중된 곳은 도시였다. 이런 사회적 배경 속에서 박완서는 시대의 모순을 비판하고 풍자한다.

박완서가 구체적 생활세계에서 사회 모순을 탐구한 점은 본 논문 주제와 관련해 의미가 있다. 오랜 작가생활 동안 박완서는, 분단과 여성 문제, 그리고 건강한 생명성 추구 같은 다양한 작품세계를 구축했지만 도시적 일상세계의 탐구는 작가가 가장 지속적으로 관심을 집중한 모티프였다. 이것은 작가의 시선이 늘 생활세계에 밀착되어 있다는 사실과 함께 작품이 공허한 이데올로기의 구호로 추락하지 않게 하는 원동력이 되었다.

오정희는 여성의 정체성 탐구에 깊은 관심을 갖고 일상적 삶에 묶인 여성심리와 의식을 섬세하게 직조한 작가이다. 그는 여성 주인공의 내밀한 심리 탐사를 통해 여성만이 느끼고 경험할 수 있는 삶의 실존적 조건을 형상화한다. 작가의 이러한 작업이 여성의 일상적 삶 속에서 수행되었다는 사실은 본 논문 주제와 부합하는 점이다. 오정희의 작업은 또한 창작 기법의 측면에서 전통적 소설의 기법과 차이점을 드러낸다. 매일 반복되는 일상이 낯익고 친숙한 세계라면, 그 일상에 접근하는 오정희의 기법은 비일상적이다. 그는 소설의 전통적 플롯 대신 의식의 흐름을 따라 인물의 심리를 표현한다. 오정희 소설 주인공들에 빈번히 보이는 불안, 권태, 허무 같은 불안정한 감정은 서사의 연속적 흐름으로 포착하기 어려운 측면이 많다. 이러한 불연속적 감정들이 고도의 비유나 상징, 이미지들로 표현되는 것은 세계와 단절된 인물의 심리를 보여주기에 좋은 방법론이 된다.

여성 정체성 추구라는 오정희의 일관된 작업은 여성을 소재로 한 오늘의 많은 소설들이 상부적이고 도식적인 구성에 매몰되어 있는 점에 비추어 시사점을 줄 수 있을 것이다. 이는 작가의 작업이 페미니즘 같은 이론적 틀에 맞춰진 것이 아니라 <세계-내-존재>인 여성들의 실존적 여건 속에서 행해진 결과이다.

양귀자 소설은 위의 두 작가들보다 정치적 배경이 강하게 전제된다. 이는 양귀자가 본격적인 활동을 전개한 80년대와 90년대의 혼탁한 시대상을 반영하는 것이기도 하다. 이런 상황 속에서 양귀자는 도시 변두리 주민의 일상을 『원미동 사람들』을 통해 생동감 있게 구현한다. 이것은 지배자/피지배자 식의 이분법적 이데올로기 편향이 심한 80년대 소설에 비해 커다란 미덕이다. 『원미동 사람들』 이후 일상 속에서 정치·사회적 상황을 반영한 작품들은 일상이 정치 현실과 분리되어 취급될 수 없음을 보여주고 있다.

이들 작가들이 70-80년대에 성취한 일상성은 30년대의 그것과는 성격이 다르다는 것 또한 적시될 필요가 있다. 우리 소설에서 일상이 중요한 제재로 등장하게 된 때는 1930년대이다. 정치·사회적으로 30년대는 이전의 거대모델이나 거대담론이 쇠퇴한 시기이다. 당시의 작가들은 과거의 이념이 식민지 현실을 설명하는 데 실패했고, 그렇다고 새롭게 부각되는 일제의 군국주의나 동양주의는 받아들일 수 없었기에 그 안티테제로 일상성을 추구했던 것이다. 작가들의 그러한 선택은 이념 대신 새로운 활로를 찾기 위한 모색이기도 했을 것이다.[14] 그러나 이러한 태도는 한편으로 현실적 문제 회피로 읽힐 소지가 있는 것이 사실이다.

이에 비해 본 논문 대상 작가들은, 일상성 탐구를 통해 시대 문제에 보다 적극적으로 개입한다. 주지하다시피 70-80년대 한국사회의 경제적 불평등이나 정치적 야만성은 심각한 수준이었다. 여기에 박완서는 비판과 풍자로 사회현실에 나름의 응전을 하고 있으며, 양귀자는 보다 적극적으로 국가권력의 횡포에 맞선다. 오정희는 중산층 여성 주인공의 지극히 사적인 내면을 토로하는 듯하지만, 가부장적 한국사회에서 여성의 실존적 문제를 탐구했다는 사실에서 그의 작품들이 현실 반영의 산물임을 알 수 있다. 이처럼 그들이 나름대로 적극적인 현실 개입의 방식을 통해 일상성을 수행했다는 점은 의미를 지닌다고 하겠다.

일상성 구현으로써의 대상작가들 작품세계는 본론에서 구체적으로 다루어졌다고 보고, 여기에서는 작가들 작품에 드러난 공통점과 차이점을 대별하겠다. 우선 소설의 주요 인물 계층으로 보자면 박완서, 오정희는 관심을 중산층 여성들에 집중하고 양귀자는 성차 구분 없이 도

---

14) 김한식, 「1930년대 후반 장편소설의 일상성 수용과 표현에 관한 연구」, 고려대 박사논문, 2000, 38쪽.

시서민들에 집중한다. 작가들의 계층적 관심 차이는, 본 논문에서 소설 인물들을 통해 당대 한국사회의 다양한 계층을 조망할 수 있게 해 주었다.

다음으로 공간적 배경의 설정 문제이다. 현대성의 이면인 일상성이 구현되는 공간은 대체로 도시이다. 따라서 일상성을 다룬 많은 작품들은 도시 체험을 근거로 이루어지는데, 이는 1930년대에 도시 체험을 소재로 일상성을 다룬 작품에서도 마찬가지이다. 논문 대상작가들의 작품에서 보자면 박완서와 양귀자 소설의 주배경은 서울과 도시 변두리이다. 그러나 도시에 대한 인물의 인식은 대체로 부정적이다. 이에 비해 오정희 소설에서는 공간적 배경이 그리 커다란 비중을 차지하지 않는다. 오정희 소설은 개인과 세계의 갈등보다 일상적 삶에서 불현듯 감지되는 심리적 징후에 주력하기 때문이다.

대상 작가들의 기법적 고찰은 소설에서 일상성이 적용되는 창작 방식과 관련된다. 본론에서 살핀 대로 박완서와 양귀자는 일상세계에서 파생된 모순에 관심을 집중하는 작가들이다. 이런 소설적 작업은 필연적으로 병리적 세계에서 총체성을 구현하려는 의지의 결과로 나타난다. 그렇다고 보면 박완서와 양귀자는 부정적 현실의 소설적 반영을 통하여 세계를 비판하려는 의도가 강하다고 할 수 있다. 또한 그들이 그려낸 세계에는 염상섭이나 채만식의 경우처럼 세상사의 세목이 꼼꼼하게 묘사된다. 세목에의 강조와 묘사는 그들의 작법이 리얼리즘의 자장 안에서 수행되었음을 증명한다. 이에 비해 오정희가 그려내는 일상성은 기법적인 측면에서 모더니즘적 성격이 짙다. 그는 친숙한 일상세계를 비일상적으로 접근하여 낯선 감정을 유발한다. 또한 그가 즐겨 다루는 권태, 허무, 불안 등의 심리적 징후는 이상의 경우처럼 30년대 모더니즘 작가들이 관심을 기울였던 주제와 유사하다 하겠다.

일상에서 탈출하려는 일탈의 방식과 그 결과에 대해서도 작가들은 차이점을 드러낸다. 박완서의 일탈은 철저히 일상적 현실 위에서 감행된다. 억압으로 작용하는 기존 제도의 거부, 획일화된 삶의 조건에 대한 부정 등은 모두 당대의 현실 위에서 작동하고 있다. 양귀자의 경우는 사회적 조건은 물론이고 국가폭력이라는 정치적 상황에까지 배경이 확대된다. 이에 비해 오정희의 일탈은 현실에서 개인의 외출 방식으로 이루어진다. 또 하나는 그라는 불투명한 이미지를 그리워하는 방식이다. 그러나 이들이 수행한 일탈은 의도대로 행해지지 않는다는 공통점이 있다.

본 논문 대상작가들의 의미 있는 성과에도 불구하고, 아쉬움 또한 없지 않다. 개별 작가별로 보자면, 박완서의 경우 비판과 풍자를 지나치게 의도한 나머지 초기의 많은 작품들에서 작위적 구성이 노출된다. 그의 초기작들이 균질한 작품 수준을 이루지 못하는 것은 풍자 의도의 과잉 때문이라 여겨진다. 오정희에게는 시대 상황에 비해 중산층 여성의 자의식 과잉이라는 혐의를 들 수 있다. 70-80년대의 뿌리뽑힌 자에 관한 많은 소설들은 당대의 핵심 문제가 경제적 원인에서 비롯됨을 시사한다. 그러나 오정희의 경우, 인간의 사회·경제적 측면보다 실존적 측면에 경사한 것이 사실이고 그것은 그를 비판하는 평자들의 논거가 될 수 있을 것이다. 양귀자는 초기의 관념성을 극복하고 사회에 밀착하는 긍정적인 단계를 거쳤으나, 이후 시대 이념의 상실과 비가시적인 환상의 세계로 침윤한 아쉬움을 남긴다.

참고 문헌

1. 기본 자료

박완서, 『박완서 단편소설 전집1』, 문학동네, 1999.
______, 『박완서 단편소설 전집2』, 문학동네, 1999.
______, 『박완서 단편소설 전집3』, 문학동네, 1999.
______, 『박완서 단편소설 전집4』, 문학동네, 1999.
______, 『박완서 단편소설 전집5』, 문학동네, 1999.
오정희, 『불의 江』, 문학과지성사, 1977.
______, 『유년의 뜰』, 문학과지성사, 1981.
______, 『바람의 넋』, 문학과지성사, 1986.
______, 『불꽃놀이』, 문학과지성사, 1995.
양귀자, 『귀머거리 새』, 민음사, 1985.
______, 『원미동 사람들』, 문학과지성사, 1987.
______, 『슬픔도 힘이 된다』, 문학과지성사, 1993.

2. 국내 논저

강상대, 『우리 소설의 일탈과 지향』, 청동거울, 2000.
강상희, 「1930년대 한국 모더니즘 소설의 내면성 연구」, 서울대 박사논문, 1997.
강수택, 『일상생활의 패러다임』, 민음사, 1998.
강이수, 「여성학이란 무엇인가」, 『새 여성학 강의』(한국여성연구소 지음), 동녘, 1999.

강인숙, 「시대적 상황과 소설의 변용」, 『박완서』(이태동 엮음), 서강대학
　　　　교 출판부, 1998.

구모룡, 「구체적 삶에 대한 성실한 관찰」, ≪문학사상≫(1989, 8).

구연상, 『공포 두려움 그리고 불안』, 청계, 2002.

권영민, 『한국현대문학사』, 민음사, 1993.

김경수, 『문학의 편견』, 세계사, 1994.

김경연, 「개성 1931-서울 1991」, ≪작가세계≫(1991, 봄).

김남천, 「작금의 신문소설-통속소설론을 위한 감상」, 『카프비평자료총서
　　　　제7권』(임규찬·한기형 엮음), 태학사, 1990.

김만수, 『문학의 존재 영역』, 세계사, 1994.

김미현, 『한국여성소설과 페미니즘』, 신구문화사, 1996.

김병익, 「세계에의 비극적 비전」, 『동경』 해설, 동서문화사, 1983.

김승환, 「오정희론 - 오정희 자아의 존재양상에 관하여」, 『한국현대작가
　　　　연구』, 민음사, 1989.

김왕배, 『도시·공간·생활세계』, 한울아카데미, 2000.

김욱동, 『대화적 상상력:바흐친의 문학이론』, 문학과지성사, 1994.

김윤식, 「창조의 기억, 회상의 형식」, ≪소설문학≫(1985, 11).

＿＿＿, 「천의무봉과 대중성의 근거」, 『한국현대작가연구』(김윤식·권영
　　　　민 엮음), 문학사상사, 1991.

＿＿＿, 『한국현대문학사:1945-1980』, 일지사, 1994.

김윤식·정호웅, 『한국소설사』, 예하, 1993.

김종두, 『하이데거에 있어서 존재와 현존재』, 서광사, 2000.

김주연, 「말의 순결, 그 파탄과 회복」, ≪세계의 문학≫(1981, 가을).

김진균, 「현대 한국의 계급구조와 노동자계급」, 『한국사회의 변동』(사회
　　　　과학 연구소 엮음), 성균관대학교 출판부, 1986.

김치수, 「전율, 그리고 사랑」, 『유년의 뜰』 해설, 문학과지성사, 1981.

김한식, 「1930년대 후반 장편소설의 일상성 수용과 표현에 관한 연구」,
　　　　고려대 박사논문, 2000.

김　현, 「세속적 트임의 의미」, 『무기질 청년』 해설, 민음사, 1981.

______, 『전체에 대한 통찰』, 나남, 1990.

김현주, 「부부관계」, 『가족과 한국사회』(여성한국사회연구회 엮음), 경문
　　　사, 1995.

김혜순, 「여성적 정체성을 향하여」, 『옛우물』 해설, 청아출판사, 1994.

김화영, 『소설의 꽃과 뿌리』, 문학동네, 1998.

도정일, 『시인은 숲으로 가지 못한다』, 민음사, 1994.

류보선, 「개념에의 저항과 차이의 발견」, 『박완서 단편소설 전집1』 해
　　　설, 문학동네, 1999.

______, 『경이로운 차이들』, 문학동네, 2002.

류철균, 「유황불의 경험과 리얼리즘의 깊이」, ≪문학과 사회≫(1988, 가을).

모선희, 「노인과 가족」, 『한국 노인의 삶』(김익기 외 지음), 생각의 나무, 1999.

문숙재·최혜경·정순희, 『한국 중산층의 생활문화』, 집문당, 2000.

박명규·김영범, 「문화변동」, 『한국 현대사와 사회변동』(한국 사회사학회
　　　엮음), 문학과지성사, 1997.

박영순, 「1930년대 세태소설 연구」, 이화여대 박사논문, 1992.

박재환, 「일상생활에 대한 사회하저 조명」, 『일상생활의 사회학』(M. 마
　　　페 졸리, H. 르페브르 외 지음, 박재환, 일상성·일상생활연구회
　　　엮음), 한울아카데미, 1994.

박찬국, 「마르틴 하이데거」, 『현대철학의 흐름』(박정호 외 엮음), 동녘, 1996.

박혜경, 「저문 날의 삽화, 혹은 소시민적 삶의 풍속도」, 『저문 날의 삽화』
　　　해설, 문학과지성사, 1991.

______, 「소시민적 삶의 폐허 속에서 일구어 내는 희망의 변증법」, 『양
　　　귀자 문학앨범』(이남호·박혜경 엮음), 웅진출판사, 1995.

배은경, 「여성의 몸과 정체성」, 『새 여성학 강의』(한국여성연구소 지음),
　　　동녘, 1999.

백낙청, 『민족문학과 세계문학 I』, 창작과비평사, 1978.

서동욱, 『차이와 타자』, 문학과지성사, 2000.

서영채, 「1980년의 우울」, 『천마총 가는 길』 해설, 열림원, 1995.

성민엽, 「존재의 심연에의 응시」, 『바람의 넋』 해설, 문학과지성사, 1986.

______, 「윤리적 결단과 소설적 진실」, 『박완서論』(권영민 외 21인 평론 모음), 삼인행, 1991.

손봉호, 「생활세계」, 『후설HUSSERL』(이영호 엮음), 고려대학교 출판부, 1990.

신수정, 「자아의 서사, 소설의 기원」, 『박완서 단편소설 전집4』 해설, 문학동네, 1999.

______ (외 좌담), 「다시 문학이란 무엇인가」, ≪문학동네≫(2000, 봄).

신용하, 『사회사와 사회학』, 창작과비평사, 1982.

오생근, 『현실의 논리와 비평』, 문학과지성사, 1994.

우찬제, 『타자의 목소리』, 문학동네, 1996.

유종호, 『비순수의 선언』, 민음사, 1995.

이광래, 『미셸푸코』, 민음사, 1989.

이상경, 「여성작가 소설에서 여성성이 드러나는 방법에 대한 연구」, 『한국문학과 여성』(동국대학교 한국문학 연구소 엮음), 아세아 문화사, 2000.

이상우, 「오정희 소설 속의 중년여성」, 『문학 속의 여성』(명지대 인문과학연구소 엮음), 월인, 2002.

이선이, 「가족의 위기」, 『가족과 한국사회』(여성한국사회연구회 엮음), 경문사, 1995.

이선자, 「결혼과 가정 생활에서의 남녀 차이」, 『여성 심리』(김태련 외 지음), 이화여자대학교 출판부, 1996.

이어령, 「이상론-'순수의식'의 완성과 그 파벽(破壁)」, 『이상문학전집4』(김윤식 엮음), 문학사상사, 1995.

이재선, 『한국문학주제론』, 서강대학교 출판부, 1989.

______, 『현대 한국 소설사』, 민음사, 1991.

이재현, 「도회적 삶과 모성」, 『한국소설문학대계77-양귀자』 해설, 동아출판사, 1995.

이혜원, 「도도새와 금빛 잉어를 찾아서」, ≪작가세계≫(1995, 여름).

임 화, 『문학의 논리』, 학예사, 1940.

임희섭, 『한국의 사회변동과 가치관』, 나남, 1994.

전경갑, 『현대사회학의 이론』, 한길사, 1993.

정문길, 『소외론 연구』, 문학과지성사, 1978.

정비아, 「세태소설의 세계관 연구」, 숙명여대 석사논문, 2001.

정호웅, 「스스로 넓어지고 깊어지는 문학」, 『박완서 단편소설 전집5』 해설,
　　　문학동네, 1999.

조남현, 「갈등심리, 패배감, 무력증을 뛰어 넘으려는 생활인의 몸부림」,
　　　≪동서문학≫(1986, 9).

조명래, 『현대사회의 도시론』, 한울아카데미, 2002.

조현연, 『한국 현대정치의 악몽-국가폭력』, 책세상, 2000.

조혜정, 「박완서 문학에 있어 비평은 무엇인가」, ≪작가세계≫(1991, 봄).

주희종, 「일탈행동」, 『현대사회학의 이해』(노길명 외 지음), 일신사, 2000.

진형준, 「따뜻한 시선의 깊어짐」, 『귀머거리 새』 해설, 민음사, 1985.

최윤정, 「부재(不在)의 정치성(精緻性)」, ≪작가세계≫(1995, 여름).

최혜실, 『한국 현대소설의 이론』, 국학자료원, 1994.

하응백, 『문학으로 가는 길』, 문학과지성사, 1996.

한상규, 「1930년대 모더니즘 문학의 미적 자의식」, 『이상문학전집4』(김
　　　윤식 엮음), 문학사상사, 1995.

한수영, 『소설과 일상성』, 소명출판, 2000.

함인희, 「사회변화와 가족」, 『가족과 한국사회』(여성한국사회연구회 엮음),
　　　경문사, 1995.

현택수, 「한국인의 옷과 유행」, 『한국인의 일상문화』(일상문화연구회 엮음),
　　　한울아카데미, 1996.

황도경, 「불을 안고 강 건너기 - 「불의 江」의 문체론적 분석」, ≪문학과 사회≫
　　　(1992, 여름).

3. 국외 논저

Anderson, L. Margaret. *Thinking About Women : Sociological and Feminist Perspectives*,
　　　『성의 사회학』(이동원 · 김미숙 옮김), 이화여자대학교 출판부, 1987.

Arendt, Hannah. *On Violence*, 『폭력의 세기』(김정한 옮김), 이후, 1999.

Bachelard, Gaston. *La poetique de L'espace*, 『공간의 시학』, 곽광수 옮김, 민음사, 1990.

Berman, Marshall. *All That is Solid Melts Into Air*, 『현대성의 경험』(윤호병·이만식 옮김), 현대미학사, 1994.

Best, Steven & Kellner, Douglas *Postmodern Theory:Critical Interrogations*, 『탈현대의 사회이론』(정일준 옮김), 현대미학사, 1995.

Bourdieu, Pierre. *ALGÉRIE60: structures économiques et structures temporelles*, 『자본주의의 아비투스』(최종철 옮김), 동문선, 1995.

Brooks, Peter. *Body Work : Objects of Desire in Modern Narrative*, 『육체와 예술』(이봉지·한애경 옮김), 2000.

Calinescu, Matei. *Five Faces of Modernity*, 『모더니티의 다섯 얼굴』(이영욱 외 옮김), 시각과 언어, 1993.

Eysteinsson, Astradur. *The Concept of Modernism*, 『모더니즘 문학론』(임옥희 옮김), 현대미학사, 1996.

Freud, Simund. 『문명 속의 불만』(김석희 옮김), 열린책들, 1997.

Gist, P, N and Fava, F, S. *Urban Society*, 『여가의 사회학』(이연택·민창기 옮김), 일신사, 1995.

Heidegger, Martin. *Sein und Zeit*, 『존재와 시간』(소광희 옮김), 경문사, 1995.

Heinemann, Fritz. *Existenzphilosophie Lebendig Oder Tot?*, 『실존철학』(황문수 옮김), 문예출판사, 1996.

Husserl, Edmund. *Die Krisis der europäischen Wissenschaften und die transzendentable Phänomenologie*, 『유럽학문의 위기와 선험적 현상학』(이종훈 옮김), 한길사, 1997.

Kosik, K. *La dialectique du concret*, 『구체성의 변증법』(박정호 옮김), 거름, 1985.

Lefebvre, Henri. *La vie quotidienne dans le monde moderne*, 『현대세계의 일상성』(박정자 옮김), 主流·一念, 1990.

Levi, Giovanni. *On Microhistory*, 강문형, 「미시사에 대하여」, 『미시사란

무엇인가』(곽차섭 엮음), 푸른역사, 2000.

Levinas, E. *LE TEMPS ET L'AUTRE*, 『시간과 타자』(강영안 옮김), 문예출판사, 1996.

Lüdtke, Alf(ed). *Alltagseschichte*, 『일상사란 무엇인가』(이동기 외 옮김), 청년사 2002.

Marcus, Mordecai. "What is an initiation story?" *Critical Approaches to Fiction*, Kumar·Mckean(ed). (New York : McGrow-Hill, 1968).

Marx, Karl. *Economic and Philosophic Manuscripts of 1844*, 『경제학-철학 수고』(김태경 옮김), 이론과 실천, 1987.

Michaud, Yves. *Violence et Politique*, 『폭력과 정치』(나정원 옮김), 인간사랑, 1990.

Saunders, Peter. *Social Theory and the Urban Question*, 『도시와 사회이론』(김찬호·이경춘·이소영 옮김), 한울아카데미, 1998.

Savage, Mike·Warde, Alan. *Urban Sociology, Capitalism and Modernity*, 『자본주의 도시와 근대성』(김왕배·박세훈 옮김), 한울아카데미, 1996.

Schlumbohm, Jürgen(ed). *Mikrogeschichte Makrogeschichte*, 위르겐 슐룸봄, 「미시사-거시사: 토론을 시작하며」, 『미시사와 거시사』(백승종 외 옮김), 궁리, 2001.

남성작가들의 소설에 나타난 일상성 연구

2부

I. 산업화 시대의 도시적 삶과 대중문화와의 친화력 - 김승옥

1. 도시에서의 부적응과 자기세계의 탐구

산업화가 시작된 60년대에, 김승옥은 우리 소설에서 일상성을 적극적으로 구현한 작가이다. 그는 근대적 가치관이 파생한 사회의 변모와 개인의 실존에 관심을 기울였는데 그것은 작가의 개인적 체험과 무관하지 않다. 갓 대학생이 되어 상경한 그는 미완의 혁명인 4·19와 그것을 무참히 짓밟아버린 5·16 군사 쿠테타를 목도한다. 이후 그는 군사 정권이 주도한 개발독재로 물신주의가 서서히 위세를 떨치기 시작하는 사회현장을 경험한다.

김승옥 초기 소설에 많이 등장하는 주인공은 대체로 지방에서 올라와 서울대학교에 막 입학했거나 재학중인 학생들이다.[1] 청운의 꿈을 품고 상경한 그들은 아직 서울에서 살아가는 방식에 익숙하지 못하다. 기존의 교육이 심어준 규범과 질서에서 자유롭지 못한 그들은 여전히 '교복'으로 표상되는 제도의 틀에 갇혀 있다. 어린 나이에도 불구하고

---

[1] 김윤식과 정호웅은, 김승옥 소설의 인물이 "시골에서 벗어나 서구를 향하는 서울에서의 무성번식에서 자유 개념이 연습되었다는 데에 이들의 가능성과 한계"가 있다고 본다. 김윤식·정호웅, 『한국소설사』, 예하, 1993, 358쪽.

간혹 그들이 애늙은이의 시선으로 세상을 응시하는 것은 그 때문이다. 약동하는 청춘의 정열대신 그들은 타인과 세상에 주의와 경계를 게을리 하지 않는 것이다.

「그와 나」(1972)는 그러한 면모가 잘 드러나 있는 작품이다. 서울대학교에 입학하기 위해 상경하는 나는 만원인 서울행 기차에서 자리를 양보하지 않기 위해 눈을 감고 자는 체한다. 그러다 역시 생면부지의 서울대 입학생에게, 자리는 양보하기 싫고 미안한 생각은 있다는 의미의 말로 "감고 있는 눈꺼풀에 대롱대롱 매달려 있는 양심"이라는 비아냥을 듣는다. 나는 훗날 우연히 학교에서 데모를 하는 그를 본다. 그러나 나는 그에게 공감하지 못한다. 나는 개인의 안위를 중요시할 뿐, 역사를 진보시키기 위한 데모를 허상으로 이해하고 있다. 나는 여전히 "이 경쟁사회가 마련해두고 있는 시험 제도밖에는 아무도 나를 보장해 줄 건 없"다는 제도권 교육이 주입한 사고방식으로 세계를 인식하는 것이다. 그래서 나는 성공한 데모에 대해 미국인과 인터뷰하고 있는 그에게 적개심을 느낀다.

> 이제야 나에게는 그 데모와 나와의 관계가 분명히 드러나는 것이었다. 그것은 성공해도 좋고 실패해도 그만인, 나와 아무 관계가 없는 도락이 아니라 반드시 실패했어야 할, 내가 이십여 년 동안 믿고 의지해왔던 것을 송두리째 파괴시켜버리려는, 실패했어야 할 반드시 실패했어야 할 나의 적이었다. 그리고 제 맘대로 나의 몫의 내일까지 발명하겠다고 호언하는 그 친구 역시 나의 적인 것은 분명했다. 또는 그에게 있어서 나는 그의 적이 분명했다.(「그와 나」,『김승옥 소설전집1』, 291쪽)

이러한 의식으로 생활함에도 불구하고 나는 서울의 새로운 질서와 규율에 적응하지 못한다. 내가 서울에서 느낀 이물감은 타인에 대한 무관심과 세련된 '도회(都會)의 어법(語法)' 따위이다. 이러한 도시의 특성이 낯선 나는 서울 사람들의 일상적 어법에 잘 속는 어리숙한 촌뜨기에 불과하다. 근대화의 광풍이 휘몰아치는 서울의 급속한 변모 역시 고향의 풍경과는 다르다. 서울에서 살기 위해서는 근대적 방식에 맞게 철저하게 구획된 시간에 순응해야 한다. 이는 시간을 세밀히 분할할 필요가 없는 농경사회와는 전혀 다른 양상인데, 문제는 그 시간적 질서에서 이탈한 자는 사회의 낙오자로 치부된다는 점이다. 서울은 이제 개인의 자유와 일탈을 억압하는 공간으로 전화되어 있다.

「역사(力士)」(1963)는 내가 새로 이주한 이층양옥 하숙집의 현재 생활과 이전의 창신동 생활을 극명하게 대조하여 근대화가 진행되는 도시에서의 실존방식을 묻고 있는 작품이다. 나의 이층양옥 생활은 창신동의 "무질서하고 퇴폐적인 생활"과 달리 "정식(正式)의 생활", 즉 "규칙적인 생활 제일주의"에 지배받는다. 이처럼 규칙적 생활세계로의 급격한 변모는 나에게 "지나치게 낯선" 세계로의 입사를 요구한다.

내가 요구받는 이층양옥 생활은 근대성이라는 이름으로 한국사회에 새롭게 중심화되기 시작한 문명의 질서를 상징한다. 규율과 질서와 문화로 대표되는 생활세계는 도시인들에게 새로운 삶의 준거가 된다. 그러한 기준은 현존의 가치체계를 유지하기 위해 영원성을 강조하게 되는데, 그것은 이층양옥 영감의 '가풍 만들기' 이데올로기로 고착화된다. 처음에 "이 집에 대한 존경심"을 가졌던 나는, 시간이 흐를수록 집안의 모든 삶의 양태가 기계적으로 유지되는 구조에 혐오를 느낀다.

아침 여섯시에 기상. (중략) 아침식사. … 출근 혹은 등교 … 그동안 나
는 오전 열시경에 며느리와 할머니가 돌리는 미싱 소리를 쭉 듣게 되고,

열두시경에 라디오에서 나오는 음악을 듣고, 오후 네시엔 「엘리제를 위하여」를 듣게 된다. 오후 여섯시 반까지는 모든 식구가 집에 와야 하고 저녁식사. 식사가 끝나면 모두 자기 방으로 가서 공부. 그리고 식모가 보리차가 든 주전자와 컵을 준비해서 대청마루 가운데 있는 탁자 위에 놓는 달그락 소리가 나면 그때 시간은 열시 오륙 분 전, 그 소리가 그치면 여러 방의 문이 열리고 식구들이 모두 나와서 물 한 컵씩을 마시고 '안녕히 주무십시오'를 한 차례 돌리고 잠자리에 들어간다.(「역사」, 『전집1』, 75쪽)

질서가 잡힌 곳에서의 생활을 경험하기 위해 하숙을 옮긴 나였으나 양옥 식구들의 획일적인 생활은 이내 염증을 나게 한다. 이에 비해 전에 살았던 창신동 빈민가는 한결 생명력 넘치는 역동적인 공간으로 묘사된다. 그곳은 온종일 노동으로 흘린 땀내를 풍기며 떠들어대는 사내들의 활기찬 공간이자 개구쟁이들이 악머구리 끓듯 설쳐대는 장소이다. 또한 그곳은 기분 내키는 대로 일당을 술로 날리려는 사내와 그것을 만류하는 아내와의 다툼이 벌어지는 곳이기도 하고 술판에서 서로 싸움을 하는 야생의 무대이기도 하다. 내가 "빈민가에 살던 사람들의 그 끝없는 공전(空轉) 같아 뵈던 생활이 이곳보다는 오히려 더 알찬 것이 아니었을까" 싶어 하는 것은 영감네의 공허한 일상에 저항감이 들어서이다. 내가 영감네 식구들의 삶을 '빈 껍데기'로 치부하는 것도 반복 행위로써 지속되는 근대 일상의 엄격한 질서와 규칙을 환멸의 세계2)로 규정하기에 가능한 것이다.

그 환멸의 공간에서 내가 떠올리는 인물이 바로 역사 서씨이다. 비

---

2) 김민수는, 작가가 영감네 가족의 일상에서 근대적 일상성의 한 측면을 포착한 것을 김승옥의 주관성 미학이 거둔 성취로 보고 있다. 그러나 김민수는 '나'가 영감네 양옥집이 상기시키는 근대화의 은폐된 비밀을 더욱 천착하지 않고 창신동 빈민굴로의 감정적 회귀를 함으로써 미적 성취가 반감되는 한계를 보이고 있다고 지적한다. 김민수, 「1960년대 소설의 미적 근대성 연구」, 중앙대 박사논문, 1999, 140쪽.

록 빈민가에서 막노동을 하며 살아가고 있지만 나는 서씨를 "착한 사람의 전형"으로 여기고 있다. 중국에서 이름 있는 역사들의 후손인 서씨는 동대문의 돌덩이를 바꾸어놓을 만큼 괴력을 지닌 존재임에도 현실에서는 그 힘을 별로 사용하지 않는다. 역사로서 그의 힘은 기껏해야 "공사장에서 남보다 약간 더 많은 보수를 받게 하는 기능"으로밖에 사용될 수 없음을 알기 때문이다. 자신의 힘이 단지 자본에 대한 교환가치밖에 안 되는 것임을 인식한 서씨는, "명부(冥府)의 선조들에게 알리"기 위해 동대문의 돌을 옮겨놓는 일에 힘을 쓸 뿐이다.

이 작품에서 서씨는 이성적이고 합리적인 근대적 질서 이전의 세계를 상징하는 인물로 등장하고 있다. 즉 서씨는 비록 빈민가에 거주하나 건강한 삶을 살고 있는 표상이자 근대의 소시민적 삶에 반하는 원초적 생명성을 드러내는 인물인 것이다. 정작 문제는 화자인 내가 서씨를 그리워하면서도 환멸의 현재에서 벗어나고픈 의지가 적극적이지 않다는 데에 있다. 나는 이층양옥 생활을 경멸하면서도 신분상승 욕구 또한 버리지 못하고 있다. 비록 내가 창신동 빈민가에서 같이 살았던 서씨라는 역사를 만나, 무질서하기만 해보였던 창신동 생활이 다양성과 자유를 보장하는 삶이었음을 깨닫고 근대의 이성에 대항한 육체적 힘에 감동을 받았다 하더라도, 그것은 일시적 자각에 불과하다. 따라서 내가 보리차가 든 주전자에 흥분제를 타는 것도 고작해야 치졸한 장난일 뿐이다. 그 점은 나 또한 인식하고 있다.

만일 내가 이 집 식구들의 음료수에 가루약을 타지 않고 지금 바로 그 빈민가로 돌아간다면 거기서 나는 무슨 행동을 할 것인가고 생각해보았다. 그러나 그것을 생각해낼 수가 없었다. 오히려 나는 내가 결코 그곳으로 돌아가지는 않으리라는 걸 잘 알고 있었다. 이 생각은 아까 저녁 때 약방에

가기 전의 생각과는 좀 모순된다는 것도 깨닫고 있었다.(「역사」, 88쪽)

내가 감정적으로는 창신동으로 회귀하지만 실제 행하지 않는 이유
는 무엇인가? 김승옥 소설 인물의 대개는 시골에서 올라온 '촌놈'들이
다. 비록 촌놈이지만 그들에게는 서울대생 '배지'를 단 자부심과 함께
어떻게든 서울에서 살아남아야 한다는 강박증이 있다. 성공에 대한 그
들의 갈망과 옹골찬 결의는 「그와 나」에서 확인한 그대로이다. 그들이
서울에서 세파에 시달릴 때마다 고향을 떠올리고 실제 귀향을 감행하
는 것은 그런 점에서 이율배반적이다.

서울에서 힘든 일을 겪거나 새로운 출발을 위한 안식이 필요할 때
그들은 고향으로 도피한다. 「무진기행(霧津紀行)」(1964)의 주인공 윤
희중도 서울에서의 욕된 생활을 더 이상 버티지 못하다 귀향한다. 그
러나 고향에는 자신의 어두운 과거가 있고 서울에는 새로운 출발을 채
근하는 아내가 있다. 그가 부끄러움을 무릅쓰고 귀경하는 것은 어떻게
든 서울에서 다시 발붙여 살기 위해서이다. 「무진기행」은 이처럼 서울
에서 어떻게든 뿌리를 박고 생존하기 위해 고투하는 인물의 허무와 현
실의 질서에서 일탈하지 못하는 인물의 고민이 충돌하는 지점에서 탄
생한 작품이다. 김승옥의 여로형 소설의 대표작인 「무진기행」을, 리비
도적 퇴행(귀향)에서 무진에서의 휴식, 혹은 각성을 통한 새로운 전진
으로 변이되는 재생의 소설로 본 최혜실의 지적[3]은 그런 점에서 정확
하다.

문제는 고향이 그들의 영원한 안식처가 되지 못한다는 데에 있다. 각
오와 달리 도시에서의 적응이 쉽지 않고 고향도 유토피아가 아닌 상황
에서, 불완전한 존재의 자아구축을 위해 김승옥은 '자기세계'라는 장치

---

3) 최혜실, 『한국현대소설의 이론』, 국학자료원, 1994, 251~257쪽 참조.

를 마련한다. 이것은 작가의 데뷔작인 「생명연습(生命演習)」(1962)에
서부터 제시된다.

> '자기세계'라면 그것을 가지고 있는 사람을 몇 명 나는 알고 있는 셈이
> 다. '자기세계'라면 분명히 남의 세계와는 다른 것으로서 마치 함락시킬
> 수 없는 성곽과도 같은 것이 아닌가 생각한다. 그 성곽에서 대기는 연초
> 록빛에 함뿍 물들어 아른대고 그 사이로 장미꽃이 만발한 정원이 있으리
> 라고 나는 상상을 불러일으켜보는 것이지만 웬일인지 내가 알고 있는 사
> 람들 중에서 '자기세계'를 가졌다고 하는 이들은 모두가 그 성곽에서도
> 특히 지하실을 차지하고 사는 모양이었다. 그 지하실에는 곰팡이와 거미
> 줄이 쉴새없이 자라나고 있었는데 그것이 내게는 모두 그들이 가진 귀한
> 재산처럼 생각된다.(「생명연습」, 『전집1』, 26쪽)

도시의 새로운 질서에 머뭇거리는 주변인의 존재 의미 획득 방식을
김승옥은 '자기세계'에의 집착으로 드러낸다. 김승옥이 인식하는 '자
기세계'란 결국 남과 구별되는 자신만의 고유한 세계를 의미한다. 이
경우 '자기세계'의 탐구는 현실의 생활세계에서 이루지 못한 실존적
가치를 자기 나름의 세계에서 축조하려는 실천적 행위로 표상된다. 이
것은 기성의 관념체계, 허구화된 제도, 내용 없는 윤리감각 등에 묻혀
사는 삶을 거부하고 자기 고유의 삶의 논리를 찾아 헤매는 것이기도
하다.4) 이때 '자기세계'는 한 인간 고유의 정체성을 드러내는 표징이
된다. 그러나 그 세계는 휘황찬란한 곳이 아니라 세상의 중심에서 한
발짝 떨어진 곳에서 움튼다. '자기세계'를 구축한 주체가 음습한 성곽
의 '지하실'에서 살아가는 까닭은 그 때문이다.

「생명연습」의 내가 "하나의 세계가 형성되는 과정이 한마디로 얼마

---

4) 류보선, 「개인과 사회의 대립적 인식과 그 의미」, ≪문학사상≫(1990, 5), 159쪽.

나 기막히다는 것"인지를 토로한 대로, 김승옥은 '자기세계'의 확립이 얼마나 힘든 것인가에 대해 명확히 인지하고 있다. '자기세계'를 확립하려는 자에게는 반드시 '극기(克己)'가 요구되는 것이다. 김승옥이 모색한 '자기세계'는 비록 본격적이지는 못했어도, 탐색의 노력만큼은 근대라는 억압적 질서에 대한 나름의 저항방식이라는 점에서 가치를 지닌다. 그러나 '자기세계'에의 의지가 냉혹한 생활세계와 충돌하다 빈번히 패배한다는 데에 한계가 노정된다. 이는 앞에서 고찰한 대로, 김승옥 소설의 인물이 현실에서 발생하는 생계의 문제, 신분상승 욕망, 주변의 기대로부터 자유롭지 못한 것에 기인한다. 이러한 갈등의 밑바탕에는 근대사회에서의 생존 문제[5]와 직결되어 있다.

일상에서 '자기세계'를 고수하려는 인물의 어려움이 잘 드러난 작품은 「우리들의 낮은 울타리」(1979)이다. 자신의 삶의 원리이자 창작의 버팀목이었던 '자기세계'를 이미 상실한 후, 몇 편의 통속적인 소설을 발표한 김승옥이 "너무 오랜 기간을 쓰지 못하고 지내왔다는 것을 재차 확인했을 뿐"이라고 토로한 이 소품에는 자전적 체험이 짙게 배어 있다. 이제 그는 "비매품 사보에 실리는 콩트를 쓰기 위해서 팔려가는 소처럼" 호텔로 가 원고를 써야 하는 처지이다. 작가이자 생활인인 그는 이전에 어떻게든 소설로 '자기세계'를 축조하려 노력했었다.

소설쓰기는 나에게 신성한 것이었다. 소설을 구상하고 파지(破紙)를 내가며 지금 쓰고 있는 장면의 의미를 정리하는 동안은 인생의 혼란과 무의미감에서 일시적이나마 벗어나 이 세계가 제법 조리 있어 보이고 의미

---

5) 이호규는, 김승옥 소설의 인물들이 '자기세계'를 확립하려는 주된 이유를 세상 속에서 살아남기 위한 최후의 자기 논리로 보고 있다. 즉, '자기세계'는 현실에서 살아남기 위해 전략적으로 지니고 있어야 하는 자기합리화이자 자기방어의 수단이라는 것이다. 이호규, 『1960년대 소설 연구』, 새미, 2001, 193~195쪽 참조.

있어 보이는 구원의 시간이 되는 것이었다.(「나와 소설쓰기」, 『전집1』, 5~6쪽)

위의 문단 다음으로 언급되는 대목은 하나님을 만나 영안(靈眼)이 열리고 소설쓰기가 멀어졌다는 내용이다. 「나와 소설쓰기」보다 십육 년 전에 씌어진 「우리들의 낮은 울타리」에는 작가로서 먹고사는 고충과, 자신의 지난 소설작업은 무위한 것이 아니었는가 싶어 하는 자괴감이 넋두리처럼 쏟아지고 있다. 그것은 '자기세계'를 고수하려던 작가가 일상에서의 먹고사는 문제에 얽매어 있었음을 토로하는 것과 다르지 않다. 김승옥의 '자기세계'는 이렇게 현실적 곤궁으로부터 무너져 가고 있었던 것이다.

또 아쉬운 점은 김승옥이 '자기세계'를 사회와의 교감 속에서 구축하려는 노력이 미진했다는 것이다. 일상성은 근본적으로 타자나 사회와의 교류 속에서 형성되는 것이다. 그러나 세계와 교통이 없는 김승옥 유의 '자기세계'는 독아론에 빠지거나 공허한 관념으로 전락할 위험성이 다분하다. 김승옥의 '자기세계'가 "현실과 관련이 없는 관념"[6]에 불과하다는 비판은 결국 작가의 개인주의적 폐쇄성에 근거한다는 점에서 비롯한다. 이처럼 김승옥은 사회사적 삶의 조건보다 개인의 실존을 문제 삼는다. 이러한 태도는 김승옥 소설에 개인적 삶만 반영되어 있을 뿐, 외적 현실과의 응전력을 상실했다는 비판을 받는 원인이 되기도 했다.[7]

---

6) 류보선, 앞의 글, 162쪽.

7) 그 대표적인 논자인 유종호는, 김승옥의 날카로운 감성이나 언어에 대한 감각을 칭찬하면서도 사회구조의 모순에는 전혀 태연할 수 있는 감수성이 올바른 감수성인가에 대해 의문을 제기하고 있다.(유종호, 『비순수의 선언』, 민음사, 1995, 424쪽) 백낙청 역시 김승옥 문학을 소시민 의식이 팽배해 있는 60년대 한국에서 하나의 정직한 문학적 기록으로 소시민 의식의 한계를 한계로서 제시하는 데 어느 정도 성공한 문학으로 받아들일 수 있음

2. 변화하는 성풍속도에 대한 탐색

지금은 많이 달라졌지만, 한국사회에서 그동안 성은 공적인 장에서 제대로 논의되지 못한 담론 중 하나였다. 유교적 전통과 새로운 근대화의 물결이 뒤섞인 1960년대에도 성은 공론의 장에서 논의되기에는 민망한 그 무엇이었다. 당시에 성 그 자체를 소재로 성풍속을 소설화한 작품이 드문 것은 그러한 시대적 분위기에 기인했다고 할 수 있다. 이러한 사회적 조건에서 김승옥의 많은 소설에 섹스와 관련된 정황이 그려지고 있다는 사실은 흥미롭다. 「생명연습」에서 한교수는 옛 애인 정순을 범하고 나의 친구 영수는 여자와 섹스를 나누는 일에 골몰하고 있다. 「무진기행」의 윤희중은 초면의 하인숙에게 정욕을 느끼고 정사를 나눈다. 「싸게 사들이기」(1964)의 경우에는 창녀의 매춘도 거리낌 없이 등장한다. 이 외에도 김승옥 소설에서 성희(性戱)와 관련된 장면을 찾기는 어렵지 않다.

그의 소설에 등장하는 많은 섹스 장면은 단순히 동물적 본능을 충족시키는 차원에서 등장한다. 그의 소설에는 이성에 대한 사랑이나 존경 대신, 정욕을 배출하는 방편으로 여성과의 섹스가 존재할 따름인 것이다. 김승옥 소설은 섹스가 거래의 대상이 될 수 있음을 보여주기도 하는데, 이러한 윤리의식의 부재는 그의 통속적인 작품에 집중되어 나타난다. 『내가 훔친 여름』(1967)에서는 내가 주머니에 남아 있는 돈 삼백오십원으로 여자를 찾으러 가고, 「60년대식」(1968)에서 애경은 이십만원이라는 거액에 도덕과 윤리를 버리고 몸을 판다. 근대화의 광풍으로 점점 물화된 도시에서 섹스는 이제 단순한 거래의 대상으로 전환된

을 전제하면서도, 김승옥의 업적이 진정한 시민문학의 발달을 위해 제구실을 하려면 무엇보다도 극복되어야 할 한계의 제시를 작가가 받아들여야 한다고 주장했다. 백낙청, 『민족문학과 세계문학 I』, 창작과비평사, 1978, 65쪽.

것이다.

한국문학의 기대주로 등장했던 김승옥이 등단 후 불과 십 년도 되기 전에 통속적 작가로 전락한 이유는 아무래도 당대의 역사적 현실에 정면으로 맞서지 못한 한계[8]에서 기인한다고 하겠다. 작가는 아픈 역사를 외면하고 대중에 추수한 작품을 쓴다. 거기에는 작품이 연재된 지면의 특성도 어느 정도 작용한다. 대중지와 주간신문은 말 그대로 대중들을 독자로 설정하고 발간하는 매체이기에 연재되는 소설 역시 어느 정도의 통속성과 상업성을 외면할 수 없을 것이다. 이런 점을 감안하더라도 그 작품들은 대체로 부정적인 평가를 받고 있다. 하지만 당대의 풍속적 측면에서 고찰하면, 김승옥이 그려낸 나름의 성풍속도가 한국사회에서 성적윤리가 타락하는 지점을 비교적 정확하게 포착했다는 의의도 부정하기 어렵다. 이 계열의 작품들을 단순히 말초적 성희를 다룬 작품으로만 치부하기가 곤란한 이유가 바로 여기에 있다.

정작 문제는 성애를 노골적으로 그렸다는 것에 있다기보다는 그것을 다루는 방법론에 있다고 여겨진다. 이 계열의 대표작이라 할 수 있는 「강변부인」(1977)에 대한 작가의 언급에서 그 점을 추측할 수 있다. 작가는 「강변부인」이 오락성을 추구한 흥미 위주의 대중소설임을 굳이 부인하지 않는다. 또 그 작품을 쓰고 나서 작가적 신념이 훼손당했다는 역겨움에 견디기 어려워하기도 한다. 작가는 「강변부인」에서 성에 대한 접근 방식이 잘못되었음도 뒤늦게 깨닫고 있다.

성(性)을 사회윤리적 차원에서 다룰 때 피상적일 수밖에 없고 거부감을 준다는 깨우침을 얻게 된다. 성 그 자체를 존재양식으로 시인하고 접근하

---

8) 김승옥이 통속작가로 전락한 근원적 이유가, 개인과 사회를 대립적으로 인식하는 데서 파생한 역사적·구체적 현실의 부재와 주체성에 대한 불확실에 있다고 류보선은 본다. 류보선, 앞의 글, 165쪽.

여 정밀묘사를 시도할 때 소설은 오히려 증류수처럼 순수해질 수 있을 듯
하다.(「작가의 말」, 『전집1』, 13쪽)

≪선데이 서울≫에 발표된 「60년대식」은 잡지의 성격[9]에도 불구하
고 나름대로 60년대 풍속을 비판적으로 그리고 있는 작품이다. 60년대
한국사회의 다양한 풍속도에는 물론 성풍속도 포함되어 있다. 도인은
자신의 남성을 실험하기 위해 별다른 죄책감 없이 애경을 범하고 애경
은 결혼상담소의 비밀요원 자격으로 매춘을 하고 계의 '오야'는 월남
에 기술자로 나간 남편은 아랑곳 않고 친구 남편에게 욕정을 호소한
다. 젊은 사내들은 백원을 내고 포르노 영화 감상에 여념이 없다. 김승
옥이 진단한 60년대의 문화적 특징은 한마디로 '시청각 시대'로 요약
할 수 있다. 문제는 시대적 추세가 문자문화에서 영상문화로의 단순한
변이에 있다기보다 성에 관한 도덕과 윤리가 서서히 허물어지는 사태
를 초래했다는 데에 있다.

이에 비해 성에의 원초적 본능을 내밀하게 드러낸 「야행(夜行)」
(1969)은 작가의 의도가 제대로 반영된 작품이다. 작품의 주인공 현주
는 남편과 같은 은행에서 근무하지만 동료들에게는 결혼 사실을 숨기
고 있다. 경제적 이유 때문에 서로 남남처럼 행동해야 하는 상황에 현
주는 쓸쓸함을 느낀다. 타인의 눈을 속이며 살아야 하는 부부관계에 염
증을 느끼는 현주는 위선적인 일상에서 벗어나고 싶어 한다. 그것도 비
상식적이고 반사회적인 방법으로 말이다. 현주는 자신의 욕망에 흔들

---

9) 60년대 말에 창간된 ≪선데이 서울≫을 한국 대중문화에 있어 하나의 사건으로 이성욱
  은 보고 있다. 이 잡지는 "정부의 검열을 거친 것임에도 불구하고 기사 내용과 구성, 소
  재의 화끈함과 선정성이 당대 최고의 '색기발랄'한 주간지였다. 그러나 이 잡지는 70년대
  중반 국민총화와 사회 건전 풍토 조성이라는 박정희 정부의 제재에 그 선정성과 화끈함
  이 거세된 채로 80년대 초에 임종을 맞는다." 이성욱, 『쇼쇼쇼-김추자, 선데이서울 게다
  가 긴급조치』, 생각의 나무, 2004, 86쪽 참조.

리면서도 그것이 잘못되었다고 생각하지 않는다. 그러다 그녀는 한 남자에게 이유도 없이 손목을 잡힌 채 끌려간다. 침묵으로 일관하는 사내에게 끌려가는 현주는 뜻밖에도 공포와 안심이라는 이율배반적인 감정을 느낀다. 게다가 남자의 손에서 그녀는 야릇한 기분마저 맛본다.

> 사내 손의 섬세한 조작이 그 여자의 마음에 들었다. 공포 속의 안심이라고나 할까, 그 여자는 그런 걸 느꼈다. 그 여자는 손목을 빼내기를 단념하였다. 그러자 그 고리가 점점 오므라들어 움직이기를 멈춘 여자의 손목을 아프지 않은 한계 안에서 조이는 것이었다. 그 여자는 문득 자기의 손과 사내 손의 그 땀에 젖어 미끄러운 틈으로부터 생명의 거친 숨소리가 들려오는 것을 의식하였다. 그것은 북소리처럼 둔중했고 생선 아가미처럼 가빴다. 사내의 생명도 자기의 생명도 아닌 전연 낯선 생명이 지금 마악 땀에 젖은 손과 손의 틈바구니에서 태어난 것 같았다.(「야행」, 『전집1』, 271쪽)

현주가 사내의 손아귀에서 애무의 감정을 느끼고 새 생명의 탄생을 감지하는 것은 공포와 혼돈 속에서도 야성적인 성적 판타지에 사로잡혀 있기 때문이다. 이는 권태롭고 가식적인 남편과의 일상생활에서 벗어나고픈 욕구가 그만큼 세찬 탓이다. 그녀가 남편과 옷차림이 비슷한 서울의 월급쟁이들에게서 남편을 떠올리며 증오하는 것은 그동안의 삶에 대한 탈출욕망이 그만큼 강하게 잠재되어 있었던 까닭이다.

「야행」은 강간이라는 비도덕적인 섹스를 통해 한 여성의 내적 욕망이 얼마나 억압당해 있는가를 역설적으로 웅변한다. 그런 점에서 이 작품에서의 성적 판타지는 일상에서 억압당한 여인의 성적 일탈욕망의 발현으로 해석되어도 무방하다. 현주는 강간을 당한 이후에도 성적 탈선 유혹에 흔들린다. 지루한 일상에서 벗어나기 위한 일탈이 곧 또 다른 일상이 되어버린 것이다. 그 에로스적 열정은 인간 본연의 감정이기에 이성과는 대척되는 지점에서 강렬하게 움튼다. 현주가 성애의 유혹을 두려워함에도 본능을 거부할 수 없는 것은 바로 그 때문이다.

「강변부인」은 성적쾌락에 탐닉하는 유한부인의 문란한 성생활을 다룬 작품이다. 거기에는 인물이나 사건의 필연성이 없고 소설적 갈등도 없다. 성애의 장면을 관능적으로 묘사하여 독자의 관음증을 자극하는 이 작품을 한 평자는 "난잡하고 음란한 성희에 가득한 지옥영혼들"10)이 벌이는 섹스파티에 지나지 않는다고 혹평한다. 실제 이 작품에는 개연성 없이 마구잡이로 벌이는 섹스 행각이 나오고 한 인간의 진중한 내적 고민도 없다. 따라서 소설의 미학적 측면은 전무하다고 해도 좋을 것이다.

그럼에도 이 소설의 주인공은 당대에 이미 만연된, 혹은 풍요로운 소비시대에 그렇게 만연할지 모를 탈선의 현장을 당대에 포착했다는 점에서 소기의 의의가 있다. 실제 오늘날 불륜과 성적 탈선은 어느 정도 일상화된 삶의 양태가 되지 않았는가. 아울러 여성의 성욕에 조명을 기울인 것도 나름의 의의라 할 수 있다. 앞에서 말한 대로 그 시대에 여성의 성욕은 개인적으로나 사회적으로 은폐해야 할 암묵적 대상이었다. 여성이 성에 대한 자연스러운 본능을 표출한다는 것은 곧 자신의 음란함을 드러내는 것과 다르지 않았다. 그러나 김승옥은 여성의 그런 자연스런 욕구를 진솔하게 드러냈다.

> "자신이 여자란 사실이 무서워져요. 여자의 몸 속에 타고 있는 불길이 무서워져요. 그 불 때문에 자기 자신도 타버리고 남편도, 자식들도 태워 버리고 말 것 같은 느낌이 들어요. 전 어렸을 때는 그런 불길을 못 느꼈으니까, 이담에 좀더 나이가 들면 저절로 그 불길이 꺼질 줄로 믿고 안심하

---

10) 정현기, 『한국문학의 사회사적 의미』, 문예출판사, 1986, 253쪽.

고 있었어요. 언젠가는 꺼지고 말 불길이니까 타고 있는 동안이나마 다른 식구들한테 피해가 안 갈 정도로 그 불길을 달래주는 것도 괜찮을 거라구 생각했어요. 그런데 언제까지나 그 불길에 시달려야 한다면, 앞날이 정말 걱정돼요."(「강변부인」, 『전집4』, 266쪽)

민희가 양일이라는 청년과 불의의 정사를 나누게 된 후, 남 여사에게 속내를 털어놓는 장면이다. 이는 보기에 따라 꺼지지 않는 암컷의 욕정으로도 여성의 자연스러운 본능 표출로도 읽을 수 있을 것이다. 어떤 관점으로 보든, 민희의 탄식에는 한 인간으로서의 솔직한 성적 욕망이 토로되어 있다는 것을 부정하기는 어렵다. 자신의 욕정을 주체하지 못하는 민희에게 문제의 일단이 있는 것은 분명하다. 하지만 타오르는 욕정을 무작정 이성으로 금욕해야 한다고 주장한다면, 그것은 당시에 만연한 남성 중심주의의 가부장적인 태도일 수 있다.

절필을 하기 전까지 성에 대한 풍속 탐구는 「서울 달빛 0章」(1977)에서 종착지에 이른다. 70년대는 한국의 근대화, 산업화가 한창 진행되어 경제적인 측면에서만 보자면 국민들은 이전보다 조금은 여유로운 생활을 누릴 수 있게 되었다. 그러나 소득증대가 곧바로 삶의 질을 향상시키는 것으로 직결되지는 않는다. 김승옥이 보기에 경제적 풍요가 낳은 부작용도 적지 않은데, 그 중 하나가 욕망의 가수요와 그로 인한 부패이다.

사람들이 결국 바라는 건 필요 이상의 음식, 필요 이상의 교미(交尾). 섹스의 가수요(假需要). 부잣집 며느리 여름철에 연탄 사모으듯, 남의 아내건 남의 아내가 될 여자건 닥치는 대로 붙는다. 남의 사랑을 위한 빈자리를 남겨두지 않는다.(「서울 달빛 0章」, 『전집1』, 299쪽)

김승옥은 사회 전반에 퍼져가고 있는 성적 문란을 직시하고 있다. 여기에는 「강변부인」에서와 마찬가지로 남녀 구분이 따로 없고 부부 간의 기본적인 윤리도 무시된다. 그래서 이성에 대한 전 인격적인 사랑 대신 본능에 충실하거나 상품화된 여성만 존재한다. 나의 아내가 거짓말을 해가며 매음을 하는 것도 성이 돈으로 매개되는 70년대의 풍속도를 사실적으로 보여주는 것이라 하겠다.

3. 대중문화적 요소의 도입

6·25 전쟁과 전후의 황폐한 터전에서 1950년대 소설은, 한국 근대사의 비극과 도덕적 엄숙주의와 같은 묵직한 주제의 틀에서 벗어날 여력이 없었다. 이때 참신한 감수성으로 일상의 저변을 탐구한 김승옥은 한국 소설사에서 이전 시대와는 다른 의미망을 창출하는 하나의 신호탄이었다. 일상의 토대 위에 대중문화적 요소를 소설에 도입한 것도 그 참신함의 하나라 할 수 있을 터인데, 이는 대중의 사회적 위력[11]을 김승옥이 경험한 까닭이다. 「그와 나」에는 내가 경험한 대중의 무소불위한 힘이 간결하게 표현되어 있다.

한편 별로 달가워하지 않는 사람조차도 끌어들여 집단적인 의사(意思)라는 것을 만들어내고 마는 군중이라는 존재를 처음 내 눈으로 본 경험에

---

11) 일상성의 관점에서 대중에 적극적인 신뢰를 보낸 이는 마페졸리이다. 그는 미래에 대한 아무런 목적의식 없이, 현재에 자족하는 대중에 대해서마저 긍정적인 입장을 취한다. 그에게 있어 대중은 언제나 이론적인 틀을 넘어서는 현실이며 공식적인 이데올로기로써 포괄할 수 없는 대상이다. 박재환, 「일상생활에 대한 사회학적 조명」, 『일상생활의 사회학』(M. 마페 졸리, H. 르페브르 외 지음, 박재환, 일상성·일상생활연구회 엮음), 한울아카데미, 1994, 37쪽.

어리둥절해 있었다.(「그와 나」, 290쪽)

　일상성은 모든 개인의 행동·사고·취향, 심지어는 평범성에 대한 반항까지도 비인격적인 힘의 전제(專帝)와 익명성으로 나타난다. 익명들의 거대한 결합체인 대중은 어떤 사건을 개인의 일이 아닌 모두의 작업으로 전화시키는 괴력을 발휘한다. 김승옥은 약동하는 이 대중의 힘을 경험으로 체득한 작가이다. 그리고 그는 산업화 시대에 대중의 위세와 그들의 문화적 역량이 갈수록 증대할 것과 당대의 개인주의가 문화와도 밀접한 상관성을 갖고 성장할 것임을 정확히 예견했다.
　한국에서 대중사회의 본격적인 모습은 1970년대 이후 등장한다. 1962년부터 시작된 경제개발은 농업 중심의 우리 사회를 급속히 변모시켰고 그 결과로 미미하게나마 대중사회의 모습을 보이기 시작한다. 급격한 사회 변동, 소득 격차의 축소, 생활양식의 균등화, 고등교육의 보급, 매스미디어의 발달과 다양화 등은 대중의 지위 향싱에 커다란 기여를 했다. 특히 일간신문, 라디오, 텔레비전의 보급률 증가는 한국에서 대중문화의 확산을 예견케 하는 주요 지표가 되었다. 김승옥이 창작활동을 집중적으로 전개한 시기를 중심으로 매스 미디어의 보급 실태를 살피면 다음과 같다.

주요 매스 미디어의 보급실태[12)]

	일간신문 (보급부수)	라디오 (보급대수)	텔레비전
1962	1,500,000	1,303,000	32,000
1970	4,396,000	4,012,000	418,000
1979	6,496,000	4,880,000	5,661,000

---

12) 추광영, 「1960-70년대의 한국의 사회변동과 매스 미디어」, 『한국사회의 변동』(사회과학연구소 엮음), 성균관대학교 출판부, 1986, 258쪽.

신문은 그 속성상 각계각층의 불특정 독자를 대상으로 하기 때문에 대중성을 전제로 하지 않을 수 없다. 특히 신문의 연재소설이나 만화는 지식인이 아니더라도 쉽게 접하고 이해할 수 있는 장르이다. 또한 이 시기를 즈음한 여러 방송국의 개국[13]은 필연적으로 라디오와 텔레비전의 보급률을 높이는데 일조했다. 대중매체와 전자기기 보급률의 증가는 일반인에게 대중문화를 쉽게 접할 수 있는 기회를 제공했다.

이제 대중들은 자신이 좋아하는 우상에 온갖 촉수를 기울인다. 대중문화시대의 스타는 철저히 공인(公人)이 되어 만인의 연인이 되는 것이다. 그 결과 스타를 배우자로 둔 사람은 아내조차도 대중에게 빼앗긴다. 「60년대식」에서 팝송계의 인기가수인 아내를 대중에게 빼앗긴 도인은 일종의 시대의 피해자일 수도 있다. 이러한 면모는 「서울 달빛 0章」에도 나타난다. 스타에 촉각을 예민하게 기울이는 대중들은, 비유적이지만 나의 아내인 여배우 한영숙의 육체마저 탐욕스럽게 소유하려 한다. 스타의 "육체 자체가 대중의 소유"가 된 상황은 이즈막에 낯익은 풍경이 되었다.

이처럼 개인이 대중의 문화에 무비판적으로 심취했을 때의 문제를 인식하면서도, 김승옥은 일상에서 통용되는 대중문화의 수용에 별다른 저항감을 보이지 않는다. 「무진기행」에서 하인숙이 부르는 유행가 '목포의 눈물'을 통해, 윤희중이 "<어떤 갠 날>의 그 절규보다도 훨씬 높은 옥타브의 절규"를 감지하는 것도 근원적으로는 그러한 문화적 수긍에서 비롯한다. 대중문화는 저급문화라는 기존의 이분법적 사고에

---

13) 이 시기에 개국한 라디오와 텔레비전 방송국을 살펴보면 다음과 같다. 우선 상업 라디오 방송국으로 1961년에 서울의 문화 라디오, 1963년에 동아 라디오, 1964년에 동양 라디오가 개국하였다. 텔레비전 방송국으로는, 1961년에 KBS TV, 1964년에 민간 상업 방송인 TBC TV, 1970년에는 또 하나의 민간방송인 MBC TV가 개국해 본격적인 대중 미디어 시대가 개막되었다. 김창남, 『대중문화의 이해』, 한울아카데미, 2006, 139쪽.

서도 작가는 비교적 자유롭다. 김승옥의 이러한 면모는 작가의 물리적 나이와도 연관성이 있을 듯하다. 이제 막 사회에 진입한 이십대의 작가에게 대중문화는, 고등학교 시절 제대로 누리지 못했던 문화 욕구를 충족시키는 매체로 적잖이 매혹적이었을 것이다.

김승옥이 작품에 끌어들인 대중문화의 요소 중 가장 눈에 띄는 것은 만화이다. 연보에는 작가가 서울대학교에 입학한 1960년, ≪서울경제신문≫에 <파고다 영감>을 그려 연재하고, 서울대 문리대 학생신문인 ≪새세대≫의 <학원만평> 및 컷을 그린 사실이 나와 있다. 이를 통해 작가에게 만화 그리기에 소질과 관심이 있었음을 짐작할 수 있다. 작가의 데뷔작 「생명연습」에는 만화가 오 선생이 등장한다. 작가는 이 작품에서 대중문화로서의 만화 자체에 대해 이야기하지는 않지만, 만화 그리는 일을 통해 '윤리의 위기'를 감지해낸다. 비록 시사성을 담고 있기는 할지라도 당시에 신문만화는 신문 기사나 여타의 방송에 비해 그리 큰 영향력을 행사하지는 못했다. 그런 상황에서 만화에 의미를 부여한 것은 김승옥 특유의 대중문화적 친화력에 있다고 보여진다.

만화에 보다 적극적인 관심을 기울여 당대 대중문화의 의미를 조명하고 있는 작품이 바로 「차나 한 잔」(1964)이다. 이 작품은 신문사에서 연재만화를 그리던 그가 연재를 중단 당하고 선배 만화가 김 선생과 폭음을 한 후 귀가한다는 줄거리를 갖고 있다. 일견 생계 위기에 고민하는 만화가의 일상적인 삶을 다룬 작품으로 읽히지만 대중문화와 관련해 함축하고 있는 의미망은 작지 않다. 우선은 당시 정부의 언론·문화 통제의 실상을 엿볼 수 있다. 그의 만화가 신문에 실리지 않자 동네 영감의 "심하게 정부를 까더니 그예 당했구려?"한다는 언급이나 그가 선배 만화가에게서 들은 정부의 "간접적인 압력"이라는 말에서, 검열과 규제로 언론·문화를 통제하는 지배층의 위압을 엿볼 수 있다.

이는 이제껏 그의 만화 소재로 등장한 돼지를 닮은 사장님, 불독 같은 탐관오리, 그리고 대통령 각하 등을 통해 그가 나름의 사회 비판적 포즈를 취했다고 볼 수 있는 것이다.

이 작품은 자본화된 서구문화의 물결에 침몰하는 한국 대중문화의 양상을 예견하고 있다는 점에서도 의의가 있다. 그의 후임으로 "미국 만화가들 중에서 한 사람"이 결정될 것이라는 사실에서 그 점은 드러난다.

> 이렇게 되면 이번 해고당하는 것이 내 개인의 문제에서 그치는 게 아니다. 그것은 국내 만화가들의 소멸을 의미하게 되는 것이다. 한 장의 만화를 여러 장으로 복사해서 세계 각 곳에 싼값으로 팔아먹는 미국 만화가들의 신디게이트에 국내신문이 걸려들기 시작했다면 큰일이다. 오래지 않아서 모든 국내 신문들은 미국 가정의 유머를 팔아먹고 있게 되리라. 미국 만화가들의 복사된 만화는 사는 편에서만 생각한다면 값이 싸니까 그리고 문명인들답게 유머가 세련되어 있으니까.(「차나 한 잔」,『전집1』, 184쪽)

이 작품은 김승옥이 개인성, 혹은 소시민성에서 벗어나 미약하게나마 사회의 구조적 모순을 진단하고 있다는 점에서 비판적 성격을 띤다. 그리고 김승옥의 예견대로 한국 대중문화가 서구의 그것에 침윤되는 양상은 오늘날 엄연한 현실이다.

만화와 더불어 김승옥 소설에는 영화에 관한 언급도 자주 발견된다. 그는 「60년대식」에서 한국사회가 이미 '시청각 시대'에 진입했음을 간파했다. 교양과 지식의 매개물이던 책은 이제 기껏해야 종이 값으로 계산될 뿐이다. 형편이 넉넉한 사람들이 구입하는 책도 읽기 위해서가 아니다. 그들은 구입한 전집을 거실에 진열해놓고 영화나 텔레비전에 몰두한다. 책을 읽지 않는 시대에 작가의 곤궁은 어렵지 않게 짐작할 수 있다. 김승옥이 영화계로 발을 돌린 이유도 경제적 곤궁에서 비롯되지 않았을까 싶은데, 실제 김승옥은 자신이 영화 쪽 일을 하게 된 계기를 다음과 같이 밝히고 있다.

> "난 정말 글 쓰는 게 힘들어요. 피로 쓴다면 웃겠지만. 단편 하나 쓰는 데도 두 달 정도 아무것도 못 하고 매달려야 할 정도지요. 그런데 인세 한 푼 받지 못하게 되자 나는 분노가 치밀어 올랐지요. 그땐 이미 집안도 몰락해 있었고, 결혼도 했으니까."
>
> (중략)
>
> "영화가 매력적이었으니까요. 그리고 나 같은 사람이 꼭 필요했어요. 특히 문학작품을 영화로 만들 때 제대로 해석해줄 사람이 필요했으니까."
> (주인석, 「김승옥과의 만남」, 『전집4』, 313쪽)

이런 이유로 김승옥은 영화와 관련된 작업[14]을 적지 않게 했다. 이시기 이후 김승옥의 소설 작업은 커다란 진전을 이루지 못했다. 그러나 영화에서는 나름의 성과를 거둔 것이 사실이다. 소설의 영화화에 관한 논의는 다른 지면을 필요로 하지만, 김승옥 각색의 성공이 그의 문체와 긴밀한 상관성이 있을 것이라는 유추는 가능하다. 일찍이 김현은 김승옥 문체를 살피며 "청각적 이미지와 시각적 이미지의 결합은 거의 독보적"[15]이라고 상찬했다. 주지하다시피 영화는 관객에게 이 두 이미지를 통해 서사를 전달하는 예술장르이다. 날카로운 감각으로 새로운 세대의 감수성을 전달한 김승옥의 문체는 각색에 적합했을 것

---

14) 1967년 이후 김승옥은 15편의 작품을 각색했다. 그 중 김동인의 「감자」는 김승옥이 직접 감독을 맡은 작품이기도 하다. 김명석, 『김승옥 문학의 감수성과 일상성』, 푸른사상, 2004, 274~275쪽 참조.
15) 김현, 『전체에 대한 통찰』, 나남, 1990, 56쪽.

이다.

  김승옥은 우리나라에 대중문화시대가 정착하기 이전, 나름의 미학
적 감수성으로 그 요소를 선취한 작가이다. 대중문화 요소가 작품에
차용되기는 했지만 「차나 한 잔」을 제외하고 그것들이 단지 제재의 차
원에 머물러 있다는 점은 아쉬움을 준다. 아마도 작가가 대중문화와
사회와의 연관성에 분석적인 시선을 집중하지 못한 탓일 것이다. 한편
으로 이 점은 당시의 한국사회에서 대중문화가 완숙하지 못했던 까닭
일 수도 있다. 그럼에도 한국사회의 일상문화가 대중문화로 점유될 것
이라는 진단만큼은 정확했다.

II. 왜소한 인간에 대한 무한한 연민 - 이동하

1. 봉급쟁이의 애환과 도시서민의 경제적 피로

지난 70-80년대의 급속한 산업화로 한국사회는 비약적인 경제 도약을 이루는데 성공했으나 성과의 수혜가 소수의 자본가에게 편중되는 등의 부작용도 컸다. 산업화의 파행성은 도시서민에게 생활의 어려움으로 직결되어, 그들은 보릿고개라는 절대 빈곤은 간신히 극복했으나 곤궁한 살림은 별반 달라진 것이 없었다. 이 시기에 '뿌리뽑힌 자'들을 소재로 한 소설들은 시대적 상황을 성실히 반영한 결과라 할 수 있다. 많은 작가들은 사회학적 상상력으로 도시빈민이나 서민의 고단한 현실을 고발하고 개선하기 위해 노력했다. 이동하 역시 장삼이사의 힘겨운 세상살이에 관심을 기울인 작가 중 하나이다.

대체로 70년대 전반에 쓰여진 나의 소설들은 공통분모적인 요소들을 많이 지니고 있다고 생각된다. 예를 들면, 주 인물이 거의 도시 봉급생활자이고, 30 전후의 나이이며, 셋방살이를 하고, 직장은 불안정하며, 대인관계-그 중에서도 특히 상사와의 관계가 원만치 못하다는 점 등등이다. (「나에게 소설은 무엇인가」, 『밝고 따뜻한 날』, 13쪽)

위의 진술은 넉넉지 않은 삼십대의 도시 봉급생활자가 먹고사는 문제와 불안정한 직장에서의 인간관계에 고심한 내용을 작가가 주로 소설화했음을 일러준다. 위의 진술과 체험을 중시하는 작가의 창작방법론을 염두에 둔다면, 생계를 위해 진력을 다하는 소설 속 인물에 작가의 초상이 많이 반영[1]되어 있음은 어렵지 않게 짐작할 수 있다. 실제 작가는 직장과 관련된 다양한 작품을 통해 먹고살기의 어려움을 생생하게 보여주었는데, 이것은 일상에서 너무도 흔한 풍경이자 동서고금 인류 전체의 가장 중대한 문제이기도 하다.

「저당 잡힌 사내」(1976)에는 구직을 위해 발버둥치는 서른다섯 살 사내의 절박한 처지가 잘 드러나 있다. 작품의 주인공 그는 생계를 위해 "단지 몇 푼이라도 좋으니 제발 저를 몽땅 사주십시오"라고 할 만큼 막막한 형편이다. 천신만고 끝에 그는 전당포 창고에서 전당 물건을 정리하는 일자리를 얻지만 출구가 봉쇄되어 갇히게 된다. 무작정 견디던 그는 생계를 위한 노동이 되레 인간을 억압하고 있음을 깨닫는다.

> 일당을 받는다는 것, 보수를 바란다는 것은 곧 무엇인가를 제공한다는 전제가 필요하다. 그것이 어찌 노동의, 혹은 그에 준하는 어떤 수고의 제공만이기를 바랄 수 있겠는가. 그 이상의, 때로는 생의 전부를 제공하도록 강요당할 경우도 얼마든지 있을 것이었다.(「저당 잡힌 사내」, 『삼학도』, 276쪽)

당장 입에 풀칠할 걱정을 해야 하는 서민에게 노동은 단지 보수를

---

1) 체험과 일상생활의 상관성에 대해 르페브르는 다음과 같이 이야기하고 있다. 그는 체험이 생활화되고 생활이 체험화되는, 양자간의 끊임없는 상호전환을 일상생활의 중요한 모습으로 본다. 그는 여기에서 체험과 생활 사이의 관계를 파악하는데 언어가 갖는 의미에 주목하여 일상생활이 언어를 통하여 기술될 수 있어야 한다고 보았다. 그러나 그는 체험적 일상생활을 있는 그대로 기술하는 것이 아니라, 양자간의 비판적 거리 유지를 통해 서술해야 한다고 했다. 강수택, 『일상생활의 패러다임』, 민음사, 1998, 55~57쪽 참조.

위한 행위에 불과하다. 마르크스는 노동의 가치를 긍정적으로 보았지만 근대사회는 노동으로부터 소외된 인간의 모습을 확인시켰을 뿐이다. 임금을 목적으로 수행되는 노동은 노동자를 그것의 도구로 전락시킨다. 그때 노동자는 소외를 느끼지만 그럼에도 생계를 위해 노동은 계속해야 한다. 생존의 도구에 불과한 노동은 이제 더 이상 노동자에게 삶의 본질이 아니기에 그는 노동활동에서 자신의 존재마저 부정하게 된다.[2] 이처럼 자신의 처지를 수긍한 노동자에게 일상은 무의미한 노동이 연속되는 공허한 시간에 불과하다.

창고에서 하릴없이 시간을 때우던 그가 다시 구직을 위해 전당포 주인 사내와 면접을 하는 것으로 이 작품은 끝이 난다. 소설의 시작과 끝이 동일한 장면으로 구성된 환상적인 결말[3]은, 그의 구직활동이 끊임없이 반복될 것을 암시한다.

구직도 어렵지만 겨우 들어간 직장생활 또한 만만치 않다. 직장에서의 문제 중 하나는 작가가 밝힌 대로 농료나 상사와의 관계이다. 이는 많은 직장인들이 삶의 최전선에서 고민하는 커다란 문젯거리 중 하나일 텐데, 원만하지 못한 직장 상사와의 관계를 다룬 작품으로 「상전(上典) 길들이기」(1976)가 있다. 이 작품은 선전(宣傳)파트로 발령을 받은 내가, 업무를 핑계로 골탕을 먹이는 직속상관 김 부장을 되레 길들인

---

2) Karl Marx, *Economic and Philosophic Manuscripts of 1844*, 『경제학-철학 수고』(김태경 옮김), 이론과 실천, 1987, 55~59쪽 참조.

3) 비록 과작이지만, 이동하는 비교적 초기작에서부터 최근의 「가엾은 영혼들」까지 환상기법을 도입한 작품도 꾸준히 발표했다. 견고한 일상의 토대 위에 도입한 환상적 장치는 삶과 자연스럽게 연관을 맺어 의미를 심화하는 효과를 거두고 있다. 이러한 계열의 작품에, 「열외(列外)」, 「손오공」, 「공간의 유희」, 「빈 江」 등을 들 수 있다.(김병덕, 「이동하 소설의 환상기법 연구」, 『한국문예창작』(2007, 12), 228쪽) 이 계열의 작품을 "소외된 주체의 병리적 이상심리"의 관점에서 고찰한 글도 있다. 김민수는, 거론한 작품들의 인물이 노동에서 자기소외를 겪어 이상심리를 나타낸다고 본다. 김민수, 「난폭한 세계의 지분 같은 삶들」, 『폭력에 맞서는 의로움』(현대문예창작학회 엮음), 국학자료원, 2007, 28쪽 참조.

다는 내용이다. 내가 억지 술을 먹인 탓에 상관 앞에서 실수를 연발하는 김 부장 꼴은 독자에게 일면 통쾌함을 준다. 그러나 나의 가학적 행동에 되레 자신의 억눌린 심사를 표출하는 김 부장에게서 나와 명주는 오히려 비애를 맛보게 되는 아이러니가 발생한다.

> "참을 수 없어. 나도 더 이상 참을 수가 없단 말야. 난 뭐야? 난 김인표! 샌드위치가 아니란 말야!"(「상전 길들이기」, 『밝고 따뜻한 날』, 276쪽)

김 부장 역시 회사에서 엄청난 스트레스를 받으며 생활하는 샐러리맨에 불과하다. 나보다 직위가 높을 뿐, 그 역시 상사와 부하직원 사이에 끼어 생존을 위해 고생하는 일개 봉급쟁이기는 한가지이다. 나의 보복이 의도와 달리 유쾌하지 않고 비애만 가져다준 것은 그런 이유에서이다. 내가 결국 김 부장과 심정적인 화해를 하는 계기도 봉급쟁이로서의 애환에 공감해서라 할 수 있다.

이에 비해 「몰매」(1978)에 나타난 직장인의 비애는 한층 심각하다. 이 작품에는 한 사람의 희생양을 통해 자리를 보전하려는 동료 직장인들의 이기적인 면모가 날카롭게 부각되어 있다. 영세 잡지회사의 김 부장은 출근하자마자 사장에게 호된 질책을 당한다. 사장의 화를 풀어주기 위해 나머지 직원들은 누군가가 이 사태에 대해 책임을 져야 한다는 데에 의견을 모은다. 동료들은 그 희생양으로 김 부장을 선택하고 집중포화를 퍼붓는다. 결국 희생양이 된 김 부장은 그날 밤 꿈에서 몰매를 맞는다. 한솥밥을 먹던 동료들의 이기적 행태는 직장의 비정한 세태를 단적으로 보여주고 있다. 인간적인 동료애가 사라진 직장에서 김 부장이 직원들에게 배신감을 느끼는 것은 당연하다. 작가는 동료들의 배신을 김 부장의 '몰매맞기'에 비유한다. 내가 살기 위해 타인을 죽이는 것, 그것도 한패거리가 되어 자행하는 힘의 행사는 물리적인 폭력과 다르지 않다고 작가는 생각하는 것이다.

예나 지금이나 직장인의 가장 큰 불안은 실직의 두려움에 있다. 실직은 곧 그나마 굴러가던 가계 형편을 곤두박질치게 한다. 구직에의 불확실성 역시 불안을 가중시킨다. 이러한 불안 심리를 이동하는 「휴가와 보너스」(1971)에서 섬세하게 그려내고 있다. 이 작품은 사원들에게 뜻밖에 생긴 일주일간의 휴가와 최저 60프로 이상의 보너스가 오히려 걱정거리가 되었다는 내용을 담고 있다. 이 작품의 직장인들은 느닷없는 행운에도 정체모를 불안의 기미를 감지한다. 행운을 있는 그대로 받아들이지 못하는 그들은 하여 당황하고 침묵한다. 그들이 겨우 화투판을 벌이는 것은 행운을 즐길 목적이 아니라 불안을 은폐하려는 행위에 불과하다. 화투를 치면서도 그들 저마다는 여직원과 마찬가지로 불길한 생각을 한다.

> 일주간의 휴가나 덤으로 주어진 보너스가 결코 행운일 수만은 없다는 것을. 그것은 결국, 일상의 파탄이요, 종잡을 수 없는 혼란일 뿐인 것이다. 이제, 어쩌면 완전한 파탄이, 다시는 이어지지 않는 일상의 완전한 파탄이 올지도 모른다는 생각을 했다. (「휴가와 보너스」, 『밝고 따뜻한 날』, 79쪽)

다른 직원들과 헤어져 마지막까지 남아 술을 마시는 남자 직원 둘도 여전히 즐겁지 않다. 그들의 관심사는 온통 회사의 존폐와 자기들의 실직 여부에 집중되어 있다. 직장이 생계의 유일한 수단인 봉급생활자에게 실직의 공포는 이처럼 가공하다. 「삼학도(三鶴島)」(1982)의 한이 회사에서 떨려나지 않기 위해 서울에서 아무 연고도 없는 목포로 발령이 났음에도 직장을 고수하는 것은, 실직만큼은 당하지 않으려는 간절한 몸부림에 다름 아니다.

이처럼 가까스로 버티는 직장을 자아실현의 장으로 받아들일 이는 거의 없다. 하지만 직장생활이 불만스럽다고 해서 그들이 다른 삶을 염원하는 것은 아니다. 생의 변환점도 없이 그들은 숙명처럼 현재의 노동을 우직하게 해나갈 뿐이다. 그들에게 중요한 점은 어떻게든 직장에서 버텨내야 한다는 것이다. 삼도제약에서 27년을 근속한 「헹가래」(1979)의 강부돌 씨에게, 생활의 방편으로 지난 세월을 그저 잘 버텨냈다는 정도의 감회가 전부인 것은 그런 까닭이다.

> 어쩌면 전혀 다른 길을 가고 있을지도 모를 자신의 모습을 그는 상상해 보려 했다. 삼도제약 총무부 소속의 잡급직원 강부돌이가 아닌, 오늘 20년 근속표창을 받은 강부돌이가 아닌 신물나게 똑같은 작업만으로 40가까운 생애를 채운 그 강부돌이가 아닌… 그러나 상상의 날개는 조금도 펼쳐지지 못했다. 지금과는 전혀 다른 모습의 자신을 애써 만들어 보려 했지만, 그것은 확실히 자신의 재능으로는 불가능한 일이었다. 또 다른 자기의 모습을 열심히 상상하다 보면 종당엔 결국 오늘의 모습으로 되돌아오고 마는 것이었다.(「헹가래」,『삼학도』, 237쪽)

이처럼 가장의 책무를 다하기 위해 고투하는 인물에 작가는 연민의 시선을 보낸다. 그래서 이동하 소설에서 종종 발견되는 일탈적 상황은 일상에 얽매인 인물의 현실도피 수단으로 이용된다. 통근버스로 출근하는 직장인이 회사 대신 바다로 가 한나절 동안 편안한 휴식을 취한다는 「바다 이야기」(1986)에는 소박한 일탈적 상황이 그려져 있다. 이보다 심각한 일탈은 실종 모티프가 사용되었을 때이다. 「일상의 리듬」(1975)에 등장하는 한은 7-8년가량을 거의 날마다 드나들었던 회사가 아예 실재하지 않았다는 충격적인 사실을 발견하고 지난 삶이 무위했음을 인식한다. 그는 집에 기별도 않고 아예 잠적해버린다. 「실종」
(1974)의 한씨 또한 아내와 아이를 팽개쳐두고 실종된다. 이들의 잠적
이나 실종은 힘겨운 현실을 견디어내지 못한 자들의 일탈 방식이라 할
수 있다. 또한 「공간의 유희」(1975)에서처럼 일탈이 공간이동을 통한
환상적 기법으로 처리되기도 한다. 작가는 이들의 일탈에 암묵적인 찬
성표[4]를 던지는 듯 보인다.

　피곤한 일상에 시달리는 인물들의 휴식은 깊은 잠을 통해 이루어지
기도 한다. 잠은 일시적으로나마 현실과 절연하는 수단이다. 그들은
이따금씩 혼자만의 공간을 찾아 지친 몸을 눕힌다. 타인과 단절된 밀
폐된 공간[5]에서 그들은 잠의 수렁 속으로 빠져든다. 이때 잠은 탈일상
의 수단이자 고단한 내일을 버티기 위한 재충전의 방편이다. 「헹가래」
의 강부돌 역시 그런 이유로 여관에 기어든다.

　　모든 것을, 가능하나면 사신의 존재까시도 쌍그리 잊어버린 채 한 사나
　홀쯤 내처 잠이나 잤으면 좋겠다고 그는 생각했다. 그러고 나면 몸도 마
　음도 한결 홀가분해질 것 같았다. 그 길만이 이 엄청난 피로감과 참기 어
　려운 짜증스러움으로부터 벗어날 수 있는 거의 유일한 방법이라고까지
　생각되었다. 그래, 자는 거야. 자신을 향해 그는 중얼댔다. 죽은 듯이 아주
　푹 자버리는 거야. 그러고 나면 개운해질 테지. 옛날처럼 아무렇지도 않
　게 나는 다시 출근할 수가 있을 거야……(「헹가래」, 232~233쪽)

　이동하의 인물들이 피로에 지쳐 있는 것은 당연히 세상 살아가기의

---

4) 조남현, 「장삼이사(張三李四)의 서사, 그 프락시스」, 《작가세계》(1998, 여름), 71쪽 참조.
5) 좁은 방으로 구현되는 밀폐된 공간은 인물에게 요나 콤플렉스(Jonah complex)를 충족시켜
　주는 자궁과 같은 역할을 한다. 범박하게 말해, 어머니 뱃속에 있을 때의 행복한 상태로
　되돌아가고 싶은 퇴행적 욕망을 요나 콤플렉스라 한다면, 강부돌은 어머니의 모태 같은
　방에서 외부와 단절하고 안정을 취한다고 할 수 있다. 그런 점에서 이러한 행위는 힘겨
　운 현실의 짐을 벗어던지고 싶어 하는 강한 욕망의 발현이라 할 수 있다.

어려움 때문이다. 그럼에도 그들이 끈질기게 버티는 까닭은 가족을 위해서이다. 가정을 원만하게 유지하기 위한 가장의 헌신적인 노력은 「누가 그를 기억하랴」(1998)에도 여실히 나타난다. 생계를 위해 가족과 떨어져 생활하는 그 역시 "만성적인 피로감"에 시달리지만 집장만과 자식 교육을 위해 한평생 희생한다. 결국 오십여 년의 인생을 애면 글면 살아온 그에게 남겨진 것은 "아이들 공부시킨 것과 마흔두 평짜리 아파트"가 전부이다. 자신을 위해서는 그 무엇도 해본 적 없는, 먹고살기에 급급한 인생이었으나 불만은 없다. 가정이야 말로 중년 가장을 지탱하는 삶의 원동력이었던 것이다.

그렇기에 한 가정의 안위를 파괴하는 현실은 폭력일 수밖에 없다. 회사라는 조직체가 직원에게 일방적으로 통고하는 해고명령은 가장 입장에서 보자면 최대의 폭력으로 다가올 터이다. 「잠」(1970)에는 봉급쟁이의 삶을 일시에 파탄나게 하는 해고통지를 받은 인물이 등장한다. 그는 서른다섯의 생일날 영문도 모른 채 해고통지를 받지만 속수무책이다. 이런 곤란은 한 사람의 인생과 가정이 속절없이 붕괴되는 것이나 다름없는 것으로 작가는 보고 있다.

모두에서 언급한 대로, 이동하는 70년대 초기에 구직의 어려움과 실직의 공포, 그리고 해직을 소재로 해 직장생활의 애환을 다룬 작품을 다수 발표했다. 당대 한국사회의 한 단면이 가감 없이 그려진 이 작품들에는, 현실에서는 무력하지만 어떻게든 가족의 생계를 책임지려는 서민 가장의 의지가 전제되어 있다. 이런 정황이 체험을 중시하는 작가에게도 예외일 수 없었음은 작품에서 금방 확인된다.

2. 폭력적 현실에서의 존재론적 성찰[6]

거칠게 말해, 폭력은 인간에게 부당한 방식으로 행사하는 힘이라 할 수 있다. 폭력을 동원할 능력이 있는 강자는 신체적 가해나 물리적 강제의 방식으로 약자를 제어하고 억압한다. 이런 면에서 폭력은 이성이 통용되기 이전의, 즉 언어보다 완력을 통해 지배권을 행사하는 원시적 소통의 한 방편이라 할 수 있다. 이성과 합리를 통해 점진적인 발전을 이룩한 현대에 폭력은 사라져야 하는 것이 당연하다. 그러나 "20세기는 사실상, 레닌이 예견했듯이 전쟁과 혁명의 세기가 되었으며 전쟁과 혁명의 공통분모라고 일반적으로 믿어지는 폭력의 세기가 되었다"[7]는 한나 아렌트의 지적처럼, 폭력은 일상에서 버젓이 그것도 과거보다 더 극악하고 교묘하게 자행되고 있다.

이데올로기, 민족, 인종 따위의 명분 아래 상대를 살육하는 전쟁은 폭력의 극단적인 양태이다. 살상과 파괴만이 존재하는 전쟁에는 인간의 공격성향과 파괴본능이 얼마나 뿌리 깊은 것인지를 잘 보여준다. 그러나 역사는 전쟁에 희생된 자들을 계량화된 수치로 기록하고 권력자나 이데올로기에만 시선을 집중했을 따름이다. 전쟁의 잔혹한 폭력 전면에서 수난을 당한 장삼이사들의 삶은 역사 저편에 묻힌다. 그런 판이니 전쟁의 폭력성에 희생된 '다람쥐' 따위에는 누구도 눈길을 돌리지 않는다.

그러나 이동하는 데뷔작 「전쟁과 다람쥐」(1966)에서 전쟁이 여린 생명체에 가한 무자비한 폭력성을 고발한다. 작가는 이 작품에서 전쟁이나 이데올로기의 본질을 전경화하지 않는다. 그보다 전쟁에 희생당하

---

6) 이 절은 김병덕, 「생활세계와 미시적 폭력의 양상」, 『비평문학』(2008, 8)의 내용 중 일부를 발췌·요약한 것임.

7) Hannah Arendt, *On Violence*, 『폭력의 세기』(김정한 옮김), 이후, 1999, 24쪽.

는 나약한 생명체의 생사에 노심초사하는 어린 소년의 심정을 드러내면서 오히려 전쟁의 폭력성을 극대화한다. 이동하의 작품에는 이처럼 등단작에서부터 폭력의 문제가 대두되었고 그것은 이후 지속적으로 탐구되었다.

주지하다시피 지난 70-80년대 한국사회는 정통성 없는 정권의 정치적 폭력[8]이 일상에 만연한 시기였다. 국가권력은 국민 통제의 수단으로 인권유린과 불법구속, 구금, 고문 등을 무시로 자행했고 남북의 대치 상태를 악용해 부당한 폭력 사용을 정당화하려 했다. 이러한 상황에서 작가는 폭력에 대해 본격적인 탐구를 한다. 그러나 그는 "폭력의 본질에 집착하면서도 폭력의 원인을 이데올로기 차원에서 분석해 소설을 관념적 성찰의 수단으로 정착시키지 않는"[9] 개성적인 방법론을 추구하는데, 그것이 곧 일상에서의 '폭력연구'법이다. 이러한 접근법은 폭력이 개인의 삶에 어떤 식으로든 관여했을 때에라야 구체적 의미를 지닌다는 작가의 인식에서 비롯한다. 작가가 폭력을 사회학적 차원이 아닌 일상의 개인을 통해 고찰하는 것은 바로 그런 이유에서이다.

『폭력연구』의 작가의 말에서 이동하는 폭력에 대해 다음과 같이 언급하고 있다.

인간과 인간적인 삶을 위협하는 일체의 힘을 나는 모두 폭력으로 간주하고자 한다. 예컨대 추위·천재지변·늙음 따위가 자연의 폭력이라면, 굶주림·전쟁·투옥 등은 인위적인 폭력인 셈이다. 자연의 폭력으로부터의 인간해방의 자취가 곧 문명사(文明史)라고 말한다면, 우리는 참으

---

8) 폭력은 크게 두 가지 형태로 구분할 수 있다. 감정이 수반된 폭력과 감정이 배제된 폭력이 그것인데, 전자는 공개적인 잔인성의 형태를 띠고 후자는 관료화되고 일상화된 잔혹성을 보인다. 국가나 군대에서 행사되는 폭력은 대체로 후자의 경우라 할 수 있다. 이은진, 「사회구조에 잉태된 폭력」, ≪문학정신≫(1993, 3), 40~41쪽 참조.
9) 전영태, 「진실과 감동의 자연스런 박동」, 『삼학도』 해설, 동아, 1989, 319쪽.

로 역설적인 시대에 살고 있는지도 모른다. 자연으로부터의 폭력을 줄인 대신 그만큼-또는 그 이상으로- 인간에 의한 폭력이 엄청난 규모로 확산 되고 있는 현상을 목격하고 있기 때문이다. 폭력은 바야흐로 홍수처럼 범 람하고 있다. 세계의 곳곳에서, 그리고 우리의 거리거리에서……. 그것은 이 시대의 흑사병처럼 안팎에서 무섭게 창궐하고 있는 것이다. 폭력은 이 제 일상적인 것이 되었다.(「폭력에 대하여」, 『폭력연구』, 9쪽)

작가가 생각하는 폭력의 외연은 매우 넓다. 작가는 인간의 능력으로 어찌할 수 없는 자연이나 운명이 인간에게 부과하는 힘도 폭력으로 간 주하기에, 그것이 일상 곳곳에 산포되어 있다고 본다. '폭력연구'라는 부제가 붙은 「잠든 도시와 산하」(1986)에서 추위가 가공할 폭력인 것 도 인간이 거역할 수 없는 초월적인 힘으로 나타나기 때문이다. 실제 작가의 추위에 대한 공포는 여러 작품에서 나타난다. 그 두려움은 단 순히 자연의 섭리 때문만이 아닌, 그것이 야기할 일상적 삶의 파탄에 대한 불안에서 기인한다. 작가가 기습적인 강추위에 자신과 가족들이 동사할지 모른다고 겁을 먹는 것도 불가항력적인 자연의 힘에 무기력 한 인간의 운명을 인정하고 있기 때문이다.

이런 까닭에 작가가 인식하는 폭력은 다양한 차원에서 논의되어야 한다. 우선 초월적인 힘의 소유자인 자연이나 세상과 단절된 인간의 고독 차원에서 「잠든 도시와 산하」를 거론할 수 있다. 이 작품에는 심 야열차로 다이너마이트를 호송하는 인부가 등장한다. 냉동실만큼 차 가운 겨울의 화물열차 안에서 그는 소주를 들이마시며 별 볼일 없는 과거를 회상한다. 그러다 개 한 마리가 열차 안으로 뛰어들어 잠시나 마 생명체의 체온을 느끼지만 개는 열차에 치어 죽는다. 이 작품에는 살을 에는 추위에 인간의 삶이 얼마나 위협을 겪는지가 잘 드러나 있다. 이 추위야 말로 작가가 인식하는 폭력의 한 양태일 것은 분명하다.

그에 못지않게 가공할 폭력은 고독이다. 인간은 인간과의 관계 속에서 살아간다. 그 중 가정은 사회를 구성하는 최소집단으로 인간의 정신적·육체적 안식처가 된다. 작품의 화자인 그에게는 그러나 가족이 없다. 그의 가족은 전쟁으로 인해 뿔뿔이 흩어졌고 첫 번째 만난 동향(同鄕)의 여자는 아이를 낳다 태아와 함께 죽었다. 또 술꾼인 두 번째 여자를 내쫓고 그녀 사이에 생긴 아이는 다른 집에 입양시켰다. 피붙이 하나 없는 그에게 고독은 가히 폭력적일 수밖에 없다. 그가 실랑이를 벌이던 개를 끌어안고 흘리는 눈물은 고독에 방치된 자기 연민에 다름 아니다.

이동하 소설이 보여주는 폭력의 또 다른 양상은 문명과 연관되어 있다. 문명의 발전은 인간과 세계에 대한 이해의 확장과 생활의 편리를 가져다주었다. 동시에 그것은 위협적인 칼날을 인류의 목전에서 휘두르고 있기도 하다. 문명은 아이들에게도 강력한 영향을 끼친다. 「밝고 따뜻한 날」(1984)에서 보듯 아이들은 옛날에 어른들이 가지고 놀았던 구슬 따위는 안중에 없다. 아이들은 직접 몸을 움직이고 상대와 부딪치고 하는 놀이에는 이내 싫증을 느끼고 텔레비전 앞으로 달려간다. 「풍뎅이의 춤」(1986)의 욱은 아예 로봇에 빠져 친구들과도 담을 쌓고 지내며 로봇을 구입하기 위해 돈을 훔치기까지 한다. 자연친화적인 재료로 직접 장난감을 만들어 놀던 시대에 비해 욱이 구축하려는 로봇군단은 자본화된 문명의 소산물이다. 그 로봇들은 아이의 삶에 지대한 영향력을 행사한다. 현실과 장난감 세계와의 거리를 적절히 조절하지 못하는 어린아이의 분별력에도 문제가 있기는 하지만, 자아와 로봇을 동일시하게 할 만큼 가공할 그것의 폭력성도 무시할 수 없다. 내가 욱이를 혼내며 로봇을 망가뜨릴 때 혼절하는 아이는 사태의 심각성이 만만치 않음을 보여준다.

> 「말하자면 일종의 감정투사 현상이랄까요……」 의사는 말하며 웃었다.
> 「이 아이에게는 로봇들이 이미 단순한 플라스틱 조각이 아닌 겁니다.
> 그것들은 주인의 넋을 나누어 받은, 말하자면 이애의 분신 같은 거죠. 그
> 래서 충격을 받았던 겁니다. 자신의 목이 비틀린 것과 같은……」(「풍뎅
> 이의 춤」, 『폭력연구』, 73쪽)

이런 상황을 인지하면서도 나는 욱이에게 로봇을 사주지 않을 수 없다. 아이의 여린 성정을 뒤흔드는 로봇에 내가 등골이 서늘해지는 것은 바로 그 때문이다.

비민주적인 사회에서 제도의 차원으로 사용된 폭력은 권력에 의해 합리화되기 일쑤이다. 지난 80년대에 신군부가 사회정화의 명분으로 삼청교육대에서 인권을 유린한 것도 제도적 차원에서 자행된 국가폭력이었다. 국가폭력은 자신의 기호에 어긋나는 인간을 사회로부터 격리해 교정하려는 목적으로 자행된다. 푸코는 현대의 권력이 감옥을 통해 문제적 인물을 유화인(柔化人)으로 교정[10]시키는데 목적을 둔다고 보았는데, 국가기관의 폭력에 길들여진 이런 유형의 인간이 「폭력 요법」(1985)에 나타난다.

이 작품에서 장가는 동네의 망나니이다. 도덕이나 윤리를 무시한 그의 오만불손한 짓은 가히 동네 사람들의 치를 떨게 한다. 상습폭력 전과자인 그에게 동네 연장자의 훈계 따위가 들릴 리 없다. 그런 작자와 조우한 평범한 개인은 괜한 불안감을 느낀다. 그것은 무자비한 폭력 앞에 무력한 사람들의 일반적인 반응일 터인데, 작가는 그런 상황 자

---

10) 이광래, 『미셸푸코』, 민음사, 1989, 208~221쪽 참조.

체를 운명적[11]으로 여긴다. 폭력을 운명으로 받아들일 때 당사자는 어떠한 저항도 못 한다. 부당한 폭력이 가해지는 상황에서조차도 고스란히 감내하는 것이다.

물리적 폭력은 그것의 행사자보다 더 위력적인 힘이나 권력을 소유했을 때 제압이 가능하다. 개인 혼자 분별없는 폭력에 대응하기에는 한계가 있다. 그때 국가는 명분을 내세워 자신들이 규율한 체제에서 이탈한 사람들을 제압하고 순화하는데 장가는 바로 거기에 희생된다. "나 싫으면 안 하는 게 민주주의"라고 억지를 부리던 장가가 교정되는 것은, 강력한 국가 권력에 무기력할 수밖에 없는 개인의 한계를 고스란히 드러낸 것이라 할 수 있다.

장가를 체포하기 위해 나타난 "똑같은 복장을 한 일단의 사내들"은 바로 국가 권력을 상징한다. 장가는 그 앞에서 잔뜩 주눅이 든 순둥이로 변모해 국가가 가동하는 교정의 시스템에 철저히 복속된다. 이제 장가는 국가에 의해 길들여진 선량한 시민으로 되돌아오지만 그의 존재감은 이전과 같지 않다. 장가는 되레 세상을 겁내는 쪽으로 바뀌어 있다. 그럼에도 국가는 끊임없이 장가를 감시하고 억압한다.[12] 장가의

---

11) 이승하는, 이동하 소설의 인물 대개가 어떤 상황에 맞닥뜨렸을 때 결과가 어떻게 되든 그 상황과 싸워 나가는 용기 있는 자라기보다는 일찌감치 체념하고 그래서 방황하는 순응론자 내지 운명론자라고 지적하며 그 이유를 작가에게 묻는다. 이에 대해 작가는 자신의 인물이 운명적이라는 데 공감을 표하며, 그 이유로 인간은 자기가 선택해서 태어난 것도 아니고 또 자기의 의지대로 살아지는 것이 아니기 때문이라는 것을 들고 있다.(이동하·이승하·하응백 대담, 「폭력의 프리즘」, 《문학정신》(1993, 3), 24쪽) 실제 이동하 작품에서는 자신의 처지를 운명적으로 받아들이는 인물들을 많이 볼 수 있는데, 앞에서 살핀 「저당 잡힌 사내」의 그, 「헹가래」의 강부돌, 「몰매」의 김택 부장이 그렇다. 폭력의 문제에 국한해 논의할 때 작가의 이와 같은 사고는, 그가 폭력에 대해 끊임없이 탐색하고 문제제기를 했음에도 시대 상황에 소극적 응전을 한 것으로 비추게 하는 요인이 되기도 한다. 즉 80년대의 많은 작가들이 국가의 불법적인 폭력에 저항의 목소리를 드높인 것에 비해 작가의 목소리는 상대적으로 낮게 들리는 것이다. 그러나 그 낮은 목소리야 말로 개인의 삶에 밀착해 있기에 소설의 미학과 구체성을 확보하는 데 기여한다.

천둥벌거숭이 짓이 용인될 수도 없지만, 체제 안정을 명분으로 국가가 인권을 상시적으로 억압하는 것 또한 정당화될 수 없음은 자명하다.

폭력자에 대한 국가의 개입은 한 인간을 교정하는 데에는 효과적일 수 있다. 하지만 더 극악한 폭력에 억눌림을 당한 개인은 인간 본연의 활기마저 상실한다. 세상과 인간으로부터 스스로를 격리하고 또 소통을 두려워하는 장가의 소심한 행동은 역설적이게도 이제 그가 폭력을 겁내는 자로 바뀌었음을 알 수 있게 한다. 귀로에 만난 장가의 모습에서 나는 그것을 확인한다.

> 그는 쫓기는 사람처럼 내내 불안스러워하고 초조해 하였는데, 나와 다른 데가 있다면, 자주 내 쪽을 힐끔힐끔 돌아보곤 했던 점이었다. 그러다가 나와 눈이 마주치기라도 하면 질겁을 하고 자라처럼 목을 움츠리며 시선을 거두어갔고, 그리고는 허겁지겁 발걸음을 서두는 것이었다. 그런 순간처럼 그의 꺾어진 뒷모습이 왜소하게 보일 때가 없었다.(「폭력 요법」, 『폭력연구』, 66쪽)

「폭력 연구」(1985)에서는 보다 직접적이고 물리적인 형태의 폭력이 등장한다. '사냥'이라고 불렀던 '몰매' 주기 놀이가 그것인데, 소년들은 그런 행위에서 야릇한 쾌감을 느낀다. 이것은 곧 인간의 본성에 얼마나 커다란 공격본능과 파괴의 충동이 잠재되어 있는지를 확인시킨다. 이 집단폭력에는 친구들과 함께 한다는 일종의 군중심리에 소년들이 도취된 면도 있지만, 폭력 그 자체를 통해 아이들이 희열을 느낀다는 것이 섬뜩하다. 또한 작가는 이 작품에서 폭력이 보상심리에서 기

---

12) 그런 점에서 폭력은 개인에 의해 억제되는 것이 아니라 국가기관에 의해 저지되고 방지되는 성격이 강하다. 특히 질서가 유지되는 시기에 안전은 더욱 강화되는 것이기에 통제가 빈틈없이 이루어진다. 상시적인 순찰 등은 그런 예가 될 것이다. Yves Michaud, *Violence et Politique*, 『폭력과 정치』(나정원 옮김), 인간사랑, 1990, 120쪽 참조.

원한다고 보고 있다. 즉, 자기의 부끄러움을 덮기 위한 방편으로 폭력이 발원한다는 것이다. 이는 폭력이 개인적인 동시에 사회적인 이유에서도 기원하고 있음을 알려주는 것이라 할 수 있다.

3. 일상의 균열과 풍속적 세사(細事)

이동하에게 일상은 지루하게 반복되는 삶의 양태이자 어떻게든 버텨내야 하는 굴레이다. 「빈 江」(1987)의 주인공 그는 지극히 일상적인 삶을 살아가는 샐러리맨이다. 그는 평범한 일상인들 대개가 그러하듯, 주말에 동료들과 술 한 잔 나누고 휴일을 잠으로 보충하는 인물로 묘사되어 있다. 술걸레가 되어 귀가한 그가 평소에 인식하는 세계란 "여섯시에 기상, 일곱시면 5층 아파트 계단을 허둥거리며 내려가야 하는 일상"이 있는 번쇄한 곳이다. 그런 그에게 별안간 "세상이 온통 죽은 듯 정지"해 있는 경천동지할 사건이 발생한다. 세상의 돌연한 정지로 인한 단절을 경험한 그는 놀랄 만한 세계의 변화에도 불구하고 월요일이 되자 결국 "어쨌든 출근 시간에 맞춰 직장까지 가볼 작정"을 한다. 천지개벽을 해도 출근 걱정을 하는 그를 통해 일상이 인간의 삶을 얼마나 강력하게 구속하는지 알 수 있다.

일상의 억압은 물론, 미세하게 드러나는 그것의 균열 또한 작가는 놓치지 않는다. 「지붕 위의 산책」(1987)과 「낯선 바다」(1987)에는 중년 여성 화자가 등장하는데, 이들은 남편의 돌연한 변모에 불안[13]하다.

---

13) 불안은 인간이 낯익은 세계에서 낯선 세계로 갑작스럽게 들어갔을 때 생기는 기분이다. 따라서 이 불안은 일상성의 끊김을 전제로 한다.(구연상, 『공포와 두려움 그리고 불안』, 청계, 2002, 622~624쪽 참조) 위의 두 작품에서 아내들은 어느 날 갑자기 남편들의 돌출적 행동으로 인해 미묘한 불안을 느끼는데, 그 불안은 눈에 보이지 않지만 균열되고 있던 일상에 의해 야기된 것이다.

「지붕 위의 산책」에서 화자는 남편의 불성실한 직장생활을 걱정한다. 화자의 남편 성문은 언제부터인지 회사에 지각하기 일쑤이고 설혹 정시에 출근을 했다 하더라도 사무실을 비우고 거리를 돌아다닌다. 이런 태도에 화자는 남편의 뒤를 좇다 "초라하고 곤비한 인상"의 뒷모습을 발견한다. 남편의 그런 모습에서 화자는 지난밤의 꿈을 떠올린다. 경사진 지붕에 올라선 남편이 "발을 옮겨딛을 때마다 기왓장들이 파싹파싹 부서"지던 간밤의 꿈은, 견고하게만 여겨졌던 일상적 삶이 사실은 위태롭게 유지되고 있었음을 상징한다.

이에 비해 「낯선 바다」의 남편은 훨씬 충격적인 방식으로 균열되어 있던 일상을 드러낸다. 그것은 십오 년 이상 결혼 생활을 한 아내에게 느닷없이 이혼을 통고하는 방식으로 나타난다. 나름대로 충실한 가정 생활을 해온 화자에게 견고해보이던 일상이 여지없이 허물어지는 것은 당연하다. 그 상황에 화자는 자신의 "지난 생애가 온통 모호해졌다"는 것을 느낀다. 힘겨운 일상을 가까스로 버티고 있지만 그 내면에 금이 가고 있었음을 이들은 뒤늦게 깨닫는다. 남편들의 일탈은 그러나 여성화자들의 감내로 용납이 된다. 「지붕 위의 산책」에서 화자는 남편을 동정하고 「낯선 바다」의 화자 역시 떠나는 남편을 붙잡지 않는다. 거기에는 고단했던 지난 삶을 말없이 참아낸 남편에 대한 아내의 연민이 전제되어 있다.

『문 앞에서』 작가의 말에서 이동하는 자신의 소설화자가 "사오십대가 대부분"임을 밝히면서, "내 소설의 인물들도 나와 더불어 꾸준히 나이를 먹어온 것"이라 했다. 작가의 물리적 나이의 증가는 소설에 어떤 의미를 지니는가? 작가는 같은 글에서 그것을 "허구로서의 소설과 나의 지난 삶의 관계"라고 말했다. 이 작품집에서는 작가의 물리적 나이에 걸맞는 안목의 소유자들이 등장해 세상을 바라보고 있다. 이는

2007년 상재한 『우렁각시는 알까?』에서도 마찬가지인데, 작가의 생에 대한 시선은 연륜의 증가에 비례해 보다 깊고 넓다. 즉, "사회적 삶의 마무리를 지어야 하는 때에 이르러" 작가는 "사는 일의 고단함을 누구보다 따듯한 시선으로 바라볼 수" 있게 된 것이다.14)

연륜의 깊이와 함께 강조되어야 할 점은 다양한 풍속을 조망하는 작가의 넓이이다. 작가는 다양한 당대의 풍속을 통해 한국사회의 현재상을 사실적으로 제시한다.15) 이동하가 두 작품집에서 특히 관심을 기울이는 것은 노인과 죽음에 관해서이다. UN에서는 65세 이상 노인 연령층의 비율이 전체 7%를 넘을 경우 고령화 사회(aging society), 14%를 넘을 경우 고령사회(aged society)로 규정하고 있다. 우리나라는 이미 1999년 말 노인인구가 7.1%로 고령화 사회에 진입했으며, 앞으로 20년 후인 2020년경에는 노인인구 비율이 15%가 넘는 고령사회가 될 전망이다. 우리나라의 고령화 속도는 어느 선진국보다 빨리 진행되고 있다는 점에서 문제가 심각하다.16)

급속하게 고령화가 진행되었지만 노인에 대한 사회의 시선은 변화의 속도를 따라가지 못하고 있다. 하여 늙은이에 대한 전통적 인식은 노인들의 의지와 상관없이 생활에서 많은 부분을 제약하는 굴레로 작동한다. 특히 배우자와 사별, 혹은 이별한 노인들의 새로운 사랑이나 결합은 자식들에게 주책으로 몰리기 십상이다. 간혹 자식들끼리 노인들의 재혼에 합의를 이루는 경우도 있기는 하지만 지극히 드문 편이다.

---

14) 박철화, 「시선의 깊이와 따듯함의 넓이」, 『우렁각시는 알까?』 해설, 현대문학, 2007, 259쪽.

15) 김현은 소설가의 가장 큰 역할을, 상황을 비극적으로 포착하고 사회가 변천하는 속도를 조절하는 일이라 보았다. 그는 비극적으로 상황을 파악하고 변천하는 사회의 속도를 조절해 보려는 인물을 풍속적 인간으로 지칭했다. 김현, 『전체에 대한 통찰』, 나남, 1990, 30쪽 참조.

16) 김형균, 「빠른 정년, 연장되는 노년」, 『현대 한국 사회의 일상문화 코드』(박재환, 일상성・일상생활연구회 지음), 한울아카데미, 2004, 348~355쪽 참조.

「짧은 황혼」(1994)에 나오는 예순여섯 황씨와 예순둘 여주댁의 '인생 황혼의 사랑'도 그렇다. 노인회에서 정분을 쌓은 둘은 딴살림을 차리려 하지만 자식들의 반대로 뜻을 이루지 못하고 있다. 자식들은 양부, 혹은 양모를 맞는 일을 새로운 '혹'을 다는 일로 여기고 있다. 그렇기에 사랑에 빠진 당사자들만 애가 탈 뿐, 노인들의 사랑은 자식들에게 흉이나 잡히는 일이 된다. 자식에게 투정을 부려도 소용이 없다. 아직은 젊은 그들은 황혼의 고독이 얼마나 뼈저린 것인지 짐작조차 못하는 것이다. 이 작품에서 서 노인은 황씨를 객관적인 입장에서 바라보고 있다. 자신 역시 나이가 지긋한 서 노인은 황씨를 통해 동세대의 외로움과 집착을 간파한다. 「짧은 황혼」에서 둘의 사랑의 향방은 나타나지 않는데 그것은 「헐거운 인생」(2006)을 통해 추측이 가능하다. 칠십넷의 김씨 할아버지와 일흔을 넘긴 안씨 할머니의 애틋한 사랑은 역시 자식들의 반대로 실패한다.

자식들의 반대는 봉양의 의무감에도 있고 노인에 대한 전통적인 인식 때문일 수도 있다. 전통적으로 노인은 엄숙하고 체면을 중시해야 하는 역할을 사회적으로 부여받고 있다. 체통을 지켜야 할 노인의 늘그막의 재혼은 육체적 욕망이나 탐하는 불경스러운 인상을 짙게 풍긴다. 작가는 그런 사회적 통념에 문제를 제기한다. 자식들의 체면을 명분 삼아 노인들의 욕구을 제한하는 것이 정당한가 하고 작가는 묻는 것이다.17)

「헐거운 인생」에서 황혼의 사랑에 실패한 김씨 할아버지는 죽는다.

---

17) 이에 대해 김은하는, 이동하가 90년대 이후 작품의 노인 주인공들을 통해 음울한 노년의 시간에 도달해 덧없는 현존과 치명적 고독에 대해 말한다고 본다. 그런 한편으로 그는 노인들의 사랑과 성의 욕구가 좌절되는 과정을 담은 작품들이 노인의 소외와 고립을 부각시킴으로써 젊은 세대 혹은 사회의 이기성을 질타하려는 교훈담으로 전락할 위험성을 안고 있다고 보고 있다. 김은하, 「상실의 시대체험과 멜랑콜리의 미적 전략」, (현대문학창작회 엮음), 앞의 책, 53~71쪽 참조.

인간 누구나 그렇기는 하지만 노인의 죽음이야 특히 예측불가능한 일이라 그것이 어느 면에서는 자연스러울 수도 있다. 사랑에는 실패했을지라도 김씨 할아버지는 그나마 딸의 집에서 행복한 죽음을 맞았다고 볼 수도 있다. 독거노인의 방치된 죽음이 심심치 않게 보도되는 현실에서 말이다.

> 열세 평짜리 아파트에서 혼자 살던 노인네가 어느 날 운명한다. 임종을 지켜본 사람은 아무도 없다. 그래서 여러 날이 지난 뒤에야 비로소 그 외로운 주검이 발견된다…… 언젠가 이와 비슷한 사연을 신문에서 읽은 적이 떠올랐다. 미국인지 프랑스인지 어쨌건 다른 나라 얘기였다. 처음 그 기사를 대했을 때 어떤 기분이었던가? 흡사 어느 먼 나라의 기속(奇俗)에나 접한 듯한 느낌이어서 혼자 끼들끼들 웃었던 것이다.(「땀」, 『문 앞에서』, 85~86쪽)

기속 같았던 비극이 우리사회에서 버젓이 일어나고 있다. 평소에 자식에 대해 말을 아낀 「땀」의 장 노인이긴 해도 망자의 장례에 피붙이라고는 아무도 참석하지 않는다. 이 역시 현실에서 종종 발생하는 비극이다. 주검을 지키는 포인터만큼도 못한 가족, 혹은 일가간의 단절은 우리 시대의 우울한 자화상이라 할 수 있다.

죽음은 한 개인의 몰(歿) 그 자체로 끝나는 문제가 아니다. 장례라는 의례를 통해 한 생애는 이승의 삶을 완전히 마감한다. 그렇기에 전통적인 장례에서는 망자를 기억하고 추모하는 엄숙한 절차를 거쳤다. 그러나 현대의 장례 과정은 타인들에게 일상적 생활의 불편을 초래하는 의식에 불과하다. 「성가신 죽음」(1987)이라는 제목처럼 누군가의 죽음 자체가 타인에게는 성가신 일일 따름인데, 그 일차적 요인은 현대인의 삶의 양식에서 파생한다. 아파트에서의 삶이란, "한 건물 한 구멍 안에 웅크리고 살면서도 백날 가야 피차 인사 한번 제대로 닦을 기회가 없"는 것이어서 이웃의 죽음에 무덤덤할 뿐이다. 아래층 김씨의 죽음 역시 고작해야 이웃들에게 불편을 야기하는 귀찮은 일 중의 하나에 불과하다. 나의 아내가 아래층에서 퍼지는 향내에 불만을 토로하는 것도 그런 이유 때문이다. 진동하는 향내는 상가뿐 아니라 같은 출입구를 사용하는 입주민 전 세대의 분위기까지 우울하게 잠식하는 것이다. 그런 상황에서 망자에 대한 애도의 염이 일 리 만무하다.

> 이 계단 열 집이 죄다 상가 같은 기분이 드니까 문제지. 다들 못마땅해한다구요. 옛날처럼 넓은 데서 서로 뚝 떨어져 사는 것도 아니고, 요렇게 좁아터진 공간에서 며칠 동안 계속 태워댈 거 아녜요? 뉘 집이든 한 집이 상을 당하기만 하면 나머지 아홉 집도 죄다 상가집 분위기에 젖어야 한다는 건 고역이라구요. 저놈의 냄새 땜에…… (「성가신 죽음」,『문 앞에서』, 72쪽)

현대인의 기능적인 삶은 타인의 상황을 전혀 배려하지 않는다. 출상날, 영결식 예배를 보는 중에 이사를 가는 집의 차량 운전사는 영구차를 빼달라고 클랙슨을 빵빵거린다. 도무지 엄숙하고는 거리가 먼, 마치 한편의 블랙코미디 같은 장례 풍경은 경건해야 할 의식마저 부박해지는 세태를 정확히 보여주고 있다.

III. 속물적 세계와 인간의 법도 - 김원우

1. 중편 친화의 논리

김원우는 ≪한국문학≫에 중편소설 「임지(任地)」(1977)를 발표하며 작품활동을 시작했다. 작가의 데뷔 형식은 그 당시로서는 문예지 단편응모나 신춘문예 공모가 일반적이었는데, 그는 "신춘문예에 계속 고배를 마시자 아예 중편소설로 승부를 걸어볼 결심을 하고"[1] 위의 잡지에 응모하여 당선한다. 이 작품은 이후 「임지로 가는 길」(1988)로 개고되어 『세 자매 이야기』(1988)에 수록된다. 중편을 통한 김원우의 데뷔는 당시로는 조금 이색적이지만, 이 점은 그의 전반적인 작품세계를 이해하는데 간과하지 말아야 할 요소이다.

단편과 중편을 가르는 보편적인 기준은 원고지 분량에 있으나 그것을 구분의 절대적인 준거로 삼을 수만도 없다. 프랭크 오코너는 단편소설에서는 그 제재 이외에는 아무것도 길이(원고지 분량)에 대한 판단 기준이 될 수 없다고 단언한다. 그는 단편과 중·장편의 차이는 단순히 길이에 있지 않고 순수한(pure) 이야기와 응용된(applied) 이야기의 차이가 있을 뿐이라고 본다.[2] 대신 단편과 중편의 소설미학적 차이

---

1) 이경호, 「<짐승의 시간>에 <방황하는 내국인>」, ≪작가세계≫(1992, 봄호), 33쪽.
2) Frank O' Connor, *"The Lonely Voice"*, 「고독한 목소리」, 『단편소설의 이론』(찰스 E.메이

는 양자의 경계를 나누는데 용이한 근거를 제공한다. 우선 단편은 소재의 폭이 좁고 설혹 그것의 범위가 넓다고 해도 작품의 심미성을 고려해 삭제하는 경우가 많다. 즉 단편은 단일한 효과와 완결성, 통일성을 획득하기 위해 긴장과 압축, 그리고 언어의 경제성을 중시한다. 이에 비해 중편은 단편의 제 요건에 비해 다소 느슨하고 장편에 비해서는 사건과 인물이 상대적으로 압축되어 있는 경우라 하겠다.

우리나라에 중편소설이 융흥했던 시기는 70년대이다. 이 시기에 중편이 앞 시대에 비해 많이 생산된 까닭은 60년대까지 계속되었던 단편 중심의 성향을 극복하여 제재를 보다 깊이 있게 탐구해보려는 작가들의 의욕에서 비롯되었다.[3] 그 양식의 필요성은 급변하는 시대에 작가들의 할 말이 많았음을 의미하는 것이기도 하다.

당시의 중편 융성을 염두에 두면, 김원우의 중편 데뷔를 단지 신춘문예의 실패 때문만으로 볼 수 없게 한다. 작가의 중편 선택은, 첫째 작가에게는 어쩌면 단편소설이 요구하는 극적구성이나 밀도 있는 문체가 기질적으로 맞지 않았을 수 있다는 점, 둘째 작가가 의도적으로 단편 특유의 구성에 거리를 둔 창작방식을 채택하고 있지는 않았나 하는 점[4], 셋째 작가에게 한 작품을 담는 그릇으로 단편은 작았을 수 있다는 점 등으로 유추해볼 수 있다. 그것을 확인하기 위해서는 우선 데뷔작

엮음, 최상규 옮김), 예림기획, 1997, 138쪽 참조.

3) 조남현, 『소설원론』, 고려원, 1984, 284~285쪽 참조.

4) 김윤식은, 우리 소설이 형상화와 플롯에 너무 얽매여 편향성에 빠져 있다고 지적한다. 작가의 일방적인 정서 비대 현상으로 독자에게 강력한 인상과 예술적 감동을 유발하려는 것이 그가 주장하는 편향성의 실체인데, 김원우가 우리 소설의 그런 전통과 정면 대결하는 작가라고 그는 본다.(김윤식, 「우리 소설의 편향성 비판」, ≪문예중앙≫(1989, 가을호), 369~377쪽 참조) 물론, 이는 김원우가 십여 년 이상 창작생활을 하는 중에 나온 발언이기는 하다. 그러니까 어느 정도 작가의 작품세계가 확립된 이후의 논의이기는 하지만, 전통적 단편 미학과 거리를 둔 창작방법론을 김원우가 구사하고 있다는 점은 정확히 지적하고 있다.

을 살펴야 한다.

「임지로 가는 길」에는 특유의 극적인 사건이 나타나지 않는다. 작품은 은행 출장소로 발령을 받은 이 주임이 '임지'에서 겪는 사소한 일과 지나온 삶을 담담하게 반추하는 형식으로 이루어진다. 대학을 졸업하고 '임지'에서 근무하는 미혼 남자의 우울한 풍경을 작가는 무덤덤하게 바라본다. 이 담담한 진술은 작가 특유의 중·복문으로 중첩되어 개성적인 문체를 일구는 토대가 된다.

작가의 이런 특장을 일찌감치 파악한 비평가는 김현이다. 그는 작가의 문체가 "지나치게 심리적이지도 않고, 지나치게 과장되어 있지도 않으며, 그렇다고 아주 감각적이지도 않고, 덤덤한 것 같으면서도 통찰력이 있고, 밋밋한 것 같으면서도 탄력이 있"음을 간파했다. 아울러 그는 '세속적 트임'이라는 용어로 세계를 인지하는 작가 특유의 방식도 설명했다. 김현은 이 용어를 "범속한 것들을 통한 진솔한 세계 인식"으로 정의한다. 그는 김원우 소설이 "마지막의 세속적 트임을 보여주기 위한 밋밋하고 덤덤한, 그래서 때로는 지루하게까지 하는 묘사로 가득 차 있"다면서, 작가가 줄줄 펼치는 자질구레한 이야기는 작품 마지막에서의 삶에 대한 트임을 보여주기 위해서라고 본다.[5] 김현의 견해를 요약하면, 김원우는 사소한 일상을 호흡이 긴 특유의 문체로 장황하게 서술하여 작품화하는 작가라 할 수 있을 것이다. 여기에서 장황함은 단편의 압축과는 거리가 멀다. 또한 '세속적 트임'은 범속한 일상에서 포착되는 것이기에 인간의 제백사가 소설 안에 들어올 수밖에 없다. 거기에 김원우 특유의 만연체가 덧붙여져 그의 작품은 길어진다.

작가의 이러한 특성은 이후 전개된 궤적에서 증명된다. 물론 작가는 단편도 많이 썼다. 데뷔작 이후의 초기작품들이 대체로 그러한데, 「추

---

5) 김현, 「세속적 트임의 의미」, 『무기질 청년』 해설, 책세상, 2007, 409~411쪽 참조.

도(追悼)」(1978), 「고간(股間)」(1978), 「불면수심(佛面獸心)」(1983) 등
과 같은 가작을 그 예로 들 수 있다. 그럼에도 작가의 본령은 역시 중편
에 있는 듯하다. 「무기질 청년」(1980), 「방황하는 내국인(內國人)」
(1991) 등과 같은 우뚝한 작품이 그것을 증명하고, 「이름의 멍에」
(1984) 이후 발표된 작품 거개가 중·장편이라는 점에서도 그러하다.

2. 시속에의 촘촘한 관찰, 그리고 돈의 세계

김현이 지적한 대로 결말에서의 '삶에 대한 트임'을 위해 김원우는
인물과 시속에 정밀한 관찰을 한다. 세상의 풍경을 꼼꼼하게 바라보며
의미를 천착하는 일은, 작가에게는 일종의 기초공사일 터인데 이것의
중요성이 「이목구비(耳目口鼻)」(1982)에 나타나 있다.

> 사람 사는 모습을 어렵게, 꼼꼼하게 풀어가야 해. 사람이 살아가는 모습
> 을 뜯어보지 않으면 헛거야.(「이목구비」, 『소인국』, 68쪽)

작가는 사람 사는 모습을 꼼꼼하게 따지는 것이야말로 진정한 소설
쓰기의 원천이라고 본다. 철저한 인간 탐구 없이 인물의 무의미한 사
건만 나열하는 것은 독자에게 "부푼한 환상"만 심어준다. 그러한 글은
독자에게 아무런 기여도 할 수 없음을 작가는 위의 인용문에 이어지는
문장들로 역설한다.

인간의 삶은 홀로 이루어질 수 없다. 사회라는 테두리 안에 있는 인
간은 어쩔 수 없이 타인과의 관계 속에서 삶을 유지하며 생활풍경을
축조한다. 인간의 생활에서 벌어지는 이와 같은 여러 습속을 풍속으로

범박하게 정의할 수 있을 것이다. 풍속은 인간의 삶을 전제하고 있기에 언제나 당대인의 살아가는 모습을 정확하게 반영하는 척도가 된다. '세속적 트임'을 추구하는 작가는 저자의 풍속에 많은 관심을 기울인다. 작가는 그러나 철저히 일상에서 그것을 탐색한다. 그에게는 공허한 관념이나 구호보다 인간의 삶과 밀착된 풍속이 가치가 있다. 그래서 작가는 상상력도 일상과 연계되어 있을 때 보다 생생하고 구체적일 수 있다고 믿는다. 이 사실을 증명하는 작품이 바로 「불면수심」이다.

이 작품에서 작가인 나는 동네 복덕방 최 노인에게서 자신의 딸네 집 파출부 일을 하는, 얼굴에 기미 낀 여자를 소재로 소설을 써보라는 제의를 받는다. 나는 이야기를 쓰기 위해 방안에서 상상의 나래를 펼치지만 상투적인 내용만 떠오른다. 그러던 며칠 후, 최 노인이 상상한 여자의 삶에 대한 이야기를 듣는다. 여자를 세밀하게 관찰한 노인의 이야기가 나의 그것보다 한결 실감 나는데, 최 노인의 상상력이 실제적인 것은 꼼꼼한 관찰이 삶에 밀착해 있기 때문이다. 이 작품은 작가의 상상력이 생활세계에 근간해 있을 때 핍진하고 가치가 있음을 일러주고 있다.

이는 지난 80년대 우리의 많은 작가들이 거시적 안목으로 세계에 접근한 것과는 사뭇 다른 양상이다. 김원우에게 일상과 괴리된 운동권의 설익은 관념과 구호는 무의미하다. 관념의 나열 대신, 작가는 생활세계 전 영역에 미세한 촉수를 뻗는다. 미시사가의 연구만큼 섬밀한 관찰은, 「무기질 청년」의 이만집에게 "버스비 어디서 어디까지 얼마, 라면, 한산도, 짜장면, 면빤스, 젓갈, 노란무우, 짠지, 김치 따위에 지출된 금액" 같이 자질구레한 것조차 기록하게 한다.

브루디외는 특정 계급의 도덕과 미학이 사회적 지위 및 위치의 차이로부터 파생하며, 그에 따른 아비튀스는 객관적인 환경에 상응하는 생각과 행위 방식들을 낳는다고 보았다.[6] 이것은 「무기질 청년」의 이만집과 나에게도 마찬가지로 적용될 수 있다. 조교 일을 하고 있는 이만집과 회사에 다니는 내가 세상을 바라보는 시선이 같을 수는 없다. 이에 김원우는 액자소설의 중층적 시선을 도입해 양자의 편향을 걸러낸다. 공부하는 사람 이만집의 순수하고 정열적이지만 정제되지 않은 감정의 토로는, 해방둥이로 사회생활을 하는 직장인 나의 시각에 의해 객관화된다. 이만집의 직설적이고 고발적인 언어는 나의 반성적이고 성찰적인 언어[7]에 의해 균형을 얻게 되는 것이다.

이러한 두 겹의 시선은 청년세대(이만집)와 기성세대(나)의 시각의 차이를 대비하는 동시에 둘 사이의 간극을 줄이는 역할도 한다. 소설 속의 내가 이만집의 비망록에서 "나 자신의 견해와 나의 판에 박힌 삶과도 맥이 통하는 것만" 골라 의미를 부여한 까닭은 그런 맥락이다. 그렇더라도 "역사에 진전이 없다고 삿대질을 하"는 부분에 내가 오히려 혼란을 느끼고, "보수와 진보의 알력"이나 "누구나 보수적인 성향과 진보적인 그것" 같은 모호한 관념에 대해서는 언급을 하지 않는다. 대신 '짜장면' 같은 구체적인 기호에는 둘 다 빛나는 통찰을 발휘한다. 이만집은 짜장면에서 국적불명의 그것이 토착화한 것 그리고 협회라는 단체의 힘을 본다. 또한 나는 협회를 통해 자본주의 세상의 한 단면을 파악한다. 사소하지만 구체적인 기호에서 함의를 찾는 방법론이야말로 김원우 소설의 커다란 특징이다.

말하자면 짜장면 협회가 있어야 하는 세상이 자본주의 세상이고, 현대

---

6) Pierre Bourdieu, *Die feinen Unterschiede*, 1989. 이 글에서는 정선기, 「생활양식과 계급적 취향」, 『문화와 권력』(현택수 외 지음), 나남출판, 1998, 59쪽에서 재인용.
7) 김원우의 소설언어에 대한 고찰은 오생근, 『현실의 논리와 비평력』, 문학과지성사, 1994, 171~172쪽 참조.

의 산업사회다. 유심히 관찰해 보면 요즘은 온통 협회판이다. 협회가 세
상과 사람을 이끌어가는 형국이다. 사람들은 거대한 협회라는 수레바퀴
의 치차(齒車)가 되고 만 느낌이다. 사람들은 수레바퀴가 어디로 굴러가
는지 모른다. 동력만 수레바퀴에 정확하게 전달하면 그만이다.(「무기질
청년」, 『무기질 청년』, 245쪽)

당대의 다양한 풍속에서 둘이 확인한 것은 결국 한국사회의 후진성
과 물신주의적 속물성이다. 물신주의적 속물성의 밑바탕에는 돈의 문
제[8]가 있다. 고도화된 현대의 자본주의 사회에서 돈은 탐욕의 대상으
로 전화한 지 이미 오래이다. 과거에 식자층이 섬기던 숭고한 청빈은
이제 찾아보기 어렵다. 돈은 현대인 거개에게 최고의 권력자로 군림
해, 윤리와 도덕과 인간 본연의 정도 그것 앞에서는 한없이 무기력하
기만 하다.

돈의 폐해를 밝힌 고전문학에 「공방전(孔方傳)」이 있다. 돈을 의인
화한 가전체의 이 작품은, 돈이 인간의 정서를 주물화하고 상업적인
교환가치가 이용가치를 대신함으로써 농본적인 생활양식을 해체하는
동시에 인간관계를 시장(市場) 지향적인 관계로 전락시키고 있음을 보
여주었다. 아울러 돈이 사회를 부패시키고 권력과 밀착해 인간관계를
도덕적 관계에서 이탈시키고 있음도 이 작품은 보여준다. 현진건의
「빈처」에서 궁핍한 삶, 최서해의 많은 빈궁소설, 그리고 돈 때문에 아
내를 잃고 끝내는 파멸하는 남자의 삶을 다루고 있는 나도향의 「물레
방아」 등은 돈이 인간의 삶을 얼마나 비극적으로 몰고가는지를 여실

---

8) 김원우 소설을 돈과 연관시켜 살핀 이는 우찬제이다. 그는 『짐승의 시간』을 분석하면서,
'깨끗한 돈'과 '더러운 돈'의 개념을 사용한다. 돈이 네거티브 매직(negative magic)으로
기능하는 이 작품은 '깨끗한 돈'이 패배하고 '더러운 돈'이 승리하는 플롯을 취하고 있
다. 하여 이 작품에서 돈은 동시대의 사회와 인간의 타락상을 응축적으로 드러내는 의미
론적 기호로 나타난다. 우찬제, 『욕망의 시학』, 문학과지성사, 1993, 238~241쪽 참조.

히 보여준다.9) 염상섭의 「두 파산」도 돈에 극악스러운 인물이 등장해 당대 배금주의의 실상을 여지없이 드러내었다. 또한 70-80년대의 하층민을 다룬 많은 소설은 인간다운 삶에 대한 열망의 표출이라 할 수 있는데, 그 밑바탕에는 경제적 평등이 전제된다. 그것을 실현하는데 필요한 수단이 돈이었음은 두 말할 나위가 없다.

그런 한편으로 돈은 인간에게 절대적으로 필요한 것이기도 하다. 김원우의 초기소설 역시 생활에 필요한 돈 문제가 종종 제기된다. 「임지 가는 길」의 이 주임은 돈을 최일선에서 다루는 은행에 근무한다. 그러나 이 주임은 스스로를 "남의 돈이나 불려주는 돈놀이에 종사하는 신분"으로 "자본주의 체제 아래서 그 막강한 자본의 회로에 일익을 담당"할 뿐이라고 자조한다. 그는 돈의 위력에 대해서도 잘 알고 있다. "돈이 불타는 장면은 책이나 영화에서도 나오지 않는다는" 사실에서 그는 신전(神殿)보디 윗자리에서 과보호 받는 돈의 위세를 실감한다.

당연한 말이지만 은행 근무와 개인의 부와는 전혀 무관하다. 이 주임은 오히려 저축해둔 돈이 없어 고민이다. 은행에서 실수로 돈을 물어넣어야 했고 노모에게도 생활비를 보내드려야 한다. 이처럼 돈 때문에 기본적인 욕구마저 억제하는 인물이 「고간」에 등장한다. 작품의 화자는 고등학교 불어교사이다. 대학원 진학을 위해 저축을 하는 가난한 나는 자식을 얻고 싶지만 양육비 부담에 피임을 한다. 그러던 중 학교의 부유한 학생에게 영어 과외지도를 제의 받고 오로지 돈을 목적으로 응한다. 또한 「봄볕」의 그는 임시 교원의 박봉으로 '살 궁리'를 마련하기 위해 "정기적금을 두 계좌"나 들고 있다. 이처럼 김원우 초기소설에는 경제적으로 궁핍한 인물이 많이 등장하고 그들은 생활을 위해 진력한다. 이들이 고생해 버는 돈이 탐욕의 산물일 수는 없다. 이들은 먹고

---

9) 이재선, 『한국문학주제론』, 서강대학교출판부, 1996, 309~321쪽 참조.

살기 위해 어렵사리 돈을 벌고 모을 뿐이다. 투기나 고리대금업 따위를 통한 치부가 아니기에 돈에 대한 이들의 욕망은 순수하다고 할 수 있다.

이에 비해 「헛일」에서는 돈의 부정적 속성이 고스란히 드러난다. 이 작품의 나와 친구 둘은 '알찬기획'이라는 광고대행사를 차린다. 초기 투자비용이 부족해 이들은 경제적으로 넉넉한 한일섭에게 지분 사분의 일을 제시하며 공동 경영을 제의한다. 경영이 정상화에 오르면 이익금만 분배하는 조건이었다. 다행히 회사의 영업은 순항해 한일섭에게 경영권 환원을 요구한다. 문제는 여기에서 발생하는데, 한일섭은 나의 친구 후배직원들에게 압력을 넣어 회사를 송두리째 인수하고 창업 친구들은 회사를 떠나게 된다.

> 그 당시 나는 '일섭에게 당했다'고 생각했지만 지금은 가진 자에게 졌다고 생각하고 있다. 효기와 나는 완전히 패배한 셈이었고, 헛일을 하고만 꼴이었다.(「헛일」, 『무기질 청년』, 194쪽)

이와 같은 양상은 현실에서 비일비재하다. 우정 따위에는 아예 냉담하고 자본의 논리만 횡행하는 현실은 현대인에게 더욱 많은 자본을 욕망하게 한다. 이처럼 가수요의 욕망과 돈으로 속물화된 전형적인 계층을 김원우는 중산층에서 발견한다.

3. 부박한 중산층의 속물성 비판

70-80년대의 지속적인 경제성장은 우리사회에 중산층을 양산하는

계기가 되었다. 국민 절대 다수가 빈곤층이었던 이전 시대에 비해, 경제적으로 신분상승을 한 이들은 사회의 중추 계층으로 자리잡았다. 정치・경제・문화적으로 사회 전반에 영향을 미치는 건전한 중산층은 사회의 안정을 위해 절대적으로 필요하다. 그러나 우리의 중산층은 서구와 달리 급속한 경제개발로 형성된 탓에, 서구적 의미로서의 중산층 문화와 정체성을 확립하지 못했다. 한국의 중산층은 평등개념, 성취동기, 강한 계층 이동 지향성 등의 긍정적인 면과 함께 사회 내 지배체제의 권위와 정당성에 대한 무조건적인 의심과 부정, 경쟁의식이라는 부정적인 면을 동시에 파생했다. 거기에 가족 이기주의, 허례허식, 과잉 소비욕구와 교육열 등으로 드러나는 중산층 문화의 폐해도 적지 않았다.[10]

이러한 중산층에 대한 관심은 김원우 작품세계의 중요한 특징 중 하나이다. 중산층에 대한 작가의 인식은 양가적[11]이지만, 작품의 초점은 그들의 속물적 사고와 실체를 비판하고 고발하는 것에 집중된다. 중산층의 속물의식으로 먼저 돈에 대한 탐욕을 들 수 있다. 앞에서 살핀 대로, 김원우에게 돈이란 생활을 위해 필요한 재화 정도의 의미를 지닌다. 그때 돈은 인간에게 성실한 노동과 검약을 추동한다는 점에서 긍정적으로 기능한다. 그러나 돈으로 투기와 같은 속물적 짓거리를 할 때에는 여지없이 비판이 가해진다.

「죽어가는 시인」(1980)은 생활과 예술의 상관성을 다루고 있다. 작품에는 예술을 위해 생활을 포기하는 화가가 등장한다. 하지만 그 작품에서 정작 중요한 인물은 시를 쓰지 못해 '죽어가는 시인'이다. 앞에

---

10) 문숙재・최혜경・정순희, 『한국 중산층의 생활문화』, 집문당, 2000, 12~13쪽 참조.
11) 김원우는, 중산층이 위(상류층-인용자)에 대한 적대감과 아래(하류층)에 대한 부채의식과 같은 이중의식을 가지고 있다고 본다. 김소진, 「무기질 청년의 시장기 문학」, ≪작가세계≫(1992, 봄), 49쪽.

서 살핀 대로 생활을 위해 아등바등하는 하는 인물을 김원우는 비난하지 않는다. 시인이 생활에 부대껴 시를 못 쓴다고 해서 비판을 받을 이유는 없다. 물론 시를 못 쓰는 당사자야 괴롭겠지만 생활이 우선이기에 어쩔 수 없는 노릇이다.

대신 작가는 치부에 혈안이 되어 있는 시인 아내의 속물적 삶을 비판한다. 사립여중 국어 교사인 아내는 시나 예술에 아예 무관심하다. 나의 친구 서 기자가 소유한 칠십 평 대지의 아담한 이층주택의 잔디를 부러워하는 그녀는, 유한한 부동산 호시절을 놓치지 않는 것과 주택매도와 매수의 '연때'를 중요시할 뿐이다. 그런 아내는 화가인 친구에게서 그림 한 점 못 얻은 나를 타박한다. 물론 작품의 목적은 감상용이 아니라 경제적 투자 가치를 고려한 것이다. 고등교육을 받은 아내에게서 교양과 문화에 대한 기품은 찾아볼 수 없다. 경제적으로는 중산층이지만 그에 걸맞는 성숙한 의식이 부재하는 여인은, 「벌거벗은 마음」(1992)에 나오는 기덕 아내도 마찬가지이다. 이 작품에서 기덕의 아내는 바람이 나 이혼을 당한다. 그런 상황에서도 아내 쪽 사람들은 친정 돈을 끌어와 남편 명의로 사둔 부동산을 되찾기 위해 몰염치한 행각을 벌인다. 돈 앞에서 체면 따위는 아예 내팽개치는 것이다. 작가는 작품 화자의 입을 빌어 이러한 물신적 세태에 치를 떤다.

> 돈 있는 것들의 무분별한 탈선, 상습적인 퇴폐행위, 짐승보다 못한 금전 갈취욕 따위에 대해 원성을 퍼부어 본들 무슨 소용이 있겠는가. 나는 그렇게 치부했고, 귀를 씻고 싶었다.(「벌거벗은 마음」, 『벌거벗은 마음』, 49쪽)

이처럼 김원우는 중산층의 도적적·윤리적 마비를 꼬집는다. 그러나 이보다 더 의미 있는 것은 일상에서 정열을 소진한 중산층들을 비판할 때이다. 이런 비판은 생활을 위해 고투한 끝에 이제는 어느 정도 기반을 잡은 중산층 남성들에게 대체로 행해진다.

> 자연히 등산, 낚시, 마작, 바둑, 골프, 화투 등이 접착제 구실을 톡톡히 하고, 집도 있고 안 굶을 정도의 저금도 있는 데다가 살아가는 문리에 배짱도 붙어서 자식들의 공부 걱정, 고혈압 따위의 지병 타령, 콜레스테롤의 혈중 농도치나 버릴 수 없는 술버릇 등등의 자질구레한 신변사가 단연 공통의 화제로 떠오르고, 사실상 그런 세사(細事)가 보송보송한 살갗처럼 서로에게 먹혀든다.(「벌거벗은 마음」, 33쪽)

중산층 중년 남자들끼리 만나 주로 하는 놀이와 대화는 이런 식이다. 물론 오락과 취미로 긴장된 생활을 이완할 필요도 있지만, 김원우는 그런 안일한 일상의 영위가 중산층의 건전한 삶과는 거리가 멀다고 본다. 그들의 모습은, 비록 기칠지만 사회에 자신의 주장을 거침없이 펼쳤던 청년 이만집의 열정이 완전히 거세된 것이나 다름없기에 그렇다. 이러한 중산층의 개인적이고 속물적인 의식을 극복[12]하는 것은 중요한 일이다. 작가는 그것을 올바른 삶의 지향을 통해 확립하려고 한다.

4. 총체적 사회상과 올바른 삶의 지향

「방황하는 내국인」은 「무기질 청년」의 91년도 판이라 할 수 있다. 「무기질 청년」에서 이만집의 직설적 어법을 객관화했던 나는 이 작품

---

12) 김외곤은 김원우 소설에서 중산층의 속물근성을 극복하는 두 가지 방법으로, 첫째 자신이 속물화된 중산층이라는 것에 대한 자각, 둘째 중산층의 삶 자체에서 긍정적인 의미를 찾아내는 것을 제시한다. 김외곤, 「중산층 속물근성의 드러냄과 두 가지 극복방식」, ≪작가세계≫(1992, 봄), 97~102쪽 참조.

에 재등장해 급속히 변화하는 사회를 조망한다. 그것을 고려해 살핀다
면 이 작품의 의미망은 한결 넓어질 것인데, 이는 「무기질 청년」에서
해방둥이였던 내가 개인적으로나 사회적으로 한결 성숙한 시각으로
세상을 파악하기에 그렇다.

「방황하는 내국인」에는 90년대 초입 한국사회의 총체적 모습이 드
러나 있다. 사계(四季)를 부제로 해 각각의 삶의 양태를 살핀 이 작품의
가을 편에는 중산층 중년 가장의 삶이 다루어져 있다. 작품의 주인공
장근오는, 견원지간일 수도 있는 노조 부위원장과 '백두' 부장과의 시
답지 않은 대화에서 "상하와 노소가 거꾸로 자리잡은" 우리 사회의 한
단면을 발견한다. 또한 그의 가정생활은 무위하기 그지없는데, 그것은
기계적으로 굴러가는 일상사 때문이기도 하고 서로를 속속들이 알고
있는 아내에게 아무런 요구나 원망이 없기 때문이기도 하다. 이 작품
에서 부부 각자가 통장을 가지고 있는 점은, 돈이 서로의 '치외법권 영
역'을 형성하는 계기로 작동하고 있음을 보여준다. 돈이야 말로 부부
간에도 각자의 영역을 보장하는 최고의 담보물이 되는 것이다.

겨울 편은 이제 통일이 더 이상 민족의 지상과제가 아니라는 사실을
보여준다. 월남해 자수성가한 실향민 노인의 입에서 그런 말이 나온
것은 충격적이다. 그러나 이는 어쩌면 남한 사람 다수의 솔직한 의견
일 수도 있다. 이제 사람들은 민족의 당위로 여겼던 통일도 현실적 입
장에서 계산한다. 통일비용이 부담스럽고 오래 기간 떨어져 있던 가족
의 상봉이 오히려 새로운 문제를 야기할 수도 있는 것이다. 이러한 실
상을 노인은 현실적으로 파악한다. 이념이나 사상은 "사람 머리에서
나온 생각"일 뿐이어서 통일 이데올로기 역시 그런 생각에 불과하다는
것을 노인은 간파하고 있다.

봄 편에서는 떠도는 가족에 대한 모습을 보여주고 있다. 전통적으로

가족은 의식주 문제를 공동으로 해결하고 정서적·정신적 유대를 함께 나누며 공동체적 생활을 했다. 가족은 또한 구성원에게 위로와 휴식을 주는 든든한 배경이었다. 그러나 90년대에 이르면 탈가족적인 개인의 모습을 많이 발견할 수 있다. 이 작품 역시 그렇다. 아버지가 부재하는 가정에서 이 집 큰아들은 늘 부황한 일을 벌이며 집 밖으로 떠돈다. 일본에서 각자 살고 있으면서도 여동생조차 만나보지 않는 인물인 것이다.

여름 편에서는 포스트모던 시대의 부박한 예술에 관해 이야기한다. 현대의 예술은 기껏해야 환상을 파는 것에 불과하다. 오정순의 패브릭 디자인 역시 환상과 실용을 접목시킨 기교에 불과하다. 거기에 참다운 예술혼이 깃들 수 없다. 그의 쇼를 보면서 영재가 이 시대를 "허식은 기교를 낳고, 기교는 허식을 세련시켜간다. 무익한 기교의 과분비 시대가 바로 현대"로 인식하는 것은 그런 이유이다.

「방황하는 내국인」은 지난 시대와 확연히 변모된 한국사회의 전반적인 양상을 살피고 있는 작품이다. 작가 역시 이 작품에 대해 "세계내 가치 질서가 오늘날처럼 뒤죽박죽이고 말이 소모품으로 마구 버려지는 와중의 우리네 세속계 표정을, 세대별 시각을, 배설의 현장"을 그린 것13)이라 밝히고 있다.

앞에서 살핀 대로 김원우는 일상에 대한 성실한 탐사를 바탕으로 속화된 삶을 꾸준히 비판해온 작가이다. 그가 조망한 한국사회의 폭은 「무기질 청년」이나 「방황하는 내국인」에서 보았듯이 상당히 광범위하다. 그러나 작가는 타락한 사회의 모습을 단지 보여주는데 머무르지 않는다. 그는 부조리한 개인과 사회 전체의 비판과 반성을 통해 속물적인 삶에서 벗어나야 한다고 생각한다. 그러기 위해 선행할 것은 삶

---

13) 김원우, 『아득한 나날』 작가 후기, 현대소설사, 1991, 306쪽.

의 이치를 올바르게 깨닫는 일이다. 작가가 「무기질 청년」에서 정도전의 글을 표나게 인용한 것도 그런 까닭일 것이다.

> 일찍이 정도전(鄭道傳)은 그의 ≪삼봉집(三峰集)≫에서 <세상의 이치는 생각하면 얻고 생각하지 않으면 잃는다(天下之理 思則得之 下思則失之)>고 했다. 이 다급한 말은 이치를-세상의 이치란 오늘의 삶의 풍속을 바르게 볼 수 있는 힘일 터이다-얻지 못한 세상은 대단히 비극적이 될 소지가 있다는 뜻으로 해석해야 한다. 비극적인 세상이 좋지는 않겠지만 희극적인 세상보다 못할 것도 없다고 나는 생각한다. 그러나 이 상식적인 오늘날의 세상이 인간들에게 우호적일 수 있도록 개선되어야 함은 물론이다. 개선되어지기 위해서는 우선 인간과 그들의 삶을 이해하지 않으면 안 될 것이다.(「무기질 청년」, 289쪽)

올바른 삶을 살기 위해 그 다음으로는 사회 구성원 당사자들의 반성과 실천이 있어야 한다. 그러나 현대는 개인의 욕망에 충실한 시대이기에 각자의 각성을 기대하기가 쉽지 않다. 이에 김원우는 노인의 지혜를 통해 깨우침을 얻는 것을 효과적인 방법으로 생각한다. 김원우가 「추도」에서 우리의 인생살이에 "늙은이가 당연히 필요할지도 모른다는 생각"을 여투는 것도 노인의 지혜에서 배울 것이 있다는 통찰에서 비롯한다. 실제 그의 소설 속 노인들은 생의 경험을 통해 나름의 세상 이치를 깨달은 인물로 등장하는 경우가 많다. 「망가진 동체(胴體)」(1983)의 병든 노인 역시 그러하다.

> "이제야 내 몸을 알 것 같다. 알자, 죽을 판이다. 애비 너도 항상 섭생(攝生)에 유념해라. 그리고 아랫사람을 모시는 기분으로 일하고, 어린 것들에게도 배울 게 있으니 말을 하기보다는 많이 들어라. 남을 믿지 말고, 그냥

주었으면 주었지, 돈 빌려주지 마라. 푼돈은 아끼고 목돈은 클수록 한꺼번
에 쓸 수 있는 배포를 기르고…"(「망가진 동체」,『소인국』, 169쪽)

너무도 당연해서 오히려 고리타분한 훈계이다. 그러나 이 말이 울림을 지니는 것은 충고의 당사자가 이러한 진리를 지나온 삶 속에서 체험적으로 깨달았다는 점에 있다. 문제는 노인의 충고를 요즘 사람들이 가슴에 새기지도 실행하지도 않는다는 것이다. 오늘날의 부패와 타락은 어쩌면 너무도 상식적인 도리마저 행하지 못해 야기된 것이 아닌가. 김원우가 기본에 충실한 인간의 법도를 중시하는 이유도 거기에 있다. 인간다운 법도가 속악한 현실세계에서 손해가 될지라도 김원우는 그것을 감내해야 한다고 생각한다. 그가 추구하는 최고의 이상태는 법도가 바로 선 사회이다. 그 사회를 이루기 한 전제조건은 자신의 성찰과 노력, 그리고 타인과의 교감과 배려인데 그것은 다음의 문장에서 확인된다.

분발할 것, 자중할 것, 용기를 잃지 말 것. 그리고 내 이웃의 사정이 조
금씩일망정 나아져야 한다는 당위의 신념을 가질 것, 또 모든 사람의 처
지와 무식을 무분별하게 용납할 것.(「무기질 청년」, 342쪽)

무분별할 정도의 이 배려의 감정은 우리의 유교적 전통에서 중시되었던 것이다. 작가의 소설이 유교적 가치관에 친근성을 보인다는 점은 여러 평자에 의해 논의된 바 있다. 작가의 초기소설에서 자주 발견되는 그러한 양상은, 이후의 작품에도 내재화되어 가치를 발한다. 작가가 심혈을 기울이는 천박한 중산층에 대한 비판은 여전히 유교적 덕목에 근간해 행해지기 때문이다. 인간이 인간답게 살아야 한다는 것으로

간결히 요약할 수 있는 그의 유교적 가치관은, 그러나 관념이나 명분
에 침윤되지 않는다. 그는 철저히 생활세계에서 그 가치를 실현하고자
한다. 그것은 유교적 덕목의 생활화로 외화된다. 작가는 속물적으로
살아가는 인간에게 그것의 확립을 통한 자기반성을 끊임없이 촉구하
는 것이다.

90년대 우리 소설의 일상적 풍경

3부

I. 90년대의 개막을 알리는 소설들

1. 90년대 소설의 새로운 징후

1990년대 이후 한국소설은 이전과 매우 다른 양상으로 전개되었다. 변화의 기본 요인으로 동서 냉전의 상징인 베를린 장벽의 붕괴가 있다. 세계사적 전환을 예고한 이 사건은 지구촌 곳곳에 강력한 파장을 동반했다. 사회주의를 기반으로 세계의 한 축을 떠받치던 소련은 자본주의를 받아들였고, 소련식 사회주의를 표방하던 국가들은 연이어 몰락해 이제 세계는 자본주의의 단일한 체제로 재편되기 시작한 것이다.

사회주의 체제의 몰락은 한국사회에도 적지 않은 영향을 끼쳤다. 앞 시대와의 급격한 단절로 새로운 현실의 독해법이 필요해진 것이다. 그 와중에 거세게 밀려든 고도화된 자본주의와 세태의 극심한 변모는 혼란을 더욱 가중시켰다. 대중을 이끌 창공의 별, 즉 80년대의 좌표가 사라진 지점에서 세계를 해석할 규준은 그러나 예상 외로 금방 발견되었다. 변혁의 열망이 사그라진 자리에 그동안 집단의 위세에 눌려 움츠려 있던 개인들이 일상 전반에 잠재되어 있던 욕망을 표출하기 시작했던 것이다.

급속히 변한 현실 지형에서 문학 역시 무심할 수 없었다. 1930년대 염상섭, 채만식, 박태원의 경우에서 알 수 있듯이, 이념의 좌절 후에 작가들은 일상에 관심을 집중하는 경향을 보인다. 전후의 새로운 가치관과 미완의 4·19 혁명, 그리고 그것을 무참히 짓밟은 5·16 군사 쿠테타로 역사적 상실감을 겪은 김수영이나 김승옥의 1960년대 상황에서도 그것은 마찬가지이다. 문학사의 전례대로 90년대의 많은 작가들은 사소하지만 사소하지 않은 일상적 삶에 관심[1]을 기울이기 시작했다.

90년대 소설의 일상적 풍경은 이런 사회적 배경을 토대로 한다. 그러나 일상에 경사한 작가들을 무조건 긍정할 수만도 없는 것이 사실이다. 그간 일상은 공적 담론 우선의 명분에 눌려 방치된 면이 적지 않지만, 역사가 제거된 일상에의 함몰은 소설의 사인화(私人化) 경향을 노출하기도 했다. 설익은 관념의 토로나 감상에의 지나친 몰입이나 삶에의 과도한 허무의식 등은 마땅히 비판되어야 할 대목이다. 그럼에도 일상에의 탐사는 그간 소홀히 했던 영역을 소설의 소재로 확장했다는 데에 의의가 있다.

90년대의 변모된 지형에 산포된 일상성이 소설에 반영된 양상을 고찰하는 것이 이 글의 목적이다. 그 작업은 '억압된 개인의 귀환'을 탐조하는 일이기도 하다.

---

1) 여기에는 탈근대 담론의 도입 영향도 무시할 수 없다. 탈근대 담론은 근대 이후의 시대를 구분하기 위해 기획된 것인데, 탈근대론자들은 근대가 이성을 진리의 우월한 소재지뿐만 아니라 지식진보의 원천으로 옹호하고 지배와 통제 양식을 정당화하는 일련의 기율을 마련한다고 보았다. 하여 그들은 현대성의 한계를 극복하려는 의도로 탈근대 담론을 산출한다. 이론적 차원에서 범박하게 그 특징을 살피면 ① 세계인지의 상대주의적 입장 ② 미시이론, 미시정치세계에 관심 ③ 복수성, 다원성, 비결정성, 파편화 옹호 ④ 사회·언어적으로 탈중심화되고 파편화된 주체 지지가 있다. Steven Best & Douglas Kellner Postmodern Theory: Critical Interrogations, 『탈현대의 사회이론』(정일준 옮김), 현대미학사, 1995, 13~18쪽 참조.

2. 정치적 환멸과 우리를 향한 열망

90년대적 징후를 일상의 차원에서 예리하게 선취한 작가로 박상우가 있다. 박상우의 「샤갈의 마을에 내리는 눈」에는 세계적인 변환의 물결이 한국사회를 강타한 음습한 풍경이 그려져 있다. 데뷔작 「스러지지 않는 빛」에서 규율이 개인의 가치를 압도하는 군대에서 예술가의 실존 가능성을 탐구했던 작가는, 「샤갈의 마을에 내리는 눈」에서 우리라는 집단의 깃발이 퇴색한 자리에 실존하는 개인들을 추적한다.

이 작품의 시간적 배경인 90년대 벽두에는 이미 지난 연대와는 확연히 다른 사회적 분위기가 조성되어 있다. 소설 속의 인물 각자는 정치적 허무의식에 이전부터 암묵적으로 동조하고 있었다. 그들은 "지난 연대가 막을 내리기 서너 달 전"에 정치 이야기를 하다 한바탕 싸움을 했고 이후로는 더 이상 정치적 문제로 갑론을박하지 않기로 했던 것이다. 지난 연대에 그들의 만남을 가까스로 유지해준 버팀목이 '정치적 관심사'였음을 고려할 때, 정치는 이제 허망한 환멸의 대상으로 전락했을 뿐이다. 그들은 애써 그 주제를 피해 세속적인 이야기에 골몰한다. 그들이 정치를 배제하고 나누는 공담(空談)에 불과한 그 대화는 결국 아무 의미 없는 말장난일 뿐이다. 그것은 80년대를 몸으로 부딪치며 건너온 많은 사람들도 다르지 않다. 작가는 그러한 일상적 정황을 다음과 같이 묘파한다.

> 그리고 정치적인 관심사로 한때 내남없이 침을 튀기고 핏대를 올리던 주변의 많은 사람들이 이제는 정치 대신 증권과 부동산, 고스톱과 포커, 그리고 방중술(房中術)과 포르노에 관한 얘기로 시간의 공백을 메꿔나가는 걸 목도할 수 있었다.(「샤갈의 마을에 내리는 눈」, 『샤갈의 마을에 내리는 눈』, 18쪽)

공동으로 열망했던 세계에의 기대가 무너진 자리에 강고한 결집은 유지되지 않는다. 단합이 제법 잘 되던 그들 사이에 이탈자가 발생하는 것이다. 전체에서의 이탈은 단지 이탈 당사자만의 문제로 끝나지 않는다. 단일한 결속이 깨진 빈자리는 남아 있는 자들에게 불안과 불편을 준다. 집단의 위력은 성원 개인의 역량에 좌우되기도 하지만 전체적인 수의 크기에 의해서도 발휘되는 것이기 때문이다. 여섯 명이 만나 세 명만 남은 상황에서 그들이 위축되는 것은 그런 까닭이고 수적 열세로 주눅이 드는 정황은 신촌의 카페에 들어서자 바로 절감한다.

그들이 폭설을 뚫고 카페에 들어가자마자 느낀 손님들의 "배타적인 눈빛"은, 한동아리에 속한 다수가 소수에게 행사할 수 있는 집단적 힘의 과시이다. 그것은 다름을 인정하지 않겠다는 배제의 논리이기도 한데, 한편으로는 소수에게 연대를 강화시키는 계기가 되기도 한다. 카페에서 술을 마시고 둘만이 남았을 때, 둘도 "아직 우리"라고 자위하는 것은 그런 연유에서이다.

그러나 둘도 우리라는 말은 단독자가 보기에는 사상누각과 같다. 무리와 헤어져 홀로 된 여자는 우리의 허구성을 간파하고 있다. 여자에게 집단의 수는 무의미하다. 개인의 결합으로 이루어진 집단은 숫자의 총합에 불과하며 결국에는 누구나 혼자 남게 된다는 사실을 여자는 이미 간취한 것이다. 그녀에게 집단 우월주의의 지난 연대는 그런 의미에서 무가치하다. 집단의 허구성을 날카롭게 포착한 여자는 결국 그들 역시 개별자로 존재할 것임을 예감한다. 그럼에도 비록 둘만 남았지만 우리가 되기 위해 노력해야 한다고 작가는 안타깝게 외친다. 술에 취해 모든 것이 혼란한 와중에 우리 중 하나가 "나머지 하나의 손을 필사적으로 거머"쥐는 것은 연대에의 간절한 열망이라 할 수 있다.

80년대 창공에 뚜렷했던 좌표를 잃고 방황하는 군상을 통해 박상우는 탈정치화하는 90년대 초의 사회 상황을 암울하게 그려냈다. 작품에서 끊임없이 내리는 눈은 출구를 찾지 못해 암담한 인물들을 포위하고 있는 답답한 사회 분위기를 상징한다. 지난 시대를 탈출할, 혹은 어떤 식으로든 계승할 해법을 찾지 못한 그들은 폭설에 갇혀 옴쭉달싹 못하는 형국이다. 눈밭이 된 도로를 바라보며, "모든 길이 다 막혀 버렸으면 좋겠"다는 그들 중 하나의 말은 비상구가 보이지 않아 답답한 심사를 적확하게 압축한 표현이라 하겠다.

90년대의 정치적 허무는 변혁운동에 적극적으로 참여했던 사람들에게 더욱 크게 나타난다. 청춘을 고스란히 바쳤던 시대에의 열정이 소진된 현실을 목격한 그들은 당황한다. 이런 사회적 배경 위에서 태동한 후일담 문학은 90년대 우리 소설의 한 풍경으로 자리 잡는다. 김윤식 교수는 이 용어를 '한 시대의 소용돌이를 회고하는 문학'으로 간결하게 정의했다. 90년대 우리 소설에서 후일담을, 변혁에의 열망이 가득했던 지난 시대를 회상하는 문학으로 정의해도 큰 무리는 없을 듯싶다. 그렇다면 정치·사회적으로 고통스럽기만 했던 그 시대를 회고하는 이유는 무엇인가. 사회 진보를 위해 몸 바쳤던 자의 아쉬움이나 그리움이 남은 까닭일 수도 있고 급변한 현실에 적응하거나 부적응한 자의 편치 않은 심기에서 비롯되었을 수도 있다.

지난 시대에 국민 다수가 사회 변혁에 묵시적 동지였음은 87년 6월 항쟁에서 확인되었다. 그런 그들의 정치에 대한 환멸과 현실적 무력감은 「샤갈의 마을에 내리는 눈」에서 살핀 그대로이다. 그들과 마찬가지로 모순의 현장에서 사회 진보를 위해 앞장선 사람들도 자신의 역능(役能)을 포기하고 먹고살 방편을 찾아 발길을 돌린다. 공지영의 「무엇을 할 것인가」는 80년대의 숭고했던 열정이 사그라진 자리에 남겨진 사람들의 삶을 그려낸 작품이다.

변혁의 물결로 충만했던 1986년 겨울, 그 여자는 대학원을 그만두고 노동현장에 투입되기 위해 비밀리에 교육을 받는다. 그러나 이미 자본주의 사회에서 '돈'의 효용과 편리에 길들여져 있는 그녀에게 노동자가 되는 일은 쉽지 않다. 의식은 노동자의 삶에 맞닿으려 노력하나 궁핍한 합숙 생활과 노동운동을 선택한 것에 대한 불안이 그녀를 힘들게 한다. 무엇보다도 괴로운 것은 인간 본연의 감정인 사랑마저 제지당하는 분위기이다. 그녀는 새로운 학습 지도자 정석에게 "목숨을 걸" 만한 사랑의 감정이 싹트지만 그로 인해 조직에서 비판받는다. 대의를 위해 소아(小我)를 희생해야 한다는 전체주의적 논리는 80년대 진보진영 운동권의 불문율이었다. 조직에 위해를 가하는 개인주의나 분파주의는 어떤 상황에서건 용납되지 않는 것이다. 이 숨 막히는 분위기를 그녀는 감당할 수가 없다. 그것은 그녀의 개인주의적 성향과 철저히 의식화되지 못한 데서 오는 한계이기도 하다. 이와 같은 관념과 실천의 괴리에 괴로워하던 그녀는 결국 운동권에서 빠져나온다.

그녀는 명분이 위압하는 관념적 삶보다 나날의 자잘한 삶에 애착이 더 크다. 그녀가 정석과 조직에 목숨을 걸 수는 있어도 "일상을 걸 수 없는" 까닭이 거기에 있다. 일상적 삶으로 회귀한 그녀의 이후 행로는 지극히 현실적인데, 그것은 우유대리점을 차린 후배도 사촌형님의 골프 용구점 점원이 된 그도 마찬가지이다. 그녀를 포함해 변해버린 시대에 보다 적극적으로 방향을 튼 사람들도 이미 여럿이다.

그의 결혼식을 전해준 선배는 사람들을 향해 떠들다가 나를 향해 명함을 한 장 내밀었다. 금박도 선연한 그의 명함에는 재벌기업의 기획실장이라는 직함이 박혀 있었다. 나도 곧 전임자리를 맡게 될 것이라는 이야기를 했다. 그때 그 방에서 배운 지식을 활용해 나는 「1930년대 소설에 나

타난 사회주의 리얼리즘」이라는 논문을 썼고 그것으로 박사학위를 받을
예정이었다. 우리들은 별로 놀라운 표정을 짓지도 않았다.(「무엇을 할 것
인가」, 『인간에 대한 예의』, 118쪽)

이렇게 현실의 틀에 박제가 된 그들과 달리 오랜 세월 반독재운동에
투신한 노(老)선배가 있다. 13년간 감옥에 있다 출옥한 선배는 변신한
후배들을 대하기가 거북하다. 후배에게 "저녁을 사 줄 돈이 없어" 굽은
등을 보이며 자리를 피하는 노선배는, 시대의 가치가 완전히 뒤바뀐
상황에서 지난날의 희생은 무위했음과 자본의 물결이 도도하게 출렁
거리는 시대에 존재가치가 폐기 당한 모습을 우울하게 보여준다.

이 작품에서 '맘모스'는 전향한 그들의 현재 모습과 정확하게 일치
한다. 얼음에 갇힌 맘모스에서 자본주의가 필요로 하는 것은 "돈이 되
는 상아"가 전부이다. 그들은 자본가들에게 상아를 빼앗긴 덩치 큰 육
괴에 불과하다. 아니 그들 스스로가 상아를 팔기 위해 자본의 전사가
된 것인지도 모른다. 시대 앞에서 자아의 정체성을 확인한 그들의 진
술은 그래서 씁쓸하다.

그러자 내 눈앞으로 얼음 속에 갇혀 있는 치켜뜬 맘모스의 눈매가 떠올
랐다. 한때는 따뜻했으나 이제는 얼어붙어버린 붉은 피가 보이고, 그러자
또 누군가가 말하는 소리가 들려오는 듯했다.
-약삭빠르게 일찍 빠져나온 우리들만 이렇게 무사하군요.(「무엇을 할
것인가」, 119쪽)

한편으로 그녀는 이런 다짐도 한다. 지난 시절의 대의가 훼손되어서
는 안 된다는 것, 그리고 이제 겨우 "겨울의 입구"에 불과한 이 시대에
는 보다 큰 모색과 실천이 필요하다는 결의 말이다.

3. 소비되는 몸, 대중문화와의 친화성

한국문학사에서 장정일의 위치는 독특하다. 1984년 시인으로 등단한 이래 작가는 전통적 글쓰기 방식에 꾸준히 도전하고 있다. 다양한 장르가 혼종된 그의 작품은 기존 문학 장르의 엄격한 구획에서 자유롭다. 작품의 형식적 자유로움과 마찬가지로 내용에서도 활달한 상상력은 거침없이 발휘된다.

격동의 사회 탓이겠지만, 그간 우리의 많은 소설가는 시대의 불의에 이의를 제기하는 지사의 역할에 충실했다. 이러한 결과는 메시지 중심의 작품을 양산했고, 그 결과 문학예술 고유의 심미성에 다소 소홀했던 것이 사실이다. 장정일은 이러한 기율에 포박되어 있지 않다. 그는 80년대의 주류적 감수성과는 다른 고유의 상상력으로 자신의 세계를 펼친다. 80년대에 발표된, 『햄버거에 대한 명상』과 『길안에서의 택시잡기』는 새로운 세대의 감수성으로 기존의 익숙한 세계에서 탈주한다. 그런 점에서 그는 80년대의 상황에서 90년대적 현실을 선취했는데 그 정황은 「아담이 눈 뜰 때」에서도 여실하다.

이 작품은 1987년에 고3을 맞이한 학생이 재수를 해서 89년에 대학에 합격하지만 등록을 하지 않는다는 표면적인 서사구조를 가지고 있다. 올림픽을 즈음하여 십대 후반을 보낸 세대라 할 수 있는, 「아담이 눈 뜰 때」의 주인공은 기성세대와 많은 차별성을 지닌다. 앞 세대가 생존을 위해 밤낮없이 고투한 것에 비해 이들 세대는 개인적 욕망을 중시한다. 경제적 풍요의 수혜는 이들을 대중문화와 친숙하게 했다. 전통적으로 은폐의 성격이 강했던 성담론에도 이들은 자유롭다. 기성의 권위가 서서히 추락하는 시대적 분위기는 사회 전 영역에 확산되어 이들은 기존의 엄숙한 금기를 가로지르기도 한다. 이렇게 변화된 사회의 다양한 모습은 장정일 소설에 어김없이 반영된다.

「아담이 눈 뜰 때」의 나는 욕망한다. 나는 대통령 따위 대신 "내 자신의 독재자"가 되기를 소망한다. 사회적 신분을 중시하는 전통적인 가치에 미루어볼 때, 글을 쓰는 일은 지극히 내밀하고 사적인 욕망이라 할 수 있다. 누구의 간섭도 받지 않고 완전히 자신을 제어할 수 있는 자유인이 된다는 것은 금욕주의적인 한편으로 개인주의적이다. 나는 자신의 소망을 철저히 개인적인 방식으로 추구한다. 그것은 내가 이 세계가 '가짜 낙원'이라는 사실을 인지하고 있기 때문이다. '가짜 낙원'에서 "잃어버린 실재"를 찾는 방법으로 나는 글을 쓰는 삶을 선택한다. 골방에서 홀로 고독하게 글을 쓰는 작업은 엄청난 고통을 동반하지만 사적인 욕망을 분출할 수 있는 최적의 방식이기도 하다.

주관적으로 구축한 자기만의 세계는 이처럼 정신 우월주의에 입각해 있다. 그러니 나에게 몸은 영혼의 거처가 아니라 소비해야 할 재화, 혹은 욕망을 실현하기 위한 도구에 불과하다. 이렇게 '도구화된 몸'은 실제 화폐와 교환의 대상이 되기도 한다. 나는 중년 여성의 제의에 모델 일을 해 뭉크의 화집을 얻고, 턴테이블을 대가로 동성애를 한다. 그런 행동은 '가짜 낙원'을 강고히 구축하려는 기존의 억압적 체제에 대한 거부의 몸짓이다.

> 우리는 입시라는 지옥 앞에서 성적 욕망을 억압받았었다. 성적으로 가장 욕망이 비대해지던 십대의 나이를 선생들의 감시 속에서 보냈었다. 잠시간의 금욕은 합격을 가져다준다고 그들은 우리를 얼렀다. 이성에 대한 과도한 관심을 제어하려는 그들의 회유와 협박은 결국 우리로 하여금 미래의 모범시민을 만들려는 간악한 전략에 속했다.(「아담이 눈 뜰 때」, 『아담이 눈 뜰 때』, 19쪽)

'모범시민'을 양산하기 위한 제도권 교육은 그러나 나와 은선, 현재에게는 성공하지 못한 듯하다. 특히 현재는 불안의 탈출구로 선택한 섹스에 어떠한 죄책감을 느끼지 않는다. 그녀에게 있어 섹스는 다만 필요한 사람에게 몸을 빌려주는 행위일 뿐이다. 그녀가 경제적으로 넉넉한 집안에서 태어났음에도 불구하고 원조교제를 하는 것도 시험과 대학이라는 제도의 무거운 중압감에서 벗어나려는 일탈에 불과하다.

섹스에 도덕적 불감증을 보이는 이 세대가 특히 관심을 기울이는 것은 대중문화이다. 이들에게 대중문화는 마치 일용할 양식처럼 일상적이다. 우리 소설에서 대중문화를 본격적으로 차용한 작가로 김승옥을 들 수 있다. 그는 신문연재만화를 소설에 끌어들여 묵직한 주제를 소화했고 '목포의 눈물' 같은 대중가요, 텔레비전 여배우, 그리고 포르노까지 소설에 접목시켰다.

하나의 산업으로 성장한 대중문화의 다양한 장르 중, 장정일 소설에는 과거의 대중음악이 다수 등장한다. 실제 「아담이 눈 뜰 때」에는 많은 대중가수의 이름이 오르내린다. 믹 재거, 지미 핸드릭스, 제니스 조플린, 짐 모리슨, 벤이킹, 비비킹, 로드 스튜어트, CCR 등의 외국 아티스트들과 60-70년대 한국의 록 밴드인 에드 포, 히 식스, 키보이스, 그리고 데블스 등등의 면면이 그러하다. 아마도 중·고등학생 때 에프엠 라디오를 들으며 공부했을 그 세대에게 음악은 가장 손쉬운 문화충족의 방편이었을 것이다.

그러나 장정일의 인물들은 마돈나 유의 당대 유행음악을 듣지는 않는다. "올디스 벗 구디스"를 추종하는, 음악에서 자기세계를 축조한 매니아급 감상자에게 유행 음악은 '혼'이 없는 가식적이고 말랑한 상업주의적 음악에 불과하다. 그들은 과거의 음악으로 회귀해 '가속도의 세계'에 제동을 걸려고 한다. 이러한 취향의 편벽을 통해 그들은 현재와 단절하고 개인의 욕망을 발현한다.[2] 그것은 장정일의 글쓰기와 마찬가지로 지극히 사적인 영역에서 행해지는 욕망이라 할 수 있다.

4. 본질적 자아 찾기의 여정

90년대 윤대녕 소설의 가치는 지난 연대와는 확연히 변모한 일상에서 존재의 시원(始原)을 탐사했다는 데에 있을 것이다. 정치의 시대와 결별한 윤대녕의 인물들은 내면에 시선을 집중해, 보다 근원적인 것을 찾아 떠나는 모험을 게을리하지 않는다. 난데없이 세상은 바뀌었고 그 빈자리에 냉큼 들어앉은 광폭한 자본주의의 틈바구니에서 이탈하고자 하는 그의 소설 주인공 대개는 길 위에서 서성거리고 있다. 그들이 찾아가는 곳은 일상 저쪽의 세계, 바로 존재의 근원적인 성소(聖所)이다.

'서울 태생의 64년 7월생'의 모임인 「은어낚시통신」의 구성원들이 지난 연대에 별다른 아쉬움을 가지고 있지 않는 것도 현실 저쪽의 세계를 꿈꾸기 때문이다. 현실을 넘어서기 위해 모인 사람들은 견고한 일상에서 하나같이 부적응한 자들이다. 하지만 그들은 현실에서 아무 이상이 없는 듯 살아간다. 현실에서 일탈한 자들에 가하는 사회의 시선을 의식한 탓이다. 대신 그들은 자신만의 은밀한 공간을 구축한다. 일상에서 존재할 수 없는 그들의 지향처는 현실 너머의 저쪽에 있다. 그러나 거기에 아직 다다르지 못한 자들은 자신들만의 부락에서 고유한 문장(紋章)을 정하고 나름의 생존법을 연습한다.

---

2) 남진우는 화자의 이러한 소수 매니아적 취향에서, 「아담이 눈뜰 때」를 댄디적 감각으로 무장한 새로운 세대의 등장을 알리는 신호탄 같은 작품으로 본다. 남진우, 『숲으로 된 성벽』, 문학동네, 1999, 67쪽.

　　“…… 물론 그들은 겉으로는 아무 이상이 없는 사람들처럼 살아요. 하지만 역시 삶에 제대로 뿌리박지 못하는 사람들이죠. 아무튼 우리는 한두 달에 한 번쯤 은밀히 모였다가 헤어지곤 해요. 어떻게 보면 두 겹의 삶을 살고 있는 사람들이죠. 현실적인 삶을 더 이상 용납할 수 없으니까, 그렇게는 살아지지 않으니까, 말하자면 지하에다 다른 삶의 부락을 하나 더 세운 거예요. 우리가 은어를 문장으로 한 것도 다른 뜻이 아녜요. 말하자면 우린 여기서 거듭나기 연습을 해요. 어떻게든 우리 방식으로 버티고 사는 법을 배운단 말이죠.”(「은어낚시통신」,『은어낚시통신』, 74쪽)

　　그들의 생존연습에 정치나 사회가 개입할 여지는 없다. 역사의 현장에서 멀찍이 떨어져 있는 그들은 독자적인 방식으로 시원을 찾아간다. 이 자유로움은 90년대에 들어서야 선택할 수 있는 방법론이었는데, 바로 그 점이 이 작품의 시대적 징후를 드러낸다. 또한 지난 연대에 다소 소홀했던 ‘자기 들여다보기’는 90년대 우리 소설이 외적 현실보다 내면에 탐조등을 밝히고 있음을 보여주는 한 예가 될 것이다.

　　자아를 찾기 위해서는 현재 자신이 서 있는 위치가 어디인가를 우선 알아야 한다. 화자가 자리한 곳은 존재의 시원에서 너무 멀리 떨어져 있다. 더 멀어지면 영영 되돌아갈 수 없을 만큼 먼 그곳은, “삶의 사막”이자 “존재의 외곽”으로 그들이 원했던 장소가 아니다. 현실을 벗어나 자아의 본래 모습으로 되돌아가는 곳이 바로 그들이 염원하는 최종 귀착지가 될 것이다. 그곳은 또한 자신의 출생지이기도 한데, 거기는 어떤 결핍과 혼돈도 없는 무균질의 공간이다. 그곳에 도달하기 위해서는 일상에서 어쩔 수 없이 묻은 때인 “허위와 속임수와 껍데기뿐인 욕망과 나이를 벗어”버려야 한다. 지나온 삶 전체의 부정을 통해 본래의 진정한 자아를 회복해야 하는 것이다.

　　자신의 전 생애를 부정하고 신생(新生)의 꿈을 이루기 위해서는 어려움이 따른다. 시원으로의 회귀는 단순히 왔던 곳으로 되돌아가는 것이 아니라 "거슬러" 올라가야 하기 때문이다. 윤대녕은 그 방식으로 귀소성 동물인 은어로의 변신을 선택한다. 이 몸 바꾸기의 전략이야 말로 지난 연대와는 완연히 다른 방식인데, 이는 김윤식 교수의 지적대로 지난 연대에는 한갓 '벌레'였던 인간이 '동물'로 전화되는 과정이기도 하다. 몸과 몸의 충돌이나 구호의 강렬함이 지난 시절 소설의 주된 모습이었던 데 비해, 윤대녕은 보다 유연하게 내면을 탐사하는 영법(泳法)을 취한다. 그 유영을 작가는 이렇게 표현하고 있다.

> 아침이 오기까지 나는 그녀의 손을 잡고 내 살아온 서른 해를 가만가만 벗어던지며, 내가 원래 존재했던 장소로, 지느러미를 끌고 천천히 거슬러 올라가고 있었다.(「은어낚시통신」, 80쪽)

5. 여성 작가의 세밀한 내면

여성작가들의 대거 등장은 90년대 소설의 커다란 특징 중 하나이다. 이전에도 물론 여성작가가 존재했지만 문단에서 차지하는 비율은 남성에 비해 상대적으로 미미했다. 그러나 90년대에 여성들은 글쓰기를 매개로 자아를 재발견했고 그 양적 성장은 남성을 압도하고 있다. 루카치의 "소설은 성숙한 남성의 형식"이라는 언술은 적어도 90년대에는 무력해진 것이 분명하다. 이와 같은 여성작가들의 약진[3]에는 남성

---

3) ≪문학사상≫ 2002년 4월호에 실린 '문단의 여성시대가 오고 있다'라는 특집기사는 제목대로 문단의 여성시대 도래 상황을 구체적으로 보여주고 있다. 이 특집은 우선 1990년에서 2002년까지 8대 일간지 신춘문예 당선자의 여성 대 남성 비율이 7 : 3 임을 밝히고, 1990-2001년까지 5개 문예지의 여성 신인작가 발굴 비율이 42.2%를 차지하고 있음을 알려준다. 신인뿐 아니라 기성 여성 문인들의 활약상도 괄목할 만해서, 1990-2001년

작가들의 상대적인 부진도 작용했지만, ≪문학사상≫에서 밝힌 대로
① 남녀의 제도적 평등과 기회균등 보장 ② 여성이 가사와 육아 부담
에서 예전에 비해 자유로워진 점 ③ 여성의 직업으로서의 글쓰기 의식
강화 ④ 여성문인들의 문학에 대한 집중적인 노력 등의 이유를 들 수
있다. '여류'라는 관형어가 어색할 만큼 여성작가들의 위세는 대단한
데, 그들은 일상의 미세한 결과 여성 특유의 내면세계를 섬세하게 길
어 올린 작품을 생산했다.

  90년대의 많은 여성작가 중 신경숙을 맨 앞자리에 자리매김하는데
이의를 제기할 사람은 거의 없을 것이다. 1985년 ≪문예중앙≫에「겨
울우화」를 발표하며 등단한 그는「풍금이 있던 자리」로 독자에게 성큼
다가선다. 어쩌면 너무도 진부한 사랑이야기에 불과할 수도 있는 이 작
품이 독자들에게 사랑받았던 이유는 무엇일까? 아마도 독자들은 앞 시
대의 거대담론을 소재로 한 소설에 신물이 났을 수도 있다. 그래서 한
갓 통속적일 수도 있는 이 불륜의 사랑이야기에 매료되었는지 모른다.
사실 불륜이나 위태로운 사랑 이야기는 우리 소설에서 이미 많이 작품
화되었다. 일상의 경계에서 아슬아슬하게 전개되는 남녀의 연사(戀事)
는 결코 새롭지 않다. 이 회고적 감수성이 독자에게 익숙함을 주기도
하지만 지난 연대에는 이러한 감성을 드러내는 소설이 많지 않았다. 이
작품이 90년대에 새롭게 다가온 것은 그런 이유 때문일 것이다.

  신경숙의 소설이 90년대에 독자와 긴밀히 소통하는데 기여한 또 하
나는 작가 특유의 내성적인 문체에 있다. 시대상황과는 전혀 무관한
「풍금이 있던 자리」를 읽는 묘미는 바로 유부남을 사랑하는 여인의 내
밀한 심리에 있다. 사랑하지만 결코 남자를 따라갈 수 없는 여인의 섬
세한 내면은 독자에게 잔잔한 울림을 준다. 사적 전언의 방식으로 택

까지 10개 주요 문학상 수상자 106명 가운데 여성문인이 44명을 차지하고 있다.

한 곡진한 서간체는 여인의 복잡한 심사를 효과적으로 전달하는 데에
기여한다. 여인의 고통스러운 심정은 그래서 일필휘지로 내달릴 수 없
어 그의 문장은 늘 머뭇거린다. 잠시 호흡을 고르고 숨을 몰아쉰 후, 다
시 몇 마디 말을 하고 또 숨을 멎는 그런 방법으로 그의 문장은 축조된
다. 가령 이런 문장,

>   당신이 저와 함께 하겠다는 그 결정을 내려주었을 때, 저는 너무나 환해
> 서 꿈인가? …… 꿈이겠지, 어떻게 그런 일이 내게…… 다름도 아닌 내게
> 찾아와주려고, 꿈일 테지, 했어요.(「풍금이 있던 자리」, 『풍금이 있던 자
> 리』, 12쪽)

말줄임표와 쉼표 사이의 미세한 휴지(休止)와 간극은 소멸되고 말
사랑에 대한 여인의 안타까운 한숨이고 탄식이다. 이렇게 머뭇거리고
주저하는 여인이지만 그녀의 내면에는 욕망과 이성이 어지럽게 갈등
한다. 내가 유부남과 함께 떠날지의 여부를 두고 끊임없이 고민하는
이유도 욕망과 이성의 각축 때문이다. 나의 욕망은 어릴 적 아버지가
새롭게 들인 여자에 의해 추동된다. 여자의 화사하고 아름다운 모습은
고향의 많은 여자들과 현격한 차이를 보였다. 순식간에 여자는 동경의
대상이 되어 나는 그녀와 닮은꼴이 되고 싶어 한다. 그러나 여자와 같
은 삶은 한 가정의 붕괴를 야기한다는 점에서 고통이 따른다. 여자로
인해 나의 가정은 잠시나마 분란이 일지 않았던가. 내가 끝내 욕망을
다독이고 남자를 따라가지 않는 것은 그런 이성적 판단 때문이다.

신경숙은 여인의 이 미묘한 심리적 골을 섬밀하게 그려내고 있다.
복고적 정서를 내성적인 문체로 그려낸 이 작품이 독자에게 낯설었던
점도 새로운 소설적 징후를 드러낸 것이라 하겠다.

6. 앞으로 가야 할 먼 길

이미 언급한 대로, 90년대는 이전 시대와는 다른 국면으로 우리에게 다가왔다. 새로운 시대에의 반응은 소설도 예외일 수 없어 변화의 징후는 다양한 작품들에서 감지되었다. 그것은 소설로 90년대의 개막을 알리는 것이었는데, 거론한 작품들의 의의는 우선 그런 점에 있다.

90년대 서막을 한 단어로 응축 가능하게 한 개인은 이후 보다 독아(獨我)의 세계에 스스로를 감금했는데, 세기말에 이르러서는 그 양상이 한층 심각해졌다. 세계와 단절한 채, 폐쇄적 포즈를 취하는 소설의 인물들은 극단적으로 파편화된 삶을 살아간다. 계몽의 서사가 붕괴된 지점에서 몸, 혹은 섹슈얼리티에 대한 관심도 증폭되었다. 몸은 욕망의 진원지이자 거침없이 소비되고 향락되는 대상으로 전이된 것이다. 몸과 연관해서 페미니즘 소설의 위세도 무시할 수 없다. 이제까지 여성은 남성적 시선에 의해 평가된 것이 사실이었다. 이러한 시선은 여성을 신비화하거나 성소(聖所)화하는 한편, 관음의 대상으로 전락시켰다. 이에 항거한 페미니즘은 여성을 생의 주체로 환원시키기에 노력했다. 또한 자유로운 상상력으로 종횡무진하며 키치적 상상력을 발동해, 종래의 무거움에서 가볍게 벗어나는 것도 이후 소설의 주요한 특징이 되었다.

이들 작품을 모태로 이후의 우리 소설은 보다 다양한 지류4)를 형성하며 전개되었다. 시대마다 암묵적으로 규정된 듯한 전래의 창작 기율에서 자유로워진 우리 소설은 앞으로 보다 풍요로운 결실을 맺을 수 있을 것이다.

---

4) 박철화는 우리 소설의 새로운 미학적 특징으로, ① 키치(kitsch) ② 복고―정체성에 대한 물음 ③ 환상(fantasy) ④ 엽기―기(奇)와 괴(怪)의 일탈 ⑤ 혼종(hybrid)―경계선의 담화를 든다.(박철화, 『우리 문학에 대한 질문』, 생각의 나무, 2002, 48~66쪽 참조) 그가 제시한 미학적 요소는 90년대 이후의 많은 소설에서 발견되는 것은 물론이고 2000년대에도 빈번하게 활용되고 있다.

II. 다양한 가족서사 - 가족 해체와 복원을 중심으로*

1. 90년대 가족의 모습

혼인, 혈연 그리고 입양의 방식으로 구성되는 가족은, 의식주 문제를 공동으로 해결하고 정서적·정신적 유대를 함께 나누며 공동체적 생활을 한다. 가족은 구성원에게 위로와 휴식을 주는 든든한 배경이자 신생아에게 세계를 경험시키는 최초의 관문 구실을 한다. 그러나 가족은 간혹 성원에게 세상사의 어려움보다 더욱 심각한 문제를 야기하는 진원지가 되기도 한다. 가장의 광폭한 폭력, 죽기살기식의 부부싸움 따위가 그럴 것인데, 이때 가족의 품은 보금자리가 아니라 도망쳐야 할 감옥으로 변한다.

현대로 올수록 가족의 안정성이 흔들리고 있다. 복잡다단한 사회 현실은 가족간의 정서적 유대를 불안정하게 하고 상호간의 친밀한 유대를 유지하기 어렵게 한다. 가족 붕괴의 위기는 사회가 다원화, 이질화, 전문화되면서 더욱 심화되고 있다. 과거와 달리 개인주의적 성향이 강

---

* 이 글에서 가족에 관한 이론적 논의는, 여성한국사회연구회 엮음, 『가족과 한국사회』, 경문사, 1995를 참조했음.

한 현대인들은 가족관계를 소홀히 하기 십상이다. 또한 가족 성원들 사이의 상호 작용 방식도 급속하게 변하고 있다. 이러한 변모는 가족 구성원들은 물론 가족제도 자체의 불완전한 측면에서도 기인한다. 그렇다고 해서 가족이 모든 것을 망쳐놓는 해악의 수원지는 물론 아니다. 90년대의 가족은 이러한 양자의 경계 어딘가에 위치하고 있다.

90년대의 작가들이 가족을 소재로 작품을 쓴 것도 변화된 가족상에 주목한 까닭이다. 그들은 사회의 가장 기본적 형태인 가족을 통해 사회의 압축된 모습을 읽는다. 그런 점에서 90년대 소설에 나타난 가족상은 당대의 생생한 모습이자 일종의 사회 알레고리라고 할 수 있을 것이다. 하여 90년대 소설에서 부각된 가족 해체와 복원의 양상은 한국사회의 한 단면을 조망하기에 좋은 단서가 된다.

가족 해체의 양상은 앞 세대의 작품들에서도 존재했다. 오정희의 「유년의 뜰」은 전쟁으로 인해 가족의 안정이 심각한 위협을 받고 있음을 보여준다. 아버지의 부재로 인한 어머니의 밤 외출, 그에 따른 오빠의 폭력과 광기, 그리고 전쟁으로 인한 가난 때문에 방치된 아이들은 주위의 양공주촌을 활보한다. 칠십 년대의 급속한 도시화·산업화 또한 가족 해체의 주요 원인이었다. 황석영의 「삼포 가는 길」에서는 고향의 가족과 헤어진, 혹은 아예 단독가구주인 사람들이 길 위에서 서성거리고 있다. 저마다 뜨내기 인생을 살아가는 이들이 최종적으로 안착하고 싶은 곳은 정주할 집이 아니면 고향이다. 그러나 그들의 고향은 산업화로 과거의 모습이 온데간데없어져 뿌리를 내리기 쉽지 않다. 고향에서마저 삶의 터전을 상실한 이들은 결국 먹고살기 위해 또다시 유랑의 길을 떠나야 한다. 최인호의 「타인의 방」은 아내의 일탈심리를 통해 부부 사이의 격절을 그리고 있지만 그 밑바탕에는 산업화가 파생한 인간 소외 혹은 부부간의 소외가 전제되어 있다.

지난 연대의 가족 해체는 외재적 요인으로 말미암은 경우가 대부분이었다. 그러나 90년대 소설의 가족 해체 양상은 가족 내부의 문제에서 발생하는 경우가 많다. 한편으로 시대가 삭막해질수록 가족의 정을 그리워하는 것이 인지상정이다. 가족의 정을 새삼 느끼게 하는 작품들도 이 시기에는 적잖이 생산되었다. 미우나 고우나 해도 혈연간의 정은 쉽사리 떼어지지 않는 것이어서 어쩌면 그것은 당연한 일이기도 하다.

2. 아버지의 지위 추락

우리 소설에서 아버지는 다양한 함의를 지니고 있다. 단순한 혈연 이상의 의미를 지닌 그 용어는, 때로는 국가나 이데올로기, 권력의 표상이 되어 자식의 삶에 관여한다. 이에 순종하는 자식은 아버지를 등대 삼아 자신의 삶을 계획하고 추동한다. 동시에 아버지와 자식 세대 사이에는 갈등도 적지 않다. 부자간의 갈등이나 현실에서 무기력한 아버지는 지난 소설사에서 종종 확인된다. 염상섭의 『삼대』는 1930년대 변모하는 시대의 가치관 속에서 유교적 전통을 고수하는 조의관과 새로운 문물을 적극 수용하지만 일상에서는 방탕한 조상훈, 할아버지와 아버지 틈바구니에서 갈피를 못 잡는 조덕기 등 부자 삼대의 갈등이 잘 나타난 작품이다. 이동하의 『장난감 도시』에는 전후의 피폐한 상황에서 경제적으로 한없이 무력하기만한 아버지가 등장한다.

그 시대만 하더라도 아버지는 어떤 자리에서 무슨 일을 하던 간에 아직 자식에게 멸시의 대상은 아니었다. 그러나 90년대 우리 소설의 많은 아버지들은 경우야 어떻든 배척의 대상이 되기 일쑤였다. 부자간의 전통적인 수직적 질서는 붕괴되어 이제 아버지는 시대의 이데올로

기이자 가족의 질서를 규율하는 권력 행사자의 모습이 아닌 일개 범부
가 되었다. 존경 받아야 할 아버지가 악의 화신인 경우나 자식과 가치
관 차이가 심각할 때는 아예 부정해야 할 존재로 전락하기도 한다.

　김소진 소설의 주된 이야기는 아버지에 관한 것이다. 작중의 아버지
는 경제적으로 무능한 '삼팔 따라지'로서 가장의 역할을 충실히 수행
하지 못한다. 하여 그들은 하잘 것 없는 '개흘레꾼'이거나 자식의 등록
금마저 여자에게 바치는 난봉꾼으로 그려진다. 다른 아버지처럼 시대
의 척도이기는커녕 창피한 일만 벌이고 다니는 아버지는 자식의 애를
끓게 한다.

> 　다시 말하자면 나의 아비는 숙명의 종도, 그리고 권력투쟁에서 패배한
> 남로당이었다고 외칠 만한 위치에 있지도 못했기 때문에 나는 또 다른 가
> 슴앓이를 해야 했던 것이다. 그렇다고 다시 "아비는 군바리였다"거나 "아
> 비는 악덕 자본가였다"라고 외칠 처지는 더욱 아닌 데 나의 절망은 깃들
> 여 있었다.(「개흘레꾼」, 『고아떤 뺑덕어멈』, 44쪽)

　나의 좌절은 아버지가 선악을 불문하고 시대의 표징이 되기는커녕
사회적으로 그 무엇도 아니라는 데에 있다. 그래서 나는 아버지를 딛
고 나가야 할 출구가 없다. 작품 속의 장명숙 아버지는 "해방공간에서
사회주의 활동을 한" 사람으로 자식이 존경하고 따라야 할 사표가 되
는 인물이다. 석주 형의 아버지는 "자본가적 잉여가치를 취하는" 사람
으로 극복의 대상이 된다. 이들에 비해 나의 아버지는 본받아야 할 인
물도 아니고 저항하고 극복해야 할 대상도 아닌, 한마디로 아무것도
아닌 '개흘레꾼'에 불과하다. 이토록 보잘것없는 아버지에게서 전통적
인 권위를 찾기는 난망하다. 김소진이 「자전거도둑」에서 "차라리 죽

는 한이 있더라도 애비라는 존재는 되지 말자”고 결심하는 것도 아버
지에 대한 멸시와 증오가 그만큼 크기 때문이라 하겠다.

3. 천방지축, 거리의 아이들

부모와 자녀의 관계는 부부처럼 가족의 기본 요소이다. 부모는 자녀
에게 경제적 지원과 함께 성숙한 사회인으로 성장할 수 있도록 도와주
어야 한다. 아울러 자녀가 올바로 성장하기 위해서는 부모와의 상호
작용이 절대적으로 중요하다. 전통사회에서는 부모와 자녀의 관계가
조상 대대로 물려오는 신분, 물질적 기반, 가풍을 전승하는 데에 비중
을 두었다. 이에 비해 현대사회에서는 부모와 자녀의 관계가 개인적이
고 인격에 기반한 사랑과 정서적 유대감을 중시한다.

현대의 다원화된 사회에서 자녀를 건전하게 양육하기에는 많은 어
려움이 따른다. 정상적인 가족질서가 무너지고 있는 상황에서 부모 자
식간의 문제점은 계속 증가하고 있다. 1992년 통계청 자료는 부부 일
곱 쌍 중 한 쌍이 이혼하고 있음을 보여준다. 이런 가정의 자녀들은 편
부모나 양부모 밑에서 생활하게 되며 최악의 경우에는 가출도 서슴치
않는다. 또한 맞벌이 가정이 늘어나면서 자녀교육에 문제가 생기기도
하고 정상적인 가족 관계에서조차 자녀들의 탈선이 늘고 있는 실정이
다. 이와 같은 상황에서 많은 아이들이 거리를 헤매고 다닌다. 이들에
게는 탈가족적인 생활이 익숙하다.

전통적 의미의 집과 가족이 해체되는 양상은 90년대 소설의 낯익은
풍경이 되었다. 김영하의 「비상구」에 등장하는 인물 역시 집을 뛰쳐나
온 아이들이다. 거리에서 야생의 삶을 살아가는 그들에게 가족은 그리

움의 대상조차 되지 못한다. 그들이 생각하는 집이란 기껏해야 눈칫밥
이나 먹으며 생활하는 공간에 불과하다. 하여 그들은 집에 들어가는
것을 "좆 같다"고 생각한다. 그들에게는 하루를 어떻게 보내느냐는 것
만이 중요하다. 뚜렷한 직업 없이 내기당구를 쳐 돈을 벌든, '삐끼'로
돈을 벌든, 아무튼 그들은 기성사회의 시선 따위는 안중에 없다. 아니,
그들이 집을 나온 주된 이유가 불우한 가정환경이나 학교의 엄격한 제
도에 질식될 것 같아서였으니 제멋대로의 삶은 어쩌면 당연하다.

> 죽어라고 학교 다녀봐야 대학 갈 팔자도 아니고, 국으로 있는 놈만 병신
> 이다. 선생들은 패지, 애들은 쪼지, 주먹으로 못 잡을 바에야 뜨는 게 장땡
> 이다. 집에 있어봐야 대학 못 갔다고 어이구 불쌍한 내 새끼 하면서 카페 하
> 나 차려줄 재산이 있기를 하나. 그저 밖에서 구르는 게 집도 좋고 지도 좋은
> 거지.(「비상구」, 『엘리베이터에 낀 그 남자는 어떻게 되었나』, 167쪽)

일찍부터 가출한 그들에게 가정과 학교를 통한 사회화 과정은 생략
된다. 사회화를 사회적 질서에 반하지 않고 각각의 구성원과 조화를
이루는 행위로 규정한다면, 그것을 정상적으로 경험하지 못한 이들은
개인의 욕망을 통제하기가 쉽지 않다. 그래서 그들은 험난한 사회에서
"구겨지는" 삶을 살아가는데, 그 방식은 욕설과 비속어를 거침없이 남
발하거나 '삥치기' 같은 반사회적 행위를 하거나 동료를 위해한 작자
들에게 가차없이 응징하는 것으로 나타난다. 물론 이러한 행위에 죄책
감은 없다. '눈에는 눈, 이에는 이'라는 식의 즉각적 복수만이 그들에게
는 의미가 있다. 이 작품에서 내가 여자애를 괴롭힌 술집 손님에게 물
리적 폭력으로 보복하는 것도 그런 까닭이다.

미래에의 꿈 따위와는 너무도 거리가 먼, 냉혹한 거리의 세계를 부

랑하는 그들은 평범한 삶을 원하지 않는다. 매일 되풀이되어 지루한, 그러나 대개의 사람들이 거기에 순응할 수밖에 없는 일상적 삶을 그들은 철저히 거부한다. 세탁소에서 "하루 종일 그 좁은 곳에 갇혀 다림질을 하며" 사는 것은 스스로에게 모멸적이다. 그들에게는 돈이 없으면 일을 하는 식의 무계획적인 삶이 체질에 맞는다. 따라서 그들에게 몸은 거의 유일한 재산이 된다. 이 작품에서 여자애는 돈이 없으면 술집에 나가 접대하고 때로는 몸을 팔아 수입을 얻는다.

몸은 한편으로 이성과 욕정을 해소하는 터전이다. 그들은 몸에 새긴 '문신'으로써 사랑의 깊이를 확인하거나 동물적인 섹스를 통해 서로를 향유한다. 여자애가 나중에 헤어졌을 때, 자신을 생각하면서 '딸딸이'를 세 번만 쳐 달라는 것도 몸의 기억을 통해 자신을 상기해 달라는 말과 다르지 않다. 그들의 교감은 이성적 대화나 정서적 일체감으로 획득되지 않는다. 그들이 성적욕망을 해소하는 데에 거리낌이 없는 것도 몸이 아니고서는 사랑을 확인할 방법을 모르기 때문이다. 그들의 섹스는 하여 항상 충동적이다.

> "나 지금 필 오걸랑. 빨랑 벗어."
> 그러는 그녀를 보자 나도 땡겼다. 사실은 차에서부터 필이 꽂혀 있었다. 비닐봉지를 놓자 맥주병이 모로 쓰러졌다. 하지만 상관하지 않고 침대로 몸을 던졌다. 화살표 위에 살짝 입을 맞추자 여자애가 내 머리를 잡아 거칠게 위로 올려끌었다.
> "빙신아. 필이 온다니까. 바로 쪼아."
> "오케이."(「비상구」, 161쪽)

부랑아 같이 "구겨진" 삶을 사는 그들에게도 순수한 시절에 대한 동경은 남아 있다. 단순히 나의 호기심으로 여자애의 음모를 밀고 난 후, 여자애는 "아주 어렸을 때로 돌아간 기분"을 느낀다. 마치 생리를 처음 했을 때 들었던 감정으로 회귀한 여자애는 인생이 엉망이 되기 전의 시절로 되돌아가는 것이다. 순진했던 시절로의 감정적 퇴행은 현실에서 비루한 삶을 살아가는 여자애의 감추어진 순수이기도 하다. 그것은 나에게 있어서도 마찬가지이다. 여자애의 음모를 다 제거한 후, 까닭 없이 눈물을 흘린 나는 더 이상 성적인 욕망을 느끼지 않는 것이다. '털 깎기'는 이처럼 그들이 구겨지기 이전의 세계로 회귀하고 싶어 하는 욕망의 제의이다.

순수를 회복하기 위해서는 일단 가정으로 복귀해야 한다. 하지만 가봐야 뻔하기에 그들은 집으로 되돌아가지 않는다. 자신들이 집이나 사회 그 어느 곳에서도 환영받지 못하는 존재라는 것을 그들은 본능적으로 감지하고 있다. 그것이 자신이나 집 모두에 좋은 생존의 방식임도 그들은 영악하게 계산하고 있다. 그들은 다시 거리를 쏘다니며 악취가 풀풀 풍기는 기성세대의 위선에 온몸으로 대적한다. 그런 행위는 결국 강력한 범법(犯法)으로 귀결된다. 여자애 대신 결행한 복수극으로 술집 손님은 죽는다. 형사가 좇아오자 나는 지붕들을 타넘으며 달아난다. 내가 뛰어넘는 지붕 아래의 방이 누군가에게는 정겨운 가족들의 보금자리일 터이다. 그 안에 귀속되지 못하고 지붕만 타넘는 나에게서, 영원히 거리의 이방인으로 살아가야 할 암담한 미래가 암시된다.

4. 부부간의 단절과 여성의 정체성 회복

90년대 가족 해체의 양상 중, 부부간의 갈등은 부모-자식 사이의 그것보다 한층 심각하다. 실제 이혼률의 지속적 증가는 그러한 상황을 반영한다. 일반적으로 성인 남녀간의 제도적 결합인 결혼은 첫째 종족 보존과 성적욕구의 충족이 합법적으로 가능하다는 점, 둘째 경제적 보장의 성취와 성인이라는 사회적 신분을 얻을 수 있다는 점, 셋째 생의 동반자인 배우자를 얻어 심리적·정서적 안정감을 얻을 수 있다는 점에서 의의를 지닌다.

과거와 달리 오늘날에는 결혼 당사자들이 자유의사로 배우자를 선택하는 경우가 많다. 이것은 부부가 이전의 고정된 성역할에서 탈피해 상호보완적인 관계를 유지하려 애쓰는 것을 의미한다. 최근에는 결혼으로 자기발전을 위한 관계 확립에 치중하는 경향도 강하다. 부부 각자는 뚜렷한 자존감과 자기 영역을 확보하고 서로의 발전을 위해 상호 도움을 주어야 한다. 이제 부부관계는 한쪽의 일방적인 희생을 전제로 자기 발전만 이루어서는 안 된다는 인식이 확산되었다. 그럼에도 실제 결혼 생활에서는 다양한 문제가 파생한다. 남편과의 관계에서 벌이지는 이런저런 문제로 고통 받는 여성을 서사화한 작품들이 다수 창작된 것도 그런 배경에 있다.

은희경의 「아내의 상자」는 소통이 부재하는 남편에 대한 아내의 고독한 반응을 방과 잠의 이미지를 빌어 형상화한 작품이다. 집은 냉혹한 생의 각축장에서 시달리다 돌아온 이에게 안정과 휴식을 제공하는 거처이다. 사랑하는 아내와 귀여운 아이들이 가장을 기다리는 집을 바슐라르는 그래서 '행복의 공간'으로 규정했다. 이런 경우 집은 가족의 환유라 할 수 있는데, 이 작품에서는 그것이 "모든 게 말라버"리는 불모의 공간으로 그려져 있다. 이 건조함은 부부의 황폐한 관계를 상징하는바, 실제 이들은 가정에서 서로에 대해 관심을 기울이는 살가운 대화도 없고 일체감 있는 섹스를 나누지도 못한다. 그럼에도 남편은 아이를 얻기 위해 섹스에 집착한다. 하지만 '나쁜 피' 때문에 아이를 낳지 못한다고 생각하는 아내는 단지 형식적인 섹스를 할 따름이다.

가정에서의 메마른 생활은 아내를 잠에 취하게 하는 주요 원인이 된다. 잠의 일차적인 목적은 피곤한 육신의 기력 회복에 있다. 한편으로 잠은 현실의 불만과 불안에서 도피할 목적으로 취하기도 하는데 이 작품의 아내 경우가 그렇다. 아내는 삶에서 부딪치는 온갖 일들을 잠으로써 회피한다. 그 저간의 사정에 유산과 불임이 있다. 임신은 새 생명을 통해 부부의 존재를 확인시키는 하나의 증표라 할 수 있다. 그렇게 태어난 아이는 가족의 울타리를 공고히 하는데 결정적인 역할을 한다. 그러나 남편의 끊임없는 노력에도 불구하고 끝내 아이는 수태되지 않는다.

> "…… 짝짓기를 하려고 날갯짓을 하며 암컷에게 달려드는 수컷을 암컷이 계속해서 머리로 들이받았습니다. 나중에는 다리로 수컷의 머리를 걷어차버리기까지 했습니다. 이 암컷은 수컷이 정액을 뿌려도 알을 낳지 않았다고 합니다."
>
> 아내나 좋아했을 얘기였다. 나는 물끄러미 화면을 쳐다보았다.
>
> "그 이유는 돌연변이 유전자 때문으로 밝혀졌습니다. 연구팀은 이 실험으로 돌연변이 유전자가 신경 계통에 영향을 끼친다는 것을 확인했습니다. 그 유전자에는 '불만'이라는 이름이 붙여졌습니다."(「아내의 상자」, 『상속』, 315쪽)

초파리가 암시하는 대로, '불만' 유전자를 가지고 있을 아내의 불임은 생물학적인 문제일 수도 있고 아내의 임신 거부로 비롯했을 수도 있다. 경우야 어쨌든 아내의 불감의 섹스와 임신 거부는 정상적인 부부관계에서 어긋난 것은 분명하다.

이 소설에서 방은 아내의 심리를 대변하는 중요한 역할을 한다. 방은 집안에서 필요에 따라 기능을 분할한 공간이다. 특히 침실은 부부만의 성소(性所)라 할 수 있는데, 이 작품에서 침실은 성에의 관능과 욕망이 소실되어 있다. 또한 아내는 자기만의 방에서조차 고유의 정체성을 확보하지 못한다. 하여 아내가 찾아드는 곳은 모텔방이다. 모텔방이란 통상적으로 남녀가 맨몸으로 뒤엉키는 이미지로 각인된다. 실제 아내는 불륜장소이기도 한 그곳을 틈틈이 찾아가지만, 불륜 상대자에게서도 혼자만의 그 방에서도 진정한 자아를 회복하지 못하는 것은 자명하다.

완전한 단독자가 되었을 때에야 비로소 아내는 본원적 자아로 돌아갈 수 있을 것이다. 진정한 자아의 성립이 오직 혼자일 때만 가능하다는 인식은 단절된 부부의 현재상을 극명하게 보여준다. 그 밀폐된 공간에서 자아를 회복하고자 하는 노력은 가련하지만, 그럼에도 아내는 끝내 자아를 되찾지 못하는 것이다.

부부관계에서 성은 중요한 의미를 지닌다. 일부일처제이며 사랑을 전제로 한 결혼에서 성은 육체적 관계뿐 아니라 상징적 의미도 크다. 부부간의 성적 트러블은 일반적으로 성관계 빈도나 만족도에 있다. 부부간의 성관계에서 남자는 대체로 만족하지만 아내는 불만족한 경우가 많다. 이 차이는 남성중심의 성문화와 관련이 깊다. 남성 주도적인 성관계는 아내와의 성생활에 대한 의사소통을 결여한 채 일방적인 경향을 띤다. 정서적 교감이 없는 부부간의 섹스에서 애정이나 신뢰가 싹틀 리는 만무하다. 일반적으로 기혼여성은 남편과의 성관계가 성욕 해소의 거의 유일한 통로임을 감안할 때, 여성의 성 소외는 성정체성 상실로 확대되어 일탈과 불륜을 꿈꾸게 하는 동인이 되기도 한다.

전경린 소설에는 집에 있지만 가정에 존재하지 않는 여자들로 그득하다. 이 말은 그녀들이 육신은 집에 묻고 있으나 정신은 다른 곳에 가 있다는 의미이다. 그녀들의 현재는 '사막'이고, 그래서 여자들은 늘 지금의 상황에서 벗어나기를 갈구한다. 전경린의 데뷔작 「사막의 달」에는 몸 따로 마음 따로의 여자들이 등장한다. 바람둥이 남편과 이혼해 자유로움을 구가하는 주혜 엄마, 자식을 포기하고 금기의 사랑을 나누는 여성화자, 그리고 아저씨와의 사랑에 눈 먼 일본 현지처 출신 등 그녀들은 가족의 둥지에서 자의나 타의로 떨어져 나간 인물들이다.

이러한 선택은 성적 소외와 존재의 상실감에서 비롯한다. 주혜 엄마는 소외감에 복수라도 하듯 날마다 파트너를 바꾸며 섹스를 즐기고 옷가게 여자는 시어머니 치마폭에 둘러싸인 남편에 반발한다. 그녀들은 "피비린내 나도록 오랜 입맞춤"과 환희에 빠져 "얼굴이 눈물에 흠뻑 젖는" 섹스를 원한다. 그러나 전경린 소설의 이면에 웅크린 욕망은 단순히 육제만으로 한정되어 있지 않다. 남편과의 갈등에는 부부간의 정서적 교감 부재라는 근본적인 원인이 있는 것이다.

「새는 언제나 그곳에 있다」에는 남편과의 일체감 없는 섹스를 나누는 화자가 등장한다. 이들 부부에게 섹스란 단지 일상의 형식적인 행위에 불과하다. 이 경우 여자가 섹스에 만족하지 못하는 것은 당연한데 그것은 부부관계를 위태롭게 한다. 기계적인 행위가 아닌, 내가 꿈꾸는 섹스를 작가는 이렇게 표현하고 있다.

> 섹스란 어떤 의미에서 일종의 전율이 아닐까. 불안이든 격정이든, 추억이든 혹은 슬픔이든, 놀람이든…… 두 몸이 얽혀 작은 배를 타고 검게 출렁이는 바다 멀리, 한없는 끝으로 나가도 두렵지 않고, 꿈인 줄 알고 꾸는 꿈처럼 두려움 없이 심연을 향해 솟구치는 그런 전율. 불구덩이에 빠져도 뜨겁지 않을 것 같고 척추에 바늘을 꽂아도 고통을 모를 것 같은 육체의

> 일탈. 네 손이 닿을 때, 네 입김이 스칠 때, 네 이빨이 파고들 때……(「새
> 는 언제나 그곳에 있다」, 『염소를 모는 여자』, 219쪽)

내가 원하는 관능적이고 격렬한 섹스에 비해 남편과 일상적으로 나
누는 그것은 "서로 떨어져 나가기 위한 허우적거림"에 불과하다. 이 간
극을 통해 부부는 서로를 사랑한다는 역설의 감정을 느끼기는 한다.
그러나 진짜 문제는 더욱 깊은 곳에 도사리고 있다. 이들의 겉도는 섹
스의 근원에는 나의 가정생활의 공허함이 자리하고 있는 것이다. 그것
을 더욱 파들어 가면 아버지로 대표되는 남성중심의 사회에서 억압된
여성성이 있다. 여자라는 이유로 끊임없이 여성다움을 교육받고 자라
온 삶에서 나는 자유롭지 못하다. 작가는 여성의 삶이 "어떤 아버지를
만나느냐"에 따라 좌우된다고 말한다. 이 작품의 나처럼 아버지에게
"여자애의 교태"를 교육받고 자란 여성은 유년기의 습관을 쉽게 극복
하기 어렵다. 그것에 저항하면 되돌아오는 것은 아버지의 폭압적인 무
관심이다. 남성에 길들여진 여성의 변신이 어려운 것은 그런 까닭이
다. 내가 아버지로 대표되는 남성에게서 자유로워지고 싶어 하는 근본
적인 이유는 결국 완고한 가부장제에 있다.

제도나 규범에 포박되지 않는 삶, 그것은 남편이라는 존재로부터도
자유로울 수 있다는 것을 의미한다. 내가 산에 오른 후 깨달은 것도 자
신의 의지대로 살아가는 삶이 소중하다는 것이다. 그래서 나는 욕망에
추동되는 삶을 살고자 한다.

> 그러나 나는 이제 누구도 생을 본 적이 없다는 것을 알아버렸다. 생이란
> 선한 것도 악한 것도 아니며, 단지 자신의 욕망에 충실해야 한다는 것을.
> (「새는 언제나 그곳에 있다」, 241쪽)

5. 가족, 그 따뜻한 품

1990년대 한국소설은 가족 해체의 경향이 큰 줄기를 이루고 있지만 가족에의 그리움이 그려진 작품들도 적지 않다. IMF라는 국가 위기 상황도 가족이라는 울타리를 공고히 하는데 적잖은 영향을 끼쳤으리라는 생각이다.

김소진, 은희경의 소설에 나타난 가족간의 화해 장면은 가족에 대해 새삼 생각하게 하는 계기를 제공한다. 앞에서 본 대로, 김소진 소설에서 아버지는 부정의 대상이었다. 그러던 작가에게서 아버지와의 화해가 이루어지고 있다. 작가와 아버지의 관계가 극적으로 복원되는 지점은 자신이 그토록 거부하고자 했던 아버지가 되고 난 후이다. 작가는 아버지로서의 막막함, 혹은 올바른 아버지 되기가 얼마나 힘겨운 것인가를 절감한 이후 당신을 새롭게 이해한다.

「아버지의 자리」에 등장하는 화자는 출판사에 근무하다 사표를 던진다. 그때부터 시작되는 경제적 곤핍은, 마침내 유치원생 딸이 선생님 앞에서 실업자가 된 아버지를 부정하는 상황에까지 이르게 한다. 그때 화자는 세월에 등 떼밀려 어느덧 아버지 자리에 서 있는 자신을 생각하고 돌아가신 당신을 떠올린다. 경제적으로 무능해진 자신이 가족 부양의 의무를 수행하지 못하는 상황에서 역설적으로 아버지와의 화해가 이루어지는 것이다. 당신은 이미 돌아가셨으나 뒤늦게나마 이루어진 아버지와의 정서적 일체감을, 분열되었던 부자관계의 복원으로 보아도 무방할 것이다.

은희경의 「멍」에는 부부간의 따뜻한 정이 그려져 있다. 냉소와 위악으로 기존의 가치체계에 야유를 퍼붓던 작가의 작품들을 상기하면 그 양상은 자못 흥미롭다. 이 작품에서 세상을 보는 작가의 시선은 한결 깊고 여유롭다. 비록 크로키처럼 간결하게 언급되어 있지만 이제는 한물 간 지난 연대에 청춘을 불살랐던 현실 부적응자 남편의 멍에 대한 한현정의 기억은 특히 애잔하다.

「멍」은 나와 아내, 한현정과 심영규의 이야기가 중첩되어 울림을 증폭시킨다. 생의 멍… 인간 누구나 '멍'을 가지고 살아간다. 멍은 태양의 그림자처럼 인간에게 숙명적이다. 「멍」에는 화자의 아내, 심영규, 한현정에게 생긴 생의 생채기가 있다. 작중화자 아내의 멍은 가정에서 정체성을 찾으려는 존재론적 차원에서 비롯하고 심영규의 멍은 시대의 우연한 상처에서 기인한다. 무엇보다도 의미 있는 멍은 한현정의 것이다.

> 그이(심영규-인용자)는…… 열심히 살았어요. 자기로서는 최선을 다해 간당한 거라구요.(「멍」, 『행복한 사람은 시계를 보지 않는다』, 96쪽)」

현실에 안주하지 못하는 남편 심영규에 대한 끊임없는 이해와 사랑은 은희경의 이전 여자 주인공들과 다른 모습이다. 가족 해체가 지속적으로 증가하는 추세에서, 가족에 희생하는 그녀의 모습은 값지지 않을 수 없는데 그런 헌신은 생에의 진지한 이해에서 비롯된다.

가족애가 부모를 통해 이루어지는 경우도 있다. 이순원의 「수색, 어머니 가슴속으로 흐르는 무늬」와 신경숙의 「감자 먹는 사람들」에서 그러한 경우를 찾을 수 있다. 이 작품들은 화자가 대가족의 따뜻한 품에서 부모의 사랑을 느끼고 과거의 삶을 반추한다는 서사로 이루어진다. 「수색…」에는 도시에 살면서 평소 부모를 찾아뵙지 못하다 우연히 고향에 들러 부모의 발병을 알게 되는 자식이 화자로 등장한다. 「수색…」의 어머니는 자식을 전부로 알고 살아온 모성애의 화신이다. 그런 어머니는 자궁 수술을 거부하는데 그 이유마저 자식과 연관이 있다.

> "차라리 팔다리를 끊어내는 수술이라면 나 아무렇지 않게 그걸 받을 수
> 있다. 그렇지만 어떻게 뱃속을 들어내란 말이야. 어떻게 낳고 키운 자식
> 들인데……"(「수색, 어머니 가슴속으로 흐르는 무늬」, 『수색, 그 물빛 무
> 늬』, 196쪽)

쭈글쭈글한 자궁이지만, 늙은 어머니에게만큼은 자식을 잉태한 그
것이 무엇보다 소중하다. 그래서 어머니는 죽음을 불사하며 수술을 거
부한다. 이 작품의 또 다른 미덕은 형제간의 훈훈한 정이다. 화자의 형
은 늙은 부모를 놓고 전근가기가 무서워 사립학교에서 근무하고 동생
은 그런 형님의 고충을 십분 이해한다. 형제간마저 세속적인 가치에
휘둘리는 세태에 비춰보면 과거의 농경적 형제애가 따뜻하다. 「수
색…」에는 이처럼 일상에 가리워져 있는, 그래서 잘 보이지 않는 부모
의 소중함과 동기간의 우애가 은은하게 배어 있다.

신경숙 소설에는 가족이 많이 등장한다. 작가의 작품 중에는 훼손된
가족을 다룬 것들이 적지 않은데, 「감자 먹는 사람들」에서는 부모와
자식간의 끈끈한 사랑이 그려져 있다. 이 작품에서는 아버지가 병자로
등장한다. 소설의 내용은 자식이 연민의 시선으로 바라본 아버지의 현
재상과 당신에 대한 기억으로 이루어진다. 자기가 자라듯, 아버지도
늙는다는 평범한 사실을 자식들은 평소 알지 못한다. 그런 평범한 이
치를 자식들은 당신들이 병들었을 때야 겨우 깨닫게 되는데 그것은 부
모의 품을 떠나 도시에서 살아가는 현대인들의 일반적인 모습이라 할
수 있다. 또 당신 앞에서는 사랑을 표현하지 못하는 작은 오빠에게서
독자는 자신의 모습을 오버랩시키게 된다. 이 작품에서 독자의 심금을

울리는 것은 자식에 대한 부모의 사랑과 신뢰이다. 천애고아로 배운 것 없는 아버지가 삶에의 욕망을 추스른 것도 자식 때문이 아닌가.

> 너그덜이 생기고부터는 세상이 덜 무섭고 조금은 만만해 비더라. 나는 암말도 않고 너그덜 가르치는 일로만 살았어야. 누가 시비를 붙여도 속으로 그랬다. 내 자석들이 핵교 다니고 있으니께 너그덜이 나한테 그리봐야 암 소용없다. 한때 집을 버리고 다르케 살고 싶은 적도 있었다. 근디 양친 잃고서 그토록이나 무섭든 내 맴이 나를 붙들더라. 내가 다르케 살자고 너그덜을 무섭게 할 수 없드라. 나는 가진 것은 없으니께 어떡해든 핵교에나 보내서 배울 만큼은 배우게 혀서 지 걸음들을 걷게 해주어야지…… 그 생각이 마음조차 다물게 허더라.(「감자 먹는 사람들」, 『오래 전 집을 떠날 때』, 51~52쪽)

이 무한정의 헌신, 그것은 세상의 모든 부모가 자식에게 베푸는 가없는 애정이다. 그런 끝에 부모에게는 치유할 수 없는 병만 남는다. 「감자 먹는 사람들」은 그런 부모에 대한 자식의 애절한 헌사라 할 수 있다.

6. 글을 나오며

이 글은 90년대 소설에 나타난 가족상을 살필 목적으로 씌어졌다. 글을 다 쓴 마당에 새삼스럽게 드는 느낌은, 이 글이 90년대 가족상을 해체와 복원이라는 이항대립적인 틀에 지나치게 기대어 있지 않았나 하는 점이다. 거론한 작품에 해체와 복원의 양상이 드러나는 것은 분명하다. 그럼에도 불구하고 그 관점은 일면 도식적일 수 있다는 생각이다. 미우나 고우나 가족이란 늘 삶의 애환을 함께 하는 존재이기에 작품에 제시된 현상적 측면만으로 그것의 전모를 파악하는 일은 애당초 무리일 수 있다. 가족 안에서 희노애락애오욕은 혼재되어 나타나거나 잠재되어 있고, 또 가족의 모습도 언제 어떻게 변할지 알 수 없지 않은가. 그런 점에서 차라리 해체된 가족에게서 화해의 가능성을, 외형적으로 아무 이상이 없는 가족에게서 균열의 징조를 따지는 것이 가족과 관련된 글에서 더욱 의미가 있을지 모른다.

  하여 이 글에서는 가족의 양상을 보다 심도 있게 살피지 못했다는 한계가 있다. 그것은 한편으로 가족이라는 단어가 함축하고 있는, 그 변화무쌍한 스펙트럼에서 기인하는 것이기도 하다. 그런 점에서 가족서사는 끊임없이 생산될 수밖에 없고 또 생산되어야 하는 문학의 소중한 광맥이라 하겠다.

Ⅲ. 새로운 세대의 출현과 대중문화와의 만남

1.

문학과 예술의 장을 '대량생산의 하위장'과 '제한생산의 하위장'으로 나눈 이는 피에르 브루디외이다. 전자에서는 예술가가 상업적인 성공에 따라 평판이 좌우되므로 대중이나 상품의 경제원리에 지배를 받고, 후자에서는 예술가가 일반대중의 요구에는 일절 응하지 않고 작가 자신의 특장을 지켜나간다. 이렇게 상이한 위치에 자리한 작가들은 문학예술품에 대한 상반된 정의로 서로를 제압하려는 권력투쟁에 가담하게 된다고 브루디외는 보았다.[1]

브르디외의 논리로 문화·예술의 장을 구획하면, 90년대에는 '대량생산 하위장'에서 생산된 예술의 파고가 드셌다는 데에 이의를 제기하기 어려울 것이다. 물론 예술가 특유의 자존심과 고집으로 대중에 영합하지 않고 자신의 길을 묵묵히 걸어가는 이들도 적지 않지만, 자본화된 시장의 논리에서 예술가 그 누구도 자유로울 수 없는 추세만큼은 분명하다.

문화와 예술이 산업으로 전화되는 시대에 대한 경고는 프랑크푸르

---

1) 현택수, 「문화 예술의 사회학적 생산」, 『문화와 권력』(현택수 외 지음), 나남출판, 1998, 26~29쪽 참조.

트 학파의 비판이론2)에서 찾아볼 수 있다. 그들은 산업에 기반한 대중문화가 그 향유자에게 사물화된 의식을 심어주고 현실도피의 욕구와 무력감을 조장한다고 보았다. 더 이상 건강한 사회비판의식을 기대할 수 없는 대중에게 비판이론가들은 자율적 예술의 개념을 내세운다. 이것은 현실에 대한 냉정한 분석을 통해 사회의 모순을 극복하려는 의지를 불러일으킨다. 그들은 이를 통해 문화산업의 허위를 극복하려 했지만 오늘날에는 프랑트푸르트 학파의 논의가 무색하게 상업화된 문화가 팽창했다. 기존의 대중매체에 케이블 방송, 컴퓨터 포털 사이트, 전자게임 등 거대화된 자본을 등에 업고 일상에 침투한 대중문화의 영향력은 갈수록 증가하고 있는 실정이다.

우리나라에 대중문화의 맹아가 싹 튼 것은 60년대이다. 물론 그 이전에도 대중문화가 존재하기는 했다. 일제시대에는 유성기의 보급과 신문 잡지가 창간되었고 해방 후에는 미군을 위한 서울중앙방송국이 개국했고 1957년에는 AFKN 방송을 통해 미국의 대중문화가 전파되었다. 이 무렵에는 미군의 영향을 받은 이국적이고 향락적인 가요가 대중들의 입을 타고 전해졌으며 멜로, 반공영화 등도 많이 개봉되었다. 그러나 이 시기에 대중들이 문화의 혜택을 누리기에는 사정이 여러 모로 열악했다. 식민지 시대에 가정에 유성기를 두고 신문을 읽을 수 있는 식자층이나 문화애호가들은 극소수의 상류층에 불과했고, 해방 이후에는 전쟁의 혼란과 생활의 어려움으로 문화에 눈을 돌릴 여유가 없었던 탓이다.

따라서 우리의 대중문화는 60년대에 발아해, 70년대에 들어 사회 전반으로 확산되었다고 보아야 할 것이다. 경제개발의 광풍으로 탈향한

---

2) 프랑크푸르트 학파의 주장에 대해서는 김창남, 『대중문화의 이해』, 한울아카데미, 2006, 72~77쪽 참조.

사람들은 도시로 속속 모여들어 대중사회의 발판을 구축했고 일간신문, 라디오, 텔레비전 보급률의 급증은 대중들이 쉽게 문화를 접할 수 있는 통로를 제공했다. 1981년 컬러텔레비전 시대의 개막은 대중문화의 융흥에 결정적인 계기가 되었다. 흑백 텔레비전에서는 볼 수 없었던 현란한 컬러 화면은 방송이 보다 자극적이고 선정적인 측면으로 흐르면서 대중문화 전반에 걸쳐 지대한 영향을 끼쳤다.

80년대 대중문화 융성의 또 다른 요인으로 10대들의 문화가 형성되기 시작했다는 것을 들 수 있다. 이 시기에 중산층 가정의 청소년들은 나름의 구매력으로 유명 브랜드의 상품과 자신만의 문화 기호품을 구매했다. 이들의 위세는 아직 미약했으나 90년대 이후 청소년들의 대중문화 소비시장 개척에 산파 역할을 한 것만큼은 분명하다. 이런 연유로 90년대 대중문화는 10대나 20대 초반의 기호에 부합하는 쪽으로 판도가 바뀐다. 영상에 익숙하고 컴퓨터에 능한 이들은 앞 세대의 문화적 감성과 다른 새로운 감수성으로 이내 고유의 문화를 구축했다.[3] 이들에게 더 이상 고급/대중문화 식의 이분법적 도식은 무의미하다. 만화나 춤과 같은, 선배 세대에서는 비교적 부정적 뉘앙스가 짙은 분야도 이들은 거리낌 없이 수용하고 문화의 장르 해체에도 적극적이다.

비록 이들이 대중문화 향유의 주체세력인 것은 분명하지만 그것이 단지 젊은 세대에만 한정되지는 않는다. 80년대의 시대적 우울과 정치에의 환멸을 경험한 기성세대에서도 그것의 수용 기미는 뚜렷해, 대중문화는 이제 세대 모두가 나름의 장르에서 즐기는 도락이 되었다. 이처럼 전 세대가 공유하는 대중문화는 90년대 문학작품 속에도 다양하게 반영되어 있다. 신세대작가로 분류되었던 이들에게 특히 그 양상이 뚜렷하기는 했지만 말이다.

---

3) 우리나라 대중문화의 통시적 고찰에 관해서는, 앞의 책, 106~173쪽 참조.

2.

90년대 우리사회에는 새로운 세대가 출현한다. 언론에서 신세대라고 명명한 그들은 이전에는 보기 어려운 낯선 젊은이들이었는데, 그들은 한국사회 전반의 변화를 상징하는 아이콘으로 순식간에 자리매김했다. 60년대 후반 이후 출생한 이들은 산업화의 수혜를 가장 직접적으로 받고 자란 세대이다. 이전 시대의 궁핍으로부터 비교적 자유로운 이들은 소비와 대중문화에 익숙하고 자기만의 삶의 패턴을 중요시한다.

가령 배수아 소설에 등장하는 커덜트(kidult)[4]들이 「여섯 번째 여자아이의 슬픔」에서 "캘빈 클라인 청바지 위에 하얀 필라 셔츠를 받쳐 입"을 때, 옷은 단순히 몸을 가리고 보온을 하는 일차적 기능을 뛰어넘어 상징적인 문화현상이 된다. 중요한 것은 옷이 아니라 그 상표이고 이때 옷은 자신을 과시하는 수단이 되어 브랜드를 통한 차별화로 계층을 위계화한다.[5] 위계화된 사회에서 옷은, 개인의 아름다움을 드러내는 도구인 동시에 다른 계층과 구별하고 자신의 사회·경제적 정체성을 표현, 혹은 은폐하는 매개물이 된다. 이러한 소비패턴은 또한 순식간에 사회적으로 하나의 스타일을 창출해내기도 한다.

이와 대척되는 지점의 키덜트들도 있다. 이들은 최소한의 소비로 삶을 유지하는 방식을 취한다. 좋게 보면 탈속적이라고 할 수 있지만 미

---

4) 아이(kid)와 어른(adult)의 합성어인 키덜트(kidult)는, 어른이 되었음에도 여전히 어릴 적의 분위기와 성정에서 벗어나지 못한 20-30대의 성인을 일컫는 신조어이다. 배수아 소설에 등장하는 인물들은 대체로 이에 속한다. 정과리가 쓴 『푸른 사과가 있는 국도』의 해설 제목, 「어른이 없는, 어른된, 어른이 아닌」은 배수아의 인물을 세대론적 관점에서 정확하게 포착해 정한 것이라 하겠다. 이와 같은 키덜트의 등장 원인을 김문겸은 ① 감성의 시대 ② 어른 가치의 쇠퇴(탈권위주의) ③ 동심의 상품화로 본다. 김문겸, 「키덜트·사주카페·로또」, 『현대 한국사회의 일상문화코드』(박재환·일상성·일상성연구회 엮음), 한울아카데미, 2004, 239~243쪽 참조.
5) 현택수, 「옷과 유행」, 『한국인의 일상문화』(일상문화연구회 엮음), 한울, 1996, 228~234쪽 참조.

래에의 전망 부재를 그 원인으로 볼 수도 있다. 그러나 이들의 삶의 방식 역시 과거의 그것과 다르기는 마찬가지이다.

직업은 사회생활에서 중요한 역할을 한다. 사회에서 인간은 직업을 통해 호구를 해결하며 공동체의 구성원으로서 자기 역할을 담당한다. 따라서 안정적인 직업의 상실은 개인에게 생계 걱정은 물론 공동체로서의 단절을 초래하기도 한다. 그러나 배수아 소설의 키덜트는 직업을 비롯한 기성세대의 가치에 집착을 보이지 않는다. 「인디언 레드의 지붕」에서 나는 야간 미술학교에 진학하기 위해 사직하고 준은 주유소에서 일한다. 이들에게 돈이란, 기성세대마냥 아귀 같은 탐욕의 대상이 아니다. 돈은 최소한의 생계유지와 자신이 하고 싶은 일을 할 수 있을 만큼만 있으면 되는 것이다. 이들은 재산을 통해 노후를 계획하지 않는다. 이들은 영원을 믿지 않고 미래를 걱정하지도 않는다.

이들에게는 일과 직업이 생존을 위한 의무가 아니라 단지 선택일 뿐이다. 그러나 그들의 선택 저변에는 냉정한 사회에의 두려움이 있다. 평생직장이 보장되지 않는 사회 현실에서 주류에 편입되지 못한 자들의 어려움이 이들에게서는 짙게 감지되는 것이다. 그런 점에서 이들은 "자본주의 사회에서 소외된 주변인"[6]이기도 하다. 그런 환경 속에서 단 한번도 인생을 즐긴 적이 없기에 그들은 오히려 일찍부터 삶에 담담할 수 있다.

생은 내가 원하는 것처럼은 하나도 돼 주지를 않았으니까. 부모가 사랑하지 않는 어린 시절을 보내고, 학교에서는 성적도 좋지 않고 눈에 띄지도 않는다는 늘 그런 식이다. 그리고 자라서는 불안한 마음으로 산부인과를 기웃거리고, 남자가 약속 장소에 나타나기를 한 시간이고 두 시간이고

---

6) 최인자, 「상처로 봉인된 기억 되찾기」, 『바람인형』 해설, 문학과지성사, 1996, 160쪽.

기다리면서 연한 커피를 세 잔이나 마신 다음에 밤의 카페를 나오게 된
다.(「푸른 사과가 있는 국도」, 『푸른 사과가 있는 국도』, 102쪽)

3.

90년대 키덜트들은 이처럼 각각의 지점에서 삶을 살아간다. 그들은
고도화된 자본주의 사회에서 나름의 생존법을 처지에 맞게 마련한다.
그럼에도 사회·경제적 위치와는 별도로 이들 세대의 공통점이 있는
데, 대중문화의 자연스러운 수용이 바로 그것이다. 다양한 대중문화
중 가장 일반적으로 접할 수 있는 매체는 텔레비전이다. 60년대 이후
급격한 보급률을 보인 텔레비전은 81년 컬러 텔레비전 방송 이후 우리
일상의 한 귀퉁이를 공고히 점령했다. 따라서 60년대 이후 출생한 이
들에게 텔레비전은 일상적 삶과 불가분의 관계를 형성했다고 볼 수 있
다. 이것은 곧 이 세대가 실제 세계의 현실 대신 텔레비전 속의 이미지
로 세계를 인식하고 이해하는데 능숙하다는 이야기이기도 하다.

백민석 소설에서 주요한 문화기호는 텔레비전이다. 가히 '텔레비전
키드'라 할 수 있는 이 아이들은 무허가 판자촌에 옹기종기 모여앉아
텔레비전에 빠져든다. 작가의 『내가 사랑한 캔디』는 제목에서부터 텔
레비전 만화영화 냄새가 물씬 풍긴다. 중요한 것은 그들이 텔레비전에
서 무엇을 보았나 하는 것이다. 이들이 텔레비전에서 본 것은 가상현
실이다. 텔레비전에 나오는 휘황한 화면은 결국 가상의 허구에 불과하
지만 이 아이들은 텔레비전으로 세상을 파악하고 그 이미지에 매혹당
한다. 사물을 즉물적인 것으로 제시하면서 현실에 접근하는 이미지[7]

---

7) Michel Maffesoli, *LA CONTEMPLATION DU MONDE*, 『현대를 생각한다』(박재환·이상
　훈 옮김), 문예출판사, 1997, 137쪽 참조.

를 통해 그들은 현실보다 더 현실적인 텔레비전으로 세계를 이해하는 것이다.[8]

공중파로 방송되는 텔레비전의 세계는 근본적으로 방송심의라는 제한을 받을 수밖에 없다. 이에 비해 영화는 사전심의가 존재하기는 하지만, 상대적으로 텔레비전에 비해 표현의 수위가 한결 자유롭다. 텔레비전으로 연마되고 증폭된 개인의 비등한 영상에의 욕망은 그것을 넘어선 어딘가에서 분출구를 찾아야 했는데 그 주요 통로는 영화이다. 텔레비전에서 '주말의 명화' 등을 꽤나 관람했을 '헐리우드 키드'들이 90년대 소설에 자주 출현한다.

이들 세대의 작가에게 영화는 단순한 타임 킬링의 대용물이 아니다. 영화는 삶에 영향을 끼쳐 체화되기도 하는바, 소설에서도 그 면모가 비중 있게 드러난다. 김경욱의 『바그다드 카페에는 커피가 없다』는 그 양상이 확연한 작품집이다. 「시네마 天國」, 「이유 없는 반항」, 「택시 드라이버」 등에서처럼 작가는 소설 제목에 영화 제목을 직접 차용한다. 김경욱에게 소설과 영화의 삼투·교접은 지난 시절 많은 영화들이 소설을 각색해 작품화했던 것을 방불케 한다.

영화와 소설은 근본적으로 상호 호환이 가능한 매체이고 또 두 장르 간의 교류로 많은 성과를 거둔 것이 사실이다.[9] 양자의 교류 방식이 과

---

8) 르페브르는 "만일 당신이 TV·라디오·영화·신문 등을 듣고 보면서 거기에 표명된 수많은 기호들을 받아들이고, 당신에게 어떤 의미를 고정시켜 주는 해설들을 확인한다면 당신은 벌써 (그런-인용자) 상황의 희생자일 뿐"이라고 하며 매체의 능동적 수용을 중시했다. 그러나 소수의 비판적 수용층을 제외하면, 대중 다수는 르페브르의 우려대로 "덧없이 스러져버리는 대중매체의 시니피앙들, 이미지·대상·말에 속아 넘어가는" 것이 현실이다. Henri Lefebvre, *La vie quotidienne dans le monde moderne*, 『현대세계의 일상성』(박정자 옮김), 主流·一念, 1990, 59쪽.

9) 방현석은 누벨 바그와 전통소설, 누보 시네마와 누보로망을 중심으로 영화와 소설을 비교하며 그 교류·협력의 성과로, ① 서사 전개 방법의 실험적 전환 ② 시간과 공간 재현의 새로운 방식 ③ 합리성을 잃은 분열적 현대인의 성격화를 제시한다. 방현석, 『소설의 길, 영화의 길』, 실천문학사, 2003, 143~160쪽 참조.

거에는 소설 원작의 영화화가 주였다. 그러나 김경욱 소설의 경우, 영화적 장면이나 상황이 소설 안에 무시로 도입된다. 이것은 우리 일상에서 영화의 비중이 커진 것임을 증거하는 것일 텐데, 실제 김경욱 작품에서는 영화와 관련된 비유나 내용을 무수히 발견할 수 있다.

(1) 그 사내의 얼굴에 걸려 있던 선글라스는 <영웅본색>에서 주윤발이 썼던 선글라스를 연상시켰다.(「바그다드 카페에는 커피가 없다」, 『바그다드 카페에는 커피가 없다』, 13쪽)

(2) 나는 주윤발의 작열하는 총알을 맞은 건달처럼(같은 작품, 14쪽)

(3) 나는 김이 모락모락 올라오는 국밥을 꾸역꾸역 입 안으로 들이밀면서 <콜링 유>라는 제목의 삽입곡이 인상적이었던 퍼시 애드론 감독의 영화 <바그다드 카페>를 문득 떠올렸다.(같은 작품, 20쪽)

또한 「9층과 10층 사이에는 뭉크가 있다」에서 화자는 계단을 오르며 "기이한 느낌을 떨쳐 내려고" <스피드>, <다이 하드>, <은밀한 유혹>, <나인하프 위크>, <위험한 정사>, <블랙 레인> 등의 무수한 영화를 떠올린다. 가히 영화 이미지의 일상화라 할 만한 현상이다.

4.

소설 속의 음악은 30년대 박태원의 「소설가 구보씨의 일일」에서도 울렸다. 구보는 다방에 가 축음기에서 나오는 서구의 음악을 듣는다. 구보가 엘만의 '발스 센티멘탈'을 조용하게 들을 수 있는 곳은 거기밖에 없었기에 말이다. 또한 30년대에는 재즈가 커다란 유행음악이었다. 당대 문화인의 집결지인 다방에서 재즈가 울린 것은 아무래도 미국문화의 영향이 컸다. 20년대 후반부터 조선에는 영화 상영관이 차차 늘면서, 영화는 당시 '민중오락의 왕좌'를 차지했다. 헐리우드 출신의 스타들이 출연한 영화는 당시의 대중음악에도 많은 영향을 끼쳤는데 재즈가 바로 그것이었다. 당대의 재즈는 감상자들의 이해의 폭과 깊이와는 상관없이, 조선이 성취해야 할 새롭고 세련된 음악의 교본이었던 것이다.[10]

김승옥의 「무진기행」에서도 하인숙의 "무자비한 청승맞음"이 담긴 '목포의 눈물'이 흘렀다. 1934년 이난영이 노래한 '목포의 눈물'은 일제시대 우리가요의 한 특징인 사랑과 이별의 슬픔을 다룬 트로트이다. 비탄과 탄식이 주정조인 트로트 '목포의 눈물'은 그러나 「무진기행」에서 전혀 다른 양식으로 바뀌는데, 이때 그 곡은 하인숙의 절규이자 "광녀(狂女)의 냉소"가 스민 것으로 답답한 심리를 표출하는 기제가 된다.

또한 80년대에는 결연한 저항 의지를 담은 민중가요가 비장미를 고취하며 소설 속에서 제창되었다. 공지영의 「동트는 새벽」에는 악덕 자본가의 수탈과 억압에 인간다운 삶을 갈망하는 노동자들이 '동지가'를 부르며 연대 의지를 다진다. 80년대 저항문화의 한 특성인 민중가요는 투쟁의 현장에서 직접 불리며 강고한 대오를 구축하는데 기여했다.

90년대 소설에는 이전보다 더욱 홍성하게 음악이 흐른다. 먼저 장정일의 「아담이 눈 뜰 때」에는 "카세트 라디오에 연결하여 레코드를 들을 수 있게 하는 턴테이블"을 얻기 위해 비역을 하는 재수생이 등장할 만큼 많은 음악이 소개된다. 레코드를 구입하기 전에는 주로 심야의

---

10) 이성욱, 『쇼쇼쇼-김추자, 선데이서울 게다가 긴급조치』, 생각의 나무, 2004, 155쪽 참조.

에프엠 라디오 방송에서 음악을 감상했을 내가 좋아하는 장르는 과거의 록이다. 전통적인 록 음악 밴드는 통상적으로 일렉트릭 기타, 베이스 기타, 드럼 연주자와 보컬로 구성된다. 그들은 강렬한 보컬과 연주로 격렬한 멜로디와 비트를 창출한다. 상업적 시류나 유행에 영합하지 않는 록을 통해 연주자들은 자기들만의 음악을 고수하며 시대에 저항하고 개인의 자유를 지향한다. 록의 이러한 특성은 사랑, 질투 따위의 감정을 소재로 해 상투적 감정을 호소하는 팝과 구분되는데, 장정일 소설이 주는 강렬한 인상은 록과 같은 기호의 도움도 적지 않다. 「아담이 눈 뜰 때」에서 내가 동시대의 밴드 음악을 듣지 않는 이유도 팝의 말랑함 때문이 아닌가.

> 노래가 바뀌었다. <스윗 히치 하이커>
> 「요즘 밴드들은 안 좋아하는 모양이지? 이유가 있는 거야?」
> 「혼이 없어서요.」
> 「혼!」
> 「맞아. 요즘 가수들은 기껏해야 골반이나 혼들 줄 알지, 너도나도 새까만 선글래스를 끼고 말이야. 사내 자식들이 꼭 시스터 보이처럼 해가지고는 색정광처럼 신음을 흘리지. 이렇게.」
> 　그녀는 아, 아, 하고 신음을 내질러 보였다. (「아담이 눈 뜰 때」, 『아담이 눈 뜰 때』, 52쪽)

나에게 음악은 본연의 저항과 자유의 정신으로 무장된 것이어야 한다. 그 표본을 나는 지난 시대의 아티스트들에게서 찾는데, 그들은 지미 핸드릭스, 제니스 조플린, 짐 모리슨과 같이 요절하거나 마약을 먹은 이들이다. 또 로이 부케넌처럼 자살한 자들도 록의 정신을 구현한 인물로 숭앙받고 벤이킹, 비비킹, 도어즈, 애니멀즈 같은 이들의 음악이 선호된다. 죽음에도 두려움 없이 맞설 수 있는 록의 정신, 이때 록 음악은 기성세대에 저항하는 청년문화의 대표적 표상이 된다.

그렇다면 소설의 주인공이 바라본 80년대 후반, 우리의 사회상은 어 떠했는가? 스무 살 청년의 시각은 자칫 단조롭고 독선적일 수 있지만, 한편으로는 가장 순수한 열정으로 세상을 바라본다는 점에서 순결성 을 인정할 수 있을 것이다. 그런 내가 본 세계는 지극히 회의적이다. 고 등학교나 대입학원은 단지 대학 입학생을 양산하는 공장에 불과하다. 또한 '파시스트적 속도'로 내달리기만 하는 세상은 결국 종말로 치달 을 것이고 탈주범 '지강헌'의 예에서 보듯 돈이 가치의 최고가 된 시대 로 바뀌었다. 아울러 황폐한 인간의 정신을 구원할 예술마저도 철저히 상업적 논리에 휘둘린다.

타락한 시대에 제동을 걸 수 있는 것이 바로 "올디스 벗 구디스 (oldies but goodies)"이고 그중 대표적인 음악 장르가 장정일 소설에서 는 바로 록이었다. 장정일의 복고 음악적 취향은 그런 점에서 순수의 시대로 회귀하는 하나의 수단이다. 그는 성인이 되어 기득권을 행사하 려는 욕망보다 오래 열혈청년으로 남고자 한다. 문제는 좋아하는 과거 의 음악으로 자꾸 돌아가도 만년 청년에의 욕망은 단지 이상일 뿐이라 는 데에 있다. 타락한 세계에의 방부제로 나는 음악을 듣기만 할 뿐이 다. 거기에 기성세대와 고도화된 자본주의에 대한 저항은 없다. 소설 에서 60-70년대의 록이 그저 영화의 배경음악처럼 흘러가는 것과 마찬 가지로 말이다.

장정일의 록이 흐르듯이 세월도 흘러 1997년 이기호는 「버니」라는 랩 형식을 차용한 소설을 들고 나온다. 물론 그 사이에도 많은 소설에 서 음악은 흐르고 있었다. 윤대녕의 「은어낚시통신」에서는 작가가 생 애를 잘 요약한 대로 "알코올과 약물중독의 늪에서 헤어나지 못한 채

1958년 마흔네 살의 나이로 자신이 늘 읊조리던 슬픈 노래처럼 죽어
간" 비운의 재즈싱어 빌리 홀리데이가 구슬프게 노래했고, 백민석의
『내가 사랑한 캔디』에서는 영국의 팝 듀엣 웸의 노래와 함께 사이키델
릭 시대의 전설적인 밴드 더 벨벳 언더그라운드의 노래도 흐르고 있었
다. 또한 『헤이, 우리 소풍 간다』에서는 레이 찰스가 절규하고 태드 대
머론의 재즈 피아노도 연주된다.

그러나 이들의 노래 대개는 공시성이 없다. 80년대 후반에 우리나라
청소년들에게서 한창 인기를 누렸던 웸을 제외한 나머지들은 모두 한
참이 지난 과거의 음악이다. 그런 옛날 음악에 심취한 작가들이 엘피
판을 돌리고 있을 때 이기호는 힙합의 토스트(toast)[11]를 들고 나와 소
설에 접목시킨다. 이것은 소설의 분위기를 조성하는데 사용되었던 음
악이 전면에 등장해 소설 형식과 맞물린 것이라 할 수 있다. 랩을 동원
한 서사의 독특한 전략은 전통적인 소설의 형식을 해체하는 동시에 독
자에게 리듬감을 부여한다. 그 음률감은 당연히 전통적인 멜로디 라인
을 거부한다.

랩은 원래 춤을 동반해야 하는 음악을 보다 단순하고 규칙성 있게
구성하기 위해 사용한 것이다. 흑인 슬럼가에서 부랑하는 청소년들의
토스트를 음악적 리듬으로 변형시킨 랩은, 멜로디보다는 비트를 중시
하면서 춤과 함께 음악이 진행되는 아프리카 및 자메이카 토속 음악의
단순명료한 규칙성에 그 뿌리를 두고 있다.[12] 그러니까 이기호의 소설
역시 랩의 규칙성에 언어를 얹어 서사를 구축한 것이 된다. 정신없이
내뱉는 발화의 방식(랩핑)에는 구체적인 이야기가 담겨 있다. 이것이

---

11) 흑인들의 일종의 구어적 시로 주로 거리의 삶과 관련된 이야기를 리듬감 있게 읊조리는
　　스타일을 말함.
12) 이동연, 「신세대 음악의 언어, 욕망, 이데올로기」, 『문화분석의 몇 가지 길들…』(강내희
　　· 이성욱 엮음), 문화과학사, 1995, 107쪽.

더즌(dozen)이 될 때는 대화적 성격을 띠고 홀로 토스트를 할 때는 독백이 되는데, 「버니」는 세상을 향한 일방적인 독백, 푸념, 혹은 고함의 형식으로 전개되고 있다. 그러면 화자가 내뱉는 일성은 무엇인가?

> ※ 내 별명은 바구니 물을 담으면 물이 새고
> 쌀을 담으면 쌀이 새는
> 대나무로 만든 가벼운 바구니
> 내 머리가 가벼워 내 별명은 바구니
> 태어날 때부터 가벼워 가볍게 죽을 것 같았던
> 내 별명은 대바구니
> 아무것도 몰라 아빠도 몰라 엄마도 몰라
> 사는 것도 몰라 세상을 몰라
> 아무도 나에게 말하는 법을 가르쳐주지 않았어
> 하지만 난 이렇게 말하지
> 나도 가볍고 너희들도 가벼워
> 내 말도 가볍고 너희 말도 가벼워
> 나도 바구니 너희도 바구니 물을 담으면 물이 새고
> 쌀을 담으면 쌀이 새는
> 세상은 바구니(「버니」, 『최순덕 성령충만기』, 8쪽)

아무것도 기대하지 않는 경량(輕量)의 인생을 토스트하며 이성의 언어를 가로지르는 작가의 랩핑이, 바로 음악과 서사가 전면적으로 결합한 「버니」의 세계이다.

5.

90년대에는 소설이 텔레비전, 영화, 게임 등과 본격적인 경쟁을 해야 하는 입장이 되었다. 불행히도 소설은 이제 기존의 순수성, 엄숙성, 진지성만으로는 독자와 소통할 수 없는 시대가 된 것이다.[13] 이런 난국을 돌파하기 위한 응전의 한 방편으로 젊은 작가들은 독자와의 대중적 소통로를 모색했는데 그 중 하나로 포르노적 상상력[14]의 도입을 들 수 있다.

거기에는 90년대가 억압된 욕망이 분출되던 시대라는 사실도 부기되어야 한다. 인간의 본능이 사회의 통제에 억압되는 현대사회에서 에로스와 타나토스를 중시했던 인물은 마르쿠제이다. 그는 『에로스와 문명』에서 오늘날 만연한 충동의 억압은 지배집단의 이익을 실현하기 위해 부과된 것이기에 '과잉억압'으로 보았다. 그는 이러한 억압에서 해방된 이상적 상태가 그리스 신화의 오르페우스와 나르키소스의 세계라고 설명하며, 이들을 "생식적 성욕의 억압적 질서"에 반항하는 인물들로 본다.[15]

이처럼 현실의 질서에서 성적으로 자유로운 인물들은 90년대 소설에 많이 등장하는데 그 의미는 단순히 성애 묘사의 층위에 있지 않다.

---

13) 신수정은 '문학과 대중문화의 접속'을 고찰하며, 문학의 이름으로 제시되는 키치나 포르노그래피, 그리고 하드보일드한 판타지물은 문학과 대중문화의 접속에 관한 문제와 함께 '문학과 비문학'의 경계를 다시 설정할 것을 요구한다고 본다. 대중문화와의 접속이 '문학성' 자체에도 새로운 논의를 제기한다고 그는 보고 있는데, 이는 문학과 대중문화의 결합을 상당히 적극적으로 해석한 경우라 하겠다. 신수정, 『푸줏간에 걸린 고기』, 문학동네, 2003, 99쪽 참조.

14) 이 절의 논지로 미루어 볼 때, 용어의 사용에 다음과 같은 문제제기가 있을 수 있다. 포르노가 대중문화인가 하는 점과 포르노적 상상력이 정확히 무엇인가 하는 것이 그것이다. 인터넷으로 세계를 넘나드는 오늘날 포르노는, 말 그대로 대중이 일상의 영역에서 손쉽게 구하고 볼 수 있다는 점에서 필자는 그것을 대중문화의 영역에 포함시켰다. 다음으로 포르노적 상상력은 섹스 장면의 표현 수위와 함께 그 유치한 상황-가령, 친구네 갔더니 누나가 자고 있었는데 나도 모르게 그만……을 염두에 두고 사용한 용어이다. 아울러 소설에 나타나는 포르노 특유의 과도한 섹스나 도착, 변태 행위, 그리고 개연성 없는 섹스의 남발 등도 고려했다.

15) H. Marcuse, *EROS AND CIVILIZATION*, 『에로스와 문명』(김인환 옮김), 나남출판, 2004, 190~205쪽 참조.

그러나 성과 같은 내밀한 사적 영역을 은폐하는 것이 미덕으로 생각했던, 유교적 사고에 익숙한 기성세대는 자유분방하게 발화하는 성적 상상력을 단죄하기도 했다. 90년대에 문단 안팎을 후끈 달아오르게 했던 마광수의 『즐거운 사라』나 장정일의 『내게 거짓말을 해봐』의 음란성 시비는 두 세대간의 시각차를 명확히 보여준 사건이었다.

작가들과 검찰의 법정 공방에도 불구하고 90년대의 젊은 작가들에게서 가히 포르노적 상상력이라 할 수 있는 과감한 성애의 장면은 쉽게 발견된다. 이제 섹스는 애정을 전제로 한 부부간의 종족보존과 쾌락의 향유라는 본래적 기능을 넘어 만물이 일용품처럼 쉽게 소비되는 사회 현상과 상동관계를 이룬다고 작가들은 보고 있는 듯하다. 가령, 장정일이 생각하는 섹스는 기성세대의 그것과 많은 차이를 보여준다. 「아담이 눈 뜰 때」에서 나는 현재와의 섹스에 대해 이렇게 생각한다.

> 그러면 그녀의 섹스는? 그녀의 섹스 또한 순수 고독의 형식이다. 그녀의 섹스는 사랑을 위해서나, 출산을 목적으로 사용되지 않는다. 사랑과 출산을 위해 쓰여지는 섹스란, 섹스 그 자체엔 이미 불순스런 것이다. 그녀가 섹스를 통해 얻고자 하는 것은 순간적인 자각이며, 자신의 생의 사용이다. 그런 즐거움을 많이 얻으면 얻을수록, 여기의 나에서 다른 삶의 나로 전이해 갈 수 있다.(「아담이 눈 뜰 때」, 46쪽)

이들에게 섹스는 쾌락의 방편이자 자신의 몸을 소비하는 것에 불과하다. 거기에 과다한 의미부여는 오히려 섹스 그 자체를 불순하게 만든다고 생각한다. 그렇기에 이들은 섹스 그 자체에만 탐닉할 수 있다. 따라서 작가는 성애의 장면을 노골적으로 묘사하는 데에도 거부감이 없다. 그렇다면 장정일이 생각하는 포르노 소설은 어떤 것인가? 작가는『너에게 나를 보낸다』에서 비밀 기관의 공작원으로부터 부탁을 받고 포르노 소설을 쓰는 나를 등장시킨다. 내가 쓴 도색소설의 줄거리는 대충 이렇다.

여고 일학년의 주인공 나는 고삼인 계부 아들의 수음을 위해 야한 포즈를 취해야 했고 경우에 따라서는 수음을 직접 해주기도 한다. 그러던 어느 날 오빠의 강제적인 섹스에 거부하다 식구들에게 발각되고 이후로 항문성교를 즐기는 계부의 노리갯감이 된다. 계부에게 '명기' 훈련을 받고 피학적 섹스도 익히던 나는 어느 날 학교 선생과 비역을 하게 된다. 고교를 졸업한 후에는 만나는 남자 거개와 이런 저런 연유로 섹스를 한다……

얼핏 봐도 삼류 포르노의 냄새가 물씬 풍긴다. 그러나 작가는 소설에 과도한 성애의 장면을 노골적으로 묘사하지 않는다. 농밀한 성애 대신 작가는 도색소설의 얼개만 간단히 보여준다. 이 작품에 농도 짙은 섹스 묘사가 드문 것은 그 때문이다. 하지만 내가 쓰려는 글의 스토리는 과거 삼류 극장 화장실에 도배된 도색 잡기를 연상시키는 포르노적 상상력의 산물임은 명확하다.

이와 같은 포르노적 상상력은 백민석의 소설에서도 확인된다. 그의 소설에 등장하는 섹스의 다양한 형식은 하드코어 포르노를 방불케 한다. 섹스 장면의 묘사 또한 적나라하다.『헤이, 우리 소풍 간다』에 나오는 섹스의 장면은 이렇다.

K는 흄의 엉덩이를 높이 들어 올리고는 성기를 흄의 성기와 항문에 아무렇게나 꽂아넣기 시작한다, …… K는 그렇게 꽂아 넣었다가 곧 다시 빼내는 동작을 몇 번이고 되풀이하곤 허리를 굽혀 이빨이 닿는 대로, 아무 곳이나 질겅질겅 씹어대기 시작한다, …… 흄가 땀으로 범벅된 상체

를 일으키며 K의 혹처럼 부풀어 오른 이마를, 뺨을, 목을, 가슴을, 체모를, 불알을, 빨아대기 시작한다. …… 흙는 무릎을 꿇고 게걸스럽게 이빨로 K의 성기를 물어뜯고 있다, 뭔가…… 뭔가, 축축하고 알 수 없는 것이 K 의 사타구니 새로부터 넓적다리를 타고 흘러내린다(『헤이, 우리 소풍 간 다』, 325~326쪽)

섹스 장면의 묘사가 포르노를 보여주는 듯 구체적이고 정밀하다. 물론 이 농밀한 성희의 묘사로 이 작품이 도색소설로 전락되지는 않는다. 작가는 단지 포르노'적' 상상력을 발휘하고 있을 따름인 것이다. 이 대담한 성애의 상상력이 젊은 작가들의 작품에서 자주 발견되는 것은 대중문화와 관련된 90년대 소설의 커다란 특징이 되었다.

6.

고도의 대중·소비사회로 진입한 상황에서 문화예술 역시 대중들의 기호를 무시할 수 없게 되었다. 모두에서 말한 대로 자본과 결탁한 문화상품은 기존의 순수예술 영역을 맹렬한 기세로 잠식하고 있다. 많은 대중이 전통적인 문자언어의 세계에서 영화나 게임 등의 영역으로 시선을 돌리고 있다. 그들은 대중음악을 흥얼거리고 영화의 화려한 영상미에 도취되고 M-TV에서 나오는 자극적인 뮤직비디오에 빠져드는 것이다. 앞에서 거론한 작가들은 이런 현실에 비교적 재빠르게 대응하고 있다. 그들과 함께 김영하는 「삼국지라는 이름의 천국」에서 게임의 형식까지 도입해 대중문화의 요소를 보다 적극적으로 끌어들였다. 작가들의 이러한 행보는 앞으로 더욱 가속화될 것이다. 문학 역시 하나의 소통의 양식으로 볼 때, 독자의 대중적 취향을 염두에 두지 않을 수 없기 때문이다. 그런 점에서 소설에 대중문화의 도입은 변화된 현실의 반영물이라 할 수 있다.

그러나 문제도 있다. 멀티미디어로 전 세계에 유통되는 대중문화에는 자본주의의 상술이 내재되어 있다. 그것은 철저히 자본의 논리에 좌지우지되는 것으로 절대 가치중립적일 수 없는 것이다. 정치·문화적으로도 중립적이지 않다. 소비의 촉진을 목적으로 생산된 무분별한 대중문화를 무비판적으로 도입하고 차용할 때의 위험성이 바로 여기에 있다. 대중문화의 소설적 차용으로 작가는 자칫 자본의 나팔수가 될 수도 있다는 것이다. 따라서 그 어느 때보다도 대중문화에의 비판적 성찰이 작가에게 필요한 시기라 하겠다.

대중문화의 도입과 경쾌한 상상력은 분명 우리 소설의 외연을 넓히는 데 기여했다. 젊은 작가들은 소설이 꼭 엄숙하고 진지해야 할 필요가 없다는 사실을 나름의 방식으로 재치 있게 보여주었다. 그것은 일단 대중과의 소통이라는 측면에서는 긍정적으로 기능한다. 한편으로 그들은 소설 본연의 인간과 사회에 대한 문제에도 보다 세심하게 고려할 필요가 있겠다. 너무도 당연한 말이지만, 인간과 사회가 거세된 소설은 존재할 수 없다. 재기발랄한 상상력을 토대로 한 대중문화적인 의장(意匠)도 결국 인간이 소설 속에 우뚝하게 서 있을 때에라야 의미가 있는 것이다. 그럴 때에라야 소설은 인간의 기기묘묘한 삶의 구석구석을 더듬어볼 수 있다.

한국소설에 나타난 일상성

지은이| 김병덕
인쇄일| 초판1쇄 2009년 3월 17일
발행일| 초판1쇄 2009년 3월 20일
펴낸이| 정구형
　편집| 박지연 한미애
디자인| 김숙희 강정수 이원석
마케팅| 정찬용
　관리| 이은미
펴낸곳| 국학자료원
　　　등록일 2006 11 02 제324 - 2006 - 0041호
　　　서울시 강동구 성내동 447 - 11 현영빌딩 2층
　　　Tel 442 - 4623 Fax 442 - 4625
　　　www.kookhak.co.kr
　　　kookhak2001@hanmail.net

　ISBN| 978 - 89 - 6137 - 429 - 3 *93800
　가격| 22,000원

* 저자와의 협의하에 인지는 생략합니다.